逸园深深/夏迟暮

夏三小姐 著

YI YUAN
SHEN SHEN
XIA CHI MU

重庆出版集团 重庆出版社

图书在版编目（CIP）数据

逸园深深夏迟暮 / 夏三小姐著. —重庆：
重庆出版社, 2015.9
　ISBN 978-7-229-10116-9

Ⅰ. ①逸… Ⅱ. ①夏… Ⅲ. ①言情小说 – 中国 – 当代
Ⅳ. ① I247.5
　中国版本图书馆CIP数据核字（2015）第138563号

逸园深深夏迟暮
YIYUAN SHENSHEN XIACHIMU

夏三小姐　著

出　版　人：罗小卫
责任编辑：郭莹莹
责任校对：胡　琳
封面设计：艾瑞斯数字工作室 clark1943@qq.com
版式设计：谙恒记工作室

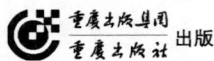 出版

重庆市南岸区南滨路 162 号 1 幢　邮政编码：400061　http://www.cqph.com
自贡兴华印务有限公司印刷
重庆出版集团图书发行有限公司发行
E-MAIL:fxchu@cqph.com　邮购电话：023-61520646
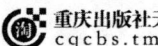重庆出版社天猫旗舰店
cqcbs.tmall.com
全国新华书店经销

开本:890 mm×1 280 mm　1/32　印张:9.875　字数:291 千
2015 年 9 月第 1 版　2015 年 9 月第 1 版第 1 次印刷
ISBN 978-7-229-10116-9
定价:32.00 元

如有印装质量问题，请向本集团图书发行有限公司调换:023-61520678

版权所有　　侵权必究

目录 Contents

001 / 第一章
最遥远的距离

027 / 第二章
笑容是最好的礼物

045 / 第三章
人生何处不相逢

069 / 第四章
为你接风洗尘

089 / 第五章
钻石王老五的秘密

109 / 第六章
一个女孩的流金岁月

139 / 第七章
乾坤大挪移

167 / 第八章
爱的加速度

201 / 第九章
情有千千劫

229 / 第十章
倾我所有去爱你

251 / 第十一章
你存在我所有的角落

277 / 第十二章
最初的爱最后的爱

Chapter 01 第一章 最遥远的距离

01　宴会风波

金碧辉煌，衣香鬓影，觥筹交错，所谓的宴会大体如此。

迟暮远离人群独自站在厅北一棵高大的幸福树后缓缓喝着杯中的柠檬水，眼珠无意识地四处转动。

厅中央人来人往充满欢声笑语，除了几名佣工仆妇外，穿梭往来者非富即贵，女主人左家茵此时至少被五六个年轻男子包围着，不晓得在谈些什么，只见家茵笑得很开心，整个人看上去像是朵怒放的鲜花。

家茵身上的烟紫色长裙款式简洁别致，真丝的质地飘逸贴服，很好地突出了她修长玲珑的身姿。

它是迟暮设计并由迟暮的姑姑夏樱亲手给缝制的。

姑姑说送给好朋友的礼物，既然拿不出贵重的那就得拿出点心意来，于是姑侄俩花了三个晚上紧赶慢赶给赶制出来了，昨日才送到家茵手中，没想到家茵今日竟给穿上了身。

左氏有自己的服装公司，家茵要什么名家设计还不是唾手可得。迟暮对服装设计只是一般的爱好而已。

实在是家茵看重迟暮，有心要她高兴。

当然了，左家茵今日无论穿什么都不会掩饰她的光华。

此刻她白嫩的脖子上戴着一条碧色宝石项链，晶光璀璨，价值连城，据说这项链是由慈禧太后当年的御用之物再加工而成，左氏在清代是封疆大吏一品大员，后代有太后老佛爷之物原不足为奇。

因项链过于珍贵，家茵只在每年的生日当天戴一下，随后就交由她母亲左太太沈其芳保管。

今天是家茵二十一岁的生日。

迟暮本不想来的，前两年她就没来。

家茵却非要她过来，十天前就跟她说了，说是以后去了英国，这样的场合就少了，她要不来，就不是朋友。

于是，来了。

印象中左家每年都会在家中别墅大厅为家茵举办一次生日宴会。

普通人只在整数生日的时候热闹下，十年一次，多节俭。

迟暮记得自己十八岁时也有过一次盛大的生日宴会，之后，便不再有了。

宴会上女性居多，大厅内只要新进一位年轻的男性，那些女性，不管年轻的年长的，她们的身子板都会不自觉地挺直，同时迅速调整面部表情，就像是等着被检阅……迟暮突然想笑，不是要笑话谁来着，她也曾这样可笑过，甚至比这要可笑疯狂得多，只为吸引一个男人的目光。

这样的宴会其实就是一场变相的相亲大会，那些家世相当的母亲们凑在一起闲聊着，眼睛却不闲着，一个个就跟游标卡尺似的打量着聚会上谁和自己的儿子或女儿相匹配……

人群突然起了骚动。

"左总来了。"

"家勋。"

"左总，我家丽华，你以前见过的。"

"家勋，这是我家碧青，刚从美国回来。"

……

迟暮迅速低下头，银色高跟鞋蓦地一歪，杯中的柠檬水晃出一汪涟漪。

来之前就知道今天会遇到他，有什么呢？

她重新站直了身子，笑着将头抬起来。

尽管他此刻正被一群人团团围着，她还是看到了他的脸。

他的个子很高，站在哪里都有种鹤立鸡群的感觉，一种天生的贵气与昂然。

再多的恨和怨都不妨碍现在她欣赏他，半个月没见，他似乎一点没变，怎么也晒不黑的皮肤简直白皙到森然，还是一身黑衣服，就这么喜欢黑色吗？

说实在的，他的单眼皮真不好看，大多数时候似睁非睁像是没睡醒，然而她领略过他的眼神，里头的那种冷漠、疏离，扫人一眼，好似才出鞘的大漠弯刀，暗夜都会为之一寒。在一众衣冠楚楚的男人中，他的风味就像伏特加之于白酒，海明威之于西部牛仔，是标准的硬汉配置。

家茵曾说她哥哥左家勋是书卷味里怀抱着陡然剑气，看他现在那含笑敛眉的模样……果然，在众佳丽环绕中，他连笑也是冷的。

本市著名的专栏女作家叶微凉曾著文说左家勋除非有生意要和人商议，其余的时候对所有人都保持着一段距离，甚至包括家人，总之，左家勋就是个不折不扣的商人！一个冷酷的商人！被一名敏感多情的女性公开这么描写，真不知左家勋是何时何地惹下的怨念。

如此说来，他的冷漠显然并不是针对她一个人的，她是该庆幸还是该失落呢——在他眼里，她夏迟暮不过是芸芸众生中的一位吧？并不是他要特别对待的那一个。

迟暮垂下眼帘，不想左手臂突然被人一把扯住："你这家伙怎么一个人躲这儿了？害我一顿好找！快去那边，我给你介绍朋友！"

不管她愿不愿意，家茵已经拽着她旋风般进了人群中。

迟暮被拽着，蝴蝶折了翅膀一般跌撞进一群衣着光鲜的时尚男女间，还没站稳，脚底那双不争气的高跟鞋再次一歪，亏得家茵拉得及时人才没跌倒，不过杯中的柠檬汁却洒了旁边人一脚。

看鞋就知道对方是名男士。

"对不起，对不起！"迟暮赶紧放下手中杯子，动作利落地从旁边的餐桌上抽出两张餐巾纸，然后俯身认真地给他擦鞋，整个动作一气呵成。

"迟暮你干什么！"左家茵一下将她拽起身，狠狠瞪了鞋的主人一眼，"看她给你擦鞋心里很爽是不是？凭你也配！"

一直盯着迟暮看的年轻男子猛然回过神来，脸都红了，忙不迭移脚后退："不是，不是！我刚才是忘记了……"

"家茵你别生气，我可以保证这次他绝对不是故意的，都怪这位小姐太漂亮了，我们都看傻了！"

"是啊，赶紧给哥们介绍介绍！"

"快呀，家茵！"

家茵满意地朝迟暮飞出一个眼风，下巴傲然一抬："我偏不！你们这帮重色轻友的家伙！"

迟暮扫了众人一眼，特别地朝刚才鞋的主人歉然一笑，清清嗓子说："各位好，我叫夏迟暮，是左家茵的大学同学。"

"夏迟暮？好像……你是逸园夏家的女儿？"一位穿着黑色珠光裙的中年贵妇突然过来扯住她的胳膊。

"逸园早已不属夏家了。"迟暮淡淡地扫了一眼自己被扯住的胳膊，中年贵妇哦了一声将手松开，连声说："我知道，我知道，你们家的事儿我全知道，当年你爸妈出了车祸，哎呀！想起来那可真叫惨啊！"

迟暮专注地凝望着贵妇眉心间的那块巨大肉痣，声音冷冽，脸上却带着笑容："不算惨，我不是还好好的在吗？对不对？"

"啊？你……没心没肺！"中年贵妇来不及收拾脸上的同情表情，瞪了她一眼，愤然转身走到另一张餐台边。

贵妇的老伙伴们纷纷围上去："怎么了林太？瞧这一脸的晦气。"

贵妇用纸巾用力擦了下额头，随手朝地上一扔："还不是夏家那疯丫头给气的！怕是还在惦记着要讨好家勋吧，没皮没脸地竟也跑来了！也不想想自己现在的身份！最可怕的是她刚才竟说自己家还不够惨，你说是不是疯子？"

"那个丫头啊，我也听说过的，你跟她置什么气！当初夏家没败时也就那点家底，何况家勋那时候就不喜欢她，不过是看在夏老头面上跟她敷衍罢了，现在更是躲她都来不及呢！"

"是啊林太，我看你家安琪跟家勋才是最完美的一对，对了，安琪今天怎么没来？"

"她有个重要的采访，台里指明要她过去，否则早来了。"

"哦，我说呢。"

"不过夏家这丫头长得倒还真不错，那边几个小子的眼睛都盯着她呢！其中好像有范太的儿子哦。"

"我儿子要敢跟她有什么瓜葛就立马给我滚！把自己父母都给克死了，连名字都这么堵心，什么迟暮，惨兮兮的，怪不得要出事！"

"要说这名字吧，当初我跟她家父母有过一点交往，她妈生她的时候都快五十了，说这名字是一个高人给起的，本来迟暮两个字单独用是不好，但前面加上夏姓就很不错，夏迟暮，是代表着收获的秋天要来了。"

"高人？既有高人怎么没能算出车祸来？骗鬼呢！"

"也对啊！我怎么就没想到呢，还是林太您聪明，一针见血。"

迟暮站在人群中，闲闲地听着家茵和别人闲聊，眼神飘忽游离。

没人和她说话，她也乐得清静，要不是看在家茵面上，她早就离开了。

经过刚才和林太之间的短兵交接，男士们明显对她有些忌惮了，尽管眼前这雪肤花貌的小模样真的很可人，只是，说话这样尖刻，又是那样倒霉的家世，还是……少惹为妙。

人群中的迟暮远远就能感觉到从林太那边投射过来的探究目光，或同情或鄙夷，她知道那帮老女人在说自己，并不动气，有什么可气的？过去两年中听到了太多，一开始她还上前闹得要死要活的，多少人围着看她的笑话……那时候，真傻！那么可怜地傻！现在想起来都不像是自己做过的事，以为能仗着谁的势呢，谁知道并没有，就这样一路垂直落到谷底，跌得粉身碎骨。

亏得没死！

她是不会死的。

父亲在世时常笑说：我家迟暮最大的优点就是遇到什么事儿都能吃得下饭睡得着觉。

既是优点，她应该努力将其发扬光大。

02 交锋

人群中此时已经不见左家勋的身影。

他一直都很忙的，能露面已属对嫡亲妹妹的特别关照。

反正也算是见到了。

可以走了。

再次扫了一眼四周，还是没有他的身影，迟暮心中叹息一声，上前和家茵耳语了几句，家茵了解地看了她一眼说："那你就先走吧，替我跟你姑姑问好。"

迟暮点头，准备从别墅偏门离开。

这里她以前来过几次，对楼下的情况还算熟悉。

走得实在是太急了点，又心有旁骛，在门口竟撞到了一个人。

"对不起，对不起！"迟暮不禁按住了额头连声道歉，看来这里真不是自己来的地方，老天爷今天已经几次三番警示她了。

"是你？"

很熟悉的声音。

她顿时将手自额前放下，下意识仰起头来。

左家勋低头皱眉看她，很不耐烦的样子。

怎么就碰到他了？他不会以为她是有意过来引他注意的吧？在他眼里，她可是又任性又一肚子坏心眼呢。

"我正准备回去，"她勉强朝他一笑，随即垂下眼帘，"再次谢谢左总为我提供的留学基金，到英国后我一定会努力学习，将来好好回报左总。"

原先她一直喊他家勋哥的，但无数的事实证明了她父母真的只生了她一个女儿，她并没有家茵那么幸运有位可以时时罩着她的大哥。

她可以没有了很多东西，但不能再让人觉得她不要脸。

以后她真的会努力，而这个地方，她，再也不会来了！

"你能这样想我很高兴，也不枉你爸当初……"他淡淡的声音里突然透过严厉，"你这衣服是怎么回事？"

她顺着他的视线惶恐地低头，看见自己米白色的裙摆上有一块明黄色的渍印，应该是刚才那杯柠檬汁的缘故。

"你总是这么不当心吗？多大的人了，还想让别人看你的笑话？真不明白你爸当初怎么会生你这样的女儿！"他望着她一脸的嫌弃和厌恶。

"对不起，我……我现在就回家换去。"她边说边仓皇离开，眼里瞬间起了水雾。

都什么时候了，他还是不忘嘲弄奚落她！就跟厅中的那帮贵妇一样。她才不在乎那些人的嘴脸，可是话从他嘴里吐出来……总是特别的尖刻和森冷，不啻是一把尖刀在她的柔嫩肌肤上反复凌迟，痛，到了极致。

她就这么令人生厌吗？

也是她该！谁让她这么巴巴地赶过来呢！

"你给我回来！"随着一声低沉的暴喝，她的一只胳膊被他生生扯住了。

"放开！"愤怒中夹杂着委屈，她挣扎中毫无章法地用起了拳脚。

拳打，脚踢。

不就是英国吗？大不了不去！

"你要再发疯可别怪我！"他用在她胳膊上的手加了力度，毫不怜惜地拖着她朝偏门左侧隐蔽的楼梯向上走，他的步伐太快了，被他拖着的迟暮接连绊了两跤，一侧的鞋跟断了，脚脖子也扭了，疼得她直抽气，但她一声不吭硬撑着，要不是他拽着拖着，根本就已经从楼梯上直接滚下去了！

左家勋将迟暮拖拽到二楼的一个关闭的房间前，一只手在密码锁上按了几下，门马上就开了，随后迟暮被抛物线般地扔进一片黑暗中，她一个不稳跌倒在地，还好不算痛，凭感觉她知道地上铺的是厚厚的地毯，揉脚的同时她听到门咔嚓一声被关上了。

他要把她一个人关在这里作为惩罚吗？她心中顿时一阵恐惧，随即大叫起来："左家勋！你在哪？你到底要干什么？"

"鬼叫什么？原来就这么点出息，还以为你胆子多大呢！"随着左家勋阴冷的声音，房间突然一片光明。

他开了灯。

迟暮迅速扫了眼四周，地上是暗金色的长羊毛地毯，房间里除了几个宽大的深色衣橱外别无布置，她并非全无见识的人，心知这里可能是左家的衣帽间，于是稍稍放了心，将脚上的鞋脱了提在手里，挣扎着想站起身，几乎同时，她蓦地发现左家勋的一侧裤腿上有两个明显的鞋印，这——分明是她刚才的杰作！

也难怪他突然暴怒，她刚才……是有些过分了。

乖巧的孩子有糖吃，于是她低头做出一副不安的样子："左总，刚才是我不对，您大人大量——"

他扯掉她手中的两只破鞋随手扔到墙角，然后打开一间衣橱，从里面密密层层的衣裙中扯出一件乳白色的，直接扔到她身上，烦躁地说："快换！别搞得这副惨兮兮的鬼样子，我可不想被人说你爸死了我一点没照顾到你！"

惨兮兮？迟暮咬咬唇，自己居然已经可怜到这份上了吗？她看着怀中的那件衣裙，看上去做工相当精良，应该是由左氏的名家所制，这是家茵的衣服还是他为他的那些莺莺燕燕准备的？他尽管为人冷淡，但身边是从不缺女人的，这一点可以从报纸的娱乐版块得知。

在可以交换的时候，他出手向来都是大方的，叶微凉说他是商人，但毋庸置疑，他是一个做事公平的商人。

而她，不过是个他厌恶的人，只是看在死去父亲的面上！父亲再不能和他合作生意，他如今还肯提供她去英国的费用，已经够给父亲面子了！

左家勋望着眼前人那浓密得不像真的长睫毛，喉头下意识动了动，皱眉道："你聋了？到底听到我的话没有？"

你才聋了！夏迟暮心一横直接将衣服扔回他身上："这哪里是我姓夏的配穿的？左总不想被人说，我也不想被人说到如今还打肿脸充胖子，麻烦开下门，我要回家！"

不得不说，衣服扔得太准了点，好死不死地挂在左家勋肩上，他一把将它扯下来，眼里快速凝起一层火焰："有意挑衅是不是？你一向都是这么麻烦！"

"左总，我懂您的意思，但我还不至于穷到衣不蔽体，衣服您就自个儿留着吧，爱给谁给谁，至于您的名声，我一定会成全，我可以跟报社说是您好心提供我去英国的学费，保证能给您赢得好的口碑，这本来也是我的分内事，是我疏忽了。"

"一定要跟我唱反调吗？"哗啦一声他再次将衣服扔给她，"不换就一个人待着！"他边说边转身，打开门走出去，又嘭的一声关上了。

03 小女子能屈能伸

不换就一个人待着。

她相信他说到做到。

就像从前她哭着哀求他帮她将逸园从银行赎回来他一口回绝她一般，他说到做到。任凭她呼天抢地。夏家那点家私对他而言根本就是九牛一毛，但他就是不肯帮她。他说到做到。

原先她总以为凭着父亲的情分只要她多求他几次他终究会帮她的，至多是给她点脸色罢了。结果，脸色是给了，逸园却没有回来。

现在她懂了，没有利益的好事，一个商人是绝对不会去做的。在商言商，救急不救穷，这是商界金律。

换就换吧，这么好的一件衣服，坚持不穿自尊就能回来了？早被他踩在脚底践踏过千百次了，再多一次又何妨？要真有出息就不必接受他施舍的学费！

可是姑姑和臻中都说，这实在是难得的机遇，为了学业而暂时地委屈，不算委屈。

是的，能有回报的委屈都不算委屈，凡事都想着那点可怜的自尊其实叫迂叫蠢！自尊那东西，你可以踩在脚底，也可以捏在手心，反正千万别把它当回事就是了，自尊能换来钱能换回逸园？逸园还等着她学成归来赎回呢！他难得的善心，她真的该好好地把握。

这次他能出学费，家茵应该也在其中起了不少作用，尽管家茵没说，但她就是知道，家茵一直都很维护她这个朋友，总想着要帮她。

不能辜负家茵的一片心意。

这么想着，迟暮将自己身上的衣裙脱下，换上左家勋扔给她的那件。

竟然正好合身。

衬托得她胸是胸腰是腰的。

对此迟暮并不意外。他那人学过绘画，家茵手头就有一张她哥哥亲手给画的肖像，形神兼备异常逼真。能画肖像的人自然对尺寸的把握有自己独到的精准。

门咔嚓一声开了又合上。

迟暮有些慌乱地将裙摆朝下拉了拉。

左家勋一只手插在裤袋里，上下打量了下她，鼻子里发出一声冷哼："做事总这么慢吞吞的，你爸妈就是现在活着也要被你气死了！"

她僵直地站在那，死死咬唇，暗暗捏起了拳头。

他实在不该一而再再而三地提她去世的父母来挖她的疮疤，要不是当年她耍赖非要父母去图书馆接她，他们也不会出车祸——说到底别人其实也骂得不错，她真的是父母的克星！

"怎么？还不服气？我说错你了吗？"他打开另一个橱柜，随手扔给她一双中跟白皮鞋，"一并换了，以后别再穿那种丢人现眼的鞋！"

这次她不声不响将鞋套上了。

总不能赤脚回家去。

穿完鞋她起身望着他，自觉声音礼貌平和："谢谢左总的大方，现在我可以走了吗？"

他烦躁似的挥挥手。

她松了口气，弯腰拾起地上她换下的衣裙，不想他劈手便给打落了，声带鄙夷："这种破烂货还要做什么？真是上不了台盘！"

她的身子再次一僵，不过随即又放松了。

不气。不气。

小女子也能屈能伸。

看在学费的分上。

靠人施舍，自然要格外承受一些。

迟暮无声地从地上捡起从衣裙里掉出来的自己的手机，表情恭顺平静："那我走了。"

一抬脚才意识到脚脖子钻心地痛，刚才真的被伤到了。但她知道此时如果喊痛除了换来耻笑和呵斥不会有别的。

别装了！到现在还玩这一套？想换来同情还是关注？幼稚！

她几乎可以想象到将要从他口中蹦出来的话。

她就算疼死了也不会在他面前哼一声的。

扶着楼梯她几乎是单脚跳着下了楼。

到偏门口时大厅里突出传来一阵热烈的欢呼声，迟暮没有转头去看，而是一拐一拐出了别墅，走到了一条小径上。

四周都是树，风缓缓吹着，摇摆中的枝叶微响，夹杂着虫鸣，空气中有植物发出的独特香气，似乎是香椿的味道，又似乎不是，她不用仰头就可以看到几个莲花状的路灯下都无一例外地聚集了无数的飞虫，那种忘我的扑腾与追逐，一如大厅里的来客。

八月的傍晚还是一如既往地燥热。

忍着痛走了不下三分钟了，她离左家院子紧闭的大铁门还有一段距离。此时她突然想起一件事来，左家院门是先进的遥控兼指纹装置，她既没有主人的指纹又没有遥控器，怎么出去？

她有些头疼地按住脑袋，有钱人的门，不但进来难，出去也难。

看来只得向家茵求助了。

只是……这身突如其来的衣服，家茵若来了怎么跟她解释？而且她现在肯定很忙，打手机估计是听不到的，打电话未必是她接，万一是她哥哥，那岂不……总不能自己现在返回大厅去，换了身衣服再次出现——简直有显摆的嫌疑！平白沾一身臭口水不说，脚脖子也着实吃不消。

04 左太太

扭伤处越来越痛了，看样子她还得去一趟医院。

怎么办？她站到大门前，伸手在上面敲了敲。

自然没有反应，否则门也不叫门了。

她绝望地将头抵到大门上，用力磕碰了两下，大铁门在耳边发出低鸣。

身后突然传来一个声音："这是怎么啦？是要走吗？"

她吓了一跳，原以为周围没人的！在转身的同时她看到了一张贵气白嫩的中年美妇面孔，竟是家茵的母亲。左太太脸上带着一丝探究式的微笑，不知怎的，她在一瞬间竟想起左家勋面对众人时的那种冷淡疏离的笑容。

她忙定定神叫了声伯母。

"原来是你呀，有些日子不见竟比从前更好看了，"左太太闲闲地掸了一下身上那件墨绿色的衣裙，又紧了紧披在肩上的那条薄纱般的暗金红披肩，对着她上下打量，"刚才我见你走路有些不对，脚是怎么回事？"

"不小心扭的，"她勉强笑，总不能说是人家的儿子强行拖拽的吧！她有意转移话题道，"伯母怎么没在大厅里？"

左太太笑得有些异样："你可能不知道，我这人一向就不喜欢人多的地方，再说来的那些人的嘴脸也不一定习惯，所以我就先在院子里散散步，等差不多要结束的时候再进去。"

迟暮轻轻哦了一声没有接话。作为本市第一望族，左太太分明是不屑跟那些人交往,而她夏迟暮则是被那些人不屑,这世道还真是有趣!

左太太看她一眼,突然埋怨道:"我们家茵也是的,怎么能让你一个人这样回去呢?太不懂事了!"

迟暮好几次都听家茵说过从小她母亲就对她很严厉因此畏惧她甚过父兄,忙说道:"我是刚扭到脚的,家茵并不知道!"

"那你怎么会提前走呢?"左太太的眼睛里透过了然一切的精明,笑意稍瞬即逝,"你跟家茵感情很好,这我很欣慰,但你也不必要帮她圆谎,那丫头实在是有些虚荣,别人稍微一捧就忘乎所以,连朋友都不顾了,就算她不知道你扭了脚,她总该知道你回去要乘车的吧?这四周是没有出租车的,你要怎么回去?家茵这孩子,她爸在的时候就由着她折腾,后来轮到她哥哥了,不过是个小生日,也亏得她哥哥年年肯替她办!"

"是我自己说不要车送的,"迟暮赔笑,"家茵有个好哥哥呢,我实在很羡慕。"

"孩子,"左太太突然一把扯住迟暮的手,情绪有些激动似的,"怎么说咱们也认识有几年了,家勋以前实在是不该那么对你的!私下里我也劝过他几次,让他看在你去世父亲的面上帮帮你,咱们左家也不是没那能力,可他就是不肯听……"

左太太的手在八月的热炉里依然凉得跟块冰似的,迟暮缓缓推开她讪讪笑道:"伯母您别说了,家勋哥其实对我已经很好了,这次去英国的费用就是他出的。"

"难得你还肯叫他一声家勋哥,"左太太声音里带着宽慰,"你还年轻,听我一句劝,英国是个不错的国家,以后能不回来就不回来吧,这里对你而言是个伤心地,现在的人一味踩低就高,我看着都替你难受。"

迟暮笑笑没有回应。

从前发生的一切都在左太太眼里,也在迟暮的心里。左太太一向难得关心人的,怕是担心到时候自己回来又要缠她的儿女吧?左家的钱财有一分是一分,实在不必要再浪费在不相干的人身上!

想让她不回来?

怎么可能?

左太太到底是真不懂还是假不懂？夏迟暮去英国的目的就是为了能很好地回来。

何况，外头已经有人传说，逸园现在的主人其实是左家，果真如此的话，那么左家勋这些年的表现就都有了合理的解释，甚至连资助她出国也有了解释，应该是为了平息心中仅有的那么一点内疚吧！过去她什么都不懂，根本也想不到这一点，还一味地求他帮她。

现在她有些懂了，就算他有再多的钱，就算他的王国再大，他还是要将别人仅有的那么一点点纳入他的版图。

商人嗜财本性。

财多不咬手！或许他左家的钱财就是这么堆起来的！

就在这时，大门突然自动开了，一辆银色大奔从外面驶进来，前灯扫过，迟暮忙将身子偏到一边让道，大奔司机突然探头喊道："夏小姐！原来你在这里！"

家茵的司机！

迟暮莫名松了口气："老王！是找我吗？"

"是啊，左小姐让我送你，可我一出来却怎么也找不到你人，这不，沿途都开了一小圈了，准备回头再看看，果然你还在！"老王边说边下车，走过来很恭敬地叫了声左太太。

迟暮脸上是憋不住的开心和激动，家茵那家伙总喜欢这样出其不意，一定是怕她拒绝，所以没明说直接就派了司机。夏迟暮有这样的朋友，夫复何求！

左太太有些不情愿似的看了她一眼："既是送你的，那就赶紧回去吧，对了老王，你把夏小姐送到附近的医院去，她脚受伤了。"

"好。"老王上车将车身掉了个头。

迟暮一拐一拐坐到后座，朝左太太挥挥手，自觉笑靥如花："伯母再见，替我谢谢家茵！"

左太太点点头，脸上并无一丝欢容。

银色大奔快速驶离左家院门。

老王体贴地说："夏小姐，我直接送你去华康医院吧，那里可以挂个急诊，价钱也不贵。"

迟暮点头说了声好。

价钱也不贵……看样子她的落魄连司机都一清二楚，本来嘛，当初在左家门前哭泣打滚的时候，很多人都看到的，老王对她一定印象很深。

这辆银色大奔是家茵的专用坐骑，左家统共三口人，却有三辆车，三个司机……当然了，你不能因为别人有就觉得应该给你用，那是不对的，生活优渥的人极少会有普通人的困扰，反而难以想得周全，因此，家茵这个人尤其难得。

老王边开车边拍拍方向盘自顾自说："可惜啊，这么好的车我开不了几天了，左总说等左小姐去了英国这车就转让了。"

"是吗？那你以后做什么？"

"左总给了我一笔创业基金，"老王笑呵呵地，"我以前曾提过想做点杂货生意，想不到左总竟上了心，门面都给我找好了，还帮我联络了一批客户。"

"真够大方的。"

老王笑："是啊，左总对我们底下的员工都很好的。"

迟暮笑笑不再说话，道理是很浅显的：她不是他的员工，从未给他创造过任何效益，因此，待遇不会超过一个开车的司机。

车到华康门口停下，迟暮下了车，老王关切地问道："要不要我陪你进去？"

迟暮摇头："谢谢，我自己能行，你快走吧，万一回去还有客人要送，这里是闹市区，到时候我打的回去。"

老王点点头将车开走了。

跨进医院大门的一瞬间，迟暮下意识摸了下口袋，心中念头一闪暗地哀叫一声，她原是带了三百块在身上的，只是，塞在那条换下的裙子兜里了，这下好了，没钱不但看不了医生，连回家都不能！

她想了想，拿起手机拨了个号码，有气无力道："臻中吗？我在华康医院……别问了，你过来一趟，顺便带点钱！"

老王将车开走后，左太太继续在院里转悠，不久，停在院内的一辆车突然发动起来，她顿了一下，快步走过去。

左家勋探出头来："妈？你怎么一个人在外面？"

左太太认真地凝望着儿子："你这是要出去送人吗？已经被老王送走了！"

"谁啊？"左家勋一脸的糊涂。

"还能有谁？！"左太太的声音有些尖刻，想到刚才那丫头临走前笑得那样灿烂她就来气，"别人不知道，我自己的儿子我会不知道？你们兄妹还真是心有灵犀！你妹妹也就算了，打小就这烂泥德行，遇到什么野猫野狗的都要领回家，你呢？你现在这算是怎么回事？别告诉我你是准备出去谈生意！"

"妈，到底说什么呢你！"左家勋皱眉，忍耐地解释，"林安琪刚才打电话给我，说她今天采访的那个人想见我。"

"林安琪？"左太太的语气缓和了，面上仍带狐疑之色，"什么人重要到让你这么晚还要赶着去见他？"

"很有来头，说是背景不小。"

"哦，那你是得去一趟，"左太太点点头，主动让开了身子，"开车慢点。"

"知道了，你也进大厅去看看吧，别让家茵不高兴，毕竟里面还有不少你的同辈。"

"这不要你提醒，我自有分寸。"

左家是名门之后，她沈其芳的娘家也不是庸碌之辈，哥哥沈其楠现在是国泰投资的董事长兼总经理，祖父则是上世纪初著名的实业家，这样家族教出来的女子，做事自有纲常。

林安琪……没什么好纠葛的，进去问问林安琪的妈就知道真相了。左太太尽管内心并不接受林家这样最近一二十年才起身的暴发户家庭，但是如今本市能有几个女子真正系出名门呢？先处处看吧。林安琪看着还算不错，不说家底厚不厚，至少是稳重大方，一看便知是从小见过世面的。

左太太进了大厅，一众贵妇太太们马上围上来问长问短，左太太紧紧披肩淡然地朝每个人微笑，最后出场的人往往赢得最大关注，这是经验。

左家茵此时拿着手机和一帮年轻人说笑着，见到母亲，忙突出重围迎上来，将手机递给母亲："妈，你看，这是我们刚拍的照片，大哥也在呢！"

左太太接过手机看了一眼又还给女儿，伸手整整她脖子上的项链，声音尽显慈爱："晚上玩得开心吗？"

"开心，"家茵挽住母亲的手臂，侧过脑袋朝她娇笑，"现在最开心，因为妈妈来了。"

左太太作势瞪她一眼："就知道哄我，刚才拍照片时怎么没想到我？"

"想到啦想到啦！"左家茵举起手机，乖巧地将脑袋歪靠在母亲肩膀上，"来，咱们现在来张合影！"

左太太赶紧正色敛容。

咔嚓连拍了几张，左太太不放心地拿过手机看了看，将其中她认为不好的两张给删除了，只余一张，上面的她和女儿两人都笑得很开心。

"家茵，给我和你妈拍张合影吧。"林太太说着掏出自己有着亮闪闪贴膜的超大号手机。

"还是不要吧，又不是明星，"左太太淡然地制止住了她，"我不太喜欢拍照片的。"

"哦……这样呀。"林太太讪讪地，面团脸泛红发僵。

左太太优雅一笑："对了林太太，我刚听家勋说，你家安琪今天是有采访？"

林太太顿时兴奋起来，两眼放出精光，这才是最重要的事呢！

05 亲人们

华康医院面向普通市民，经营理念比较灵活，再加上此时还不算太晚，大厅里不时还有病人或家属走过，长椅上也三三两两坐了人，有的在窃窃私语，看情形未必全是病人或家属，有可能是过来蹭空调纳凉的附近老百姓。

夏迟暮一拐一拐进了医院，在远离人群的长椅一角坐下来，弯腰脱了鞋，将那只伤脚放到椅子上，双手根本不敢去触碰，此时脚踝已经肿得跟馒头一般了。

她也不去管它，手撑着脑袋低头闭目养神，晚上发生的一切风暴般逐一从脑海中掠过，现在几乎人人都以为她嘴尖皮厚能挨，谁了解她事后反刍时的痛楚？

大概是因她表现得有些奇怪，有好事者走到她身边看了看，又走开，她没有抬头，这些人跟她无关。她知道，周臻中要是来了，根本不需要她招呼，他会自己找到她的，她知道的，哪怕深陷人海中，他也能一眼把她认出来。

果然，一刻钟后，一个身穿白T恤蓝牛仔裤的年轻男子从门外冲进来，进门后刹住了脚步四顾了一下大厅，然后立即奔赴到她身边："迟暮！"

迟暮抬起头，望着眼前人急切关注的目光，像是看到了亲人，她朝他咧嘴一笑，陡然间眼圈红了，声音都哽住了："臻中……"

"我在，我在呢！"周臻中伸手一把将她的脑袋揽进怀中，不用说，她一定是受了委屈，那个左家茵，自己得意也就够了，偏要喊她过去受刺激！

迟暮微微挣扎，口中发出痛楚的一声低吟。

"怎么了？"周臻中忙松开她，眼睛触到她搁在椅子上的那只馒头般的脚，差点没叫起来，"怎么回事？"

"不小心扭的，只是看着可怕罢了，待会儿请医生正一下应该就没问题了，"迟暮的情绪已经恢复正常，拉住他的胳膊支撑着站起身，见他望着她有些呆怔，忍不住捶了他一下，"喂！你不会没带钱吧？"

"哦，带了带了！当然带了！不知道你发生了什么事，接到电话时我吓了一跳，还匆匆忙忙跟宿舍的几个同学借了一点。"周臻中小心地将她按坐下来，"你先歇着，我去挂个号，然后带你去找医生。"

确实如夏迟暮所说，医生就那么比画着咔嚓了一下，她的脚踝就好了，只是，那一刹那的痛楚几乎令她昏死过去，手指甲几乎把旁边的周臻中的胳膊给掐肿了。

因脚踝处还红肿着，医生给她开了些活血散瘀的药，并吩咐之后的二十四小时内要用冰敷消肿，之后再用热敷使扭伤周围的瘀血消散，她一一应下来。

出医院的时候，迟暮伸臂长长地舒了口气，空空的肚皮也跟着发出咕咚一声，她忙按住腹部说："周臻中，为了感谢你千里奔赴的救命之恩，我决定现在请你去美食街撮一顿，当然了，只能是我请客你付钱，怎样？"

"好是好，不过现在不行，"周臻中指指她的脚，"你早点回去，好好按照医生说的做，万一有后遗症就不好了。"

迟暮突然有些气恼他的呆钝，望着他促狭地笑："记住是你自己拒绝我的，过了这个村没这个店，以后可别怪我小气。"

"以后我请你就是了。"周臻中笑着伸手拦了一辆出租车。

到了迟暮所在小区楼下，周臻中又坚持送她到了四楼，进门跟她姑姑叮嘱了几句才离开了。

"这男孩人不错啊，"夏樱关上门转身打量侄女，笑得意味深长，"迟暮，我记得你今天出门时穿的可不是这身。"

"你不会以为是周臻中送我的吧？"迟暮耸耸肩一屁股坐到沙发上，拿起茶几上的水杯咕咚喝了一大口，"姑姑，还有没有吃的？给我弄一点，快饿死了！"

"你等下。"夏樱拧了两块湿毛巾放到冰箱里，然后从餐桌上端了只碟子放到茶几上，自己在侄女身边坐下来。

迟暮一手拿起里面的玉米棒咬了一口，一手食指随手在碟子上一弹发出"叮"的一声脆响："质感不错，又换了风格？"

"那套收起来了，这套叫丁香小路，你觉得怎样？"夏樱热切地望着侄女，她是一个随性的女人，不甚讲究，一个人在这几十平米的局促小房子里一住多年，最大的嗜好就是喜欢收集一些漂亮的杯杯碟碟。橱柜里甚至还有一套英国皇家道尔顿的骨瓷作品，这是她的哥哥也就是迟暮的父亲以前从英国带回的，上面印着 Potted 的字样，是 1939 年以前的古董级珍品，因为之后的道尔顿商标统一改成了一头狮子，延续至今。

迟暮连啃了几口玉米："相当不错，花了不少银子吧？"

"你小财迷！现在跟你谈什么你都能扯到钱，这能花几个钱？"夏樱的眼神突然有些黯淡，"迟暮，就算我再是节省，将来也没有什么财产能留给你，横竖一样的。"

"我知道啊！"迟暮迅速转移话题，"姑姑，你怎么也不问我这套行头哪儿来的？还有为什么我去参加宴会却饿成了这样？"

夏樱笑着将沾在侄女嘴角的一颗玉米粒拿掉："我在等你告诉我呢。"

在屋内暖黄灯光的映照下，四十五岁的夏樱眼角的鱼尾纹远没有白天那么明显，中长发随意地披散着，自己做的烟青色汉服松垮垮地罩在她清瘦的身子上，自有一种淡然悠远，年轻时想必更是动人，可惜竟终身未嫁。迟暮放下玉米棒，欣赏地望着她："姑姑，我要能有你一半的风度和气韵就好了。"

说这话的时候其实她心中想的是，要是今晚能一直忍着，她的脚踝就不必挨这一遭了。

"年轻人就要有年轻人的样子，要都像我这样，世界就是死的了。"夏樱笑着问，"要不要再喝点大麦粥？厨房里我给你留着。"

迟暮点头，正想说话，手机突然响了，看显示是左家茵，她笑笑将手机放到耳边："大寿星吗？"

"这边还没结束呢，正准备跳舞。"家茵的声音有些兴奋。

"好啊，你生日，一定要玩得开心点。"

"迟暮，"左家茵顿了一下，声音有些低，"我真希望你现在也在这里，事实上你根本就不是那种人，为什么非要有意做出那副尖酸刻薄样来？"

"这形象其实不错啊，最低限度哪次我真的发作了别人也不会过于震惊，你说是不是？"

"你这真是……算了算了，不谈这个了！你走之后我们还拍了照片，等会儿我发几张到你手机上。"

"好啊，你跳舞去吧，玩得开心点。"

"我会的，你也要开心。"

通话结束后，迟暮的手机上接连收到了几张照片，其中有一张是合影，左家勋竟也在，身边莺莺燕燕地围了一堆，像是宝二爷身处大观园，四周的几个男的全被他给比下去了，明明是恨他到了极致竟还觉得他魅力过人，迟暮不禁苦笑，自己都佩服自己：实在是个太客观的人。

06 敏感的小孩

"怎么了？"夏樱放下粥碗。

迟暮忙收回心神，笑着在手机上按了两下递过去："姑姑你看，家茵今晚穿着你做的裙子呢！"

"真的？"夏樱脸上是抑制不住的喜悦，将手机上家茵的照片看了又看，"没想到这么合身，真好看。"

"比我好看吗？"迟暮攀上她的肩膀，有意将脸凑上前。

"你们是不同的，"夏樱盯着照片不移目，满心的喜悦溢于言表，"家茵这姑娘看着就大气有教养……"

迟暮一把将手机抢过来，身子一扭："我小气没教养！"

她是真有些生气了。

"你这孩子，"夏樱哭笑不得，起身打开冰箱取出一块冰凉的毛巾递给迟暮，"拿着，敷到脚踝上去。"

迟暮不动。

"你呀，你不是小气，你是孩子气，"夏樱叹口气，蹲下来替她脱下鞋将脚抬到茶几上，用凉毛巾缠了一圈，有意无意扫了眼那双白皮鞋，笑道，"都这么大的人了，还要姑姑哄着，难怪人家那个周臻中临走还不放心，千叮嘱万叮嘱要我帮你冷敷。"

"啊呀！"迟暮猛然想起什么，拿起手机边按边说，"不是你提醒我都忘了，我要发几张家茵的照片给周臻中。"

夏樱站起身，在侄女身边坐下来，若有所思地望着她。

正如迟暮所预料的，手机马上及时响了起来，她笑起来搁到耳边："周臻中，照片收到了吗？"

周臻中似乎并不买账："发这些给我做什么？"

迟暮嘿嘿一笑："你今天没去，发几张照片让你感受一下，怎样，家茵够漂亮吧？"

"还好吧，你那脚冷敷了没有？"

"别给我打岔！家茵三番五次请你你都不去，太不给人面子了。"

"又不是御用笑匠。"

"家茵绝对没有那种观念！是你非要给自己和她之间划一道鸿沟……"

"你早点休息，我挂了！"

"喂！喂！"迟暮将手机朝沙发角一扔，"岂有此理，竟然真挂了！"

夏樱轻轻按住侄女的肩膀，柔声说："迟暮，为什么非要把一个喜欢自己的好男孩推给别人呢？"

迟暮身子一僵，低头咬咬唇："我不愿意家茵难过，她刚才发照片给我，其实就是想让我转发给周臻中。"

"或者是你想多了，我看家茵并没这么多心眼。"

"无所谓了，家茵喜欢他是真的，"迟暮苦笑，"不管他对我怎样，我都知道自己将来不会和他在一起，他是个很有能力的人，家茵会帮他成功的。"

夏樱急道："你也可以啊！迟暮，你也可以帮他的！你聪明又可爱，周臻中有了你将来也会成功的，姑姑看得出。"

"但那要在十几年甚至几十年之后的将来，是不是？"迟暮望着姑姑，笑容苍凉得不像是个才二十出头的女孩子，"他要是有了家茵一切就不同了，你明白的，是不是？"

夏樱心疼地将她额前散落的碎发掠到耳后："但你有没有考虑过，他也许根本不会喜欢家茵？"

迟暮摇头："不可能，家茵那样的人谁不喜欢？姑姑你自己不也是喜欢家茵甚至超过了我？"

"没有这回事的！"夏樱眼圈顿时红了，这个孩子是在变故中被急促催大的，一会儿任性得让人动气，一会儿又敏感得让人心疼，"迟暮，我没想到你会这样想，以后姑姑绝不对别人好，只对你一个人好，好不好？好不好？"

"姑姑！"迟暮吓了一跳，"我……我不过是随口一说，你不要难过。"

夏樱的手指突然在侄女的衣领口处迅速一翻，果然看到了左氏的标志,她的心情更加郁郁:"这身是家茵借你的吧?早点脱下来还给左家,我们夏家并不是穷得连衣服都穿不起的!"

迟暮伸伸舌头说了声是,心想,刚才还好得跟什么似的,怎么突然就要跟家茵划清界限了?莫非……更年期?

说起来夏家姑侄俩的脾性还真有些相似,都忽冷忽热的。

夏樱又问:"今天去左家遇到家茵的哥哥了吗?"

迟暮笑:"遇到了,不过姑姑放心,我提前回来跟他无关,我们之间没有任何交集。"

"其实也没必要这样子,至少还是要感谢人家给你提供学费的,是不是?"

迟暮咬咬唇,闷闷说:"我已经跟他说了谢谢。"

"我就知道你还在恨他当初没帮你,"夏樱正色道,"迟暮,这对你其实也是个教训,不要非把人情逼得白骨嶙峋才鸣金收兵,到时候难过的只有自己,我告诉你,以后这世上除了姑姑,没有人应该帮你,你懂不懂?"

迟暮清冽的眼神明显变得幽深:"现在懂了,人必自辱而后有人辱之,以后我会管住自己。"

夏樱摇头:"看看,你还觉得他侮辱了你?孩子,你想想,当初我们打电话求人,十个有九个没有回应,唯一回应的还是左家勋。"

迟暮苦笑。

这,也是事实。

上半年她在新街口遇到当初跟在她父亲身边的一个叔叔,那个人当年对她是很好的,总喜欢背着父亲给她零花钱,因此她心一热就上前叫了声叔叔,谁知道那位叔叔一见是她,以为是来要求帮助糊口一类的,吓得脸色大变,最后才恍然大悟不过是偶遇……姑姑说得不错,相比之下,左家勋对她已属仁慈。

迟暮突然想起一件事来:"姑姑,听人说逸园现在属于左氏了,不知道是不是真的。"

夏樱不动声色地望着侄女:"如果是真的,你预备怎么办?"

迟暮暗地捏起拳头:"不管逸园在谁手上,将来我一定要拿回来!

不但是逸园，还有我爸的事业！"

　　夏樱点头表示赞许，她并不反对这种有假想敌的磨砺方式，走一步算一步吧，凡事总有两面，如果夏家没有出事，侄女现在百分百还是那个成绩在学校垫底说话夸张不着调的疯丫头。

　　夏樱起身从冰箱里取出另一块凉毛巾递给侄女，交代了几句后自己就进了卧室。她的身体一向不太好。

　　迟暮将脚踝缠着的毛巾取下来，用那块新的凉毛巾胡乱擦了把脸，又起身将茶几收拾了，然后横躺到沙发上望着头顶逼仄的空间，无声地叹了口气。初来时她总有种天要塌下来的感觉，这里和逸园根本不能比，她不明白姑姑怎么能在这一住几十年。

　　逸园……她太想回到逸园了，就像她想回到爸妈身边一样迫切。只是……刚才她在姑姑面前信誓旦旦了一番，其实就像她在面对着左太太时在心里发狠一般不真实。她对自己以后能不能拿回逸园心里是没底的，不得不承认，事实上她是个胆小没出息的人，她实在不配做父亲的孩子，就算已经被逼到这份上了，斗志还是难被激起。一想到从英国回来后免不了要拔剑和人争食她就发抖，那种刀光剑影，她怕。尤其是，对方极有可能是左家勋。

　　这些她没敢跟姑姑说。

　　临睡前迟暮望着摊在床上的那件衣裙陷入沉思。

　　要不要还给左家勋呢？除了换来一句小家子气外估计还有有意借机跟他接触的嫌疑，那就……不还好了。

　　她将衣裙整理好挂进衣橱，然后从衣橱的抽屉里取出一只红木雕花的小小箱子，开始每天必做的功课——看母亲留下的首饰：钻石戒指、宝石项链、白金嵌宝手镯……烂船尚有三斤钉，其实若典当了这些首饰付学费是绰绰有余，然而那样不但会失去母亲留给她的念想，她还会失去最后的安全感，失去这些首饰可换的金钱价位所带来的特殊安全感。

　　父母在世时她是从来不屑这些玩意儿的，现在桩桩件件都是宝贝了，现在的她太懂得金钱的重要了。作为中学教师的姑姑每月工资有四千多，也就够姑侄两个平日开销，姑姑身体一向不好，以后一旦有个什么大的变故，至少这些首饰可以派上用场，她不能不想远一点儿。

　　将首饰盒放回原地后她感觉心里充实了一些，刚准备躺下，手机突然又响了,她以为又是家茵,笑着拿起来,一看却是同学丁薇,她马上明白是怎么回事,不想接,于是耐心地等待铃声消失。

铃声过了段时间真的消失了,之后却又锲而不舍地响起来,为免影响姑姑休息,她来不及将其调为震动,不得不拿起手机接:"喂?"

手机里传来一口柔美的女声:"怎么到现在才接呢?不会还在宴会上吧?"

迟暮笑:"怎么可能,都快十一点了。"

"十一点又怎样,灰姑娘不都十二点才回的吗?"丁薇似乎是意识到了哪里不对,忙不迭解释,"瞧我这张嘴……对不起啊,要说灰姑娘,我才是,你是落难的公主。"

迟暮一笑:"什么公主灰姑娘的,你是童话看多了吧。"

丁薇一阵低笑:"对了迟暮,据说左家的大厅比那些五星级酒店的大厅还要大?里面的装修材料都是从意大利运过来的?"

"这我不知道,你也真是,家茵请你你不去,现在偏又要问。"

"人家不过是随便一句客套,我怎好当真?据说这样的场合要踏她家的门槛比求得名歌星的见面会门票还要紧张呢,她家大厅再大也是座位有限,我又何必过去让人为难?"

"没你说得这样夸张,家茵也不是那样的人。"

"你去了自然没事,我是不一样的。"

迟暮假装听不出她的潜台词,只是喉咙里一味虚应着。穷……往往是跟酸连在一起,比起丁薇,家茵的可爱何止一两处?从前丁薇和她之间的交集并不多,但自从她家出了事,丁薇就主动凑上来了,问寒嘘暖的,本来患难见真情,这样的情分该是难得,但是不知怎的迟暮就是本能地不喜欢这个人。

"迟暮,"丁薇终于说到正题了,听声音也能感觉出她的紧张,"那个……晚上周臻中有没有过去?"

"去了,"迟暮鬼使神差道,"不过很快就离开了。"

丁薇发出轻轻地哦一声,随后结束了通话。

迟暮笑着将手机扔到床头,由着她自个儿煎熬去吧!

熄了灯在黑暗中独自高兴了一会儿又觉得自己有些胡闹,丁薇……其实也没什么大的毛病,不过个性有些酸罢了,而且,这样平白地将臻中放到火上烤,太不仗义了。算了算了,管他呢,谁让他这么招人喜欢呢,哼哼,该!

Chapter 02

第二章 笑容是最好的礼物

01 一对璧人

城南。南苑小区前。

左家勋将车开到南苑小区的北门，一直站在那等候的沈秋言忙迎上前："左总。"

左家勋走下车，上下打量了自己的得力助手一眼，青色短袖真丝衬衫，亚麻长裤，高挑身材搭着齐耳短发，看上去英气飒爽，他笑笑道："今天你该穿裙子的。"

"左总真会说笑，您什么时候见过我穿裙子？放心吧，待会儿您就可以见到一位裙子穿得相当漂亮的。"

左家勋打开后座车门："你开车吧，我有点累。"

"好。"沈秋言上了车，心里掠过一阵欢喜。

车在小区前流畅地划了个弧线，驶上街道。

沈秋言边开车边从后视镜悄悄打量着自己的老板，刀砍斧削般的轮廓，深邃的眼神，天神一般的感觉……这是一天中她最幸福的时刻，两个人的封闭空间，能这么放肆地看着他却又不被任何人知道，真好。她有些脸红自己的偷窥行径——但是，哪个女人遇上他不是魂不附体呢？实在是他太优秀了。

"签证办得怎样了？"

左家勋的话让沈秋言吓了一跳，她忙收敛心神："都办好了，小姑娘比以前懂事多了，都不像同一个人了。"

"何以见得？"

"一两句也说不好，左总，为什么不把她跟家茵放进同一所学校呢？也方便相互照顾。"

左家勋的声音很冷淡："她就是被人照顾得太多了。"

沈秋言不再说话。

摸不着底牌的时候切勿多嘴，这是应对老板的经验。

车驶进城市最繁华的国庆路，又拐了个方向进了一个隐秘的小巷口，然后向前驶了百余米，在一家挂着"晓庐"字样招牌的院落前停下来。

那里已经停了一辆白色轿车，不用看便知是林安琪的。

"晓庐"的规矩是，一个晚上只接待一桌客人。如今一些人大酒店去多了，一进门就发腻，因此这样隐在闹市的私人小菜馆成为时尚。

"林小姐可真会找地方。"沈秋言下了车，巷子的前面一段太狭窄了，刚才她的心几乎提到了嗓子眼，一个不慎，车哪里被磕碰了，送修是小事，被老板看低就惨了。

左家勋笑笑。"总要体恤一下客人的爱好。"

"是啊，林小姐的饭局多少人求都求不来的，"沈秋言突然觉得自己的语气有些酸酸的，忙换了话题，"这里真是别有洞天，谁能料到一个小巷子里会藏有这样一座古雅的私人庭院。"

大概是听到声响，院门开了，一袭暗红长裙的林安琪出现在门口，笑意盈盈："家勋，你们来了。"

左家勋点头走进门，林安琪很自然地挽住他的手臂，他刻意地看了她一眼，她则大方地朝他一笑，手，没有松开。

他倒也没有拂她的面子，两人并肩走进院内。

一个器宇轩昂，一个艳光四射，黑与红相得益彰，光看背影也是活脱脱一对璧人。

跟着身后的沈秋言忍不住轻轻吁了一口气。

左家勋边走边敏锐地四顾了一下，院内廊台婉转盆景参差竹随风动，确实有结庐在人境的况味，除了两三位服务人员，看不见闲杂人等。

倒不是他过度谨慎，闲闲的一顿饭，绝对能吃出个祸事来，今天的这位客人背景很深，一不留神被某些别有用心的人拍照传上网那可不是闹着玩的。

此时，包间内一个着白色休闲唐装的中年男子正负手凭窗而立，听到门口脚步声后他转过身来，白面上隐隐浮起笑容。

左家勋大阔步走上前伸出手："赵总您好。"

赵总伸手轻轻一握随即放下，双目精光四射："真是闻名不如见面，左总果然好貌相。"

"这句原本是我要送给赵总的，只可惜晚了一步，呵呵，"左家勋笑，"赵总您请。"

"请。"

两人在红木精雕的四方餐桌前相对坐下。

林安琪示意服务员开始上菜，和沈秋言两人也相继坐下，随后她从随身包里掏出一只小盒子递给左家勋："家勋，赵总听说今天是家茵妹妹的生日，因此特意叮嘱我准备的。"

"哦？"左家勋笑着打开，马上有动听的音乐声从盒子里泻流出来，一个不足2厘米的小女孩在里面翩翩起舞，盖子一合，音乐声马上停止了——一只精巧的小音乐盒，惠而不费又不失体面，确实是件好礼物。

"恭敬不如从命，我就替妹妹收下了，多谢赵总。"左家勋将盒子交给沈秋言。

赵总笑着，若有所思地望着林安琪："你应该谢的是安琪小姐，是她的礼物选得好。"

就跟变戏法似的，林安琪的手头又多出两只盒子："这个是我给家茵的，请帮我交给她，这个是给沈小姐的。"

沈秋言不禁一愣："我？"

她只在电视上见过林安琪，真的不熟。

林安琪笑望着她："初次见面，应该的。"

沈秋言看了看左家勋。

"打开看看吧。"左家勋笑着朝她点头。

盒子里静静地躺着一只枫叶状水钻胸针，国内名家制作，价值应在千元以上。

"搭小西装很配。我选这个礼物是费了一番功夫的，甚至还暗地托人打听了沈小姐平日的着装喜好，沈小姐你可千万别驳我的面子。"

灯光下的林安琪肤光胜雪，一双美目坦荡而真诚地凝望着沈秋言，原本阅人无数的沈秋言一看到胸针是自己最爱的枫叶状便觉得眼前的女子心机深沉而有了防备和计较，没想到人家一出口就主动解释了缘由，这下再推辞未免就显得自己小家子气了，于是她收起盒子感激地朝林安琪点点头："谢谢林小姐。"

左家勋笑道："赵总您瞧，这林孟尝的名头真不是盖的，一出手就把我的助手给收买了。"

"沈小姐可不是用礼物就能收买的。"说话间林安琪的身子微微一侧,手指将长发洒脱地朝后一甩,身后上菜的女服务员躲闪不及,手中的碟子一歪,顿时一大滴浓酱汁落到了林安琪的裙裾上。

年轻的女服务员顿时白了脸:"对不起对不起……"

来这里的客人非富即贵,身上的衣服自然非同一般,一旦闹起来,女服务员的结局可想而知。

林安琪起身轻轻按住她的胳膊,柔声细语:"不要紧,刚才是我没注意,小事一桩,你忙你的,我去冲洗一下就可以了。"

林安琪朝大家点点头,施施然去了洗手间。

两个男人相视一笑。

沈秋言望着林安琪的背影消失在拐角处。

这个女人给人的感觉除了美丽之外,更有一种大度和洒脱在身上,不像她以前见过的一些娇小姐,一点点不如意就跟天塌下来了似的。冲刚才林安琪的出手以及对左家勋的直接称呼,沈秋言知道这位林小姐对自己的老板很有意思,至于老板对她的态度——他进门时没有推开她挽过来的手臂,他让自己接受了她送的礼物,刚才他和赵总之间的相视一笑,这些都已经传达了一个信息:他欣赏这个女人。

这些年跟在左家勋身边,见多了迷人的蜘蛛精,一个个千丝万缕出尽百宝,也没见哪个能把左家勋给缚住,林安琪无论是形象和气度乃至家世都跟左家勋极其登对,将来极有可能是自己的当家主母,一想到这里沈秋言马上站起身:"左总,我去看看林小姐。"

左家勋看了她一眼,点点头。

洗手间里,林安琪低头仔细地用纸巾沾着洗手液擦着裙摆。

沈秋言走上前:"林小姐,我来帮你吧。"

"不用不用,差不多就行了,这衣服明天反正都要洗的。"林安琪将手中的纸巾团起来扔到纸篓里,伸手用力敲打了一下自己的肩膀,笑道:"今天我连续三个采访,浑身酸痛,沈小姐你跟在家勋后面,这么晚了还要出门,会不会太累了?"

"不会,左总对我们员工是很照顾的。"沈秋言笑道,"何况今天见的是林小姐,平日里我只能在电视上见到你。"

林安琪嫣然一笑:"怎么样?会不会觉得我真人不如电视上好看?"

沈秋言的眼睛掠过她脖子里的那条耀目的钻石项链,真心实意道:"比电视上还要光彩照人。"

"光彩照人?你是指我这身行头吧?事实上我并不喜欢穿成这样,"林安琪上前落落大方地挽住沈秋言的手臂,"来,我们边走边聊。"

沈秋言的身子顿时一僵,脚都有些移不动了,她颇有些怪癖,一向不适应和人肢体接触。

这时,林安琪突然打了个喷嚏,她立即伸手捂住嘴,抱歉地冲沈秋言一笑:"不好意思,大概是空调吹多了,有点小感冒。"

不得不承认这个喷嚏来得正是时候,林安琪的手臂自然而然地就脱离了沈秋言的身子,沈秋言感觉轻松的同时更多了一份赞叹:这个女人太聪明太敏锐了。

离开"晓庐"时已近午夜十二点,左家勋和赵总相谈甚欢,两人相约下一次在北京会面。

林安琪先开车将赵总送往酒店。

等他们离开后,左家勋伸了个懒腰坐进车里:"总算不虚此行。"

沈秋言边发动车边笑:"有林小姐帮着咱们周旋,结局肯定不会差的,左总,我想我们左氏以后会更上一层楼的。"

黑暗中只听得左家勋一声轻笑:"沈秋言,要我怎么说你呢?做事敏感是伶俐,做人敏感就不好了。"

沈秋言不再说话。

她试探地起了个头,他竟没有半分不快。

难得的好现象。

事情似乎更明朗了。

02 离别的礼物

上午九点，S市国际机场大厅里人头攒动。

有人在用小喇叭不住地喊："大家注意啦，注意拿好刚才发到各人手里的登机牌，我再强调一遍，请各人小心保管好……"

正值暑期，游客多。

太嘈杂。

刚办好了托送，夏迟暮此时一个人站在护栏边，肩上斜挎着一只黄色的小皮包，闲闲地站着，一身轻松眼神游移。她并不介意人多，淹没在人群中反觉得自在，有没有休息的位置也无所谓。

姑姑夏樱本要来送机的，却被她坚决制止了，实在不想再次煎熬一次。

几米外，左家茵正被几个人团团围着，司机、家中保姆、她哥哥左家勋以及左家勋的助手沈秋言，司机和保姆不知道说了些什么，惹得左家茵不住地点头娇笑，保姆阿姨一手拉着她一手抹着眼角，再三叮嘱着。

夏迟暮没有看向他们，尽管和那几个人之间有一段距离，但她还是能清楚地感受到左家勋的肢体和眼神里传递出来的那种强烈的信息：麻烦你离我远点。

于是她乖乖地主动离他远点，临走前并不想再惹他不快。

左家勋的眼神迅速掠过迟暮所站的方位，下意识皱了下眉。身边的沈秋言敏锐地捕捉到了他的眼神，心念一动，马上拿了一瓶纯净水朝迟暮走过去："迟暮，喝点水吧。"

"谢谢秋言姐。"迟暮接过去冲沈秋言一笑，却没有打开。

沈秋言颇为怜惜地拍拍她的细胳膊，心中轻轻叹了口气。

跟在左家勋身边几年，沈秋言多少也知道点迟暮的底细。淡粉色T恤、牛仔长裤，挺拔的小身板，瓷白的肤色，莹澈的眼神，小而有些厚的嘴唇，脑后随意扎着的长马尾，眼前的迟暮就跟清晨滴着露水的小花苞似的，怎么看都是一个可爱的小女孩，令身为同性的自己都止不住要起怜惜之心，可想而知，这孩子再过几年将会吸引多少男人的目光。老板一向是很懂投资之道的，成百上千万的善款捐出也没见他眨眼过，现在分明奇货可居，分明已经在帮她了，为什么还要刻意对她这么冷呢？帮人帮得彼此关系这么僵，真是搞不懂。

沈秋言感觉到迟暮的身子陡然一僵，她马上放开了手，下意识转身，看见左家勋沉着脸朝这边走过来。

她知趣地朝左家茵的方向走过去。

她见识过老板对迟暮说话的口气，不想这孩子太难堪。

看到左家勋走过来，迟暮立即敛容站直了身子，微微欠身："左总。"

左家勋的语气还算平静："一个人站这么远做什么？"

迟暮低头实话实说："我……我以为你不喜欢我凑过去。"

"你以为？"他似乎是愣了下，声音变得有些烦躁，"你什么时候变得这么懂事？到英国后别让我担心就谢天谢地了！"

"我明白。"她微微抬头，视线正好落在了他相互交叉着的修长十指上，此刻他右手的食指和中指正在左手手背上有节奏地做着轻轻敲击的动作，宛如在弹奏什么乐曲，她的心顿时七上八下的跟着那节奏跳。

担心？他刚才说担心？哦，担心他的钱投资错了打了水漂吧？一定是这样的。

"你明白什么了？"他的口气更不耐烦了，交叉着的两手突然分开，吓得她顿时张皇地抬起头来。

"你……"他看到了她脸上细微的绒毛，闪着莹光，应该是汗吧？她怕他还是？他皱眉，第一次用一种自己都不能忍受的轻柔声音说："我明白这种话以后不要随便说出口，别人会误解的，懂不懂？"

她再次垂下头："懂了。"

"懂了？懂了什么？回答得这么快，刚才到底有没有听我在说什么？"他的火气似乎又上来了，"说话的时候头不要低着，这不是你。"

这人到底要闹哪样？临了还想让她发作出丑么？不，她才不会如他所愿。

迟暮深吸一口气，抬起头来，脸上带着一丝类似奸计得逞的诡秘笑容。这一次他不能怪她放肆，是他让她抬头的，她不但抬起了头，甚至还扬起了头，以便借机好好打量他。

第一次她这么近距离地牢牢地盯着他的脸。

高鼻梁,浓眉,细长眼睛,有棱角的下巴,她的手指下意识地在牛仔裤上轻轻比画着。这个男人并不算美男子,但他五官的每一笔都跟千锤百炼过似的,透着一股刚毅和沉静,这大概就是为什么他对她这么糟她还是觉得他身上有种令人心仪的安全感的原因吧?应该是吧?家茵曾问过她喜欢哪一类的男人,她说喜欢的男人一定要有一种令她仰视的力量,这句话其实就是照着眼前这个男人的模子说的,不管是形象还是能力,他都足以令她仰视。

以后的日子得要遇见多少人才能冲淡这个人在自己心中的分量呢?她不知道。或者只有时间才会知道。

他俯视着她扬起的小脸,半晌突然轻笑出声:"看好了没有?"

"好了。"她近乎贪婪地锁定那个笑容,然后理智地移开了眼神,再看下去眼中就要凝起雾气了,只有她自己才知道自己有多不争气。

这两年压根就没见他对她笑过,这应该是临别时他给予的特别礼物吧?她快速在脑海中对他刚才那个笑容做了个截屏,心里有了一种异样的满足,这下好了,到英国后觉得难挨的时候可以时常将这个画面拿出来想一想,就好像他自始至终都对她这么好一样。

"到那边要好好的,四年后我在这里等你,好好记住了!"左家勋边说边伸手在她肩上一按,然后快速地拿开,转身走向家茵的方向。

迟暮有些茫然地望着他的背影,刚才他的笑容以及双方身体太过接近致使她有种微醺的醉意,他在她肩上的一按更有一种致命的震荡感,因此,她根本就没听清楚他刚才说的话。

他……他到底说什么?好好的?好好记住?应该是让她在英国好好学习吧?这个他尽管放心,她自然会的。书非借不能读也,钱非借不能学也,她对此已经深有体会。学习这个东西最是实在,一分辛劳就有一分收获,两年前她的成绩在学校是垫底,而现在,她是凭自己的能力以一流的成绩考上剑桥大学贾奇商学院的。

正在恍惚间,突然听到有人招呼:"家勋!家茵!"

声音字正腔圆如新莺出谷般动听。

迟暮下意识转身，看到一个女人穿过人群含笑走过来，心里顿时一沉。

女人的五官轮廓清晰，脸部的每一个零件都长成了美女的样子，绝对是能让男人热血贲张的那种，一身宝蓝的无袖裙装，简洁大气，反倒更衬得她的身材火辣辣的。

这个女人迟暮是认识的，S市的名人，省台的台柱，前两天家茵还提过她。

林安琪经过迟暮身边时见这女孩定定地望着自己，她并不认识迟暮，但还是很大方地点头朝她一笑，就跟电视上大明星对着自己的粉丝似的，迟暮忙回报一个笑容，然后快速将目光收回，心里不得不赞这林安琪跟其母林太太真是云泥之别，身上自有一种天然的修养和贵气。

家茵看到林安琪不禁欢喜得叫出声："安琪姐！你怎么来了？"

林安琪看了左家勋一眼，又朝沈秋言点点头，然后熟稔地揽住家茵的肩膀笑："怎么？不希望看到我？"

"怎么会呢！"家茵有些激动，林安琪的脸在省城可是出了名的活招牌，天天都能在电视上见到的，机场大厅此时已经有人认出了她，望着这边不住窃窃私语。

左家茵掏出手机说："安琪姐，咱们来张合影吧！"

"好啊。"

两人的脑袋亲昵地靠着。

左家茵笑着高高举起手机，不住地咔嚓着。

迟暮收回的眼神又控制不住地看向她们的方向，心中暗地庆幸还好自己深陷人群中，应该不会有人在意。

看上去家茵很是喜欢林安琪，左家勋对这位林小姐似乎也颇为欣赏，一直含笑看着她们拍照，旁边的沈秋言、司机、保姆阿姨都带着笑容……看样子这林安琪很是得人心。当然她和左家勋也确实颇为般配，无论家世还是人才，只不过左大少爷一天不盖棺一天不定论，林小姐恐怕是要费些心力了，呵呵呵呵……迟暮心里发笑的时候猛然又警醒，老天！这是在嫉妒吗？真是好笑，夏迟暮，你一天不把这个妄想打落你就一天没有好日子过！他，或者她，般配或者不般配，统统跟你无关，听到没有！听到没有！

那边家茵笑着转过身，一手拉着林安琪的胳膊，一手要去拉她哥哥的胳膊，看样子他们三个似乎是想来张全家福……迟暮顿时口干舌燥，急急地收回眼神想打开手中那瓶纯净水的瓶塞，哪知双手抖索得厉害，瓶盖竟似牢牢地吸附在瓶身上怎么也打不开，该死！真该死！她气急，啪地给了瓶身一下，右手痛极时双眼也控制不住开始发潮……

正百感交集不能自抑时，她手中突然一空："没吃早饭吧你？远远就看到你跟只瓶塞过不去。"

03 绝对精明

迟暮怔怔地看着面前突然出现的一男一女，微微张口："你……你们怎么来了？不是说好别来的吗？我到那边自会给你们消息的。"

"看你……"周臻中将打开的水递过去，"先喝口水吧。"

迟暮极力避开他探究关切的眼神，接过水喝了一大口，清水汩汩润过肠胃，她呼出一口气，自觉心里平和了不少。

外形娇弱的丁薇却快人快语："迟暮，还亏得我们来了，人家那边都围成一堆了，也怨不得你刚才难受……"

周臻中皱眉："丁薇！"

迟暮也没接她的茬儿，转脸朝那边看去，发现家茵正满怀期待地朝这边张望，目光相接时她笑了笑，心下顿时有了主张："走吧，我们也到那边去。"

迟暮毫不避讳地拉住周臻中的手臂朝那边走去，周臻中欣喜地朝她一瞥，不料她却猛地用力将他朝左家茵面前一推，自己则快步闪避到沈秋言身边笑道："两位好同学，就此好好道道别吧！"

周臻中气得瞪眼，却对她那张不怀好意的笑脸无计可施，这么多人看着呢，而且此时回头也未免太小气太伤人了，他只得硬着头皮站到了左家茵面前，尽量表现沉稳地朝她笑笑。

别的人都知情识趣地退远了一点。丁薇看了迟暮一眼，然后默默站到了沈秋言身边，友好地冲她一笑。

左家茵从周臻中的眼神中看到了疲倦和无奈，他发鬓上的濡湿更是令她心里一酸，脸上却笑道："你是来送迟暮的吧？"

周臻中被她那双黑白分明的大眼睛一扫，整个人突然有种被看透的感觉，她身后站着的那群人更是令他莫名焦躁，但寒暄谁不会呢？于是望着她笑笑道："其实也不全是，大家都是同学，以后要再见面恐怕也是几年后了。"

家茵白皙的脸上现出异样的酡红，低低说了声是。

周臻中顿觉浑身不自在，咳嗽一声："迟暮那性子你是知道的，到那边还得麻烦你多照顾一点。"

左家茵整个人突然从迷醉中清醒了，望着他的目光幽深，连声音也是幽幽的："别忘了她的朋友不止你一个，"她顿了一下，觉得似乎有必要解释一下，轻咬了一下唇角，"刚才……可能你不知道，我哥跟迟暮两人有些八字不合，所以刚才我就没拉她过来。"

"我懂。"

左家茵心下一宽："谢谢你。"

"这还要谢？"周臻中真切地感受了眼前女子的敦厚和善良，忍不住说，"你放心，迟暮不会误会的，她总说你心地善良，是她最好的朋友。"

左家茵凝视着他的眼睛："那，你觉得呢？"

周臻中一笑，声音温和："我觉得她是对的。"

这边，迟暮正笑嘻嘻地望着左家茵和周臻中的方向，耳边却真真切切地听到了左家勋的声音："有些人的力气是不是全用到晚上爬墙去了？"

助手沈秋言忙敛神问："左总，您指的是？"

"随便说说，也没什么特别的意思。"左家勋发出一声轻笑，眼神依旧看向自家妹子的方向。

沈秋言哦了一声，神情迷惑地四顾了一下，这左总，怎么突然没头没脑来这一句？古怪。

迟暮的笑容凝在脸上咬着唇不出声。

老天！他怎么知道她爬墙了？想到四年后才能回来，因此前天晚上她让周臻中陪她去了一趟逸园。逸园如今空门落锁外人根本就进不去，于是就有了爬墙一出。

他跟踪她？

她有这么重要就好了。

没这可能的。

一定是逸园门口装了监控。

一定是的。

她怎么就忘了呢？

自己当时的窘态一定全落在这人的眼里了。

真正丢死人了。

正在暗地难堪时，忽听到林安琪脆生生的声音："家茵啊，可以介绍一下你的这位同学吗？"

保姆阿姨神情颇为兴奋："是啊是啊，以前似乎没见过。"

周臻中大方地走过去做自我介绍："大家好，我叫周臻中，那一位是丁薇，我们和左家茵都是同学。"

"听家茵说你快要去哈佛商学院读书？这么说咱们以后就是校友了。"开口问话的是左家勋，大家忙都凝神倾听。

周臻中先是一愣，但随即便明白了眼前这个气势不凡的男人是谁，忙点头说是，神情颇为激动。

因为所学专业的关系，周臻中读书时就特别留意财经人物，因此对S市商界的情况了解不少，对于左家勋这位媒体财经版的宠儿更是熟悉到了相当的程度。左家勋今日的成功，靠的绝不仅是祖荫，更有他自身的天资，据说他精通三国语言，曾留学于英美，在英国牛津取得了硕士学位，之后又到美国哈佛拿了经济学博士，他父亲左锦城去世时他二十六岁，叔叔左锦琦过惯倚红偎翠的舒坦日子，一向是只问收获不知耕耘，当时曾有很多人对左氏的未来产生过疑虑，然而这五年来左氏在左家勋的掌控下集团底盘比他父亲在世时更为厚实坚固，总资产更是增了三倍不止！

因此，S市商界的元老新秀中，要说周臻中崇拜的人物，左家勋绝对算一个。

遇到自己崇拜的神一般的人物，岂能不激动？

然而周臻中不知道的是，他的激动此时在外人眼里根本有了别样的意味，林安琪已经忍不住露出会心的微笑。

周臻中一身简朴的牛仔T恤装扮，在人群中并不显目，然而胜在年轻和那股子挺拔气质，活力和英气似乎从他身体的各个角落渗透出来，挡都挡不住，左家勋微微颔首，语调淡淡的："我妹妹认为你是个人才，我想，"他笑着看了家茵一眼，"她的话不会有错。"

"哥！"左家茵红了脸，眼风却娇嗔地飘向周臻中，此情此境，谁还能不明白她的心思？

林安琪一语双关笑道："这位同学，你可要好好努力哦！"

周臻中一时不知如何接口，只觉浑身汗津津的，一张俊脸涨得通红。

左家勋刚才的话根本就有一种露骨的暗示，暗示了他对周臻中已经有了一种首肯，周围人开始发出会心的笑声，司机和保姆阿姨两人更是欢喜得什么似的开始窃窃私语。

沈秋言笑笑，她对老板的态度并不感到意外。

老板，绝对是个精明人！

你以为世家都喜欢找财力相当的做女婿？

错。

环顾S市城里跟左家相当的世家，也实在是没几个，要从中找才学风貌年龄和家茵匹配的，更是比李白走蜀道还要困难，就算真能找到个半斤八两的，最后还得白赔上一大笔嫁妆。倒也不是心疼钱，然而当彼此都不把钱当钱的时候，钱就失去了效能，家茵的优势也就相对弱了一分。更要命的是，如今S市的世家子弟，大都是些出了名的没本事人，吃喝玩乐什么的有一套，别的……就令人摇头了。

豪门怨妇的故事并不少见。

这位周臻中就不一样了，才学风貌是一等一的，至于家世嘛，差一点不打紧，反正只要左氏肯提携，他的前途就不可限量，而且，左家勋以后还会白得一个得力助手，更重要的是，家茵喜欢他，这种多赢的好事，何乐而不为？

04 好姐妹

迟暮在微笑的同时却发现丁薇面色发白地站在一侧，她的心中隐隐起了一丝内疚，丁薇的心思她再明白不过，自己刚才那么直接地将臻中推送到家茵的面前，是不是做得有些过分了？平日里和丁薇虽有些话不投机，但其实并无太大的分歧，何况人家这么大老远过来送行，也算是情谊深厚。丁薇那酸不拉叽的德行也不是这一两天突然爆发的，事实上很多人都说她性格温柔善解人意，或者是自己神经过敏才会觉得人家言语刺心，其实人家不过是随口一句……

想到这里，迟暮忍不住上前揽住丁薇的胳膊，轻轻摇了摇："嗨，谢谢你能过来送我。"

丁薇那颇具江南女孩婉约气质的脸上浮起一个虚弱的笑容："说什么呢，咱们是好朋友呢。"

迟暮心里似被什么一揪，内疚开始无限扩张："丁薇，真对不起……"

"嘘！"丁薇突然按住她的手臂，轻轻将她一推，笑道，"周臻中，迟暮有话要跟你说！"

周臻中马上大步走过来，也不顾众目睽睽，一把拉住迟暮的手将她拉到一侧，眼神灼灼，低声问："有什么话要和我说的？"

"没有啊，"迟暮见他面色不对心中莫名一紧，笑嘻嘻地想打岔过去，"我是看左总对你态度很不错，忍不住替你高兴，以后你……"

"迟暮！"周臻中突然没有任何预兆地一把将她拥在怀里，拥得紧紧的，像是怕她会消失似的。

这个突然的变故不但令迟暮僵住了，众人也相顾失色，左家勋的脸色已经沉了下来，保姆阿姨更是一双眼睛睁得老大，完全不敢置信似的。丁薇注意到了左家茵眼中明显的失落和痛楚，脸上顿时掠过一丝不为人察觉的淡淡笑意。

迟暮脑中闹哄哄的，完了完了，这个毛躁得不晓人事的周臻中！她恼火地撑起双臂极力想避开周臻中的怀抱，耳边却听见周臻中声似哽咽："迟暮，别随随便便就推开我！"

她心中顿时一酸，从前多少个黯淡的日子有他陪着才撑过，她是在乎他的，从来都不想在人前令他难堪，于是她马上停止了无谓的挣扎，柔声低语，类似哄劝："那你好好的，先放开我。"

"我会放开的，我现在不是有意要让你不高兴，迟暮，我只想你知道，对我来说，世界上任何东西都没有夏迟暮来得更重要，就算以后天地发生了变化，你在我心里都不会变，我希望你能明白这一点，你若讨厌我，我绝不会烦你，但你以后也不要随便把别的什么人硬朝我身上塞，好不好？"

"好，你松开我。"

"你先答应我。"

"我答应你。"

"答应我到英国后要经常联系。"

"不是早就答应过你了吗？现在可以松开了吧？"

周臻中依言松开了她，站在那微微喘气，情绪明显激动，难以平复。

迟暮心中吁出一口气，极力若无其事地转过身，看了丁薇一眼，然后伸手利落地在周臻中的手臂上连拍了两下，故作洒脱地笑道："这是我从小到大的好哥们，小学到大学的同学，人是好人，就是有些容易激动，正所谓相见时难别亦难，都是离别惹的祸，见笑了，不好意思啊，不好意思。"

"好了！"左家勋冷冷地扫了她一眼，声音更是不带一丝温度，"时间不早了，拿上登机牌去候机室吧，别的不相干的，就各散了吧！"

迟暮心中一沉，完了，他一定是觉得自己耍什么心机有意在给家茵难堪吧？算了，反正自己的形象在他心中早已经定格了，再胡乱涂抹一遍也不要紧。她继续保持微笑朝大家摆摆手，也不多话，转身就到了安检处，取出登机牌的时候她微微闭了闭眼睛，感觉整个人疲倦之极，脸上的笑容也开始似干裂的泥面具纷纷剥落，安检后她没有再转身，刚才那样的场景她不想再来一次。

在候机室坐了近十分钟后，左家茵才姗姗来迟。望着家茵落寞的神情，迟暮不知道说什么才好，难道说是丁薇有意使坏？聪明如家茵，此时什么安慰都是苍白的，说对不起就更伤人了，于是她极力做出若无其事的样子："来了？"

家茵无声地在她身边坐下，半晌后突然冲她扑哧一笑："好了好了，快别这样了，有什么大不了的？又不是第一天知道他对你好。"

"就知道你不会误会，"迟暮如释重负下又有些惆怅，"但在别人……我又是罪状一件。"

别人？夏迟暮什么时候在乎过别人？但左家茵是明白的，迟暮口中的这个别人，无非就是大哥罢了。

作为闺密，她自然懂得迟暮对自己大哥的心思，但她更知道大哥对迟暮的态度，这世间喜欢大哥的女人太多太多，大哥对迟暮……连她自己都觉得不可能，根本就不是一路的，因此也就没法安慰，于是她转移话题道："这趟你行李都带全了吗？"

"衣服我只带了当季的，到那边再说吧。"说这话的时候迟暮的脑海中突然有些心虚地出现了那条白裙子，明知托运行李有限制，临走前她竟鬼使神差地将它用硬纸盒包装了塞进旅行箱，占了好大的一个空间……据说剑桥有 45% 的学生出自英国 7% 的富裕家庭，以后若有舞会什么的这裙子可以拿出来充充场面，总不能太丢中国人的脸不是？当时她是这么告诉自己的。

家茵点头："嗯，反正剑桥还有半个月才正式开学，到那边有的是你准备的时间，而且我堂哥也在剑桥，我早就跟他交代了，缺什么你就跟他说，记我账上。"

迟暮的手不知何时被家茵覆住，隐隐中有种被保护的感觉，她的心里顿被一股温柔牵念，眼中也波光粼粼，忍不住说："家茵，你对我真好。"

"快别酸啦！将来我可是要收利息的！"家茵的大眼睛一横，又抬手没好气地给了她胳膊一下，"可能是天生欠你的，我总想着要对你好，事实上你这人脾气怪诞，我并不喜欢。"

"不喜欢我却依旧对我这么好，分明是真爱嘛！"迟暮嬉皮笑脸滚落到家茵怀中撒娇。

怀中的迟暮雪肤花貌煞是娇俏动人，身为女人的左家茵见了都禁不住心神摇曳，正欲嬉闹时她猛然想起刚才周臻中拥迟暮入怀的情景，那颗温热的心顿时凉了半截,半真半假间隐隐动了气,伸手用力将迟暮一推:"好了别闹了,你这一套我姓左的可不吃!"

迟暮一愣,坐直了身子强笑:"瞧我,总是容易忘记你也姓左。"

左家茵也怔住了,暗地懊恼自己突然而起的嫉妒心,正不知如何收场,恰逢此时登机时间到了,她暗地松口气,站起来走到排队的人群中,迟暮也紧随其后。

彼此沉默了一会儿,站在前头的家茵突然说:"对了,有件事儿忘了告诉你,下个月丁薇要到左氏实习了。"

"哦?"迟暮一愣,"是你的功劳吧?进左氏一直都是丁薇的目标,她一定很感激你。"

只听得前头家茵苦笑一声:"感激什么,只是实习罢了,希望她以后能对我少点偏见就好,以后要真想进左氏还得靠真本事,不过我相信她能力还是有的。"

迟暮笑:"多心了,她对你能有什么偏见?无非是天下美女所见略同罢了。"

"什么?"家茵转头表示不明白。

迟暮附耳嘀咕笑:"同一个男人。"

家茵红了脸,银牙一咬,掐了她一下,迟暮也笑嘻嘻回掐了一下,排队的人群中立即有人发出不满的声音,两人吐舌相视一笑,赶紧都站直了。

上机后不久,空姐将机舱的窗户全关上,故意造成了一个夜晚的场景,从S市到英国,要十多个小时呢!

吃完飞机餐后很多人开始打瞌睡,家茵也闭目养神,很快就发出轻轻的鼾声,迟暮跟空姐要了条毛毯悄悄给她裹上,自己却怎么也睡不着,刚才过去的一幕幕又开始反刍,许多人事匆匆一闪而过,相反是一直并没交流的林安琪那精致高贵的形象顽固地蹦进她的脑海中,甚至比左家勋的形象还要更清晰深刻,怎么也挥之不去……

再回来已是四年后,那时,她,和他,该有孩子了吧?

Chapter 03

第三章 人生何处不相逢

01 女作家

朝看水东流,暮看日西沉。

这趟从英国往中国的飞机上客人颇多,空中小姐不住地用悦耳的英语说明登机注意事项。

一个年轻的女孩脚步轻盈地迈入机舱,手拿登机牌四顾着寻找自己的座位,机上的男士们顿时神情一振,倦态随之一扫而空。

女孩一头长发很随意地披散在背部和胸前,明明是黑色的,却给人以流金熠熠生辉的意味,身上藏蓝色的风衣只用一根带子松松地束着,却恰到好处地现出了她的细腰,肌肤雪白莹润自不必说,最让人惊艳的是她的眉眼轮廓,笔笔中锋婉转柔媚,宛如王羲之的字,有种摄人心魄的美。

机上有近一半是中国人,有人开始窃窃私语议论这是国内哪位新晋的女明星,不过话音刚落立即有人表示反对,女孩媚则媚矣,却有种出尘的味道,从头到脚都透着一股自然而然的浓郁书卷气,不可能是女明星。于是,经过反复斟酌,大家得出的最后结论是:定是国内或者香港哪位世家的大家闺秀。

夏迟暮终于在机舱后身一位正埋头看杂志的女士旁边找到了自己的位置,她不禁放松地发出嘘的一声,坐下后微微喘息。

她知道周围有人在议论她,心中想的却是临行前导师对自己说的话:Summer,要是在中国过得不快乐,就回剑桥来,这里永远欢迎你。

可能吗?

这几年她在剑桥过得并不安逸,她对自己充满了厚望又对未来有着太多的恐惧和不确定,她学的是商业管理学,周围的同学大都是世家子弟,人家学成后要回去继承祖业的,她呢?她不确定自己以后要干什么,能干什么,只是拼了命地学习,剑桥有每周和导师讨论作业的传统,她执行得相当认真,导师都感动了,同学中少有她这样勤勉的,何况她还不缺聪慧。

剑桥有近一半的学生出自富裕精英家庭,作为商学院的贾奇里尤甚,很多场合她都有意识地去结识新的朋友,从他们的对话中尽量汲取世界各地的商业信息并认真做记录，总觉得将来或许会派上用场，事实上她对管理学并没多大兴趣，然而没兴趣并不代表不能做好。

家茵的堂哥左家瑞经常笑她将来一定会是商界女强人，她只是笑，并不解释。

她以绝佳的成绩顺利拿到了剑桥管理学硕士文凭。穿上黑色长袍的那一刻，她感觉自己成了剑桥历史中的一分子，分享着牛顿和霍金的荣光。真的很想继续留在剑桥，读书，或者其他。然而她知道，故土在召唤自己，姑姑，家茵，乃至周臻中……更有魂牵梦绕的逸园，四年了，它还好吗？有没有再次易主？

家茵已在一个月前归国，周臻中也从哈佛顺利毕业，据说左氏已经向他伸出了橄榄枝，他还在考虑中，说是等她回来再决定，丁薇则早已在左氏名下的服饰公司干得风生水起……看样子大家都很青睐左氏，难道，除了左氏，S市就没有别的去处吗？如果她回去，是不是也要进左氏呢？以后拿着左氏的薪水报着左氏的恩情，一辈子就这么纠缠着没完没了……不，她不愿意。

想了四年，她都没想好自己将来的去处，然而拿到文凭的当晚，她就下了一个重要的决定，给S市大学去了一份求职函。前天，她收到了肯定的回复：S市大学欢迎她去学院经济系做讲师。

就是这个回复让她定下了尽快归国的决心。

正闭目沉思中，突然听到身边那位女士愤愤将手中杂志一合："简直胡说八道！难道除了左家勋世上就没男人了？"

左家勋？这个名字立即在迟暮的心里激起老高的浪花，她急促地扭头看了女人一眼，巧了，和女人正好碰了个面对面。

四目相对间，两人都微微有些一怔。

女人有张棱角分明的方脸，大眼睛，眼神凌厉，薄唇，青白色的肌肤，有些毛躁开叉的中长发披散在肩上，总之，这女人浑身上下的每个细胞都表明了她是个不好相处的人，迟暮友好地冲她笑笑，收回眼神，脑中则开始高速搜索：看着真有些眼熟，到底是哪位呢？

正思索间，女人主动开口了，眼神显然还没从迟暮脸上离开："看你有些眼熟，范冰冰？不可能的，轮廓明明要比她小一两个号，周迅的灵气你有,却没有她的沧桑,带点刘亦菲的仙气,却没有她咄咄逼人……"迟暮有些哭笑不得,至于吗,自言自语中有明显的八卦娱乐口吻,更兼尖酸刻薄……慢着,她想起来了,知道这趟飞行不会寂寞了,于是侧身重新看向女人:"您是叶微凉小姐吧?"

女人的眼里顿时掠过一种惊喜和骄傲:"你知道我?"

迟暮点头:"以前曾经读过您的专栏。"

以前她也就读过叶微凉写的两篇关于左家勋的文章,并不算拥趸,但当时读得颇为认真,乃至把专栏上叶微凉的头像也记在了心里。那些年,凡是跟他有关的女人,她总是记得很清楚。

"以前?你是说以前?"叶微凉的口吻有些尖刻,话一出口自己也意识到了,马上开始自嘲,更有种莫名的悲凉,"是啊,最近我确实是写得少了。"

女作家真是世上最为敏感的生物,迟暮忙解释道:"这几年我一直在英国读书,很少读到国内的文章。"

"哦?"叶微凉看了她一眼,笑笑,低声道,"不好意思,最近两年我一直在走下坡路,有些情绪不稳,别人稍微一句话我就能浮想联翩。"

能这么快认清自己的人,总是可爱的,迟暮突然对她起了莫名的好感:"职业习惯罢了,不用介意,我了解的。"

"很多人都觉得我脾气古怪不好相处,就连从前的一些读者,也找到了新的安慰,"叶微凉伸手轻轻覆盖上迟暮的,"难得你能这样理解我。"

迟暮明白了她的悲哀所在,就跟过气演员一样,一个快被读者遗忘的作家……难免是落寞的。她有些替她难过,忍不住轻声道:"大多数人在你这个年纪,还没有成名呢,或者根本一辈子就不可能成名,譬如我。"

"小可爱样儿,你还真会安慰人,"叶微凉目光直直地望着迟暮的脸,有些放肆,甚至还有些贪婪,那种大咧咧自来熟的个性暴露无遗,"你要成名做什么?我宁愿拿我过去乃至将来的名气来换你这张脸,我担保就算左家勋见了这张脸也会动心。"

迟暮心里一颤，原以为自己在剑桥修炼这么多年已经百毒不侵，没想到光是听到这个人的名字心底就开始暗潮涌动，自己都觉得意外，不禁怔怔地望着叶微凉。

"你不知道这个人？"叶微凉将手中的杂志翻开，"看看介绍，当然了，忽略掉关于我的一段，竟说我因为被左家勋拒绝在酒吧买醉，我叶微凉有那么贱吗？气死！"

迟暮接过杂志，劈面就是一张左家勋的个人侧面照，鼻梁如刀砍斧削般笔直挺立，与她记忆中一模一样，旁边粗黑的标题更有些触目惊心：商界巨子钻石王老五左家勋疑似好事将近。她从上到下快速扫了几眼，多处发现了林安琪的大名。至于叶微凉的名字，实属一笔带过。

这算什么？分明是四年前的旧闻。

这些年他们俩依旧裹足不前吗？

她笑笑将杂志还给叶微凉。

叶微凉一瞬不瞬地看向她："怎么？对这个人你不准备发表点意见？"

"我不了解，对于不了解的人不好说。"迟暮无声打了一个哈欠，有些抱歉地冲叶微凉一笑，"好累啊，我先休息了。"

说着她也不管叶微凉惊诧的眼神，开始闭目养神。

从前为着替哥哥打抱不平，家茵曾对叶微凉有过评价：这女人周遭的无论什么都可以拿进文章中写，谁要是惹她不高兴了，那更了不得，她大小姐在专栏里含沙射影加上两笔，管教你吃不了兜着走。

祸从口出，她不能不防着点，总不能一回国就惹事，是不是？她已经不是从前的她了。

叶微凉不出声地望着迟暮。长长的眼睫毛扇子般地盖下来，瓷白莹润的脸，简直像自己小时候哭着闹着向妈妈要的洋娃娃……有时候女人也爱美丽的女人的，她抬头无声示意空姐取来一块毛毯，小心地给迟暮盖上。

迟暮睁开眼说了声谢谢又匆匆合上，她是真有睡意了。

叶微凉笑笑，身子朝后靠了靠以便更舒坦些。

凭着职业敏感，她打赌身边这个女孩跟左家勋之间有些渊源。不急，反正还有十多个小时呢,等她醒来再问问她的名字,说不定就能成就一段故事情节。

02 物理学教授

迟暮这一睡就是四五个小时。

叶微凉递给她一瓶纯净水,迟暮接过打开连喝了几口,然后舒坦地吐出一口气,神情近乎调皮地说了声谢谢。

叶微凉自然而然地:"还不知道你的名字呢。"

迟暮愣了一下,不得不出声:"夏迟暮。"

本来她对将自己的名字告诉外人并不忌讳,只是,一扯上左家勋……

叶微凉眼睛微张:"迟暮?美人迟暮的迟暮?跟我这叶微凉一样,是笔名?"

迟暮哭笑不得:"如假包换的真名。"

"这名字有些触目惊心啊,你爸妈中应该有一个是搞文学的。"

"不是,"迟暮摇头,迟疑了一下,"我可以叫你微凉姐吗?"

叶微凉几乎是大喜,一下子握住她的手:"可以啊!太可以了!"

这是个大情大性的女人。

然而贾奇商学院毕业生最大的特点是懂得未雨绸缪,迟暮心气一横:"微凉姐,我有个不情之请。"

"你说你说,做姐姐的一定满足你!"

迟暮咬咬唇,低声道:"希望以后你的文章中不要出现我的名字。"

这话说出来其实是等着被人刻薄的,我呸!你以为你是谁?也不掂量下自己的身份!你值得进我的文章吗?

但她还是要说出来。

果然叶微凉变了色,一下松开她的手,怔怔地望着她,但口气并没有预想中的愤愤,"咦?你是我肚子里的蛔虫吗?我严重怀疑你是我的同行。"

那样刻薄的话毕竟没说出来,迟暮松了口气,摇摇头,看向叶微凉,神情颇为认真:"那你是答应了?"

"你说呢?"叶微凉望着她,"迟暮,知不知道你用这种眼色看着人时,谁都没法拒绝你的。"

迟暮不好意思地笑笑,不再出声。

叶微凉也笑,不就是不出现名字吗?那还不简单?嘿嘿。

飞机抵达 S 市的时候是上午十点。

雨后的 S 市机场很洁净,空气清新,跑道也开阔,看得人心情舒畅。

一下机迟暮和叶微凉便失散了。

她是有意的。

人情淡始长,何况叶微凉大小是个名人。

拿了行李随着人群走出机场大厅,迟暮不禁有些激动,更有些茫然。这趟回来她并没有通知任何人,算是一次突击行动。

很明显,S 市机场在她出国期间经过了一场大修,增加了不少基础设施,已经和她记忆中完全不一样了,她有些不辨方向,正在迟疑间,突然听到身后有人喊:summer!

她转身,看到一个身穿藏蓝色休闲西装的高个子男人朝她走过来,脸上带着一种令人舒适的温和笑容,迟暮眼里顿时满是抑制不住的欣喜,忙不迭迎上前去:"Professor Simon!"

"终于决定回来了?"男人凝视着她眼里的星光璀璨,"现在已在国内,叫我钱闻道好了,或者直接叫闻道。"

迟暮浓眉一扬:"那你应该先叫我迟暮的。"

"对,迟暮,是我错在先了,"钱闻道笑着伸手很自然地接过她的暗红色拉杆箱,"我来吧,有没有人过来接你?"

迟暮也不谦让,顺势就松开了箱子:"没有啊,我想着要给我姑姑一个惊喜的,你呢?我看你并没什么行李……"

"我是刚从北京飞回来的,远远地就看到一个人背影像你。"

迟暮大乐:"哦?我竟然能让教授大人如此印象深刻?"

她一旦快活起来很有种顾盼神飞的灵动感,惹得周围的行人不住地朝她脸上瞧,钱闻道拖着箱子朝前走去:"咱们至多也就两个月没见吧？是不是？回来你有什么打算？"

迟暮忙跟上前，笑问："你现在还在 S 大吗？"

"是啊。"钱闻道着意看了她一眼，他笑起来的样子很好看，显得特别的温文儒雅，叫人心里顿生安全和暖意。他是 S 大最年轻的物理学教授，去年起在剑桥三一学院做了一年的访问学者，两个月前归国。剑桥的华人并不多，一来二去，就和迟暮认识了。

"以后还要请教授大人多多关照。"

"怎么讲？"钱闻道边走边侧脸含笑看她，大概是为跟上他的步伐，迟暮走路很有点目中无人的气势，长发纷飞，小小的身躯给他的感觉竟似一匹难以驯服的烈马，看得人目眩神摇。

迟暮笑："明天我要去 S 大教工处报到，到时候教授大人可以屈尊陪我走一趟吗？我需要有人壮胆。"

"这么说我们以后是同事了？"钱闻道的眼里掠过一抹惊喜，刚要再说什么，突然发现前面有个高大的黑影子挡住了路，他忙不迭收住脚步，略微不满地抬眼，一看来人顿时一怔，"左总？"

"钱教授，看来咱们还真是有缘，前天刚在酒会上见过，今天就又遇到了，"左家勋笑着，客气地朝钱闻道伸出手，眼睛朝迟暮的脸上恣意横扫过去，似笑非笑，"钱教授是来接机的？"

钱闻道伸出一只手轻轻一握他的，也不解释，只是笑笑："左总这是要出远门？"

"不，"左家勋的眼神仍旧停驻在迟暮的脸上，"我是……刚下机。"

钱闻道哦了一声，扭头看到迟暮望着左家勋的那种类似迷惘的神情，心里突然涌起一种类似不太舒适的感受，勉强开口道："迟暮，我来给你介绍一下，这位是咱们 S 市有名的左氏集团的……"

迟暮已经从眩晕震荡中回过神来，礼貌而得体地笑笑道："我知道的，左氏集团的左总，钱教授，我以前不是跟你说过当初我去剑桥读书是源于一位好心人的资助吗？那个好心人就是左总。"

"原来如此！"钱闻道如释重负，再次伸手主动握住了左家勋，声带真切的感激，"左总果真是热心肠！你不知道迟暮在剑桥有多优秀！"

左家勋笑，"江湖盛传钱教授清高自负，我看是缪传，这不，夸起人来竟比别人夸自己还要激动三分。"

钱闻道大笑。

迟暮的脸腾的一下红了，连耳朵都有些热辣辣的，真想当场解释自己和钱闻道不过是偶遇，可是……为什么要解释呢？有这必要吗？S市还真是小，怎么刚一回就遇上他了？没有任何预警没有做好任何准备就……大概命运就是这么安排的，在这个叫左家勋的男人面前，夏迟暮永远只有窝囊狼狈的份儿，无论是四年前还是四年后。

幸亏左家勋没有将这个话题继续下去，而是问道："你们有车过来接吗？"

钱闻道摇头："正准备打车回去。"

"不如就坐我的车吧，顺道。"左家勋俯身欲从钱闻道手中接过箱子，"让我来吧，难得有一次为教授服务的机会。"

钱闻道压住左家勋的手，神情慎重，"坐车可以，这个就不敢劳驾左总了，"他边说边看了迟暮一眼，"迟暮，你觉得呢？"

还能怎么说？点头是迟暮此时唯一能做的事情。

左家勋也不坚持。

就这样，两个男人在前面并肩走着，迟暮隔着他们一段距离，无声地跟着。

左家勋的大奔后备箱打开时，钱闻道微微愣了一下，提起拉杆箱小心地放进去，抬眼时发现左家勋已经打开副驾驶门对他做了一个请的姿势："钱教授坐前面吧，视野开阔。"

钱闻道合上后盖，走过去侧身朝车内看了一眼，笑了笑，弯腰进了车，左家勋替他关上车门，自己转身坐进驾驶室。

迟暮默默打开后车门，探身进去，随手拿起座位旁边放着的一只旧旧的灰色方形靠垫拥进怀里，那种满满簇拥的感觉让她的心里稍微平静了一些。过了这么些年，左家勋开的似乎还是从前那辆车，作为一名富豪来讲，也真算是节俭了。

这是她第二次坐他的车，第一次才十八岁……父亲还在身边。和记忆中一模一样，车里依旧有种类似橙花的味道，清冽、干净，她自小就喜欢这种味道。

大奔在机场车道划过一道流畅的弧线，转身便滑进大道上的车流。

"左总这趟出的并非远门吧？否则也该是由司机开车接送的。"钱闻道开口道。毕竟是教授，观察比一般人更是细致入微。

左家勋嗯了一声，扫了后视镜一眼："钱教授呢？"

"我刚从北京开会回来。"

左家勋发出哦的一声，下意识动了动身子，车内的气氛似乎陡然间松弛了一些："相请不如偶遇，我看时间快近中午，不如我请两位吃顿饭，顺便再和钱教授谈谈关于你那个项目进一步的构想。"

"左总不愧是商界快手，佩服，但这项目实在是急不得，毕竟理论还没有经过实践，至于今天的午饭，我更是抱歉，校长前天就约了我，下次我一定补请赎罪，等会儿你直接在S大门口放下我就行了。"钱闻道说着转过身，望着自从遇到左家勋就变成闷葫芦似的迟暮，笑道："迟暮，我看你今天有必要请左总一顿，感谢他这几年来的照顾。"

迟暮点头说了声是。

"对了，明天你什么时候去S大？我等你。"

迟暮一愣，脑子滞了一下才明白过来到底是怎么回事儿，想了想说："上午九点左右吧。"

"行，到时候我在门卫处等你，可以吗？"

"好。"

钱闻道转身坐直了身子。

之后谁都没再说话。

迟暮的眼神一直看着窗外。

半小时后，钱闻道在S大门口下了车，朝左家勋说了声谢谢，探身笑着对迟暮摆手："明天见！"

迟暮点点头："明天见。"

03 天府人家

目送着钱闻道消失进S大校园，车内的氛围陡然变得紧张微妙起来，迟暮紧紧抓住手中的靠垫，无声呼出一口气："左总，如果你愿意，我想请你吃顿饭。"

"我不愿意。"左家勋回答得相当干脆，头都没回。

迟暮讪讪地哦了一声："那，麻烦你直接送我回……不是，就让我在这下车吧，我可以打车的。"她边说边放下怀中的靠垫。

方向盘在左家勋手中打了个转，大奔呼的一声快速驶离了S大。

迟暮咬咬唇，既然他没有将她放下的打算，那就……占便宜到底吧，在他面前唱反调绝没有好下场，那些年她积攒的经验数这条最为印象深刻了。

窗外随处可见拔地而起的高楼，这几年S市的变化真大，看上去俨然有国际大都市风范，但这并不能令迟暮欣喜，她喜欢看到一些熟悉的老地方，是因为年龄渐大的缘故吧？都说岁数大的人才容易怀旧。

"明天你应该直接打他手机的，万一到时候被什么事情耽搁了，岂不要人白等？这点人情世故你现在也应该懂了。"

左家勋的突然出声让后面正看风景的迟暮一愣，下意识说了声是。

"是？就知道说是，我真怀疑你的剑桥文凭是怎么拿到手的。"

又来了。

迟暮彻底回到现实。

这么难得的相处机遇，他还是忘不了要教育她，大概是从前她给予他的印象太蠢太笨的缘故吧，于是闷闷解释了一句："我并没有钱教授的手机号，他也没告诉我，就算我明天真有事耽搁了，他一个大教授有的是脑子，又不是抱柱的尾生！"

说这句话的时候她是有些气恼的，她不容许别人侮辱自己的智商！压根也想不到前面开车的那个人已经唇角上扬，微微露出笑意来："看来这几年你在英国确实读了一些书，还能知道尾生。"

迟暮不禁对着他的后脑勺瞪了一眼。心说我从前就知道尾生好不好？是你不知道罢了！

左家勋许久都没听到她的回应，似乎是为了挽回僵局，叹口气道："家茵今天估计会不好过。"

迟暮的心顿时提了起来："出了什么事？"

"竟然不知道自己最好的朋友今天回国，你想她能好得起来吗？"

这人！

百年一遇的幽默，尽管并不好笑，倒也难得。

迟暮松了口气："家茵不会介意的，我只是想给她一个惊喜。"

"你一向就很能给人以惊喜。"

哦？

这话，又是什么意思？是讥讽还是？在外修炼了四年，到底还是跟不上他的思路，迟暮不得不放弃探究，试着换一个话题："我听周臻中说左氏有意聘他进管理层做商业顾问。"

"左氏欢迎一切有才干的人加盟。"

左家勋扔下简单的几个字就闭了嘴，类似电视里的新闻发言人，干巴巴的，没有任何实质内容，迟暮不免尴尬，脸有些发烫，感觉自己委实有些可笑，而且是可笑到了令自己难受的地步，原本在剑桥也算是意气风发的一个人，怎的在他面前竟连寒暄都不会？一张口就谈周臻中，难保人家不以为她是想要求他关照男朋友，实在是……愚蠢。

然而这样的感觉只是一瞬而逝，她很快就释然并调整好了自己的情绪。眼前这个人，就跟在冰箱中搁了四年一般，如今拿出来还是和从前一般的模样和德行，她其实一早就有心理准备，已经从当初的失望难过变成了能够接受现实。

"启蒙之所，智识之源。"这句拉丁语是剑桥校训，理性的思辨是剑桥向来的风尚，经过四年，她已经被剑桥重新格式化了，再也不是当初那个一言不合就冲动任性的小女孩了。

迟暮伸手重新将靠垫揽进怀里。

一路无话。

车在虎踞路的一排旧楼前停了下来。

左家勋下了车。

迟暮赶紧也跟着下了车，快步走到车后："左总，麻烦你打开一下后备箱，我要拿一下箱子。"

反正这里离家也不远了，就算走回去也没关系。

左家勋看着她微微皱眉："要我说你什么好呢？这四年你一点长

进都没有吗？也不看看现在几点了，现在回去是要成心折腾你姑姑？还是先吃了饭再说吧。"

声音倒是温和的。

迟暮这才发现车竟停在了一家熟悉的餐厅的旁边，心里顿时一阵欢喜："左总说得对，正好我请你，可以了却一桩心事。"

"心事？"左家勋似笑非笑，走上前，低头凝视着她的脸，声音有些喑哑，"这么说，请我吃饭竟成你的心事了？"

迟暮的心陡然漏了一拍，眼神直盯着餐馆玻璃门上贴着的几个广告字，强自镇定笑道："不是……可能我的中文表达能力有些退化。"

"先进去吧。"还好左家勋没再为难她，说话间侧过了身子，迟暮明白他的意思，忙先一步跨进了这家名叫"天府人家"的小小川味馆。

餐厅进门便见一个弧形的吧台，一个五十多的秃顶男人嘴里叼着烟正埋头按着计算器，二十几张卡座错落有致地排列着，已有十来个客人在用餐，有很明显的剁椒香气荡漾在空气中，迟暮享受地深吸了一口气，左家勋则下意识伸手按了下鼻尖。

迟暮径自走到吧台前，笑嘻嘻道："刘叔，在忙啊？"

男人嗯了一声抬起头来，盯着迟暮看了几秒，一下子拔出香烟直接掐灭在吧台上的烟灰缸里，两只肿泡眼瞪得老大："迟暮？"

迟暮点头笑："刘叔不认识我了？"

男人从吧台里走出来，对着迟暮上下打量，不住地感慨："啊呀，这几年没见，都已经是大姑娘了！好看！真好看！毕竟是从英国剑桥回来的，这气质就不一般！"

"刘叔你也很帅啊，比以前还要帅，尤其是……头发。"

"哈哈哈！你这小鬼，还跟从前一样坏！看来剑桥也没能教好你……"说话间突然意识到了迟暮身后扫过来一道清冷的目光，餐馆老板刘仁忙将话头打住了，"这位先生是？"

迟暮扭头，发现左家勋一手插进裤兜里闲闲地望着她，下意识收敛起笑容道："这位是左总，我们一起来吃顿便饭。"

"好好好，靠窗那边的座位正好还空着，你以前最喜欢的，"餐厅老板刘仁边在前面指引着边说，"前两天夏老师还和人来吃过饭呢，提到你要回来夏老师还掉了泪,夏老师那个人一向气定神闲的,天塌下来当被盖,也就你这块心头宝能惹她这样,你回来了就好……"

刘仁的絮叨突然被左家勋打断了:"请问有菜单吗?拿过来看看。"

刘仁一愣,看了迟暮一眼:"有!有!我这就去拿!"

左家勋站在座位前脱下自己黑色的西装外套搁到一侧的椅背上,露出里面笔挺的白色衬衫,然后坐下来,接过老板刘仁飞快拿过来的菜单,埋头看起来,不得不说他的这一系列动作实在是流畅洒脱,极像一个赏心悦目的电影场景,不但是迟暮看得怔怔的,就连餐厅里几位正在用餐的年轻女孩也巴巴地望着他,不时窃窃私语。

左家勋点了菜单的几样,将它递给老板刘仁。

"啧啧!左总点菜还真有一手!这剁椒炒蛋正是我们家的招牌菜,也是迟暮以前每次都必点的,鸡汁脆笋也是……要不要来点木瓜汁呢?我们家的木瓜汁和别家是不一样的,迟暮第一次来我们店喝了木瓜汁之后就喜欢上了,以后每次来都点这个,别的那些果汁她连尝试都不愿意,这孩子就是这样的性子……"

"刘叔!"迟暮隐隐觉得有些难堪,这刘叔肯定是误会什么了,"赶紧让上菜吧,肚子都饿了。"

"好好好,这就来!"刘仁临走前笑着朝迟暮眨眨眼,并悄悄对着左家勋竖起了大拇指。

迟暮假装没有看到,抱歉地冲对面的左家勋一笑:"对不起,刘叔就是有些碎嘴,不过人挺好的。"

左家勋嗯了一声:"你把外套脱了吧,吃饭不方便。"

迟暮一愣,点点头,起身脱下风衣,扭身正准备找搁衣服的地儿,对面的左家勋已经站起身,不声不响就从她手中拿过风衣,动作利落地一抖,将她的风衣搭到他那件西装外套的旁边。

这股子突如其来的殷勤令迟暮先是一愣,随即便释然了,说了句谢谢便坐下来,明白这定是他在社交场合的常态,用以彰显他的绅士风度。她在英国待了几年,礼仪学了不少也见过些世面,经验上而言,老板做得越大,在外越是讲究风度。

左家勋重新坐下后,手中突然多了一只黑色的手机,他的长指在手机屏幕上快速按了几下，头低着，似乎在看新闻，又或者是别的。迟暮的风衣和他的西装并排在一起，看样子他刚才搭衣服很有技巧，不会将风衣压出皱痕来，有趣的是，乍一看，那西装似乎比风衣还要长几寸似的。

04 救世主

菜上来后，迟暮马上就拿起了筷子。

这几年在英国都吃的些什么呀，刚才一进餐馆她的胃就开始跃跃欲试了，必须得好好安抚一番。

不得不赞这小餐馆的几样拿手菜，尤其是那卤香全鸡，鸡肉嫩滑卤汁浓郁，滋味醇和又香辣爽利，吃得迟暮压根儿就停不下筷子，几乎忘记了对面的男人。

她的吃相很能勾人食欲，左家勋迟疑地拿起筷子，有些嫌弃地望着那些红彤彤的剁椒，老天！为什么每样菜里都要放这玩意儿？他从小就对这东西过敏。

想到百分之百会出现的狼狈景象，他最终还是把筷子搁下了，端起杯子喝了一口木瓜汁。

嗯，滋味清甜爽口，倒还真是不坏。

卤香全鸡消灭掉一半时，迟暮才意识到了一件事，顿时有些脸红地抬起头来："你……不吃吗？"

左家勋说不饿。

吃惯了大酒店里山珍海味的人自然是对这家小餐馆不屑一顾的，她没有再说什么，点头表示明白，继续埋头投入战斗中。

就这样，他点的那些菜被她消灭了一大半，两小碗米饭风卷残云般落了肚后，她终于满足地放下筷子："太好吃了，在英国的时候我想得最多的就是这家店了。"

左家勋不置可否地笑笑："你到底有几天没吃了？"

"没多久啊，我是有名的大胃王，"迟暮笑着站起身，"你先等一下，我去结账。"

"等等，"左家勋做了个手势，"你请我时我说过不愿意。"

迟暮的面色微变，讪讪道："我知道，所以你压根就没吃这些菜。"

"真是蠢得让人没法交流。"他站起身突然在她脑门上敲了一下，然后拿起外套，径自走向吧台。

原来是结账去了。

迟暮怔怔地伸手按了下刚才被他手指敲击过的地方，有些麻麻的，似乎还有什么东西停留在那里似的，她红着脸，好笑又烦躁地用力揉了揉，自己也套起了风衣。

离开餐馆重新坐上车后，左家勋突然说道："你对沈秋言还有印象吗？"

迟暮一愣，点头："秋言姐挺好的一个人。"

"嗯，过两天你就跟着她历练历练吧，先熟悉一下情况。"

这么迫不及待想收回成本了？迟暮心里憋着一股气："左总的意思是……让我进你们左氏？"

"怎么？还委屈了你不成？"左家勋的声音透着股冷意。

迟暮咬咬唇。

他大概以为他此言一出她必定会欢天喜地吧？没有达到预期的效果，所以惹他不高兴了。她讨厌他刚才的语气，像个救世主似的："谢谢左总为我考虑得这么周全，不过我已经在S大找了份教职，明天去报到。"

"S大？"他的手握紧了方向盘，"这是钱闻道的意思吗？"

"跟他有什么关系？"她顿了一下，"我自己的事不劳别人做主。"

"哦？到底是志气还是怨气呢？"左家勋将车启动起来，"也好，明天你先去了解一下S大的薪水是多少再做决定。"

迟暮说："大学的薪水一开始不会高，这个我有心理准备。"

左家勋鼻子里发出一声轻哼："不是一开始，是一直，以后也不见得会有多高，就算你崇拜的钱教授，他的薪水也没多少，他靠的是研究成果。"

迟暮咬唇，闷声道："我想我不需要太多钱。"

"早说啊！"车一个急刹停在了路边，几乎在同时，左家勋转过了身,"早说就不必送你去英国了,白白地浪费钱!直接随便朝哪个公司一塞,拿着饿不死人的薪水,反正也够你这大胃王吃喝了!"

"你……"迟暮怔怔地望着他那一张一合棱角分明的唇片,脸腾地涨红了。

说来说去不就是牵挂着那笔留学费用吗?竟然还笑她吃得多,有必要这么埋汰人吗?

"我什么我?我说错了吗?"他那双细长的眼睛紧紧盯着她,不放过她脸上的任何一个表情。

她垂下双目,声音低沉苦涩:"没有,你总是对的,我会好好考虑。"

原来那些自以为是的小小温暖都是她想象中的,事实上他还是他,从未有过一丝改变。

望着她那双低垂的长睫毛,左家勋显得有些烦躁:"给你一天时间考虑,明天早上九点之前给我电话。"

明天早上九点?也是九点?这不是成心吗?

见她不吭声,他继续说道:"有我手机号码的吧?我想你应该是记得的。"

"没有,"她脱口而出,并抬起头来望着他。笑话,他的号码她凭什么要记得?自我感觉也太良好了点。

"是吗?"他望着她的眼睛似笑非笑,"如果你没有我的号码,那一定是另一个叫迟暮的陌生人经常访问我的微信相册。"

啊?

像被主人撞见的小偷,迟暮的脸再次变得绯红,用力咬咬唇:"我只是不小心看过一次,就一次,信不信随便你!"

"真的?"他的喉头不可抑制地动了动,脸向前靠近了一点,这下他们之间的距离是真正的咫尺之间了。男人的气息不可避免地窜进迟暮的鼻尖,她突然有些慌乱,赶紧将眼神移向窗外,用力点点头:"真的。"

"把嘴唇咬破了也没用,说谎这么没水平,还真不是一般的笨,"望着她脸上的绯红,左家勋的口气突然变得很愉悦,"你不知道微信根本就没有访客查询记录吗?其实我根本不知道有谁看过我的相册。"

什么？迟暮急促地转过脸来，下意识捏紧了拳头，差点控制不住挥起胳膊："你……你怎么可以这样！"

这么容易就脸红，生气起来小脸更加有种熠熠生辉的感觉，令人无法不注目，怨不得那个钱闻道会……左家勋一下子转过身去，再次将车发动起来："别忘了明天给我答复，我不喜欢做事拖拉的人。"

迟暮作势偷偷朝他的背部做了个捶打的动作，这可恨的家伙，刚才竟害她这么出丑！然而放下手的时候却有一种类似欢喜的感觉缓缓溢出来，怎么也收不住。

"下车了。"

左家勋的一句话让迟暮如梦初醒，忙不迭推开车门。

小超市、卖水果的摊贩、三三两两的行人……记忆一点点回归，这里，距离姑姑所住的小区大门已经不远了，这人也真是，就差这么几步么？心里思量着，眼睛同时瞟到左家勋人已经到了打开的后备箱那，她忙不迭也走过去，"等等！我自己来拿！"

左家勋笑笑："急什么，本来我也没想要替你拿。"

迟暮面色微热，装作没听到他的话，手伸向后备箱时她不禁微微一愣，后备箱竟有一大束白色的雏菊，花朵上似乎还沾着露水，看上去很新鲜……也实在不需要什么阅历就能想象得到，这一定是他要送给哪个女人的。她的心情顿时变得有些灰暗，默默地将自己的箱子从后备箱拎出来，然后啪的一声将车后盖合上，对一侧的左家勋说："左总，今天真的很谢谢你，我先回去了。"

左家勋注意到那只大箱子一直提在她细细的手臂上："你是不是力气多得没处去？拉杆也不知道抽出来。"

"哦，"迟暮放下箱子，乖巧地抽出拉杆，朝左家勋微微一躬身，并礼貌地笑笑，"左总再见。"说完她便转身拖起箱子朝小区大门口走去，像要逃离什么似的，脚步越走越快，拉杆箱的滑轮在不太平坦的水泥地上不断发出咯吱咯吱的声音。

05 感情这种事

正是中午时分，小区大里面很少有人走动，迟暮拖着箱子一路到了姑姑家楼下。

姑姑夏樱住在四楼。

望着逼仄幽深的楼道，她笑笑，收起拉杆一手将箱子提起来，一口气就奔到了四楼，这才放下了箱子。她这个人身材娇小，手脚什么的都是细细的，看上去给人一种娇慵无力的感觉，事实上她现在力大如牛，这些年在外头练出来了，什么事情你自己不做，也不会有人替你做，就是这么简单，没什么秘诀，习惯成自然罢了。

401室。

门板右侧有很明显的用刀具胡乱刻画出的痕迹，这是当年她任性发火时的杰作。

迟暮深吸一口气，伸手刚想敲门，突然想起什么，笑着从口袋里掏出一把钥匙伸进锁孔里，转了转，然后轻轻将门推开。

屋里正在吃午饭的两个人呆住了，迟暮也微微一愣，她怎么会在这里？

"迟暮！"

"迟暮！"

屋里的两个人几乎同时叫起来，丁薇快步上前利落地将迟暮的箱子提进来，关上门，拉住迟暮的一只手臂，一脸的欣喜无限："迟暮，你怎么不声不响就回来了？夏老师刚才还说你可能要再过两天才回来呢！"

夏樱的身子像是被定住了移不开脚步，她颤巍巍地朝迟暮张开双臂："迟暮……"

迟暮心里猛地一沉，才不过四年的工夫，姑姑怎的竟老了这许多？她甩开丁薇的手奔过去，泪水夺眶而出："姑姑！我回来了！我以后再也不离开你了！"

姑侄两个紧紧拥抱。

良久，夏樱将怀中的侄女轻轻推开，拉着她的手上下打量，看不够似的:"我的小迟暮长大了,真是越看越好看。"

丁薇不知何时手中多了块热毛巾,边递给迟暮边笑道:"迟暮跟姑姑很像呢,都是大美女。"

夏樱笑中带泪:"你这孩子惯会哄人开心。"

丁薇嘻嘻笑:"我说的可都是真话。"

迟暮擦了脸,丁薇马上就自然而然地接过毛巾进了厨房,迟暮有些疑惑地望着她的背影。

夏樱轻声说:"迟暮,你可能不知道……这几年多亏了你这位朋友丁薇,她有空就来陪我,几乎把所有的节假日搭上了。"

"为什么你一直都没告诉我?"迟暮深感意外,同时一股浓烈的愧疚之意充满了胸腔,为着不喜欢丁薇性子的缘故,她在英国的这几年几乎没跟丁薇联络过。

丁薇从厨房走出来:"迟暮,是我不让姑姑告诉你的,我不想你有什么压力,我知道你这个人……而且我也没做什么,我是因为真的喜欢姑姑才经常过来的,我工作后姑姑给了不少指点,从她身上我学到了很多东西,我们两个人可以算是互相帮助。"

迟暮感动地上前拥抱住她:"丁薇,我没想到……谢谢你,真的很谢谢你。"

"咱们是好姐妹呢,你姑姑不就是我姑姑吗,还说什么谢不谢的,"丁薇温柔地轻抚她的背部,极力想缓和伤感的气氛,突然想起什么似的,"你还没吃饭吧?我给你盛饭去。"

"不用,我已经吃过了,"迟暮看了眼姑姑,尽量用一种随意的口吻说,"今天可巧了,下飞机时竟然正好遇到了左家勋,难得他开恩送我回来,还顺便在刘叔的川菜馆吃了饭。"

"是吗?"夏樱的眉头微微耸动,刚想说什么,客厅茶几上的电话突然响了,她走过去拿起话筒,"喂?"

也不知道里面说了些什么,夏樱只是嗯了两声,最后说了句谢谢你就轻轻搁下了话筒。

迟暮在沙发上坐下来:"谁啊?"

夏樱愣了一下,坐下笑笑道:"学校的一个老师,没什么事儿……

丁薇，麻烦你帮迟暮倒点水过来。"

丁薇倒了水过来，坐到迟暮身边问道："左家茵和周臻中他们知道你回来了吗？"

迟暮握住她的手，望着她的眼睛很真挚地说："我的所有朋友当中，你是第一个知道的。"

她已经在心里自动地将丁薇划为好朋友了，此时丁薇的那张扁平脸不但变得顺眼，而且简直就是好看到圣洁了。

丁薇面色微红，好看的杏眼里漾着光亮："那，今天你会通知他们吗？"

迟暮一下子就明白了，心中不是不震撼的，经过了这些年，难得她对周臻中还是情深一片，替她约一下也没什么要紧的，不算是背叛家茵，毕竟主动权在周臻中手中呢。想到这里，她朝丁薇坏坏一笑道："我想我先通知一个比较好，你说呢？"

丁薇的欢喜不言而喻，根本就不介意迟暮戏谑的语气："你说好就好。"

夏樱却说："迟暮，你已经连续坐了十几个小时的飞机，先休息休息，把精神养足了到下午四五点再通知他们也不迟，等他们俩来了，我请你们大家吃饭。"

丁薇眼里的光亮快速黯淡了下去，脸上倒没有什么明显表示，说道："是啊迟暮，你还是先休息吧。"

迟暮笑笑："我不累，飞机上已经睡足了，家茵回国前我们见过，估计不会有什么大变样，倒是周臻中，有两年没见了。"

夏樱看了侄女一眼，有些不情愿似的："那好吧，你们俩先聊聊，我去房间休息。"

迟暮朝姑姑的背影做了个鬼脸，向丁薇伸出手："把你手机给我，我还没来得及换国内的号。"

丁薇下意识看了眼面前茶几上的电话，咬咬唇，声音低不可闻："我的号码他现在未必就肯接。"

迟暮微微讶异："不会吧？周臻中应该不是这样的人，你给他打过吗？"

"打过一次，后来……就没有勇气了，"丁薇苦笑，眼里隐隐有泪光，"迟暮，你不知道他现在有多优秀，我……自惭形秽。"

迟暮心中突然没来由地一疼："你怎么可以这么说自己？我印象中的丁薇是自信并且内心强大的。"

丁薇急急地捉住她的手，像是溺水的人抓住浮木："真的吗？我是这样的吗？"

迟暮点头，很认真地说："你是的，丁薇，我记忆中的你一直是这样的。"

丁薇的目光充满渴盼："你是支持我的，是不是？"

"我支持，肯定支持，但是丁薇，我支持是没用的，关键还在周臻中。"

丁薇垂下双目，声音幽幽的："他最听你的话了。"

迟暮突然觉得有些烦躁："以前可能别的事情他是愿意听我说几句，但是感情这种事……还得靠你自己去争取，先把手机拿来吧，如果他竟敢不接，有他好看！"

丁薇忙不迭掏出手机。

周臻中的手机很快拨通了，并没有像丁薇想象的那种无人接听的尴尬状，周臻中的声音听起来甚至是温柔的，"你好，是丁薇吗？"

迟暮朝丁薇摆出胜利的手势，笑道："你怎么知道是丁薇？不是心里一直在想着人家吧？"

手机里瞬间一片死寂。

"喂！喂喂！"

周臻中的声音终于出现了，带着无可掩饰的激动情绪："是你吗迟暮？真的是你？"

"是我，我已经到家了。"

"好，我这就过去看你！"

迟暮将手机还给丁薇，笑道："怎么样？你不试试怎么知道？是不是？快去洗手间把头发好好梳理梳理，等会儿他来了要以最好的形象出现。

丁薇摇头笑，面色有些苍白："算了，我再怎么打扮也就这样，有你在，他的眼里哪里还容得下其他人？其实我就是想看看他罢了，别的不敢妄想。"

迟暮收起笑容："丁薇，你想多了，太敏感的人不好。"

"你别介意，我知道你对臻中没有别的心思，所以才敢在你面前实话实说。"

迟暮笑笑，没有再说什么。现在的她年岁大了，经验多了，耳朵根子也没从前那么敏感了。有时候对别人的话理解得太深刻，一段友情就可能会因此消散。她懂这个。

其实丁薇说得也没错，对于周臻中，她确实没抱过什么特别的心思，从前就算有，也不过是因着一般女孩子的虚荣，觉得自己可以随意使唤一个人，既满足了对方的愿望，又省了自己的心力，何乐而不为？那时候还年轻，就算恣意妄为一点也不算过分，现在的她已经二十五岁了，难道还能再不懂得男女间的进退之道？丁薇现在明明白白地表明喜欢着周臻中，为着这一点，她也要和周臻中划清界限，至少，再也不能像从前那样肆无忌惮了。

至于家茵……家茵的心上依旧有着周臻中，只是这份感情似乎不像从前那般浓烈了。自从两年前的那个冬天周臻中不声不响跨越大西洋从哈佛跑到剑桥，家茵知道后就有些灰了心。她那个人看着性子谦和，事实上内心比谁都高傲，根本上她也有骄傲的理由。

至于周臻中，他对家茵向来是抗拒的，抗拒的理由初听起来非常的荒谬，说是觉得自己和她之间，就好像是穷牛郎遇上了玉帝的七公主，又好像是穷小子曾阿牛遇上了统兵一方的赵敏郡主，总之是非常的不般配。

迟暮清楚地记得那个冬天的夜晚，她陪他走在剑桥的皇后街上，当时她有意无意打趣说穷牛郎最后和七仙女在一起了呢，曾阿牛跟赵敏也在一起了，看样子……他当场就急了，脸色变得好怕人，生平第一次吼了她，然后踏着一尺多的雪发足狂奔，吓得她之后再也不敢对他说那样的话。

事实上周臻中的家道并不算薄，爸妈好歹也是公务员，非曾阿牛之辈，只是……既然他这么肯舍高就低，似乎丁薇倒是他将来的理想对象。

Chapter 04 第四章

为你接风洗尘

01 脱胎换骨的改变

大概二十分钟不到，周臻中就来了。

迟暮去开的门。

毕竟有几年没见了，周臻中出现在眼前的一刹那迟暮就觉得他变了模样，不是一般的变化，而是一种脱胎换骨的改变，他的穿着并不见得多讲究，只是一件简单的咖啡色休闲西装，腿上还是他最爱的牛仔裤，头发短而整洁，整张脸乃至整个人的气质已经从以前的那种阳光朝气转化成了一种优雅深沉，到处展示着一个成熟男人特有的魅力。

像是文艺电影里的慢镜头在缓缓交代着主人公毕生中最重要的一个时刻，周臻中没有立即进门，而是怔怔地望着眼前人，眼中似喜似悲，他伸出一只手，像是想拥抱她的样子，却又迟疑地停在半空然后缓缓下垂，还是迟暮主动打破了僵局："你快进来呀，丁薇也在呢。"

周臻中走进屋里，初见迟暮时的那种震荡的复杂情绪还糅杂在面部没有完全消化，看到丁薇时多少有些不自然，笑笑道："你好。"

你好……多么生分的一个词，丁薇也朝他笑笑，起身倒了一杯水放在茶几上推过去，低声道："快坐下吧，你跟迟暮都好久没见了，这下终于可以好好聊聊了。"

"谢谢。"周臻中坐下端起茶杯，看到迟暮在丁薇身边坐下，忙又将手中的茶杯放下，口气似嗔似喜："你怎么不声不响就回来了？也不通知我一声。"

迟暮揽住丁薇的肩膀笑："这人说话真是一点逻辑也没有，不通知你能来吗？是不是啊丁薇？"

丁薇望着周臻中但笑不语。

迟暮的一句玩笑话让周臻中顿时觉得轻松起来，说实话，他刚刚见到她时内心一刹那的感觉竟是胆怯多于喜悦的，没想到隔了两年没见，她出落得比从前更加出色，对于出色得过于耀眼的人，一般人的最初本能是不敢去接近的……现在好了，记忆越发地重合，以前调皮的小女孩又回来了，他渐渐恢复了自信，声音也正常了，笑道："我知道你们剑桥考试主要就是训练学生的思辨能力，以前我就说不过你，现在更是别提了。"

"是吗？以前我嘴巴很厉害吗？"迟暮笑眯眯的，说这句话的时候她的眼睛是望着丁薇的。

丁薇扭头伸手亲昵地拍拍她的脸颊："其实不算厉害，我们几个嘴巴最厉害的还数家茵，不过也正常，有钱人的个性一般都比较张扬一点，是不是？"

迟暮的手下意识松开了丁薇的肩膀，在她的印象中，家茵从来就不是个张扬的人。丁薇似乎也意识到了什么，马上转换话题开始补救："对了迟暮，我心中一直有个问题想要问你呢，牛顿的苹果树真的在剑桥吗？"

周臻中笑："剑桥三一学院门前是有一棵叫牛顿的苹果树，但是我想牛顿并不认识它，呵呵，它是上世纪从牛顿的家乡移栽到剑桥的。"

丁薇一脸的崇拜："臻中，你懂得真多。"

周臻中望着迟暮似笑非笑："还不是这个人当年告诉我的？两年前我去过一趟剑桥。"

"是吗？"丁薇缓缓将脸转向迟暮，竟是带着笑意的，声音低低的，"真是羡慕你们，哈佛，剑桥……那是我做梦都梦不到的地方。"

迟暮重新按住她的肩膀："做梦何必要梦到那些洋人的地方，咱们S市不是挺好的吗？我听家茵说你目前在左氏干得不错，才不过工作三年，已经是左氏服饰的一名主管了。"

丁薇苦笑，柳眉低蹙："这有什么？你们的起点可比我高多了，我就算再努力……"

"丁薇，"周臻中打住她的话，"你已经很优秀了，何必非要跟别人比。"

"你真的这样认为的？"丁薇的眼里掠过一抹欣喜。

周臻中很认真地点点头："当然是真的，以前你在学校的成绩可比迟暮她们好多了，你的努力大家都看得见的。"

丁薇面色微红，眼睛专注地凝望着他，声音低低的："不过当初我们几个都不如你。"

"这方面女的不如男的其实也属正常，没什么不好意思的，女性的优势可以体现在其他方面。"周臻中倒是一点也不谦虚，说话时额头发亮，脸上有种明显的青年得志的熠熠光辉，语速都明显加快了。

迟暮在一侧笑而不语。

这家伙也真是，谁不好意思了？

据她所知越是名校男女比例越是趋于一比一，就周臻中就读的哈佛而言，本科生中女生比男生还要多一点，不知他这所谓的女不如男的理论到底从何而来？要没丁薇在一侧，她早就伶牙俐齿地驳斥他了，不过现在……一个愿意显摆，一个愿意聆听，正向着好的趋势发展，她又何必拆台？

丁薇捧起面前的一杯水，期期艾艾道："那……你觉得哪些方面可以体现女性的优势呢？"

周臻中下意识朝对面的两个女孩看去，一个温婉沉静，一个清丽璀璨，说实话都是很优秀的女孩子，只是，人与人真是不能比的，平时单独看丁薇，觉得她人温温柔柔的，很有点江南风韵，天生的白皮肤更给她加分不少，然而现在她和迟暮坐在一起，这才发现她那种白像是劣质的瓷器，总显得有些呆滞，而迟暮，她不是白，而是晶莹剔透，像玉似的……

"喂！你说话呀！人家还等着呢！"迟暮的催促声将周臻中从懵懂中拉了回来，他忙收敛心神暗叫一声惭愧，将杯中水一饮而尽，笑道："女性优势吧，可以体现在很多方面，譬如可爱，譬如善良，譬如温柔，等等等等，能有其中几样就可以了，说实话，我对那种厉害得几乎忘记自己性别的女人一向就没什么好感，试想想，如果女人变得跟男人一样强，那世界还要男人干什么，是不是？"似乎是为了让语气更具震撼力，周臻中最后还做了一个手势。

果然丁薇听得怔怔的，什么都不懂的小学生般接连问了好几个问题，惹得周臻中谈兴大起，趁着他慷慨激昂间，迟暮起身将行李箱拖进自己曾经的卧室。

卧室里的布置一色的淡蓝基调，干净舒爽得一如从前，就好像这四年她从未离开过，她低呼一声一下子扑到被子上，鼻息里马上充斥着太阳的香味，显然被子最近刚暴晒过，她的心里顿时暖暖的，有种舒坦的倦怠感流过四肢百骸，她干脆闭上了眼睛。

周臻中一段演讲完毕发现不见了迟暮，忙不迭站起了身，眼神有些慌乱地四下搜索。丁薇明白他的意思，心中难受面上却是波澜不惊，笑道："她刚才进卧室了，我看看去。"说着她走到卧室门口叫了声："迟暮。"

迟暮忙坐起身："你们聊你们的，我有些累了。"

丁薇脸上的失落一闪而过，含笑道："既然这样那我先回去了，你好好休息。"

迟暮对她的这种情绪非常敏感，立即起身走到卧室门口说道："周臻中，那就麻烦你送送丁薇吧。"

周臻中有些迟疑地站起身，也不能怪他，根本他来了之后还没跟迟暮说上一两句，就这么不明不白地走了，哪肯甘心呢？他看了丁薇一眼，又看看迟暮，面色一红，有些为难的样子："本来我还有事要单独跟你说的。"

迟暮突然不顾形象张口打了一个哈欠，她忙伸手按住嘴巴，不好意思道："有什么事咱们晚上再说吧，好不好？我姑姑说晚上请大家吃饭呢。"

丁薇也说道："臻中，迟暮看上去真的很疲惫呢，我们还是先走吧。"

周臻中也不好再继续逗留下去，不得不说："那你好好休息，晚上再说，哦，对了，"他突然想起什么，从口袋里掏出一只白色的手机递给迟暮："知道你刚回来肯定还没来得及办本地卡，所以给你准备了这个，我的号码已经存好了，有什么事情你就直接拨。"

迟暮低头讶异地一扬浓眉，心里不是不触动的，但却没有伸手去接："这……是苹果手机啊，值不少钱呢。"

"你喜欢就好，这点钱我还是付得起的。"周臻中笑着直接将手机塞进她手中，转身道："丁薇，我们走吧。"

说这话的时候他才发现，根本不用他开口，丁薇已经打开门先一步走出去了，他忙跟上前去，并顺势啪的一声将门合上了。

"喂！"迟暮回过神来，打开门大声喊，"周臻中！"

"晚上见！"周臻中边下楼梯边扭头朝她潇洒地一摆手，一脸的灿烂笑容。

迟暮站在门口，望着楼道口周臻中的背影消失不见，这才想起刚才居然没在楼道上看见丁薇，可见她刚才走得有多快了。

02 悄无声息的渗透

迟暮转身进了屋，却发现姑姑夏樱站在卧室门口正静静地望着她，柔声道："是刚才那部手机困扰你了吗？"

迟暮愣了一下，然后用力点点头："嗯，我不想让丁薇难过，但我也不想周臻中难堪，姑姑，在我心中，其实周臻中比丁薇重要多了……但一想到丁薇这几年来一直在替我陪你……其实我以前跟她的友情远远没达到这一步，她这么苦心孤诣，我觉得无非就是想让我感动，让我能帮她得到周臻中……"

"迟暮！"夏樱用力推开迟暮，神情焦灼，像看陌生人似的，"你怎么可以这样想？你怎么可以把人想成这样？"

迟暮理所当然道："怎么就不可以？姑姑难道不知道我在剑桥学的是什么？商业管理，思辨能力，你想想，这世上哪有无缘无故的事呢？"

夏樱沉下脸来，俨然回到了她的课堂上面对着不懂事的学生："剑桥剑桥，剑桥就了不起了？多读了几年书倒把你读成一部商业机器，一点人情味也不讲？丁薇要是知道你这么想她，该有多伤心？迟暮，读书要读成你这个样子，还不如不读！把每一个对你好的人都想成别有所图，实在让人寒心！"

迟暮面色发白，咬咬唇："姑姑竟这样想我？"

夏樱见状心里不由得一阵酸痛，急急道："迟暮，姑姑刚才说话可能有些过激了，我知道你不是那样的人，你只是不喜欢我对丁薇好，是不是？当初我稍微对家茵好一点你就生气，你这孩子，你也不想想，这世上我除了你之外还能有谁？"

说来说去倒是她嫉妒丁薇了，她有这么小心眼吗？在姑姑的印象里，她还是当初那个任性的爱生气的小姑娘吧？好好的一场重逢竟然……迟暮一时不辨悲喜，苦笑着走到沙发边坐下来："姑姑，当初丁薇是怎么跟你认识的？据我所知她以前并不知道我住这里。"

"还在纠结这事儿？"夏樱坐到她身边，轻叹一口气，"我跟她认识也属机缘巧合，并不是你想象中的她自己主动摸上门来……"

迟暮似笑非笑，心道，我有这么想过吗？但她没有说出来，她不想继续这些个令人心烦的话题，于是亲昵地揽住夏樱的肩膀，开启乾坤大挪移："姑姑，两个月前我给你寄的那套瓷器你还喜欢吗？"

"喜欢，你给我的东西我都喜欢，"提到自己心仪的玩意儿夏樱果然转了思路，欣慰地拍拍侄女的俏脸，"这方面咱们姑侄俩的目光倒是一致的，不比外人。"

外人……嘿嘿。

迟暮心里暗笑："对了姑姑，这次我给你带回了一条地道的英格兰披肩，你要是披上了，一定很淑女范儿，等着，我给你拿去！"她边说边一溜烟进了卧室去翻行李箱，取出披肩时正好听到客厅电话铃响，接着又听到姑姑温柔的声音："是家茵啊，嗯……是啊……"

"我来我来！"迟暮旋风一般进了客厅直接就从夏樱手中抢过了话筒，微微喘息，"家茵？是家茵吗？"

家茵的声音里有明显的不满，但却是带着笑音："你还认识我啊？回来也不通知一声！"

"哪能呢？咱俩谁跟谁，这不刚要跟你联系吗？可巧你就提前打了，你说咱们是不是太心有灵犀了？"迟暮一边嘻嘻笑一边将手中那条暗红色的大披肩递给姑姑，她很想问家茵是怎么知道自己回来的，不过一想到左家勋就释然了，十有八九是他说的。

"尽学得油嘴，别人都看你一趟走了，你这才想起通知我。"家茵的语气中有明显的酸味。

迟暮一愣："你是怎么知道的？"

"丁薇刚才打电话告诉我了，说是你姑姑晚上请我们几个吃饭呢。"

迟暮看了姑姑一眼："是吗？她倒是嘴快。"

家茵语调轻松："其实也没啥，我是知道你风格的，一向是先疏后亲嘛，是不是？反正这几年我都已经被你冷落惯了。"

迟暮一副委曲求全的口吻，拉长了声调："爱妃，朕当初也是迫不得已啊！以后我整个人都是你的，今儿晚上先给你揉下胸口消散消散闷气好不好？"

"去你的，越发的牙尖嘴利，我这边鸡皮疙瘩都够炒一盘了！"家茵笑道，"对了，你跟你姑姑说一下，我已经在凝香居定了一桌为你接风，你自己跟丁薇周臻中他们联系一下，我就不另外通知了。"

迟暮一愣："左氏的凝香居？哇，那排场也太大了，我怎么好意思？"

"别以为我不知道你，嘴上说不好意思，事实上口水都快流出来了吧？哈哈！先这样吧，我还有点别的事，现在就不去看你了，我们晚上见。"

"晚上见。"迟暮搁下话筒，过去替姑姑整理披肩上的流苏，有些夸张地左看右看，然后不住地点头，"嗯，温婉大气，很有贵族气质。"

夏樱笑："拿你姑姑开心呢！不过你这孩子有心了，这料子是真好，厚实柔软，以后倒可以经常披着。"

迟暮热切道："晚上就披着去凝香居吧，刚才你都听见了，家茵请客。"

夏樱摇头："你们年轻人的聚会，我去了反添不自在，原本我还想请大家的，既然家茵肯如此，那就依她吧，这几年你在剑桥一心求学，和她联系本就不频繁，可别因此生分了。"

迟暮笑得有些异样，声音很轻却极清晰："我跟家茵的情义可不是随便什么人在后面嚼嚼舌根就可以破坏的。"

夏樱瞪她一眼："迟暮！"

迟暮马上醒悟过来，低声道："对不起。"

夏樱叹口气："好了，我也不是怪你，这件事上丁薇确实是有些多嘴了，不过你那话也太刻薄了点，怎见得她就是有意的？就算她是有意的，有什么你放在心里，别嘴上不饶人，对彼此都不好，知道吗？"

"姑姑说得是，我也就是当着你的面才会这样的。"迟暮揽住夏樱的脖子开始撒娇，"姑姑，其实你不知道，在别人眼里我不知是多稳当的一个人呢。"

"你稳当？啊哟哟，可别吓死我！"夏樱扑哧一笑，将那猴子抱给扯下来,"好了好了,时间不早了,你先去洗个澡,好好休息一下,晚上精精神神地去凝香居。"夏樱小心地取下披肩站起身,"我给你放水去。"

迟暮忙跟上前:"不用不用,我自己来。"

"你有几年没回来了,有的东西你摸不着,那个喷头是才换的,方向跟以前不一样,你要注意点别烫到了。"

"姑姑放心,我又不是小孩子,咦……"接触到洗手间的门把时,迟暮发现把手是簇新的,明显刚换过不久,推开门,发现原本狭窄的洗手间里焕然一新,以前的旧浴缸不见了,变成了一只别致的石凳,顶上是大小两只喷头,大理石洗手台也是新的,上面是一堆坛坛罐罐,她随手拿起来一只长身玻璃瓶,瞧见上面写着相宜本草卸妆水,又轻轻放下。

不用说,这些东西不可能是姑姑的。

看样子在她离开的这段时间里,有人已经悄无声息地代替她渗透进姑姑的世界,事实上那人做得比她更让姑姑入心入肺。

别看夏樱年纪不小,但在生活常识上却是一个束手无策的人,迟暮记得自己当初离开时,厨房的窗纱是坏的,卫生间的洗手台缺了一角……

一定是丁薇的功劳。

不是不触动的。

夏樱轻声说:"明天我就让她把这些东西拿走,前些日子我眩晕症发作,丁薇不放心在这里住了几天,你放心,她很少住这里的。"

迟暮吃了一惊:"眩晕症?我怎么不知道?严重吗?"

夏樱忙安慰道:"已经好了,年龄一大难免有些毛病,不要紧的。"

迟暮突然一把抱住她,声音哽咽:"对不起,我太不孝了!"

夏樱拍拍她的背:"好了,别瞎给自己添加罪过,是我自己不想让你学习分心所以才没说,不是什么大病。"

迟暮松开她,心里有种真实的惭愧和内疚:"丁薇……她人真不错,都是我不好,真的像姑姑说的,看人太刻薄了些。"

夏樱的语气充满欣慰:"原本你们关系也不算亲密,难怪你疑惑。"她边说边打开淋浴头,"说起来丁薇这孩子也可怜,爸妈都是下岗工人,天天为了点小事吵吵闹闹的,叔叔婶婶因为她上大学提供了两年学费,老觉得是丁薇的恩人,甚至有段时间还逼着她和一个有钱的中年男人结婚,总之是非有一堆。"

迟暮了解地笑:"后来一定是姑姑出面帮她解决了,是不是?"

姑姑对于自己喜欢的人,总是不遗余力的。

夏樱面色微红:"其实也没花几个钱,只是多说了些道理,反正我想着,以后我有我侄女做靠山呢,那点小钱算什么,是不是?"

原来是这样……这么说来她们彼此倒是互利互惠了,迟暮心里顿觉宽慰不少:"对了姑姑,你帮我打个电话给丁薇吧,我不知道她号码,你顺便让她通知一下周臻中,晚上一起去凝香居。"

03 手机的困扰

下午五点多,被夏樱从床上叫醒的迟暮拿了条牛仔裤准备套上身,夏樱从她的箱子里挑出一条暗红色的中裙:"还是穿这件吧。"

迟暮打了个哈欠:"何必呢,都是些熟人。"

夏樱微微皱眉:"迟暮,真正的洒脱并不是这样的,每个场合都应该有恰如其分的装扮,这也是对别人最起码的尊重。"

迟暮面容一敛,心悦诚服点头道:"姑姑说得对,是我大意了。"

"等等,我再帮你挑件搭配的毛衣,"夏樱将箱子里的衣服铺到床上,左挑右挑不住摇头,最后拿起一件浅灰色的毛衣,"这件吧,也就这件稍微亮一点,迟暮,你这几年在色彩上的选择变化好大,我记得你以前喜欢的衣服都是淡蓝淡粉一类的。"

迟暮脱下睡袍飞快地套上毛衣,笑道:"深颜色衣服收拾起来比较方便。"

夏樱笑笑,注视着她将裙子和风衣一一穿上身,沉吟道:"藏蓝,暗红,浅灰,再加上你马上要穿的黑色高跟鞋,都是很素的颜色,平时这样搭配不要紧,简单利落,只是今晚毕竟是聚会,必须要点特别的点缀才好,你等着……"她匆匆出了迟暮的卧室,不久又进来了,手中拿着一只红色的锦盒,边说边打开:"这是你爸以前给我送的钻石胸针,你戴上。"

迟暮忙推辞："不用吧？这个很贵的，万一被我不小心弄丢了……"

夏樱一脸的坚持："别胡说，我们夏家的女儿四年后第一次公开出现在 S 市的社交场合，可不能太掉价了。"

迟暮心神一顿不再说话，任由姑姑将那只"芭蕾舞女孩"胸针戴上自己的风衣。

夏樱后退几步，望着迟暮那张被钻石的光芒衬托得更加莹澈悦目的脸庞，不禁满意地点头笑："可以了，这一点缀好多了。"

两人正说着话，客厅里的电话突然响了，迟暮先一步走出去："喂？"

"亲爱的，你准备好了吗？"

迟暮有些意外的喜悦："家茵？你在哪？"

"你家楼下，专程过来接你的，感动吧？"

"怎么不上来呢？"

"车上还有别人，你要好了就直接下来吧，替我跟你姑姑打声招呼。"

"好，我马上下去。"迟暮快速套上黑色高跟鞋，以手当梳整了整长发，随意地一甩，朝夏樱露出明媚的笑容，"姑姑，家茵在下面等我，我走了！"

匆匆赶到楼下，当她看到那辆停靠在路边的黑色轿车时不禁一愣，脚步下意识定住了，脸上的笑容也凝住了。

后座车门打开了，左家茵在里面急急朝她招手："迟暮！快上来呀！"

她呼出一口气，重新露出笑容，走过去上了车，坐到家茵身边，两个好姐妹相视一笑，四只手一下子紧紧握住了。

家茵朝她眨眨眼："我现在还没买新车，老妈的车今天又出去了，只好临时拉我哥做司机，怎么样？今天你够面子的吧？"

迟暮极力保持平静："真是太麻烦左总了。"

左家勋转过身来，脸上浅浅的笑容柔化了他一贯森冷的五官："能有机会做夏大小姐的司机，我的荣幸。"

迟暮颇有些意外："左总太客气了。"

家茵不满道:"好了好了,你们俩一个夏大小姐,一个左总,好像在开商业洽谈会似的,迟暮,以前你不都叫我哥家勋哥的吗?以后还叫家勋哥得了,哥,你说好不好?"

迟暮抢先道:"那可不行,还是叫左总比较贴切。"

她可不想让人为难。

为了转移话题,她掏出手机笑着朝家茵一扬:"我得打个电话给周臻中,让他们直接去凝香居。"

左家勋扫了妹妹一眼,快速转过身去。

车里的气温陡然降下好几度。

迟暮在手机上按了一下,发现竟然有屏幕数字锁,这该死的周臻中怎么搞的?她的手心莫名出了汗,烦躁地按下一些常用的傻瓜密码0000或者1234之类,都显示不对,见家茵疑惑地看着她,她勉强笑笑,想再试新的,手机恰在此时突然响了起来:昨晚又再见到你,你还是那么美丽……看来电显示正是周臻中,她快速滑屏将手机搁到耳边:"喂?你们在路上?哦,家茵已经来接我了,你们就直接过去吧。"也不等周臻中回话,她就直接将手机按掉了,笑笑道:"丁薇和周臻中在路上。"

左家勋将车开动起来。

家茵亲热地推推迟暮的胳膊:"你这手机像是最新款,给我瞧瞧。"

迟暮硬着头皮递过去。

家茵按了按,惊讶道:"怎么还设了密码?"

情急之下福至心灵,迟暮脱口道:"我的生日。"她说了一个数字。

家茵照着按,果然打开了屏幕,然而,她的笑容慢慢凝住了,眼神也黯淡下来,很奇怪地看了迟暮一眼,将手机塞给她,脸转向窗外。

迟暮心里一沉,拿起手机看到屏幕上是一张粉色玫瑰图片,上面有几个小字:迟暮,你能看到这个一定知道了锁屏密码,聪明如你也一定明白了我的心。我替你用陶喆的歌做了来电音乐,喜欢吗?那是我对你的心声,希望你每次接到电话时都能了解到。臻中。

这家伙竟来这一出!

迟暮的脸一下子热了起来,胡乱将手机塞进风衣口袋,抬手按住家茵的肩膀,声音很轻:"对不起,这个……他下午塞给我的,我还没来得及看,根本就不知道里面有这个……"

家茵转过身,揽住她的肩膀,轻轻一拍,一脸的云淡风轻:"我不是生气,你也没有对不起谁,在我,一切都过去了,祝福你。"

"家茵,"迟暮涨红了脸,"事实不是你想象的!"

家茵苦笑:"事实是,周臻中一心一意地爱着你,谁也改变不了,连时间都不能,我决定放弃了,你别急呀,我说的绝对是真心话,他能这么对你,我很感动,也为你高兴。"

"什么好故事啊,也说给我听听,看把我妹激动得两眼红红的,后视镜里都看得一清二楚了。"前面的左家勋突然发声。

迟暮觉得额头冒汗:"左总,这是个误会,回头我会跟家茵好好解释的。"

左家勋的语气很冷:"现在说开了不是更好吗?"

"哥!不关你的事!好好开车就是了!"家茵握住迟暮的一只手,轻轻摇了摇,"好了好了,本来也不是什么意外事,你要再这样我就真的不高兴了。"家茵圆润的脸凑到她跟前,猫样的皱皱鼻头,"别这样严肃,笑一笑,笑一笑嘛。"

迟暮伸手抚了下家茵胸前栗色的长卷发,勉强笑笑,想说什么,开口却冒出这么一句:"你今天这身鹅黄套装真是漂亮,看得人心里暖暖的,很显你的皮肤,跟你的气质也很配。"

"真的?你这么一说我就放心多了,本来这么娇嫩的颜色我穿着感觉怪怪的,我妈非说年轻人要穿点嫩颜色,实在拗不过,哄哄老人家开心吧。"

"跟我姑姑一个样,今天给我搭配衣服找不出一件她喜欢的,说是明天要带我上街买衣服去。"

家茵兴奋起来:"好啊好啊,明天我们一起去吧,我带你去左氏新开的门店……"

迟暮望着她但笑不语。

尽管她已经多年没回S市,但她知道,左氏的门店,身上要没个几千上万的,最好还是别进,免得到时候被人看扁了。

家茵显然也明白了什么,有些讪讪地住了口,目光流转时落到迟暮风衣上的胸针上,不禁被吸引住了:"咦?这个我刚才倒没注意到,一个跳芭蕾舞的女孩,真是别致。"

"是我姑姑的,借我充充场面。"

家茵赞不绝口:"怪不得呢,上面镶嵌的这些钻石一看就是真品,不是满大街的那种水钻。"

"我倒宁愿是那种呢,"迟暮笑,"戴着这个真的让我有些提心吊胆,万一要是丢了,到时候哭都来不及。"

前面开车的左家勋突然发出一声嗤笑。

迟暮先是一愣,随即明白他是在笑话自己小家子气,要在从前她定会愤愤地当场回击过去,但是现在……算了,人家笑话得对,本来就是小家子了,还争个什么气。

04 凝香居

车缓缓驶进S市的心脏处,在左氏那幢外型古雅的"凝香居"门前停下,左家勋说:"你们先下车吧,我还有点事。"

家茵有些着急:"哥不是答应今晚会和我们一起的吗?"

左家勋头也不回:"到时候再说吧。"

家茵不再说什么,乖乖和迟暮一起下了车。

黑色轿车拐了个弯,呼呼开走了。

家茵叹口气,微微跺脚:"真是!"

"怎么了?"

"我还约了安琪姐,就是电视台的林安琪,如果我哥到时候不来,我怎么跟安琪姐交代?"

迟暮有些意外:"他们……不早就是一对了吗?"

"哪里呀!我这位哥哥,哎,怎么说呢,这几年一直就没个正经的女朋友,谁也不知道他在想什么,我妈都快愁死了。"

"凝香居"是一幢古雅的六层小洋楼,身处S市最为繁华的商业区,有闹中取静的意思。作为左氏私有的接待专用地,"凝香居"在S市社交界有着极其神秘的地位,平时除了接待商界政界大人物以及内部少有的几位高级员工外，偶尔也对外营业，不过，要预约，要看身份。

在 S 市，谁能定到"凝香居"的饭局，谁在市场上立即就会身价百倍。现在的人都非常的敏感八卦，顶级富豪的一个小小动作，意味着他周围人的兴衰祸福，能在"凝香居"请客一次，等于和左氏挂上了名，此种交情非同凡响，再在"凝香居"的顶层打上一夜的灯箱广告，无意是在向整个 S 市宣誓着自己的成功，这样的机会往往是可遇而不可求的。

譬如，去年林安琪三十岁生日的时候就在这里摆了几桌，当时各路娱乐报刊马上都纷纷揣测林氏不久要跟左氏联姻了，林氏周围不知道冒出多少刻意笼络的人，直到左氏正式辟谣说暂时没有联姻计划才渐渐消停。

总之，一旦有机会成为"凝香居"的主客，你就一脚稳稳地踏进了 S 市的社交界。

迟暮并不明白这个。

她和家茵踏入"凝香居"大厅时，发现里面空荡荡的，两位前台见她们进门，只是颔首一笑，没有人上前招呼，正疑惑间，突然听到周围有轻柔的音乐响起，随后是一个低沉好听的男中音：欢迎夏迟暮小姐从剑桥学成归来！

迟暮扯住家茵的胳膊："你这动作也太大了吧？让我怎么承受得了？"

家茵眨眨眼，笑着指指左侧那只超大的液晶显示屏，上面正播放着一段视频，竟是夏迟暮戴着博士帽拿毕业证书的场景！

"哪儿来的？"迟暮惊讶了，她记得当时家茵明明不在现场的。

"保密，"家茵做了个鬼脸，"后面还有更让你想不到的呢！"

果然迟暮低呼起来："呀！怎么把我以前出丑的那些照片都翻出来了？讨厌讨厌！"

"你再丑能丑到哪儿去？这可是综合了很多人力才收集到的，我，周臻中，我堂哥，甚至连我哥也提供了一张呢，你看你看！就是这张！真是奇怪了，也不知道他从哪里弄来的。"

那张照片在屏幕上定格了一会儿，照片上的夏迟暮穿着背心白裙一路小跑着，手中挥舞着一束雏菊，发丝飞扬，笑容灿烂，仿佛阳光全部聚集在她脸上身上……

迟暮的笑容渐渐隐下去，眼角有些潮湿。

这是一张她十八岁时的照片，她身后的那幢影影绰绰的中式建筑，就是她这些年念念不忘的逸园。

两人面前不知何时多了一位相貌英挺的年轻男子，看样子应该是接待人员："左小姐，已经来了六位客人，连你和夏小姐现在一共是八位。"

"林安琪小姐来了吗？"

"还没有。"

"知道了，谢谢你，"家茵客气地颔首，拉住迟暮的手，"我们上去吧！"

电梯上，迟暮明显有些不安了："家茵，今天到底都有哪些人过来？我以为只是一个小小的私人聚会。"

"放心，进去看看就知道了，凭你还能应付不了？既然选择回S市发展，以后总会遇到些人，对不对？躲起来不是办法，不如大大方方地出现在人前，"左家茵伸手替她整整衣领，不住颔首，"我发现你这人穿深色气质更好，既显目又不张扬，以前怎么就没发现呢？"

迟暮感动于她的周到细致，忍不住捉住她的手："年龄大了，自然深色更适合些。"

家茵杏眼圆瞪："你这是在取笑我？"

"哪敢呢？左大小姐什么颜色都能驾驭得妥妥的。"

两人嘻嘻哈哈间下了电梯，进了六楼的大包间。

"来啦！我们的女主角亮相了！"包间里所有人都站起身，几个男人还鼓起掌来。

首先迎上前的是丁薇，她穿得山青水绿的，很明显地化了妆，一伸手就圈住了迟暮的胳膊，用足了力气，像是溺水的人抓住了一块浮木，迟暮有些讶异她的举止，安抚地轻拍她的手臂，丁薇明白了什么似的，抱歉地对她一笑，松开了手。

"迟暮！我的女神！终于等到你了！"一个帅气到妖娆的男人张开双臂径自走过来，一把将娇小的迟暮拥在怀里，"咱们有两年没见了吧？可想死我了！"

迟暮笑，"我倒是不太想左少爷，因为能在电视广告上看到。"

"见笑了见笑了，为这个我被老爷子不知骂过多少次。"左家瑞松开她，揽住她的肩膀笑道，"各位兄弟姐妹，这位就是我在剑桥的师妹夏迟暮，家茵的好闺密，也是我的女神。"

有人夸张地叫起来："哇！情侣装！"

左家瑞伸手一撩额前的碎发，自得地笑，他今天穿的是一身暗红西装，里面是一件黑白条纹的内搭，和迟暮的暗红裙子倒是不谋而合，只是那白色休闲裤、红色腰带让人看着未免觉得有些轻浮。左家茵见人起哄，一把将堂哥那只不安分的爪子从迟暮肩上拎下来："好了，左家瑞！就你那花花肠子，即便迟暮肯了我也不肯的。"说着她向迟暮一一介绍来客："这是大航集团的李建设，也是伦敦大学毕业的，这位叫孙杨，哈佛毕业的，是周臻中的师兄，这一位叫刘艳秋……"

迟暮含笑跟大家一一握手，"幸会""以后请多关照"。

"一定的一定的，家茵的朋友就是我的朋友。"

"夏小姐的才学非同一般，我在伦敦银行实习时还听人提过你。"

"谢谢。"

悄立在一侧的丁薇悄悄扫了眼周臻中，此时他正对着人群中的夏迟暮，为了这个聚会他特意换了一套黑色的西装，显得比平时更为挺拔了，她看不见他的脸，看不见他的表情，然而她知道，他的眼睛里面此刻正燃着火。她咬咬唇，将眼神移向夏迟暮。

05 大手笔

夏迟暮被几个人团团围着，脸上带着笑容，口中不断说着一些社交场合惯用的客套话，看上去倒像是在接见谁，她其实穿得很随意，却有种说不出的矜贵，一种天塌下来自有身边的男人替她挡着的那种舒坦和自在，她身上似乎有种向心力，让屋里每个人的眼光都情不自禁地朝向她。

而丁薇呢？

刚和周臻中进门的时候，也有人上前招呼，问她是不是和左家茵她们一样也是刚从国外读书归来，当听说她目前只是左氏服饰的一个小职员之后就再也没有人理她了。

之后她的耳朵里就不断听着那些人大谈国外求学的趣事，她局促得简直不能动弹，唯一知道的是今晚自己最好成为一个静物，如果多话，只会自讨没趣。

她真希望有个人把自己从这种难堪的场合里拯救出来，然而周臻中一来就和他在哈佛的师兄聊上了，根本已经忘记了还有她这个人存在。

所以刚刚看到迟暮时她像见到亲人似的有些失态地上前拉住了她，好在迟暮没问什么，只是拍了拍她，她很懊恼自己刚才的失态，太丢脸了，夏迟暮此刻在人群中的那种谈笑自若就给她上了一课，至于左家茵，更不必说了，这里本来就是她家的，她想怎么着就怎么着。

上学时，夏迟暮或者左家茵，她们哪一个成绩比自己好过？可是现在……丁薇脑中正瞎七瞎八地想着，耳边突然听到有人笑道："你是在我们左氏服饰工作的吧？只要把家茵这位大小姐伺候好了，以后什么样的职位没有？"

丁薇面色发白，望着面前眨着两只桃花眼的男人，还没说话，就听到了左家茵的呵斥声："左家瑞！说人话！人家丁薇进左氏凭的是自己的真本事，别有事没事扯上我，你要是觉得她是个人才，干脆你提拔她，反正你大小也是左氏的董事，也有话语权。"

"说什么呢？我不过是看她一个人闷着，所以随便开个玩笑，"左家瑞无趣地挥挥手，"好了，好了，看看人是不是都来齐了，齐了咱们就开席吧。"

有人说道："等等吧，家茵不是说左大哥也要来的吗？"

"什么？大哥也要来？"左家瑞三魂顿时掉了六魄，"早知道我就不来了。"

"瞧你这点出息，看来你怕左大哥比怕你家老爷子还厉害。"

"谁说的？我才不是怕他，只是不想看他那张扑克脸，破坏气氛，"左家瑞扬起下巴坐下来，"来来来，咱们先玩会儿牌吧。"

迟暮也笑笑，当着丁薇的面说道："臻中，谢谢你送我的手机，我也不跟你来虚的，手机我先收了，等以后拿到薪水补偿你。"

周臻中眼睛光亮一闪："薪水？你的工作已经定了吗？"

迟暮点头："我准备暂时先到S大教书去，以后再慢慢规划自己的职业方向。"

周臻中哦了一声，像是松了口气，倒是丁薇有些诧异："你学商业管理的，又出自名校，可以选择的余地应该很多，银行或者大企业都可以，今天家茵为你弄出这么个场面，我还以为你以后会进左氏的，毕竟……大学教师的薪水有限。"

迟暮淡淡一笑："我没有进左氏的想法，"她随手拿起面前茶几上的那只纹着玫瑰暗花的金色纸巾盒，看了看，又放下，"挺别致的。"

丁薇脱口道："以左氏的条件，还不是想怎么别致就怎么别致。"话一出口也自觉不对劲，忙红着脸挽回僵局，"我是说确实挺好的，这里的一切都很好，看得我们这些普通百姓头昏目眩的。"

迟暮点头笑笑，没有说话，周臻中则干脆是没有听到一般只顾望着她的脸，越加显得丁薇刚才那句话有些画蛇添足了，丁薇浑身不得劲，正在难堪间，突然听到家茵的叫声："丁薇，过来看看他们打牌吧！"

丁薇得救一般站起身走过去。

再继续坐下去就太不识相了，周臻中对夏迟暮的心思，呆子也看得出来。

家茵热情地将丁薇按坐到左家瑞身边："丁薇，你眼力好，帮忙盯着这位少爷的牌，一转眼的工夫他就老母鸡变鸭了。"

"家茵你别在美女跟前破坏我形象啊，"左家瑞快速朝丁薇飞起一个眼风，痞痞地甩下一张牌，"不然我就没机会了！"

周围几个人挤眉弄眼地哄笑。

丁薇面红耳赤心中着恼却又发作不得，生活中她很少遇到这么吊儿郎当的男人，偏偏又长得比女人还要俊俏。

"不看了，不看了！"家茵伸手拉起丁薇，"我们到阳台上透透气去！"

丁薇下意识瞥了一眼正低头交谈的夏迟暮和周臻中，不情愿地随着家茵到了阳台上。

走到阳台上,家茵马上松开了丁薇的手:"我堂哥胡说八道惯了的,嘴上没遮拦,其实没什么坏心思,你别介意。"

"怎么会呢?"丁薇笑笑,下意识缩了缩身子,不知是不是衣服单薄的缘故,她觉得今夜的风特别的清寒,简直是彻骨。

"那我就放心了。"家茵扬起头伸展开双臂,"啊!S市的夜晚真美呀!"

似乎是专为呼应她的这句话是的,家茵的话音刚落,距离"凝香居"几百米处刚竣工的S市第一高楼上突然哗啦啦地一下子亮起了灯光,那些星星点点的灿烂灯光将整栋大楼装点得如梦如幻,灯光不住地变幻组合着形状,一会儿是烟花烂漫,一会儿是繁花盛开,最后凝变成了几个大字:左氏集团恭贺夏迟暮小姐剑桥学成归来,然后又是烟花烂漫……如此循环往复,家茵看呆了。

丁薇低呼:"天啦!家茵,你这也太大手笔了!我去喊迟暮过来瞧瞧!"

Chapter 05 第五章

钻石王老五的秘密

01 一个真相

丁薇踏进房间，发现所有人都站了起来，"左大哥""林小姐"。

是左家勋和林安琪来了。

如果说夏迟暮是灿若春花，那么此刻身穿宝蓝大衣站在左家勋身边的林安琪就是艳若桃李，所有人都觉得她和左家勋是绝配。

迟暮也是这么觉得的。

现在的她已经能够接受这个事实了。

左家勋笑笑，朝周臻中和夏迟暮并肩站立的方向淡淡扫了一眼："家茵人呢？"

丁薇忙说："在阳台上，我去叫她！"

林安琪上前含笑拉住迟暮的胳膊说："这位一定就是迟暮吧？几年不见长大了许多，越发好看了，和我们家茵真正是一对姐妹花。"

我们家茵……这么说她已经自认是左家的人了。

迟暮望着她那张玫瑰色的诱人红唇笑道："要说好看，这里谁也不及林小姐的，臻中，你说是不是？"

旁边的周臻中一愣，说不是吧，也太不知人事了，但要他说是吧，他真是不情愿的，在他眼中心里，世间谁也没有夏迟暮好看，于是只是一味地望着迟暮傻笑。

"看看，答案出来了吧？"林安琪笑着正想再说什么，看见家茵神色异样地从阳台上走进来，忙上前招呼，"家茵！"

"安琪姐你来啦！"左家茵朝她一笑，然后深深地看了左家勋一眼，"哥也来了？是他去接你吗？"

林安琪笑笑，低低道："你觉得有这可能吗？刚巧碰到而已，今天要不是你叫我，我真的没有勇气过来。"

家茵有些替她难过，更后悔自己破坏了氛围，只得拍拍她的手臂，朝左家勋道："哥！这下人都齐了，咱们就开席吧。"

左家勋点点头。

位次是作为主人的家茵安排的，迟暮是主客，因此被安排坐在左家勋的右侧，林安琪则在他左侧，周臻中被安排在迟暮的身边，他旁边是他的师兄，丁薇坐在家茵的旁边，另一侧竟是她讨厌的花花少爷左家瑞！奇怪的是，自从左家勋来了后就没听他说过一句话，也没有任何怪动作，危襟正坐着，跟刚才完全判若两人。

看着迟暮被两个优秀的男人围坐在中间，丁薇心中是说不出的滋味。

落魄的凤凰，始终是凤凰。

对于左家勋那样的男人，是天上的星星，跟自己无关的，只是周臻中……家茵为了讨得迟暮的欢心，竟然肯这么做！好姐妹好到这份上，到底是真情还是假意呢？明明她自己也喜欢臻中的！要是她肯用心用力，臻中未必不会考虑她……不，不对，臻中不是那种人，唯其如此，他更值得人爱。

只是，值得人爱又怎样呢？他并不爱自己。瞧他现在看着迟暮时那副情意绵绵的样子！

原本这样的周臻中对丁薇是个强烈刺激，不过一看到左家勋她就心安了，甚至有种隐隐的得意和满足，这个桌上，除了左家勋自己，大概只有她了解一个真相，这个真相恐怕连左家茵都不知道，否则她何以做出如此失策的安排？

臻中，你就先白忙活一阵子吧，你不吃点苦头就不会明白我丁薇的好。

左家茵看向大哥，示意他讲两句。左家勋自然是心领神会，笑笑道："在座的各位都是家茵的朋友，很感谢今天能够赏脸来参加这样的一个欢迎聚会，迟暮是我看着长大的，我希望大家以后能像对待家茵一样对待她，请问可以做到吗？"

"这个自然。"

"左大哥不必交代我们也会的。"

"我在伦敦银行实习时就听过夏迟暮的大名，今天要不是大哥和家茵，她还未必肯和咱们坐在一起呢。"

左家勋将脸转向右侧含笑望着迟暮，迟暮下意识就站起了身，眼神挨个扫了个来回，笑笑道："感谢大家瞧得起，在座的可能有人知道，当初我去英国留学，经费就是由左氏出的，今天我回来，又受到了如此隆重的欢迎,说实话我心内很惶恐,对于左总,对于家茵,感激两个字说出去未免过于轻飘,"她拿起面前的红酒杯,朝对面的家茵点点头,"一切尽在不言中,我先干为敬。"说完她仰头将大半杯红酒一饮而尽。

"好酒量!"

大家纷纷鼓起掌来。

迟暮坐下来,脸上立时就飞起了云霞。

左家勋望着她似笑非笑,声音低沉:"非得要如此吗?我不知道你的酒量竟有这样好。"

周臻中忙笑道:"迟暮酒量还是有些的,白酒喝半斤不成问题。"

"是吗?"左家勋若有所思地看了他一眼,转过身端起酒杯小饮了一口,"我敬各位,大家随意,都别站了。"

每个人都象征性地喝了一点。

有左家勋在的场合,大家都拘谨了许多,好在老天够给脸,他不久接到一个电话就提前离开了,很快林安琪也歉意地说有事匆匆离去。

两人一走,场面立即热闹起来,在左家瑞的起哄下,大家纷纷给迟暮敬酒,迟暮是来者不拒,红酒一杯接着一杯地下肚,脚底很快虚浮起来。

周臻中第一个发觉了不对劲,在左家瑞不知是第几次敬酒的时候按住了迟暮的杯子:"你不能再喝了。"

"别扫兴!"迟暮笑着推开他,"师兄的酒我是一定要喝的,喝完我还得回敬呢!"

就这样,像是存心要把自己灌醉似的,不到半小时,夏迟暮就连杯子都举不动了,身体趴到桌上,彻底地醉了。

周臻中为难地看向左家茵:"不如我早点送她回去吧。"

丁薇忙说:"还是让我送她吧,你留在这里陪朋友。"

"你们都别急,先让她在这里休息一下,等会儿我安排车送她,"家茵微微皱眉,走到迟暮身边将她扶坐到长沙发上,叹了口气,"这家伙今天怎么回事?一点节制都没有,不像她平时的为人。"

周臻中凝望着迟暮的脸低语:"你应该是没有这样的经验,我想正如她刚刚所言,是心内惶恐吧,受你的恩惠太重了,她是不知道以后该怎么报答你,因此先拿酒来证明。"

"你倒真是她的知音呢,"家茵面色微变,笑笑道,"现在就散场有些不妥当,咱们不如先跳会儿舞吧,等她酒气散了些再送回去。"

02 新鲜有趣

随着轻柔的音乐声响起,左家茵邀请过来的几个人像是听到召唤似的马上都站起身,刘艳秋自动跟李建设成了一对,另外两个男的嘻嘻哈哈地跳起不知所云的舞步来,丁薇用期待的眼睛望向周臻中,却发现他已经和左家茵手拉手,相拥着走起慢步来,两人不时轻语,左家茵不知说了句什么,周臻中竟然笑得合不拢嘴,丁薇的心顿时揪了起来,难道说除了夏迟暮外,周臻中对左家茵也有兴趣?如果真是这样,自己恐怕一辈子都没机会跟他在一起了。

这个发现令丁薇难过得几乎不能动弹,偏偏那个左家瑞还不识好歹地跑到她身边说:"丁小姐,你看我们家茵跟这位周臻中,是不是挺像一对的?"

丁薇将脸转向另一侧假意没有听到,左家瑞干脆用胳膊碰了一下她:"喂,别那么忧郁,钟汉良来了。"

丁薇顿时转过头来四顾了一下,却什么都没看到,不觉瞪了他一眼。也难怪她上当,钟汉良恰好是她的偶像,凝香居经常有影艺界名人陪着一些商界大佬来,就算钟汉良现在来了也并不稀奇。

"果然你们很多女孩子都喜欢那家伙,我刚使了个眼色让他走了,省得他也被你的忧郁吸引了。"左家瑞兴味十足地盯着丁薇,他自两年前从剑桥回S市后,就一直是娱乐版的宠儿,身边围绕的不是艳女就是女强人,像丁薇这般不起眼的,他以前从未留神过,今天格外关注了一下就觉得特别的新鲜有趣。

岂料丁薇一点都不欣赏他的幽默,甚至还有股怒气在她心内隐隐升腾,她觉得这个花花公子分明是在调戏她,不禁口气恶劣道:"我不懂你说的是什么。"

左家瑞碰了一鼻子灰并没有一丝尴尬之色,反而笑道:"丁小姐是真在左氏服饰工作吗?"

这是警示还是威胁呢?

丁薇一惊,顿时意识到了自己刚才的错误,忙笑道:"是的,以后还要请左先生多多关照。"

"没问题,"左家瑞乘机伸出手,嘴角上扬露出迷死人不偿命的笑容,"可以请你跳个舞吗?"

丁薇点点头。

不得不说,左家瑞的舞步太美妙了,将丁薇带得满屋子地飞,最难得的是,丁薇的舞步也很不凡,竟像是受过专业训练的,两人配合得相得益彰,像是两只轻盈的蝴蝶,大家不禁都停下脚步,欣赏地看着他们这一对,一曲终了,掌声纷纷响起来,左家瑞还像舞台表演似的拉着丁薇转了个圈,优雅地做了个答谢动作,这才松开了她的手。

丁薇面色微红,这是她今晚最开心的时刻了,她第一次觉得自己和这群人之间的距离拉近了不少。

当音乐声再次响起时,左家瑞和刘艳秋相拥着跳起舞来,而左家茵则被李建设邀走,丁薇生怕别人邀请自己,干脆主动走向周臻中,谁料周臻中却根本没有意识到她的存在而径自走到醉酒的迟暮身边坐下,轻轻扶正了她的身子,然后将他自己的外套遮到她身上,手在她的额头上探了一下,那种小心翼翼的样子像是在对待一个精致易碎的瓷器。

丁薇心火陡然一起,上前说道:"臻中,可以跟我到阳台上去一趟吗?我有话要跟你说。"

周臻中有些疑惑地望着她,不过还是站起了身。

阳台上的风吹得丁薇单薄的衣裙霍霍作响,她整个人像是要飘起来,周臻中很明显有些心神不宁:"有话你就快说吧,迟暮这个样子我不放心,我要早点送她回去。"

丁薇呼出一口气,凝视着他的眼睛直截了当道:"臻中,事到如今我不得不提醒你,迟暮并不是你理想的人。"

"是吗?"周臻中有些好笑似的望着她,"何以见得?"

"你不觉得她太漂亮了吗?"

周臻中简直要笑起来:"这算什么理由?难道漂亮是一种罪吗?"

丁薇的声音幽幽的："我的意思是，太漂亮的东西就会有很多人觊觎，你应该懂的。"

周臻中沉下脸："你到底想说什么？迟暮是人，不是什么东西。"

"你别生气，臻中，我只是不想看到你以后难堪，更不想你受到伤害，对我而言，你比迟暮要重要得多。"

"这是身为好朋友的你应该说的话吗？"周臻中终于耐不住性子，转身想走，"要没什么事我进去了。"

丁薇一把拉住他的胳膊，急急道："要是我告诉你实情，你会相信吗？"

周臻中轻轻但坚决地移开她的手："你说。"

丁薇脸上露出高深莫测的神情，声音很低却吐字清晰："迟暮早晚会是左家勋的女人。"

"胡说八道！"周臻中勉强压制着才没伸出拳头，"别侮辱了迟暮！丁薇，我真没想到你心理会这么阴暗，就见不得别人的一点儿好！"

"我心理阴暗？"丁薇冷笑着伸手朝前方一指，"看到那幢高楼了吗？如今的 S 市第一高楼，是左氏花了四年建造的，刚完工，总部还没搬迁进去，看到上面的那些字幕了吗？整个 S 市都看到了，我不信你会看不到！"

周臻中不瞎，自然也看到了，他盯着那些不住变幻的流动字幕，口中喃喃："这一定是左家茵的手笔。"

"是吗？"丁薇看了他一眼，仰头看天上的繁星，"我想左家茵并不能代表左氏。"

"你的意思？"

丁薇转过身子面对着他："你知道吗？迟暮离开的时候大楼开始动工，她回来时大楼正好竣工，今天晚上是左氏的新楼第一次开启灯箱字幕，你想想，作为左家茵的朋友，夏迟暮的面子是不是大过了天？"

周臻中的脸上渐渐失血："那又怎样？她们是好朋友。"

"臻中，为什么你就是不肯承认现实呢？知道我为什么会去照顾迟暮的姑姑吗？你以为是巧合还是我太工于心计呢？"丁薇顿了一下，"事实上我是被左家勋私下安排去照顾夏老师的，当然了，我跟夏老师很投缘，她老人家对我很好，我也是真心地喜欢她的，不过这是另外一回事了。"

周臻中沉默了半响："迟暮知道这事吗？"

丁薇摇头："我想她并不知道，就算是夏老师也不知道，左家勋吩咐我不要说出来的。"

周臻中强笑："这也不能说明什么，左家跟夏家以前也算是世交，派个人帮迟暮照顾夏老师是举手之劳，也算不得什么。"

丁薇急道："臻中，你要相信我，我完全是为你好，左家勋那个人想要什么会得不到？你是斗不过他的！"

周臻中握着拳头低吼："就算他真的喜欢迟暮，那也是他一厢情愿！当初他是怎么对迟暮的？我可记得清清楚楚！我想迟暮也记得很清楚，他这点小恩惠不过是想平息自己内心当初的内疚罢了！"

丁薇咬唇，声音可怜兮兮的："臻中……"

周臻中一摆手，沉声道："好了丁薇，以后我不希望再听到你提这件事，关于你照顾夏老师的内情，既然左家勋不让你说出来，那你就不要说出来，这样对彼此都好，迟暮会感激你，我更感激你。"

丁薇声带哭腔："我不需要你的感激！我只是希望你明白事实！"

"别说了，我去看看迟暮："周臻中掉头便进了室内，然而眼前的一幕让他一下子定住了脚步。

左家勋弯腰在沙发边，一边扯掉迟暮身上的外套扔到一侧，一面训斥着自己的妹妹："怎么搞的？还以为你做事会有分寸！她自己的外套呢？赶紧拿过来！"

左家茵愣了一下，这是她第一次被大哥呵斥，而且是当众，对她而言，简直是极刑。

左家勋一个冷眼扫过来："愣着干什么？还不快去！"

左家茵应了一声，忙不迭去拿外套。

03 两个男人的交集

眼看着左家勋用外套将迟暮包裹着像是随时要将她拦腰抱起身，

周臻中脑中一个激灵，浑身血脉突突地跳，不顾一切走上前赔笑道："左总左总，对不起，今天实在太麻烦您了，迟暮有些喝多了，我这就送她回去！"

左家勋站直了身子直视着周臻中。

两个男人目光交会时似有两道河流碰撞，有浪花迸溅的意味，左家勋的眼睛里更是暗藏着风暴，口气又冷又硬："你不是一向自诩很关心她的吗？让她喝成这样，你是成心的吗？"

话一出口，所有人的眼光都盯着他们，左家瑞的眼里甚至有了戏谑的意味……太好玩了，这是要决战的节奏吗？

周臻中有些承受不住左家勋的眼神，不得不难堪地低下头："我承认是我照顾不周，我这就送她回去。"

"是吗？那你预备要怎么送呢？好像你连车都没有的，不要告诉我你准备背着她回去？"左家勋本来就比周臻中高一点，声音更是居高临下，在这样的富豪面前，周臻中只觉得泰山压顶压抑异常，竟是一句话也答不出来。

左家勋重新弯下腰来，像抱着孩子一般将迟暮捞起来揽在怀里，迟暮的身子下意识歪了一下，一只手胡乱扯住左家勋的前襟，被打搅了睡眠的她不满地皱眉，口中喃喃："爸爸，迟暮很累，迟暮要睡觉……"

爸爸？左家瑞憋不住笑意却又不敢笑，赶紧用力捂住了嘴巴。其余人等也是面面相觑，这种状况根本是他们始料未及的，此刻大概除了周臻中之外，每个人心里都有一种隐隐的兴奋，窥探了S市最神秘的王老五的隐私的那种兴奋。

"好了迟暮，你乖一点，我们这就回家。"左家勋理理她垂在额头的头发，用一种不可思议的轻柔声调低语，然后拦腰将她抱起身，神态自若地四顾了一下，"大家接着玩吧，家茵你在这里照顾一下，我送迟暮回去。"

"左总，请你自重！"周臻中终于回过神来，鼓起勇气一个箭步拦住了他，脸涨得通红，"左总，你可不能因为自己有钱就可以随便胡来！"

丁薇上前一把拉住他："臻中，你别激动，左总不过是送迟暮回家，不会把她怎么样的……"

"你滚开！你以为我不知道你？"周臻中红了眼睛，口不择言道，"为了钱你竟然出卖自己的好朋友，你还有什么不能出卖的？"

丁薇面色雪白，眼泪簌簌朝下掉："不是这样的，臻中，不是这样的……"

"够了！别说是因为我！我可承受不起！"周臻中看向左家勋，胸口不住地起伏，"左总，迟暮现在人事不省，麻烦您将她放下来。"

"我倒要看看你有什么本事让我放下她？"左家勋轻蔑地一笑，顿时两个孔武有力的男侍者一左一右将周臻中挟持住，周臻中眼睁睁地望着左家勋抱着迟暮出了房间。

周臻中眼中几乎滴出血来，不住地挣扎："左家勋！你给我站住！你们这些混蛋！狗腿子！放开我！你们放开我！"

侍者们金刚一般不为所动。

左家茵按住额头无力道："放开他吧。"

侍者一松手，周臻中立即像离弦的箭一般冲出门去。

"哇！"左家瑞竟然拍起了手掌，"太酷了！第一次看到大哥因为女人发威，不愧是咱们左家的男人！"

"你是唯恐天下不乱！"左家茵瞪他一眼，抱歉道："真是对不起，我没想到事情会变成这样，愿意留下的就继续留下玩，楼下有温泉，小型电影院，有什么需要就跟左家瑞说，丁薇你快别哭了，我们也赶紧走吧！可别闹出什么事来！"

楼下，左家勋刚将迟暮放进车后座，随后赶来的周臻中一把扯住他的手臂："你不能带她走！"

左家勋朝他一笑："放下你的手。我的话决不会说第二遍。"

周臻中不自觉地放下了手，眼中有了泪，声音有些哽咽："左总，你曾经是我最崇拜的人，我知道你的本事和能力的，你已经有了那么多女人，何必还要惹迟暮？"

左家勋轻轻掸了掸衣袖："哦？那你是见过我的女人了？"

周臻中脖子一扬："大家都知道的，不必我亲眼所见。"

左家勋笑笑坐到车后座,似乎想起了什么,手按着车门说:"看在你曾经真心照顾过迟暮的分上我就顺道载你一程,自己坐前面吧,也亲眼看看我是不是要把这丫头给害了。"

周臻中当仁不让地上了车,当发现司机是个年轻女人时他不禁稍稍愣了一下,没出声。

沈秋言扭头问:"老板,是直接送她回家吗?"

"难道你也跟这混小子一样认为我是要带她去我家?"左家勋小心地将迟暮揽进怀中,为了防止她的脑袋乱晃,他的一只手按住了她的头,这样她整个人就伏倒在他胸前。

沈秋言不敢多言,将车启动起来。

周臻中回过头来,眼看着心爱的女人小猫一样蜷缩在别的男人怀中,心中自然是五内俱焚:"左总,还麻烦你自重一点,迟暮现在是个没有意识的人,如果她醒来知道了这一切,她会恨你的。"

左家勋望着他,好笑似的:"是吗?对我和她之间,你知道多少?据我所知,你也并不是她的男朋友。"

周臻中愤愤道:"你不就是想炫耀她当年如何迷恋你这事吗?这些我统统知道!我想当初整个 S 市都知道,可你那时候是怎么对她的?你让她成为了 S 市的一个笑话!就算她对你再痴也被你的无情给磨平了!我要有你这种条件,她要什么我给什么,决不会让她掉一滴泪,那些年我看够了迟暮的泪……我就不懂了,既然你当初并不喜欢她,为什么现在又要来惹她?"

左家勋沉默了半晌,闷闷道:"我的所作所为不需要跟任何人解释。"

"也不需要跟迟暮解释吗?你以为你可以掌控一切?你以为谁都想进你的左氏?首先迟暮就不想,你大概还不知道吧,她已经在 S 大应聘了!"

"别上了个哈佛就不知天东地西了,看在迟暮的面上我今天暂时原谅你的无理,你要是再过分,可别怪我事先没警告你。"

"是不是又想派两个人把我控制起来呢?看来左总的能耐也不过如此。"

"我的耐心很有限,如果你再喋喋不休,尽可以试试,看看以后 S

市还有哪一家单位敢录用你。"

车内顿时一片死寂。

此情此景令开车的沈秋言直觉得于心不忍，然而不忍归不忍，她心中却又觉得自己老板这一手做得漂亮。也真是怪了，明明是一件倚强凌弱毫无原则的事情，她却觉得老板比平日里可爱多了。

原来一个男人真心喜欢一个女人的时候会变成另外一个人。

04 不平静的夜晚

车到了夏樱家的楼下停下。

左家勋轻轻将怀中的迟暮推直起身："秋言，麻烦你送她上去吧，小心一点。"

沈秋言下车，几乎不费力气地将沉睡的迟暮抱起身，笑道："小身子还真是轻盈，睡得就跟个孩子似的。"见无人回应她，忙敛容问道："四楼是吧？我去去就来。"

左家勋点头："别跟她姑姑提我的名字，就说你是家茵的朋友，告诉她家茵今天也喝多了。"

"我明白。"沈秋言说着走向灯光昏黄的楼道。

车内沉默许久的周臻中突然发出一声嗤笑："为什么不敢跟夏老师提你的名字呢？堂堂的左总难道就这么不被人待见吗？"

左家勋冷冷道："要是真不想在S市待下去，我现在就可以成全你。"

周臻中再次闭嘴。

沈秋言不久就下来了，上车汇报道："她姑姑没说什么，只说是麻烦我了。"

左家勋嗯了一声，动了动背部将身子坐舒服了些："送佛送到西，先送这位周先生回去吧。"

"不必，既然迟暮到家我就放心了，我就在这里下车好了。"周臻中边说边推开车门出去。

左家勋皱眉："等一下！"

周臻中转身惨笑："怎么？左总难道以为我现在要去敲夏家的门？

放心,我可不像你,迟暮不愿意的事情,我周臻中绝对不会做。"

左家勋望着他,开口想要说什么,最后却什么都没说,只是朝沈秋言一挥手:"走吧。"

刚刚从后视镜里他看到了在后面二十米处路灯下停着的一辆灰色的车,那是凝香居的商用车。他知道,他的妹妹,家茵,一定在里面。

左家勋的车离开后,周臻中一直低头呆立在原地,路灯将他的影子拉得很长。风渐渐有些大,头顶有落叶零星飘下,偶尔有行人从他身边经过,诧异地看他两眼后便快速离开。

远处车内的丁薇着急道:"他不会做出什么想不通的事来吧?"

家茵双手握着方向盘:"谁知道呢?今晚真是一个不平静的夜晚,不过我想明天早上会更不平静。"

"是啊,"丁薇叹口气,"迟暮一回来就闹出这么大的动静来,真是好本事。"

家茵的眼睛注视着前方孤寂站着的周臻中,没有出声。

此刻她内心真是百感交集。也不知大哥刚才到底对他做了些什么,总之,这样一个失魂落魄的周臻中,让她心疼,更让她心酸心凉。这个男人眼中心始终是另外一个女人,她是真的没有勇气和心力再去蹚这浑水了。

就算她真的有一天和周臻中在一起了,她也没有信心让他心中从此没有夏迟暮,英国那年的冬天太寒冷了,那么厚的雪足以将她的热情冷却半数,现在,此刻,余下的热情再度被冷却、封印,感情的灰烬中至此只余一点火星。

放手,是她再度确定的事。

不知过了多久,周臻中终于移动了两步,并抬起头看了看迟暮家所在的方位,然后转身离开。

当他经过车子时,神情恍惚的他并没有注意到车内有人,而车内的两个人则很明显地看到了他脸上的泪痕。

丁薇说:"今天咱们就都不要打搅他了,让他一个人好好静静吧,他终归要接受这个现实的。"

家茵看了她一眼,明白今晚发生的一切,无疑是给丁薇打了一剂强心针。

不得不承认丁薇身上有股常人没有的韧劲。要是刚刚周臻中那样骂自己,肯定是死的心都有了。

足够放手的爱其实是不够分量的爱吧?这么看来自己爱周臻中其实不如丁薇,这个夜晚左家茵觉得终于认清了自己,看丁薇的眼光中有了欣赏,心中有了成全:"以后……你多安慰安慰他吧,我哥那个人,想必你也听说过,他要做的事,没有一件是做不成的,你得多劝劝周臻中。"

丁薇眼中闪出奇异激动的光:"家茵,你是说你……"

左家茵笑笑:"我想你更爱他,不是吗?我左家茵不喜欢为任何人而太委屈自己。"

"谢谢你,家茵,谢谢你的成全,你放心,我一定会好好爱他的。"

左家茵没有吭声。

你爱他,但他未必就会爱你的。以后幸与不幸,就是你自己的事了,跟我左家茵无关。

05 相信你的承受力

夏迟暮做了一个梦。

即便在梦中,她也明显地知道自己是在做梦。

梦中的场景有些混乱,似乎是在凝香居,又似乎突然到了野外,总之,她看到了一大丛的雏菊,正欣喜地猫着腰身采摘,突然间有人将她的眼睛蒙住了,她下意识觉得是家茵,于是扭转过身子,还没看清是谁就被人一把抱住,跟着她的唇被覆盖住了,她顿时浑身发软,手中的雏菊散落了一地……

"迟暮!迟暮!你在哪?"

是家茵在喊她!她一阵慌乱忙用力推开身边的男人,骇然间看到了男人的脸……竟是左家勋！

这一下彻底把她给吓醒了。

醒来只觉得身下一片湿热，血脉突突地跳着，仿佛在自燃。尽管头昏脑涨，隐隐间她还是明白到底发生了什么事，红着脸勉强支撑着起身，开了灯，拿了新的内衣裤去洗手间，并垫上了一片苏菲。

回房路过客厅时，她看到自己的风衣搁在沙发背上，于是伸手去掏口袋里的手机，想看看时间，谁知道却怎么也找不到。

难道……丢了？

手机刚用没几个时辰就丢了，这也太离奇了。

不说周臻中知道了会不高兴，夏迟暮自己也不能原谅这样的自己。

她仔细地思考了一下，觉得这种情况下手机可能在的地方有几处：一是凝香居，可能自己醉后用过手机，但临走时忘记拿了；一是车上，问问昨晚自己回来时坐的谁的车就行了；再就是姑姑帮自己收起来了，这个可能性有些小，就算她收了，也应该是放在自己的卧室或者客厅里，不可能不见了。

推测下来，手机最有可能是被遗忘在凝香居，明天问问家茵就知道了。

然而，最重要的不是手机，而是……希望昨晚别太出丑才好，更希望左家勋不要知道这事，至少，别让他当场见到她的醉态，否则他一定会觉得她这人不可理喻不可救药，那样的场合，回国第一天，她怎么可以放任自己喝到人事不省？连她自己都觉得过分。

就这样纠结着懊恼着，迟暮在昏昏沉沉中重新进入了梦乡。

迟暮是被一阵电话铃声给惊醒的。

客厅里夏樱喊道："迟暮！快穿了衣服出来，家茵要跟你说话呢！我出去买菜，都快九点了！"

九点？迟暮脑中一个激灵，顿时想起一件重要的事情来了，她跟钱闻道约了今天上午九点在S大见面的！自己这个样子无论如何是去不成了，但她不可以失信于人！想到这里她拿起话筒拨了号码急急道："家茵吗？正好我有件事要拜托你帮个忙，你马上替我去S大的门卫处见一个人，你自己去或者安排人去都可以，就跟那人说我今天去不了，昨天我们约好了九点左右见面的，我今天身体不舒服，肯定去不了，又忘记跟他要联系号码……"

电话那头的家茵说道："什么？你别急，慢慢说，你说你身体不舒服？哪里不舒服？"

迟暮懊恼道："哪里都不舒服！头昏脑涨得难受死了，而且老朋友又提前来了，早知道就不喝酒了，对了，昨晚我喝醉后有没有做出什么出格的事？"

家茵的声音带着疑惑："你真的一点都不记得吗？"

迟暮不禁一顿："这么说我真的做了什么丢脸的事？"

家茵的声音听着有些凝重："其实你没做什么，也就是……迟暮，我真的希望你能原谅我哥。"

"原谅你哥？"迟暮按住沉重的额头，脑中灵光一闪，心里顿时掠过一阵苦涩，口中却笑道："是不是因为昨晚我喝醉了他很生气，所以当众说了些难听的话？没关系的，无论他说什么我都不会介意，你根本就不用担心，我的承受力好着呢！"

家茵呼出一口气，轻轻一笑："我相信你的承受力，对了，你刚才说让我去哪里？"

"哦，去S大的门卫处见一个人，那人叫钱闻道，是一位教授，你就跟他说我今天去不了S大，以后再联系，我现在头昏肚子疼的，真的很不舒服，但我不想钱教授把我看成一个言而无信的人……"迟暮正说着，突然听到电话里传来一声咳嗽声，但声音虽轻微却极清晰，肯定不是家茵发出的，她不禁低声怪叫起来，"喂！你身边是不是有别的什么人？"

"没有没有，钱闻道教授是吧？我马上就替你去一趟，反正也没什么事。"左家茵摁掉手机，扭头对身边站在的男人说："哥，电话我替你打了，接下来就看你自己的了。"

左家勋点点头，仿佛陷入了沉思。

左家茵嘟起嘴："妈刚才看到报纸时还将我骂了一顿，说我不该随便浪费左氏的资源，我真是冤枉死了！"

左家勋一只手按住她的肩膀："放心，我会补偿你的。"

　　左家茵没好气地打落他的手："你瞒我这么多年，怎么补偿？害得我一直以为安琪姐……以后我都不知道该怎么面对安琪姐了，要不是因为你是我哥，我才不要原谅你！没见过你这种男人，明明喜欢的是迟暮还要装作毫不在乎，就为了一个莫名其妙的理由冷落人家这么多年，人家就算有再大的热情也被你给扑灭了，我真担心你接下去怎么导演怎么收场！"

　　左家勋耸耸肩："这有什么好担心的？迟暮爱的一直都是我，要她接受我应该是一件水到渠成的事情，不是吗？"

　　家茵微微皱眉："你对迟暮就这么自信？迟暮早已不是当初的小女孩了，依我看，就算她现在还爱着你也未必肯接受你，你吃瘪的时候别怪我没提醒过你。"

　　"你这丫头！"左家勋瞪她一眼，"从前整天念叨着要我给你找个嫂子，现在好不容易有人选了，你怎么尽给我泼凉水？你赶紧去办迟暮交代的事吧，快点过去！"

　　"知道啦！"家茵一跺脚，"为了哄心上人开心就使劲地驱使自己的妹妹，男人都这德行！"

　　望着妹妹离去的背影，左家勋脸上隐隐露出一丝微笑来。

　　事实上他现在手头就有钱闻道的联系电话，但他才不会轻易提供出来。其实他也可以当场拨打一个电话，告诉钱闻道实情，但他觉得，最好还是给妹妹安排点事情做做，昨晚到现在，她一直都表现得波澜不惊若无其事，这让他多少有些惊讶，难道她竟一点都不关心周臻中了？女孩子长大了，很多事情都放在了心中不肯对家人说，让她多出去走走，或许会有意外的收获。

　　钱闻道……难道不是一个上好的妹婿人选吗？

06　母亲的洞察力

　　左太太身披翠色的羊绒披肩从花园里走进屋，看见儿子低头在看报纸，脸上凝着隐隐的笑意，他的一举一动不可避免地落进她的眼里，这孩子，用得着这么高兴吗？她不禁皱眉道："家勋，今天怎么还没去公司呢？你平时一向出门很早的。"

左家勋搁下手中的报纸冲母亲一笑："今天我想放半天假，好好陪陪您。"他边说边站起身，小心地将母亲扶坐到沙发上。

"无事献殷勤，"左太太目光锐利地扫了儿子一眼，"不是有什么事儿要向我开口吧？"

左家勋在她身边坐下，竖起大拇指笑道："妈就是厉害，一眼就看透了我。"

左太太瞪他一眼："别跟我套近乎，嬉皮笑脸的一点都不像平日的你了，你这样一准就没什么好事……对了家勋，刚才你妹妹这是又要去哪儿啊？急乎乎的，这么大的姑娘了，从英国回来后就成天到处乱跑，你也该看着她一点儿，别到时候进了婆家门放肆得让人说咱们左家没教养。昨晚难道不是她过分了？看看那些铺天盖地的报纸，我们左家是欠夏家的吗？这丫头早上被我说了两句，刚才竟然也不跟我打招呼就直接溜了，真是白疼了！"

左家勋挽住母亲的手臂："妈您别生气，家茵是我交代她出门办事去了，可能是走急了没看到您，她是绝对不会和您生气的，要说家茵没教养，那谁家的姑娘能算有教养？家茵可是您亲自调教出来的，教养那是一等一的好，现在S市不知道有多少人想跟咱们左氏结亲呢！"

左太太拉着儿子的手，叹了口气，面色忧郁地看着他的眼睛："我也就是随便说说，家茵那丫头我才不愁她，有相貌有学历的，任她看上谁，到时候咱们都贴上一笔嫁妆，反正我们左家也不缺那两个钱，是不是？倒是你，家勋，你的年龄真不小了，你可比家茵大十岁呢，这些年S市不知道多少有女儿的人家想跟咱们左家结亲，你说你到底看中了哪家的女儿，好歹跟妈透个底儿，好不好？你说不喜欢林安琪，妈也不怨你，只是……你不知道现在外头有多少流言，竟然还有人说我儿子喜欢的其实是男人……真要活活气死我了！"

左家勋笑道："那种闲话您也在意？这可不像左太太一贯的风格。"

"亏你还笑得出口！"左太太望着儿子，话音陡然一转，"昨晚新楼开启灯箱应该是你交代的吧？我想家茵没那能耐。"

左家勋点头，依旧笑着："妈毕竟是我妈，火眼金睛，什么都瞒不过您。"

"别给我戴高帽子！"左太太尖刻的声音一出腔自己都吓了一跳，顿了下放低声调继续说道，"家勋，你的心思我能不明白吗？这些年你始终都没有一个女朋友，我也想通了，与其让外面的人风言风语，还不如……夏家的丫头，你要是想娶就娶了吧，只要你能说得通她那姑姑就行了。"

左家勋先是一愣，随即是一阵巨大的惊喜涌上来："妈同意了？"

他心知母亲的精明，但没想到她竟有这样的洞察力，更没想到她竟会这样的开明。

"左家果然是上辈子欠了夏家的，今天你拐着弯儿地不就是想跟我说这事儿吗？是不是？"左太太拍拍儿子的手背，神情有些傲然，"儿子的心愿做母亲的自然要极力成全，难道我是一个不懂我儿子的人？"

左家勋感动地握住母亲的手，诚挚地说道："妈，真的很谢谢您，您是第一个不用我开口就懂我的人。"

左太太欣慰地一笑："家勋，妈不懂你还有谁懂你？在妈的心中这世上还有谁会比我儿子更重要？这些年，你的一举一动我都看得清清楚楚的，为了那丫头，你背后……妈也不是那种不明事理的人，既然你的心思自己说不出口，那不如我替你说出来。"

左家勋的面色微微有些泛红："其实我今天正想找个机会跟妈坦白的，没想到妈先我一步挑明了。"

左太太点头："嗯，我想我懂我儿子，对于夏家那丫头，你当初把她送进剑桥是对的，我也留意了这几年她在剑桥的表现，还算可以，尽管缺点家底，但能力和人脉她都有，将来也可以给你助力。"

"谢谢妈的理解。"

"我是理解了，还得那姓夏的女人也理解，家勋啊，夏樱那女人可不好对付，别看她只是个小小教师，当年……"

左家勋适时地止住了母亲的话："妈，您别说了，我知道该怎么做。"

Chapter 06

第六章 一个女孩的流金岁月

01 女医生

迟暮去洗手间换了张干净的苏菲，之后斜躺在沙发上看电视，她的眼睛是在电视屏幕上，心思却根本不在。

她不清楚昨晚到底发生了什么事，拿起身边话筒拨打周臻中的手机号，奇怪的是，周臻中竟然关机了。

或者该再找丁薇问问？但是丁薇的号码，她根本就不知道，那就等姑姑回来再说吧，她应该知道的。

几乎在她放下话筒的同时，夏樱开了门进屋。

"姑姑怎么这么快就回来了？"迟暮坐起身，见姑姑手中拎着的购物袋还是空的，不禁有些奇怪，"怎么？没有买到菜吗？"

夏樱看了她一眼，将手中的一叠报纸扔到茶几上，一屁股坐下来，面色不同寻常："你今天都成头条新闻了！"

迟暮心里一沉，昨晚真出事了？她迟疑地拿起报纸，一眼就看到娱乐版上的一个很显目的标题：疑左氏总裁深陷三角恋。

作者叶微凉。

文章用详尽的笔墨描写了她昨天在飞机上偶遇一位美得惊天动地的美女以及下飞机时看到左家勋为美女接机的场景，文中还提到了同时接机的另一个陌生男人，那人器宇轩昂，疑是美女的男友……

叶微凉果真守着信用呢，她并没有提夏迟暮的名字。

迟暮哭笑不得，这八卦写得也太过捕风捉影了，怪不得有些明星会因此得抑郁症。

她将报纸扔到茶几上，不介意地笑道："这算什么？姑姑难道竟因为这个生气？人家文章里面根本就没提我啊！"

夏樱瞪她一眼，拿过报纸看了看，又扔给她："谁让你看那个了？看第一版！"

迟暮翻开报纸头版，映入眼帘的赫然是一张照片，夜色中一幢高楼拔地而起，高楼上面几个字亮闪闪的看得清清楚楚：左氏集团恭贺夏迟暮小姐剑桥学成归来。

照片下有早报记者的一段简短的新闻稿：昨晚八点整，左氏集团刚竣工的新楼第一次开启灯箱广告，变幻莫测的美妙灯光将 S 市的心脏装扮得如火如荼。据左氏集团内部负责人介绍，左氏总部将在一个月内搬进新楼，作为 S 市第一楼，左氏集团决定今后将高楼的顶层限时免费开放给民众，届时民众凭个人身份证即可登临 S 市第一楼，遍览 S 市风光。

新闻稿毕竟是新闻稿，只是陈述事实，没有任何揣测。

迟暮屏住呼吸轻轻将报纸放下，声音低低的："姑姑，我还不知道家茵背后为我做了这么多，她刚才打电话竟一个字都没提。"

"你确定是家茵做的吗？"夏樱望着她，一字一顿道，"迟暮，丁薇刚才打我手机说，左家勋昨晚当众表达了他喜欢你。"

迟暮脑袋顿时一哄，自己都听到了那个哗啦声，夜里那个荒唐的梦境随即也窜出来，疯狂地占据了她的头脑，几乎让她不能思考，她按着额头勉强笑道："不可能吧？我怎么不知道？"

夏樱说道："你喝醉了自然不知道！我想丁薇是不会拿这个说谎的，你告诉我，你现在是不是还喜欢着姓左的那个人？"

迟暮有些心虚，扭头皱眉道："姑姑！能不能别提这个！"

"别想逃避话题，"夏樱按着侄女的肩膀，让她的脸面对着自己，认真地注视着她的眼睛，"你预备要怎么办？"

迟暮低眉沉默了一下，用力咬唇，声音清冷："他要是喜欢我七年前就该喜欢了，何必要等到现在？就算他说了喜欢我，那又怎样？你侄女应该是个不让人讨厌的人吧？不是我吹，喜欢我的人不要太多了，不过姑姑，人家左总是有女朋友的，他是随口一说，你是真的想多了，我觉得丁薇根本是无端揣测，她那个人，她自己心里喜欢周臻中，因此最好我能嫁给别人，然后……你懂的。"

夏樱沉声说："这对我来说并不是什么突如其来。在你回国之前，左家勋曾经来过咱们家里一次，他跟我说，等你回来他就娶你，但被我一口回绝了，笑话了，我们夏家的女儿，他说娶就能娶了？"

迟暮觉得自己的脑子彻底不够用了："什么？他怎么会突然……"

夏樱冷笑："是啊，他怎么突然想要娶我的侄女呢？当初你那么求他，他却让你成为 S 市的一个笑话，现在却又说要娶你，我也是百思不得其解，当初你最需要他的时候他在哪里？难道就因为现在你长大了懂事了拿了张文凭了所以有些地方配得上他了？ 又难道说这些年他经历的女人太多，回头想想还是觉得你这棵小嫩草比较合他胃口？"

夏樱的这些话太过刺心，过去那些锥心刮骨的记忆又开始四处乱窜，迟暮的眼圈顿时有些红了，声音变得更冷："姑姑你别说了，就算是真的，他想娶谁，那也是他自己的事，跟我无关，世上又不是只有左家勋一个男人。"

夏樱稍稍松了口气："你这么说就对了，人活一口气，对于一个喜欢拿外在来衡量内心感情的男人来说，他根本就配不上我侄女，现在的你漂亮懂事，自然是讨人喜欢，万一有一天你不漂亮了不懂事了，那他是不是就该不喜欢你了？这样自私自利的男人，不要也罢。"

"姑姑，以后能不能别再提这个人了？"迟暮微微皱眉，"我饿了，想喝点稀饭。"

夏樱很快盛了稀饭过来。

迟暮笑笑坐下，开始不紧不慢地喝着稀饭，甚至还拿着报纸悠闲地翻看起来。

夏樱望着侄女一副神态自若的样子，心知她心里此刻定是翻江倒海一般，这孩子大了，脾性跟她爸越来越像，越是有事越是显得沉着，谁也搞不懂她心里到底在想什么。

作为一个天生丽质的女孩，迟暮从十五岁起，家人就开始替她担心那些来自四面八方的男孩的攻势，不过后来渐渐地就放心了，因为她从来就没将那些男孩子放在心上，追求者众多的女孩一般不大容易坠入爱河，抵抗力太强了。然而，一旦她后来喜欢上某个人，那种喜欢的力量也是相当强韧的。

左家勋是她第一个喜欢上的男人，少女的她大胆直白，并不懂得隐藏自己的心思，但是，直白换来的只是冷漠和嘲笑。

之后的大部分光阴她应该是恨他的，尤其是父母去世之后。夜深人静之时她恨得牙痒痒的，恨他说过的那些伤人的充满鄙夷的话，也就是那些话刺激她发奋，她急促地想要证明自己，证明自己并不是他认为的那样的人。

但是，没有爱何来恨呢？虽然她刚才嘴硬说左家勋想娶谁跟她无关，可是，一个在她心里占据多年的男人，会说消失就消失了吗？

夏樱不信，恐怕连夏迟暮自己也不会信。

一碗稀饭下肚，迟暮突然想起一件事来："姑姑你看到我手机了吗？就是周臻中送我的那一部。"

"没有啊，怎么？手机没了？"

迟暮苦笑："也不知道被搁哪儿了，反正家里找不到，回头我再问问家茵。"

夏樱责备地看了她一眼："刚回来就闹出这事，以后在外面千万别再喝酒了。"

姑侄俩正说着话，突然听到外面有人敲门："请问夏迟暮小姐是住这里吗？"

是一个陌生女人的声音。

夏樱疑惑地看了侄女一眼，迟暮摇摇头，她听不出这声音是谁。

夏樱起身去开门，发现门外是一位四十岁左右的女士，身材高挑，戴着眼镜，手上拎着一只有着红十字的小箱子，看上去非常干练："请问您是？"

女人礼貌地笑道："对不起，您是夏樱老师吧？我叫杨燕，是左家的家庭医生，左先生让我过来看看夏小姐的身体是否好些了。"

夏樱的脸色立即沉下来："没必要，我们小门小户的可承受不起这种高级待遇。"她说着便想关门，却被杨燕伸手用力撑住了，神情恳切："夏老师，这是左先生交代给我的任务，我必须完成它，否则我就要饭碗不保了，您就让我进去吧，求您了！"

迟暮在屋里开口道："姑姑，你就让她进来吧，没必要为难人家。"

夏樱叹口气，拉开了门。

"谢谢夏老师。"杨燕进门走到沙发边，将手中的药箱轻轻放到茶几上，看了迟暮一眼，稍稍一愣，含笑道："夏小姐是吧？你看上去有些疲惫，有哪里不舒服吗？"

眼前的女孩大概是因为身体虚，裹在黑发黑衣中的那张白脸俏丽中有种病态的异样的妩媚，美得就像是一个梦，让杨燕忍不住看了又看，不得不赞叹造物主的造化之功，世有佳人，信矣，怨不得左家勋会亲自开口让自己过来。

迟暮朝她点点头："昨晚喝多了酒，到现在头还昏沉沉的。"

"我带了些葡萄糖口服液过来，你可以酌情服用一些，"杨燕边说边打开药箱，"夏小姐，我想提醒你的是，以后月经期间千万不可再饮酒了。"

迟暮红了脸，下意识咬咬唇，这女人……她怎么会知道这个的？家茵说的？不对，她说左先生……家茵电话里那个咳嗽声……一定是左家勋的！该死的！好丢人！

身为女人的杨燕自然明白女孩的心思，笑了笑，声音轻柔："这是正常的生理现象，左先生对你很关心，他特意叮嘱我要提醒你以后注意。至于女性月经期间为什么不能喝酒，原因是这样的，这时候人体内缺乏分解酶，如果喝多了酒，就会使得醉酒状态的时间延长，酒醉的感觉和症状也会比平时严重，甚至还容易引发酒精中毒，另外，经期由于不断流血、身体虚弱、抵抗力差，喝酒会加速血液循环，可能会导致月经量增多，如果喝了凉的啤酒或者红酒，还会引起痛经……"

迟暮轻声道："可是我以前就算不喝酒也会痛经，这是怎么回事呢？"

"这个原因就很多了，最好去医院好好查查看。"杨燕伸出手，"来，让我摸摸你的腹部。"

迟暮迟疑了一下，还是乖乖地撩起衣服，露出凝脂似的肌肤。

杨燕顿了下，伸出手颇有经验地按住了一个地方，迟暮顿时疼得一抽，杨燕赶紧松开手，替她放下衣服，"看来你这痛经挺厉害的，一定要去医院好好检查检查。"

"以前查过多次，医生也说不出什么名堂来。"夏樱端来一杯水说道，"杨医生喝点水吧，我侄女这个有可能是遗传，我记得嫂子说她年轻时也有这毛病，不过后来没有了。"

杨燕笑着点头："是，对于没结婚的姑娘来说，引起痛经的原因有几种，一是由于生殖器官发育不良引起的血流不畅，二是营养不良内分泌失调引起的，第三个就是遗传因素了，有些人生来对疼痛的敏感度高，痛经的原因遗传自母亲，不过，刚才夏老师说夏小姐的母亲后来就好了，我想可能是因为结婚后好了，是有不少人结婚后痛经自动消失的。"

结婚？夏樱看了侄女一眼，见她脸上有种隐隐的不正常的红晕，不禁在心中长叹了口气，沉着脸说："好了，今天就谢谢杨医生了，家里太局促，我也就不留杨医生吃饭了。"

这是在下逐客令了。

迟暮有些抱歉地望着杨燕。

杨燕起身收拾了箱子，朝迟暮一笑："那我走了，夏小姐最近这几天要好好休息休息。"

迟暮点点头："谢谢你。"

杨燕走后，夏樱在迟暮身边坐下，叹口气道："迟暮，这个样子……你准备怎么应付那姓左的？他有的是钱，如果他源源不断地派这个那个人来，难道咱们就这么不明不白地接受他的施舍？"

"反正前面都已经接受过了，也不少这么一次，何必让底下的人为难呢？他是睚眦必报的人，人家有份工作不容易，何必因为我……"迟暮刚想再说什么，突然又听到敲门声，顿时心里莫名一阵紧张，几乎浑身不能动弹了，这不会是左家勋亲自登门了吧？

"又来了，我看看去，"夏樱看了她一眼，恨声道，"要是有什么不识相的，我直接给轰出门去！"

02 教授登门

门打开了。

门外站着的是一个陌生的年轻男人，面带笑容，虽然称不上是美男子，但自有一种器宇轩昂，看上去温厚沉稳，手中拎着一只公文包。

夏樱迟疑了一下："请问你找谁？"

"您好，我叫钱闻道，请问夏迟暮小姐是住这里吗？"

"钱教授？"夏迟暮听到声音赶紧站起身迎上去，但是因为脑袋昏沉动作激烈，还没走到门口她的身子就下意识摇晃了一下，钱闻道眼疾手快，一个健步跨进门托住了她的背部，"迟暮！"

迟暮赶紧站直了身子，看了一侧愣愣的姑姑，忙不好意思地推开钱闻道："没事，刚才只是有点头昏，休息一下就好了，对了钱教授，你怎么找到我家来了？家茵没通知到你吗？"

"有话再说，你先坐下歇着吧，别逞强了，"钱闻道坚持将她扶坐到沙发上，自己则在她侧面坐下，感觉沙发软而深，而这家里的布置正如他印象中的夏迟暮：小，精致，优雅。

迟暮继续问道："我朋友联系到你了吗？"

钱闻道点头："联系到了，我就是听她说你不舒服所以才过来看看的。"

迟暮疑惑："是她告诉你我家地址的吗？"

"她？"钱闻道冲着端来水杯的夏樱说了句谢谢，继续道，"她才不肯呢，她说她只负责带信，不负责传情……"看到迟暮讶然的神情，他的面色突然一红，"对不起，我有些鲁莽了。"

"没事。"迟暮不自在地笑了笑，此刻除了笑之外，她不知道该怎么去面对这突如其来的人和事。

夏樱打量着这个第一次登门的陌生男人，马上就心中有数了，他的一举一动都逃不过她的法眼。

钱闻道今天明显穿了一身新衣服，但脖子里的那条烟灰的薄围巾却是旧的，因此显得有些不太协调。看到他，夏樱突然想起自己从前读过的张爱玲的小说《年轻的时候》里面的一段描写：次日，汝良穿上了他最好的一套西装，又觉得这么焕然一新地去赴约有些傻气，特意要显得潦草，不在乎，临时加上了一条泛了色的旧围巾。

钱闻道面色一红之后马上便恢复了正常，他环视了一下客厅，指着墙上那张工笔画笑道："我一直觉得工笔画过于精致美丽而且充满了匠气，不过这一幅垂钓图真不错，孤独中隐隐有种祥和的气氛。"

迟暮诧异："钱教授懂画？"

"家里有人学过这个，因此多少懂得一点。"钱闻道笑着拿起了水杯，发现那茶几玻璃上洁净异常，连半丝尘埃都没有，他下意识抬起眼望向迟暮，她的脸在黑衣黑发以及茶几上深红玫瑰的映照下显得异常的白腻，不禁有些看呆了。

夏樱在侄女身边坐下来。

钱闻道赶紧收敛心神："您是迟暮的姑姑吧？我在剑桥时候听迟暮提起过您。"

夏樱顿时眼睛一亮："这么说你也是剑桥的毕业生？"

"不是，我曾经在剑桥做过一年的访问学者，我现在在 S 大工作，教物理，哦，对了迟暮，这是 S 大的聘书，我给你拿过来了。"钱闻道从公文包里掏出一份文件来，望着迟暮笑道，"不好意思，我动用了一些关系替你拿来了，还借机打听到了你家的地址，你……不会生气吧？"

"聘书？什么聘书？"夏樱忙拿过去看，"S 市大学……经济学院讲师？迟暮你要去 S 大教书？"

迟暮笑得有些不自然："是，没提前跟姑姑商量我就自己做主了，我是这么想的，先教书，再慢慢寻找有什么合适的职业……姑姑不会生气吧？"

"不会不会！这样挺好的！以后有钱教授照顾你……是钱教授吧？"夏樱的眼里掠过一阵疑惑，"你年纪轻轻的怎么可能会是教授呢？"

钱闻道笑着看了迟暮一眼："夏老师以为我在说谎？"

夏樱毫不客气地点头："我的印象里，教授应该至少在四十岁左右，难道你已经四十了？居然长这么年轻……"

迟暮哭笑不得，忍不住低喊："姑姑！"

夏樱瞪她一眼："我在跟钱教授说话，你小孩子插什么嘴？"

钱闻道用安抚的眼神看了迟暮一眼，笑道："夏老师，我今年三十二岁，麻省理工毕业，现在在 S 大教物理，职称是教授，家里有三口人，爸爸妈妈还有我，我爸目前在一家研究所工作，我妈也是 S 大的教授，目前我单身，没有女朋友，夏老师可以直接去 S 大打听打听……"

"喂！"迟暮红了脸，"谁让你说那么多了？"

"别插话！"夏樱打了一下侄女的胳膊，神情激动，"一家子都是教授？"

钱闻道神色平和，笑笑道："哦，我们家其他谈不上，也就读书上头强点。"

"真的？原来是这样的，"夏樱的眼里闪出奇异的光芒，很随意似的,将搁在茶几一侧的那些报纸和葡萄糖什么的收起来,直接塞进了垃圾桶,起身道:"钱教授,今天你就在这里吃饭吧,你跟迟暮先聊着,家里没菜了,我去小区门口的饭店买些现成的回来。"也不管迟暮怎么用眼神示意她,夏樱就这么笑着径自出门去了。

听到门咚的一声关上,迟暮不好意思地冲钱闻道一笑:"我姑姑……年纪大的人就喜欢这样,问东问西就跟查户口似的。"

钱闻道笑着摇头,眼睛盯着她那张埋在黑发和黑毛衣中的白玉般的脸:"看得出来她很疼你。"

迟暮被他看得有些不自在,皱眉道:"你不要误会,她那个人就喜欢一厢情愿。"

钱闻道不得不将眼神移开,咳嗽了一声:"迟暮,我是不是来得有些唐突了?"

迟暮忙说:"我昨晚喝多了,精神有些不好,不是不高兴你来,你不要介意。"

"我不介意,我只是希望你不要介意,"钱闻道笑笑,大概是觉得气氛有些凝重,他从包里掏出一张卡片递过去,"差点忘了,这是我带给你的一个小玩意儿,昨天晚上随手做的。"

迟暮接过去,卡片封面上是两个漫画小人,两人坐在草地上,一个小人附耳对另一个小人说着什么,两人脸上都憨态可掬,萌萌哒,小人线条细腻流畅,一看就是手绘的,她不禁瞪大眼睛惊讶道:"你画的?"

她压根想象不出外表沉稳的钱教授会有这等孩童般的爱好。

钱闻道笑着点头:"打开看看。"

迟暮依言打开,一阵悠扬的音乐从里面飘出来,不用说,这是光敏电阻的作用,她以前收到过这类卡片,并不稀奇,不过稀奇的是,卡片里面也有两个漫画小人,长得和封面上那两个一样,只是卡片打开后里面的这两个小人就变成立体的了,不但是立体的,而且还会做出动作,一个小人旋转着跳着舞,另一个小人则伸手频繁做出献花的动作,两人的眼睛都一闪一闪的,看上去好玩极了。

迟暮将卡片合上,卡片立即变成薄薄的一片,声音也没了,再打开,声音顿时飘扬出来，小人又跳起舞来，她孩子气地不断地打开又合上，觉得有趣极了，钱闻道不错眼地凝视着她的一举一动，唇角隐隐漾出笑意来。

事实上他并不喜欢天真烂漫的女孩子，因为下意识会感觉那样的女孩没脑子，而且多半是装的，要骗他这种年龄的男人，简直就是手法拙劣。但是她不同，她根本就不用骗人，老天特别眷顾的相貌摆在这儿，就凭这容貌，她想怎么任性都会有男人包容，但他从未见她任性过。她的脑子更是不容置疑，不只是智商高，情商也高，他见识过她在社交场合优雅的身姿，见识过她的善解人意，甚至也见识过她的伶俐狠绝，总之，她是一个复杂的矛盾体，一个小狐狸，有着独有的狡黠韵味。

03 流金岁月

迟暮好不容易停止了折腾将卡片合上，笑得跟个孩子似的满足："真是太好玩了，这小人儿也是你自己做的吗？是什么材料做的？看着不像是纸，却能折成这样子，又是什么原理让它转动的呢？"

"是一种新型军工材料，卡片也是用一种特殊材料做的，不怕水火不容易变形，"钱闻道说道，"至于小人的原理，说起来简单又复杂，我看……还是不说的好。"

迟暮不满地瞪他一眼，伶牙俐齿又回来了："喂！原来你也跟剑桥三一学院里那些牛哄哄的家伙一样呀，是不是觉得自己是牛顿爱因斯坦附身，内心压根就瞧不起我们文科生！"

钱闻道好脾气地笑望着她，声音温和："怎么会呢，每个人都有自己的长处，是不是？这个小玩意儿物理原理看着简单，却只有物理学博士生才会懂，不过，你要是真的愿意，我可以从头跟你讲，只要你不嫌烦。"

"物理学博士？"迟暮忙不迭摆手，"那还是别讲好了，能得到你钱大教授亲手做的礼物我已经很满足了，本来现在就头昏脑涨的，我可不要再灌下一脑子糨糊。"

两人正说笑着，电话铃突然响了，迟暮拿起话筒，下意识地用手捂住了:"喂?"

话筒里传来丁薇焦急的声音:"迟暮吗?你今天有没有跟周臻中联系过?"

迟暮一愣:"没有啊,我早上打过他电话,好像是关机了,也不知道怎么回事。"

"是啊,我也打过的,也是关机,怎么办呢?会不会出事了?"

"出事?他怎么啦?"

"你不知道?哦,对,你当时喝醉了,昨晚,昨晚左总送你回家,他也跟着上了车,不知左总跟他说了些什么,后来我见他在你家楼下站了好久才走,当时他的脸色很不好,我真的很担心他,要是臻中有什么事……"电话中开始传来丁薇的哽咽声。

迟暮一顿,昨晚左家勋送自己回来的?姑姑怎么没提?

丁薇见她没有回应,干脆抽泣起来:"迟暮,看在臻中对你好的分上,你一定要帮我找找他,你没见昨晚他对左总那种态度,我真怕他是被左总……"

"你别急,我相信他不会有事的,"迟暮定定神,"等我有消息了再通知你,先这样。"

迟暮搁下话筒,见钱闻道用一种探究的眼神望着她,她勉强笑笑,正想说什么,突然听到敲门声,钱闻道抢先站起身:"一定是你姑姑回来了,你歇着,我去开门。"

门口站着的是一位年轻男子。

钱闻道一愣,礼貌地问道:"请问你找谁?"

"你又是谁?"周臻中冷冷地扫了他一眼,径自傲然走进门,大叫道:"迟暮!迟暮!"

"喊什么?我在呢,你手机怎么关机了?"当看清他的脸色时,迟暮顿时坐直了身子,回想起丁薇刚才的话,她心中明白了些什么,隐隐有种不安:"你脸色怎么这么差?夜里做贼了?"

周臻中大阔步走到她身边,坐下来不管不顾地就握住了她的手,眼里亮闪闪的,声音嘶哑又急迫:"迟暮,我真想做一次贼,现在就把你偷走,你不知道我这一夜有多想你,你也在乎我的是不是?不然你是不会打我手机的……"

迟暮涨红了脸用力挣脱他的手,小声道:"干什么,人家钱教授还在呢!"

她边说边抬眼看钱闻道,正好遇上他一双淡定的眼睛,那眼里的内容不知是什么,只觉得他眼睛黑白分明,似乎把什么都看在眼里了。

周臻中似乎这才意识到屋里还有旁人,不得不站起身,朝钱闻道伸出手来:"你好,我叫周臻中。"

"我是钱闻道。"钱闻道淡淡笑笑,伸手和他轻轻一握,随即又放下了。

"坐啊,钱教授请坐。"周臻中做了个请的手势,俨然是主人的姿态。

钱闻道依言坐下。

周臻中依旧坐到迟暮的身边,突然注意到茶几上的玫瑰,他看了眼钱闻道,五指在玫瑰上大力翻看了一下,像是检验花束里面有多少情意,看他那激烈的动作,迟暮不得不提醒他:"我姑姑刚买的花,别惹她不高兴了。"

周臻中马上松开手,看着钱闻道的神情依旧充满戒备:"请问钱教授目前在哪所大学任教?你跟迟暮是怎么认识的?"

"周臻中!"迟暮不舒服地动了动身体,"你怎么跟我姑姑一个样啊,钱教授目前在S大教物理,以后我跟他算是同事了。"

"哦,原来是这样的,"周臻中的面色稍稍松弛,目光扫到桌上的聘书,马上拿起来翻看了一下,脸上露出喜悦的光芒,"聘书都拿到手了?还是你速度快,一回国就有了工作,恭喜你。"

"谢谢,"迟暮朝他一笑,"你呢?以后有什么打算?"

话一出口她突然觉得这话问得有些不妥,周臻中本来是有心进左氏的,但是经过了昨晚……

还好周臻中有了回应,"有家外资银行目前正在招聘高级管理人员,我在考虑,还没确定。"

"哦,"她将身上的毛衣外套紧了紧,起身道:"你们先聊着,我去下洗手间。"

客厅里的两个男人沉默了一下,然后各怀心思相视一笑。

钱闻道先开口："周先生是迟暮的同学？"

周臻中目光一闪："是迟暮告诉你的吗？"

钱闻道摇头笑："我猜测的，因为看你年龄和迟暮差不多，至多也就二十五六岁吧？"

"是，我跟她从小就认识。"他望着钱闻道眼里的笑意，突然间觉得很不舒服，顿时皱眉道，"钱教授的意思是我太年轻了点，没有能力照顾迟暮？"

钱闻道沉声道："周先生多心了，我绝对没有这种意思，有没有能力照顾她是你的事，迟暮需要不需要你照顾才是她的事。我只关心她的事。"

周臻中像是被这话触动了，恍然大悟似的点点头，喃喃自语："对，你说得对，最重要的是看迟暮是不是需要照顾，有的人，就算再怎么有钱再怎么大手笔，但迟暮不需要，那也是白费力气。"

望着迟暮从洗手间出来的那种疲态，钱闻道站起身道："我想我该回去了，你要多休息，对了，你可以在家休息一个月后再去 S 大，我跟学校方面已经说好了。"

"谢谢你，"迟暮做出挽留的姿态，"不是说好要在这里吃饭的吗？我姑姑快回来了。"

"不是要做同事了吗？吃饭的机会以后多的是，"钱闻道笑着掏出手机，"你的手机号是多少？以后有什么事情我们可以直接手机联系。"

"我的手机……"碍着周臻中，迟暮一时不知道说什么好，总不能直接说手机丢了吧？何况，说了钱闻道还未必信呢，只得说，"你把你的手机号告诉我吧，我记一下，到时候我打给你。"

钱闻道若有所思地看了她一眼，说出一串数字，迟暮默念了一下，点头，"行，我记下了。"

"我相信你的记忆力，"钱闻道走到门口，握着门把手扭转头，含笑着，一字一顿道，"记着，要是你三天内不打给我，我会主动登门找你的。"

迟暮面色微红，刚想说什么，门突然开了，夏樱手中拎着一堆食品袋，面色诧异，"钱教授这是要走吗？不行不行，我这菜都买回来了，必须吃了饭再走!"进屋后她才发现多了一个人,先是一愣,接着笑道:"小周也来了,正好也一起吃个饭吧。"

"好啊,既然姑姑这么说,那我就不客气了。"周臻中手脚麻利地接过夏樱手中的东西,很熟稔地朝厨房走去。

姑姑?以前他不是都喊自己夏老师的吗?怎么突然之间改口了?夏樱来不及细想,上前热情地拉住钱闻道的手臂,坚决挽留:"钱教授,吃了饭再走吧。"

钱闻道看了迟暮一眼,笑着点头:"那好,恭敬不如从命,就听夏老师的。"

"这就对了,你先坐着,我去厨房看看。"夏樱笑着将钱闻道按坐到沙发上,自己脚不点地进了厨房,看到周臻中正在四处找什么,忙说道:"小周,你去客厅陪钱教授他们说说话吧,我买的都是些熟菜,不需要帮忙的。"

周臻中坚持:"不是还没做饭吗?我来帮姑姑淘米。"

"不用不用,这也不是一个大男人该做的事,你快出去!"夏樱不由分说将他推出厨房,关上厨房门,然后轻轻叹了口气。

现在是迟暮的全盛时期,流金岁月,一家女百家求原也属正常,可是,这都凑到一块了,怎么办?

亏得姓左的今天只是派了个人来,否则现在三个凑到一起,那肯定要乱套了,就凭他那又冷又硬的臭脾气,目前这两位绝对受不住。

从内心说,三个人中,她最中意的就是钱闻道,几乎是一眼就看中了。

刚才她趁出去买菜的机会还用手机跟一个在S大教书的老同学联系了一下,仔细询问了钱闻道的情况,S大果然是有这个人的,老同学说,作为最年轻的教授,钱闻道在S大颇为出名,就算不是本系的人,也知道他。这个人无论是长相职业还是家世夏樱都满意,而且看着就知道此人个性温厚沉稳,用谦谦君子温润如玉来形容再合适不过,虽说岁数稍微比迟暮大一点,但年龄大些的男人更懂得包容迁就女人,要是迟暮以后能跟他……那就是再好不过了!

就算是能在S市商界呼风唤雨的左家,应该也是拿钱家这样的书香门第没有办法的吧？想到这里，夏樱脸上不禁浮起笑意来。

至于周臻中，尽管他从未提过他的父母，似乎他人生的一切都是自己奋斗来的，跟父母无关，但是夏樱还是从侧面知道了一点，周臻中出自很普通的工薪家庭，父母是规规矩矩拿着死工资的那种，过着不会饿死也不会吃撑的日子，大概为了儿子去哈佛，还用光了全家所有的积蓄，完全是可以想象得到的。

这些还不是最重要的。

虽说他对迟暮是一等一的好，但迟暮一向就跟他不来电，只是当他好朋友罢了，何况中间还夹着家茵和丁薇，迟暮已经无所适从，以后更会麻烦多多，最重要的是这孩子一切都还没定型，他根本就没有能力守护迟暮，不考虑也罢。

左家的那位，肯定会是个大麻烦。不管左家勋是否真爱迟暮，单凭迟暮心里有他这一点就是个大问题。

但是，只要肯用心，天下没有解决不了的问题，不是吗？夏樱相信，只要钱闻道心诚，自己又在后面推波助澜，假以时日，迟暮会慢慢改变自己的心意。至于左家勋，让那个傲慢自大的家伙见鬼去吧！难道世上男人都死光了？夏家的女人非得要跟左家的男人扯上关系？

就算从前的一切烟消云散了，就算左家勋真心的想娶迟暮，迟暮以后嫁进了左家，总会遇到沈其芳那个女人吧？那个心机深沉的女人，迟暮以后在她眼皮底下还能有好日子过？以她恨自己入骨的心思，到时候她不扒了迟暮的皮才怪。

一个人在狭窄的厨房里边将菜装盘边想心思，夏樱终于理清了头绪，定下了方案：钱闻道，才是她理想中的侄女婿。

04 知情识趣

客厅中。

迟暮突然想起一事儿来："臻中，你打个电话给丁薇吧，她刚才有电话过来，说是一直联系不到你，都快急死了。"

不提丁薇还好，一提她周臻中就皱起了眉头，口气恶劣："她找我能有什么事？我才不想跟她说话！"

迟暮一愣："你怎么……她也惹你了吗？"

"也？这么说昨晚发生的事你都已经知道了？"周臻中神情紧张目光灼灼，不放过她脸上的任何一个表情。

"我不知道，我喝醉了怎么会知道？"迟暮心中有些慌乱，眼光投向钱闻道，"钱教授的茶都凉了吧？我这就去给你换了。"

"不用，我自己来。"钱闻道笑着站起身，拿起茶杯走到厨房门口。他知道碍着自己他们说话有些不方便，因此干脆识相地走开。

厨房门关着，透着玻璃窗可以看到夏樱在里面手脚麻利地洗涤着什么，钱闻道迟疑了一下，伸手敲了敲门。

"钱教授？"夏樱扭头见是他，眼中不觉露出欣喜，忙打开门，"进来进来，是不是茶水冷了？我来给你倒了重新泡！"

钱闻道也不坚持，将茶杯递给她："谢谢夏老师。"他扫了眼四周：擦得锃亮的方砖地，三面的玻璃橱柜，里面排列得整齐的坛坛罐罐杯杯碟碟，一致闪着暗哑的微光，台面上的杯碟看起来是一套，钱闻道拿起一只看了看，笑道："这套餐具跟我家的那套竟是一模一样。"

夏樱将茶水倒了，杯子放在水龙头下冲洗："是吗？这套还是以前我哥也就是迟暮的爸爸带我去英国游玩时买的，当时一眼就看中了，用了这些年，竟一点都没坏。"

钱闻道轻轻放下手中的碟子："巧了，我家那套也是我妈在英国买的，对了夏老师，我看客厅沙发上的靠垫很别致，是不是您自己做的？因为那个蓝色纯麻布现在很少见，看上去既古朴又清丽，夏天的时候我妈为了找这个蓝调，还特意拜托了她云南的朋友买了几米布，自己做了汉服长袍，还做了件汉服小上衣和半截裙子。"

夏樱不禁张大眼睛："你妈也会自己做衣服？"

钱闻道笑："是啊，这是她多年的爱好了，除了做学问之外，我妈和夏老师之间有不少共同的爱好呢，现在细细一看，您竟连长相都跟我妈有几分相似，尤其是眼睛，都是大大的，眼尾有些上翘，善良中透着一股坚毅，怪不得我一进门就觉得您很亲切。"

"你这孩子！看着挺沉稳没想到也会哄人开心，"夏樱笑起来，打开橱柜从一只外形古朴的青花瓷茶罐里取出些茶叶搁进水杯里,闲闲道,"这怎么好比呢?你妈是教授,大知识分子,我不过是一个普通的中学教师罢了。"

"您别不信,我说的绝对是真话,哪天我介绍您跟我妈认识认识,您就明白了,或者,我可以让她以后跟您联系联系,你们之间肯定有很多共同语言的,真的,夏老师您手机号是多少?"

"我的手机号?"夏樱一愣,顿时有些不好意思,"还来真的?"

"当然是真的,我妈难得遇到知音,她见到你肯定会高兴的。"

夏樱说出了自己的号码,钱闻道掏出手机拨打了一下,当夏樱的手机发出一声的时候,他及时摁掉了,说道:"回去我就把您的情况告诉我妈。"

夏樱笑笑:"不急不急,以后我跟你妈肯定会有见面的机会的,来,你先拿着茶杯,千万别烫了手。"

"谢谢夏老师,"钱闻道接过茶杯,深深地吸了一口气,面露陶醉之色,"这茶可真香!"

"这是特意给你泡的!一般人可喝不着!"夏樱眨眨眼亲昵地拍拍他的肩膀,"闻道,以后别叫我夏老师了,跟迟暮一样,叫我姑姑。"

"是,姑姑。"

"去吧,去和迟暮他们聊聊!"

目送着钱闻道离去的背影,夏樱不禁笑了。这孩子,真是越看越满意。

教授在一般人心中已非常人,何况是物理学教授,这类人在一般人印象中就是科学狂人,根本不懂得待人接物。本来她还担心这个钱教授会不会比正常人少了些趣味,和人沟通的能力比较差之类,没想到他竟是如此心思机敏更兼知情识趣,以后迟暮如果要个小情小性的他一定能够轻松化解。

钱闻道进厨房的期间,周臻中告诉迟暮说他的手机昨晚被摔坏了,还没来得及买新的,因此才会显示关机的状态。

"摔坏了?"

"是我自己摔的,因为我昨晚回去发给你的信息都被……"他看了迟暮一眼，涨红了脸，低声道，"不知道你是不是已经知道了，我送你的那手机，现在在左家勋手里，他看了我发给你的信息，直接用你手机回了电话给我……"

什么！

"一定是他昨晚在车里……趁机拿走的，"周臻中咬牙，眼中闪出愤怒的光，"枉我把他当个神供了这么多年，想不到他竟这么卑鄙！"

卑鄙？不知怎的，这个词用在左家勋身上迟暮竟觉得相当的刺耳，她不安地动了动身子，得了疟疾一般，怕人发现异常又怕冷似的抱紧了自己的双臂。

对于左家勋所做的一切，她是想发怒，也表现得很怒，可是她的不幸就在这里——她从来就不曾真正地对他发怒过。

本应该生气的一件事，一瞬间却在她内心里演化成了这样：原来他是在乎我的，他为了我已经不介意别人怎么看他，他都是因为我……这个念头一出来，她又赶紧将它掐了，不，不要再朝自己脸上贴金了！那些年贴的金太多，都快成一尊菩萨了也没见他怎样，他哪里是因为她才不介意别人，他是那种想怎么样就怎么样压根不考虑别人心情的人，夏迟暮，你必须要明白这一点！别！再！像！个！傻！瓜！了！

"迟暮，你不知道左家勋昨晚……"周臻中想再说什么，发现钱闻道从厨房里出来，忙闭上了嘴巴，掩饰似的拿起茶几上的那张卡片，随手打开，卡片里面随即传出悠扬的音乐声。

"挺好玩的。"他也没细看就将卡片搁下。迟暮没有说话，钱闻道也只是笑笑，在一张单人沙发上坐下。

任周臻中想破脑壳，大概也想不出这个孩子气的玩意儿竟是钱闻道亲手做出来的。

闲谈中，周臻中这才知道这个钱闻道曾经在剑桥做过一年访问学者，他和迟暮就是在那个时候认识的，至此，他看钱闻道的眼光又有了种不寻常，开口问道："钱教授知道S市的左家吗？"

钱闻道笑："你是说左氏集团吗？昨天我还跟他们的老板左总见过面。"

"是吗？"周臻中坐直了身子，"你对左家勋这个人怎么看？"

钱闻道看了迟暮一眼："不是很熟悉，不过人应该是挺有能力挺有本事的，否则也不会有今天的成就。以后我可能跟左氏还有合作的机会，手头的项目需要财团支持。"

周臻中轻哼了一声："有钱人没几个是好的，钱教授你要小心了，否则被人设计进去了都不知道。"

"多谢提醒。"钱闻道饮了一口茶，笑得很含蓄。

迟暮只觉得周臻中今天话特多，但又不便跟他说什么，所以也只是一笑，由着他发泄。

周臻中是那种分不清微笑层次的人，大概还以为迟暮是赞同他，于是继续说道："左氏这几年发展突飞猛进，听说新楼不久将启用，而旧楼则用于拍卖，报上说拍卖所得经费将用于慈善，所谓慈善，谁知道他们的善款最后落到了什么地方？这种高调的假仁假义的炒作现在还见得少吗？钱教授你说是不是？"

钱闻道说："这个我不清楚，我这个人只关心跟自己有关的事情。"

"左家勋……"周臻中还想说什么，迟暮已经将电视打开，并将音量调大了，他顿时也明白了些什么，表情有些难堪，懊恼道："算了！不提他好了！"

迟暮见他如此，突然觉得自己很有些凉薄，就因为他在说左家勋的不是，她就觉得他啁啾鼓噪甚至还有些厌烦，这，太不公平。

她是记得他的好的，记得在她的青春岁月里这个傻傻的男孩为她所做的一切，感激在那些黑暗的岁月里有他陪伴，她真的不愿意看到他难堪，更不愿意那个给他难堪的人是自己，于是她将电视关掉，自己打圆场："也没什么好看的节目……"话还没说完，电话铃声突然响了，她愣了一下，没有及时去接，潜意识里觉得是那个人打过来的，他说出来那样的话，做出了那样的事，还拿走了她的手机，难道连个解释都没有吗？

"铃铃铃……"电话继续响着，声浪分外的刺耳。

"迟暮！怎么不接电话？"厨房门一下开了，夏樱疑惑地探出头来。

"就接！就接！"迟暮忙应声，还没起身，话筒已经被钱闻道送到了面前，"不管是什么内容，接一下吧，总是要面对的。"

她微微张口……这个男人，竟似什么都知道的样子。

话筒搁到耳边才知道是丁薇打来的，迟暮顿时松了口气："已经联系过了，他没事，说是手机坏了。"

她没有告诉丁薇周臻中就在身边，也不知道昨晚他们之间发生了什么，看这样子周臻中根本就不想接她电话，何必要弄得不好收场呢。

"原来是这样，那我就放心了，"丁薇说，"你怎么样？我下班后就去看你。"

"我挺好的，不用麻烦了，晚上你不用过来，真的。"

迟暮真心不愿意见到她。

丁薇似乎也敏锐地感受到了她的抗拒："那……好吧，过两天我休息了再去看你。"

"好的，"迟暮放下话筒，对周臻中说："是丁薇。"

周臻中面无表情地嗯了一声。

05 该来的总会来

吃饭的时候，夏樱高兴得近乎坐立不安，不住地劝钱闻道吃菜，令迟暮侧目不已，大概自己也觉得过分，为了弥补，夏樱之后也将同样的待遇给了周臻中，周臻中倒不介意夏樱的举止，他眼中只有夏迟暮，就连吃饭的时候也不忘记朝她看，迟暮有些抗拒他那种眼光，后来干脆狠狠朝他瞪了一眼，他吓了一跳，这才收回眼神低头吃饭。

饭毕后钱闻道就告辞而去，周臻中倒也没有多做纠缠，不久也离开了，因为他知道，迟暮的姑姑一向有午休的习惯。

两人走后，迟暮终于松了口气，走进卧室躺到了床上。

这一个上午，她不但腰酸背痛，心情也是起起落落，简直像是过了一年。

夏樱等不及收拾厨房就喜滋滋地走进侄女的房间："迟暮，你觉得这人怎么样？"

"谁啊？"

夏樱在床头坐下："钱闻道啊，就那个教授！"

迟暮拿被子一下子捂住脑袋："我跟他不熟的！"

"我在跟你谈正经的！"夏樱用力拉下被子，里面露出迟暮那张清丽绝伦的脸，"不熟？别把姑姑当傻子，无缘无故的姓钱的会上门？说真的迟暮，你要是能跟他在一起，以后什么麻烦都没有了，"夏樱边说边将迟暮脸上的散发移开，轻轻拍拍她的脸颊，满意地笑，"毕竟没白长这张脸。"

迟暮心烦意乱："难道我是靠脸靠男人吃饭的？"

"知道知道，我们迟暮的本事大着呢，"夏樱就跟哄小孩子似的，"但是一个女人无论多么能干，身边总得有个男人才好，别将来跟姑姑似的，我还不算什么，身边总归还有个侄女，到时候你有谁呢？"

"这些能不能以后再说？我今天都累死了。"迟暮的脑袋再次钻进被窝里。

"那你是答应给人机会了？"

迟暮不说话，像是睡着了。

夏樱笑笑，替她掖掖被子，起身离开卧室，并将门轻轻掩上。

迟暮真的睡着了，三个小时后才悠悠醒来，竟也无梦。

起身时发现窗外竟淅淅沥沥地下起雨来，她叫了声姑姑，无人应答，于是披了外套去洗手间，从洗手间出来后看到客厅茶几上放了张纸条，拿起来看，是姑姑的留言：迟暮，我去学校了，本来我已请假两天，但下午有个家长会，我大概在六点之前到家。

迟暮扔下纸条坐到沙发上，拿了只靠枕抱进怀中。雨继续下着，此刻屋里静悄悄的，有种与世隔绝的感觉，她的头脑经过几个小时的睡眠已经从混沌变得清晰，脑细胞特别的活跃，她从英国上飞机的一刻开始反刍自己这两天所经历的一切。

一个人静坐了大概有十分钟，她拿起话筒，无声地呼出一口气，拨通一直深埋在脑海中的一个号码："左总吗？我是夏迟暮。"

"我知道，"那边的左家勋轻笑一声，"迟暮，我终于等到你电话了。"

不知是电话声音失真还是他的语气变了，她有些不信这人就是他："你等我电话？"

左家勋说："是啊，家茵上午都跟你说了吧？我的心意想必你也该明白了。"

迟暮不假思索地接口，语气激烈："我不明白左总的心意，而且你的心意跟我半点关系都没有，我只是想问问左总，昨晚到底发生什么事了？我的手机你凭什么要拿走？你以为你是谁？"

话筒那边的左家勋被呛得先是愣了一下，然后闷闷道："没经过你的同意我就拿走了手机，确实是我不对，我只是不想你身上有别的男人的东西，你放心，手机我会替你还了，也怪我设想不周到，新手机我很快会派人送到你家。"

"凭什么？我可受不起！"迟暮发出一声嗤笑，讥讽道，"更难得的是，左总竟也有不对的时候！"

"迟暮，"左家勋喘息了一声，声音变得很低，似乎有些隐忍的不耐，"不要用这种语气和我说话行不行？你的内心明明不是这样想的。"

"我的内心……我本来就是这样的一个人，如果你不能适应我也没办法！对了左总，如果你认为你曾经给予我帮助，因此现在就可以为所欲为左右我的一切，那你就错了！你的钱我明天就可以还给你，我卖了我妈的首饰也要还给你！如果不够，我就算去借高利贷也要还给你！"

发泄式的话出口后换来的是巨大的沉默，迟暮用力咬着唇，几乎以为话筒那头的人已经离开了。

良久，她感觉脸上痒痒的，伸手去揉，却发现原来脸上全是泪，她刚想搁下话筒，突然听到里面传来左家勋低沉的声音："迟暮，我知道你现在有些不理智，我会当你刚才什么都没说过。"

迟暮双手死死捏着话筒，耳边听着左家勋继续说道："你以为你难过我就好受吗？事实上这些年我一直在关注你，你对各种场合都适应得很好，再也不是从前那个任性的小女孩了。"

"是吗？那真要多谢你关注了，我真的非常荣幸。"迟暮的声音怪怪的，自己听着都觉得陌生。

"不要说这种气话，"左家勋不紧不慢道，"该来的总会来的，只要我们用心等待，是不是？你看看，现在这个结局不是很好吗？接下来我会让整个S市都知道你是我左家勋的女人，让从前笑话你的那些人……"

"左家勋！你把自己当成什么了？我夏迟暮有那么下贱么？"迟暮突然失去了自制力，她发现自己已经是忍无可忍了，几乎是号了起来，随即摔了电话！

她泪如雨下，身子簌簌发抖如风中的落叶。

太过分了！他以为她是木偶么？挥挥手她就离开，勾勾手她就回来？

然而这悲痛和难过不过只是一瞬间的事情，这些年在外她已经养成了近似于苛刻的自律，绝不允许自己放任情绪，因此她几乎在半分钟内就成功地控制住了自己，她强逼着自己起身去洗手间洗了脸，并且在镜子前仔细照了面孔，一个人眼泪流多了眼睛定会红肿，她可不能让姑姑看出任何异样来。

她甚至还对着镜子做了几个笑脸，以便让自己几近僵硬的面孔柔化一些。

很好，一切看上去都正常了。

回到客厅的时候她看到话筒摇摇晃晃地挂在茶几边角上，她将它搁好，随手拿起遥控打开了电视。

当然没有一个节目是能够看得下去的，事实上她也并不想看电视，她只是想找点事情干着罢了，否则有种晃晃悠悠的虚脱感。

电话铃声陡然大作。

她心知是谁，没有接。

就像是在考验谁的耐心更久似的，铃声锲而不舍地响着。

事实上她可以直接拿起话筒再搁上去，这样就不必再听左家勋那些烦心恼人的话了。

然而她没有。

或者她刚才根本就是在期待这个电话，谁知道呢？

她关了电视，轻轻拿起话筒，搁到耳边。

她心知这个人的脾性，他要别人听，别人非得听。

左家勋的口气很平和："现在心情平静下来了吗？能不能再听我说两句？"

"你说。"她的语气淡淡的，也是平和的，仿佛刚才什么事情都没有发生过。

"我知道你不是那种矫情的女孩子，"左家勋说，"一个人为了赌气而漠视快要到手的幸福，我觉得这很不可取，你觉得呢？"

"我完全同意你的看法，"迟暮轻轻咳嗽了一声，竟然笑了笑，"但是，人总会变的，一个人从前认为的幸福并不一定就是她现在认为的幸福。"

"看来你还在跟我赌气。从小到大我都没有哄过女孩子，也根本没有这方面的经验，迟暮，你要是继续跟我这么僵持下去的话，后果是你会失去我，你愿意这样吗？"左家勋的声音远远地传过来，带着浓浓的无法掩饰的倨傲，迟暮仿佛看到了他脸上的笑意，那种一切尽在掌控的桀骜笑意。

"失去你？"迟暮几乎要大笑了，"左总说话真是有趣，请问我曾经得到过你吗？从来没有得到过的东西怎么能叫失去呢？"

那头的左家勋没有回应，像是突然消失了。

迟暮重重地呼出一口气，说话的声音很轻很轻："左总，我并不否认自己从前曾经单恋过你，就像一个孩子曾经渴望过一块糖果，只是，那块糖果放久了，后来就算没有坏，孩子也已经没有吃的欲望了……你能明白我的意思吗？"

"很好，"左家勋终于发声了，"至少证明了这些年你书的确读得不错，口才是越发好了。"

"那也是拜你所赐，我很感激你曾经对我的帮助，这是真话，左总，要没别的什么事我就挂了。"

"等等！"左家勋突然说道，"你知道我现在在哪儿吗？"

"不想知道。"

"不知道，不想知道，一字之差，谬之万里，"左家勋笑道，"逻辑学学得很不错，你这张小嘴，我现在几乎有些后悔当初送你出去了，真担心我的将来……"

迟暮的语气彻底冷下来："左总，没事的话我就挂了。"

"等等！不会耽搁你太多时间的！"

话筒里传来一阵骚动的响声，似乎是搬动凳子的声音，接着有叮叮咚咚的琴声响起来，那记忆深处熟悉的旋律一起，迟暮的身子不禁一震，随即用尽心神倾听。

琴音节奏舒缓流畅，如丝绸划过，又如水银泻地，里面有圆月满天的柔情蜜意，也有海阔天空的惬意畅想……

一曲终了，迟暮久久不能回过神来。

左家勋的声音如梦似幻地传过来，充满了蛊惑："怎么样？还记得这曲子吗？"

迟暮的泪水又控制不住溢出来了。

她记得的，她怎么会不记得？他第一次到逸园来拜访父亲，弹奏的就是这一曲，用的是她的琴。

"这首 The Crave 我想你没有忘记。"

"那又怎样？"

"不怎样，我只是想唤醒你的记忆，刚才那一曲是我亲手为你弹的，你多少应该点评一下才对，是不是觉得我比从前进步了一些？"

"我记不得了。"迟暮的声音有气无力。

左家勋很了解似的一笑，声音很轻很柔，简直不像他的声音："记不得也没关系，或者我以后多弹几次你就记得了，今天就这样吧，我知道你累了，这几天要多休息，不要随便走动，我会让家茵……"

迟暮不等他说完就重重地搁上了话筒，再次泪眼纷飞。

她不该接这个电话的！是她自找的！

结果是她再次去洗手间洗了一次脸。

出来后她觉得左家勋的声音始终缠绕在她耳边脖颈处，丝丝缕缕的，带着烫人的热度，就像在梦境中的那种感觉，甜蜜、羞耻、愤怒、抗拒……种种情绪逼得她几乎喘不过气来，她知道必须要找点事情做做，否则脑子恐怕要爆炸了。

她定定神，想着时间已经不早，姑姑大概不久就会回来了，于是走进厨房，检查了一下冰箱里为数不多的吃食，决定先为姑姑和自己的晚餐做一下准备工作。

06 万能的剑桥毕业生

夏樱进门就听到厨房里传来滋滋的如热油爆炒的声音。

"迟暮！你在干吗？"她着慌地来不及放下包赶进厨房，她记得从前有一次侄女一时兴起下厨差点把厨房烧起来的那种惨状。

厨房里面迟暮正娴熟地将炒鸡蛋装盘，见姑姑推开厨房门，扭头笑道："姑姑你先出去歇着吧，我马上就好了。"

夏樱没有出去，而是轻轻将厨房门关上，站在一侧惊讶地望着侄女的一举一动。

厨房台面上，西红柿、青椒被切成了精细的小块，葱也切碎了，被分别摆放在不同的碟子里。

迟暮将锅内放入少许油，将西红柿倒进去炒散了，没加水，直接加入盐、生抽熬制出汤，再放入青椒，鸡蛋，加糖调味，快速翻炒了一下就出锅了……

夏樱心里开始犯嘀咕，这孩子什么时候学得了这一手？

煮熟的面条过了凉水后，浇上炒好的西红柿鸡蛋，搅拌……

就这样，一碗面条很快被迟暮端着送到夏樱面前："姑姑，尝尝看味道怎样。"

夏樱接过饮了一口汤，频频点头，满脸的欣慰："迟暮，我真想不到自己有一天还能吃到你做的饭。"

"你想不到的事儿还多着呢，你侄女我现在可是万能的，"迟暮笑得自豪，"走吧，我们去外面吃，你要是觉得味道还行，以后我天天做饭给你吃。"

夏樱喜滋滋的："那怎么行？堂堂剑桥毕业生天天在家做饭给老太婆吃，太浪费了。"

姑侄两个才在餐桌边坐下，电话铃声突然大作。

夏樱若有所思地看了侄女一眼，笑道："也不知道这电话会不会因为使用频率太高哪天突然报废了？"

"那就不接好了，管他是谁。"迟暮低头吃面条，看不清她的脸色。

"别瞎说，"夏樱起身拿起话筒，"喂？请问你找谁？"

里面传来一阵叽里呱啦的声音，夏樱赶紧将话筒移开："迟暮你快来接！是个外国人，说英语！"

　　迟暮赶紧起身接过，话筒一到耳边马上惊喜地叫道："Professor Robert！"

　　陌生的语言如音符一般不断从迟暮的唇片里流畅地飞出，只见她边说话边做着手势，不时发出有节制的轻笑，那种顾盼生辉，那种神采奕奕，看得夏樱都呆了，直到迟暮说了声拜拜搁下话筒她才回过神来："迟暮，这人谁啊？"

　　"我的导师罗伯特，"迟暮笑道，"本来说好我一到国内就给他报平安的，真是该死，我竟然给忘了，刚才我邀请导师有空到S市来玩，他说明年一定会安排时间过来。"

　　"这个罗伯特……"夏樱看了侄女一眼，"他，多大了？"

　　迟暮好笑："姑姑又想哪儿去了？难道是个男的就都对我有意思？在剑桥大眼睛白皮肤的多的是，我可算不得什么美女！"

　　夏樱还不放心："那些外国女人都毛孔粗粗的，再美也肯定没有你好看的。"

　　"真是服了你！导师的女儿都比我大了！"

　　"哦，老头子了，"夏樱自己也笑起来，"也不怪我多心，迟暮，你不知道你刚才有多精神，唬得姑姑都一愣一愣地看呆了，何况是男人？真是想不到，我的小迟暮竟然变得这么优秀，我现在好像有点明白左家勋的心思了。"

　　迟暮心里一窒，下意识皱了下眉头，一个念头突然冒了出来："姑姑，钱教授的电话你有吧？"

　　"有啊，"夏樱有些不好意思，"你是怎么知道的？"

　　迟暮暗笑："猜的，我想待会儿打个电话给他，问他点儿事，却忘记他的号码了。"

　　事实上她清楚地记得钱闻道的手机号，她只是想再次确定一下，这个人是不是真的喜欢着自己，他在厨房和姑姑相处的时间并不算短，如果他有心，极有可能会主动将号码留给姑姑，那么……

她不能再做多年之前那种没皮没脸的事情了，一个女孩子最好还是矜持一点，不是吗？

"好啊好啊，"夏樱乐得飞飞的，边说边掏手机，"对了迟暮，你那手机，找到了没有？我还不知道那号码呢。"

迟暮潜意识里不想让姑姑知道得太多："没找到呢，还好我本来就有手机，明天去办张国内卡就是了，"她边说边接过姑姑的手机，象征性地看了看，又还回去，"好了，我知道他号码了。"

夏樱有些不满意："现在知道有什么用？回头又要忘了，你的手机也该早点用起来，这样子跟人联系太不方便，不如我吃了饭就到小区门口给你买张卡去，超市旁就有家移动营业厅，我平时话费都在那。"

迟暮看了眼窗外："不下雨了？那等会儿咱们一起去，在家里闷了一天，我想出去透透气了。"

夏樱喜滋滋的："好啊，也让周围邻居瞧瞧你，他们好些年没见你，怕都快不认识了。"

迟暮笑，突然想起了什么："对了姑姑，我放在行李箱中的那些巧克力和红茶你帮我收到哪去了？"

回国前她给姑姑家四周相熟的邻居带了些小礼物。

事实上她感觉英国除了瓷器和酒之外并没别的什么好东西。那些东西很贵，而且携带不方便。

但中国是个人情社会，你在外四年，就这么两手空空的回来见故人，楼下大婶的唾沫估计要把你淹死，迟暮懂这个。

"昨晚就帮你分了，你上面不都有标贴吗？一样一样的都写着名字呢，记得你回国前提过的，"夏樱有些迟疑，"我想我没弄错吧？"

"没有没有，分了好。"迟暮满意地点头。平白省去了一番被邻居大婶们问东问西的流程，她心里反倒一阵轻松，喝下一口汤继续说道："姑姑，下次丁薇过来的时候把我自己的那条咖啡色的羊绒围巾送给她吧，我一次都没用过的。"

要是她早知道丁薇这么照顾姑姑，不管内心高兴不高兴，她都会专门准备份礼物的。

人情世故上，她现在做得很好。

"好啊！"夏樱欣慰地看了她一眼，"我真高兴你能想到这一层，丁薇是个好姑娘，善解人意，做事认真又耐心……"她顿了一下，似乎意识到什么，忙加了一句，"当然了，她再好也比不上我家迟暮的。"

不知怎的，夏樱对侄女的态度下意识里总有一层伺候的意思，甚至还有些莫名的害怕和担心，既害怕她什么时候会不高兴，又担心她以后翅膀硬了再也回不到自己身边来，但是对着丁薇她就放松多了，她的印象中丁薇个性温婉体贴，是那种居家型的乖女孩，什么杂事都能替她料理得妥妥的，和丁薇相处的那种轻松温馨甚至超过了和侄女在一起的感觉。

"画蛇添足要不得，"迟暮放下筷子起身走到夏樱身后，颇为殷勤地给她按肩膀，边按边笑道："姑姑，既然你这么喜欢她，不如收她做干女儿得了。"

夏樱掉转头，按住侄女的手，眼露期待："你会同意？"

事实上她早就有这想法了，不过迟暮这孩子自小占有欲就很强，自己如今又是她唯一的亲人，不得不考虑周全。

迟暮讶异，她没想到姑姑竟真有这等心思，心中顿时一阵不快，眼珠一转，干脆揽住夏樱的脖颈笑道："要是家茵做你干女儿我就同意。"

夏樱面色突变，推开侄女，站起身假意收拾碗筷，声音有些异样："家茵那是什么身份？我可受不起。"

迟暮没看到姑姑的脸色，正想再说什么，突然听到有人敲门，笑道："说曹操曹操到，一定是丁薇来了。"

她边走去开门边想，这丁薇，不是明明说好不来的么？

门开了。

门口站着一个身穿浅咖风衣长身玉立的俏女郎，并非丁薇。

Chapter 07 第七章 乾坤大挪移

01 演戏

"家茵!"迟暮惊喜道:"你怎么来了?"

"怎么?不欢迎我?"左家茵似笑非笑地进门,上下打量着迟暮,像是不认识她似的,"不是说身体不好吗?我看你现在精神得很呢。"

"躺了一天要再不好那不真成病人了?"迟暮将她拉到沙发边,两人并肩坐下,笑道,"对了,你一早帮了我忙,还没好好谢谢你呢。"

"谢什么谢啊,我现在就是一话筒的功能,"家茵边说边从口袋中掏出一部手机,嘟起嘴没好气地扔给迟暮,"给你的啦!"

"这……"迟暮还没来得及说话,夏樱在一侧看到了,开口道,"这不是昨天那手机吗?还以为丢了,我跟迟暮刚刚还准备出去重新买张卡把她那旧手机用起来呢!"

"是啊!"迟暮连声附和,"你要再晚一步来我跟姑姑就出去了!家茵,真的太谢谢你了!"她边说边一把搂住家茵,很激动的样子,却借机附耳说了句帮忙演个戏,然后又笑嘻嘻地松开手臂,拿起手机假意翻看。

家茵扔给她的这手机跟周臻中送的那只有些类似,只是稍微小了一点,而且这部是银色的,那一部则是珠光白的,姑姑眼神本来就不太好,压根也没仔细瞧过那手机,怎么辨认得出?因此想当然了。

家茵多精细的一个人,只是稍微一愣,马上就明白了怎么回事:"这手机掉在凝香居了,因为是新手机,里面也没有通话记录,根本就不知道机主是谁,大堂经理后来打电话给我,我一听他的描述就知道是你的,"她边说边起身,"时间不早了,既然手机送到了那我就走了。"

夏樱忙说:"怎么刚来了就走?再坐会儿吧,跟迟暮谈谈。"

她的声音和眼神都很热切,听得出是真心挽留。

"谢谢夏老师,只是楼下还有人在等我呢。"家茵看了迟暮一眼,看样子有些为难。

如果是她家的司机,那等待她是他的工作,这没什么好为难的,迟暮脑中电光石火一般,顿时一脸的不怀好意,"是……男的?"

家茵瞪她一眼，意有所指道："管好你自己就得啦！"
　　迟暮不接她的茬，只是一味地揽住她的胳膊轻晃："是谁？是谁嘛？快告诉我！"
　　"其实也没什么好保密的，"家茵面色有些黯淡，无意中却见夏樱正专注地凝望着她，那种自然流露的关切神情不禁让她一愣，夏樱见状，忙知趣地笑道："你们聊，我去收拾收拾厨房。"
　　夏樱离开后，家茵啪的就给了迟暮一下，压低嗓门道："现在很会演戏啊你！刚才差点被你搞晕了！"
　　迟暮边揉胳膊边苦笑："我也是没办法，她对左总，并没有什么好印象。"
　　"那我哥以后岂不困难重重……"家茵惊叹又咬牙，"也是他活该！弄得我现在都没法去面对林安琪，这也就罢了，他现在担心自己搞不掂你，就不住地驱使我，光是今天我就马不停蹄的，你没见他早上打发我去见钱教授的样子……"
　　"停一下，提起钱教授我想起来了，"迟暮扬起手机笑笑，"我得打个电话给他，告诉他我的号码。"
　　她边说边按钱闻道的号码，同时心中近乎邪恶地想着，既然左家勋送来了手机，自己又没法拒绝……总不能让家茵为难吧？他不是说不想自己有别的男人的东西吗？那就用他给的手机给别的男人打第一个电话好了。
　　迟暮被自己的这个念头刺激得几乎有点兴奋起来，脸上有了异样的光彩。
　　这在左家茵看来就有了另一重的意思，她不禁有些怔怔的，看刚才那按键的动作，迟暮对这个钱教授的号码显然相当熟悉，不是早上还说不知道的吗？怎么现在就这么熟悉了呢？
　　等了一会儿，钱闻道的手机才通了。
　　"钱教授，我是迟暮。"
　　"迟暮？"钱闻道连声道歉，"对不起对不起，我刚才见是一个陌生号码，所以没及时接，以后不会了。"
　　"这是我的号码，记住了吗？"她下意识提高了声浪，有种难得的娇嗔的命令语气。

　　钱闻道笑道:"记住了,就算以后我手机坏了,这号码也已经深深地记在我脑海中了,永远都不会忘记。"

　　"那就好。"迟暮的声音陡然降低,脸有些红了,这号码岂是用记的?只要一拨通根本就已经存在人家手机上了,真是蠢蛋。

　　钱闻道关切地问道:"你身体好些了吗?"

　　"好多了,谢谢你,先这样吧,暂时没什么事了。"

　　"好的,我现在在一个聚会上,回头打给你,可以吗?"

　　迟暮嗯了一声,放下手机,轻轻嘘出了一口气。

　　主动走出了这不平凡的第一步,她对自己刚才的表现颇为满意,当然了,主要是钱闻道的反应也令她满意。

　　他刚才的每一句都昭示了这样一件事:她在他心中很重要。

　　好了,她已经给出了一个如此明显的暗示,接下来就没她什么事儿了。

　　"搞什么名堂啊?"家茵推她一把,拉下脸来,"喂!你跟那个钱教授什么状况?我怎么看不懂?上午不是还要我跑腿的吗?你怎么现在就有他联系号码了?千万别告诉我你是有意要考验我是不是跑腿的料。"

　　迟暮忙说:"哪儿能呢?是他后来自己过来看我了,我姑姑还非留人家吃了饭。"

　　"等等!你说你姑姑留他?不是你留他?"

　　"我也没赶他走,"迟暮有意笑出一脸甜蜜样,"家茵,你上午见过钱教授,你不觉得这个人很不错吗?"

　　"说老实话,一开始我还以为这人是老头子,差点闹出笑话来,嗯,一表人才的,年纪轻轻就做了教授,应该是不错,"家茵很了解地看她一眼,"我也不想你轻易的就原谅了我哥,这一招乾坤大挪移使出来说不定会有特别的效果。"

　　"你!"迟暮顿时涨红了脸。

　　修炼这么多年,被人一眼洞穿的感觉并不舒服,哪怕这个人是自己最好的闺密。

"好了，没什么不好意思的，目前我自己也在练这一招呢！给自己也给别人一个机会，"家茵叹口气，"知道楼下等我的是谁吗？孙杨，你认识的，昨晚一起吃过饭。"

"是周臻中那哈佛的师兄吗？我记得的，他家开了一个电子公司，在 S 市算是有头有脸的人家了，有一个姐姐，目前在加拿大创业。"

"你倒比我记得还清楚，要不是了解你，还以为你是那种女人呢。"

"剑桥后遗症，记住这些纯属条件反射。"迟暮笑道，"孙杨是在追求你吗？挺好的啊，你们门当户对。"

"是吗？像孙杨这样的和我门当户对的在 S 市少说也有十个八个，"家茵落寞地笑，"有人辞官归故里，有人漏夜赶科场，你是不愿选择的人，我却连选择的机会都没有，迟暮，有时候我真的很羡慕你的，你就像个不断放电的电源，几乎能吸引所有男人的目光，以前我还以为我哥是真不喜欢你，我心疼你却因此而崇拜我哥，我以为他是那种绝无仅有的不会被美色诱惑的男人，现在真相出来了，原来天下的男人都是一样的。"

对于家茵有意无意的埋怨迟暮一时不知说什么才好，沉默了半晌终于还是忍不住开了口："家茵，别的不说，我觉得你有些冤枉你哥了，你不觉得林安琪比我要漂亮很多吗？"

家茵意外地看了她一眼，笑笑："要是我哥知道帮他说话的竟是你，不知道要得意成什么样了，"她再次站起身，"真的要走了，孙杨在下面呢，总不能把别人的时间不当时间，且看看以后咱们俩谁的乾坤挪移大法练得好，怎样？"她伸手按住迟暮的肩笑笑，"先再见了。"

左家茵的教养是骨子里的，心情再怎么不悦，她也不会拿外人撒气。

听到她要走，夏樱忙从厨房里出来，彼此说了些客套话，这才恋恋不舍地目送她离开。

02 是诱惑还是条件

　　门一关上,夏樱就开始追问迟暮楼下等家茵的那人是谁跟她配不配之类,迟暮不禁笑道:"姑姑在我眼里一向就跟小龙女似的带着仙气,什么时候也变得这么八卦起来了?"

　　"我还有什么仙气啊,老气差不多,"夏樱笑道,"我是关心家茵罢了,说句老实话,你们三个女孩子,其实家茵最不让人担心,长得耐看,家世好,一看就是大家闺秀,最难得的是个性敦厚,这种女孩子谁娶回家谁享福。丁薇呢,毕竟家庭出身不好,免不了的小里小气,就连长相都透着一股小气,好在温顺懂事,让人看着总忍不住心疼,以后最好能找个家庭条件好点的嫁了,免得再受从前的那些闲气。"

　　"那我呢?"迟暮上前挽着姑姑的胳膊,歪着脑袋,一脸的似笑非笑。

　　"你呀!鬼精灵一个,脑子里成天七想八想,净会折腾人,将来娶你的那个人必须要有很大的耐心和包容心,"夏樱宠溺地捏捏她的脸蛋,"刚才你打电话给闻道了?"

　　"闻道?不是吧?"迟暮近乎夸张地睁大眼,下意识伸手捂住一侧脸,"姑姑能不能别叫得这么亲热?听着怪难堪的。"

　　夏樱笑:"这就不好意思啦?我看你刚才命令人家的时候那口气挺自然的。"

　　迟暮面色微红,扭身娇嗔道:"姑姑真是!偷听人家说话!"

　　"哪里还用得着偷听?就你刚才那声浪,屋子统共就这么点大,就算耳朵再不好使也听到了。"夏樱边说边将侄女拉坐到沙发上,含笑道,"迟暮,你做得很好,给别人一次机会也就是给自己一次机会,又不是一相处就必须结婚,先处处看,是不是?"

　　发丝在纤细的手指上缠绕了一个圈,贝齿轻咬着下唇,此时的迟暮活脱脱一副小女儿态,"我也是这么想的,反正机会我是给了,接下来就看他的表现了。"

　　"那是自然,他要是表现得不好我也不同意的,"夏樱松口气,喜滋滋地站起身,"我到房间打开电脑看看去,像闻道这样身份的人,百度一下应该会搜到的。"

迟暮也不拦着，望着姑姑的背影消失在卧室门口，她苦笑了一下，拿起手机随意地一按，突然发现手机桌面那图有些眼熟，黛瓦、粉壁、马头墙，朱门上有两只圆铜狮子头……这，分明是逸园的大门口！

他竟用逸园做了壁纸！

她的心开始突突地跳起来！指头灵活地在手机上滑动了两下，很快就看到一个相册图标，点击打开，里面果然有十几张照片，全是逸园的！铺满雏菊的后花园，挂满紫藤的回廊，睡莲盛开的金鱼池……甚至包括红木桌椅擦得锃亮的正厅！

出国前她就知道逸园在左氏手中了，父亲当年买下这幢别墅时花了七百多万，后来又花了几百万亲手将里面布置过一番，不过后来被抵押还债只换得一千万，一千万，也就够还银行贷款和补发员工工资……这些年房价节节攀升，逸园的市价现在少说也在三千万以上，她知道凭着自己绝没那个本事从左氏手中拿回它，渐渐地她就失去了念想，乃至于回国到现在她都没有过问逸园一句。

他现在把这些给她看，到底是什么意思？

诱惑？条件？

不得不说这个条件很诱惑！

逸园承载着她太多的记忆，那是她记忆深处唯一的家，是父母亲手为他们唯一的女儿打造的家，那里的每一棵树下都有父亲爽朗的笑声和母亲悠扬的提琴声……

"迟暮！迟暮你快过来看！"

卧室里传来姑姑的叫声。

迟暮回过神来，忙将手机收起，去了姑姑的房间。

夏樱用手指着电脑屏幕："快看看！我说得不错吧？百度人物果然有关于钱闻道的介绍，钱家是有名的学术世家……迟暮你愣着干什么？过来看啊！"

迟暮凑上前去，断断续续地看到了一些介绍：

钱闻道，出身学术世家，国内年轻科学家的杰出代表，近年来他在"中子的来源""高能质子加速器""共振物理学"等领域都有新发现和新成就。其人气质儒雅嗜好文学，在注重世界核能技术物理研究的同时，更不时有孩童般的狂想与发明，是中国科学界一致公认的一位极有潜力的年轻物理学家……"

"好厉害的样子。"迟暮笑着抬起头来，其实她早就知道这些了。

"也只有这样的人才配得上你，"夏樱拉住她的手轻抚，叹口气道，"要是你爸妈还在，看到这样的女婿，不知道有多高兴呢！"

"什么女婿呀！"迟暮皱眉，下意识抽出手。

"好好好，算我不对，先处着，先处着，"夏樱笑道，"你有没有约闻道明天一起出去玩玩？整天闷在家里不好，S市这几年变化挺大，你让他带你出去看看。"

"这种事我才不做，"迟暮浓眉一挑，鼻子里发出一声轻哼，"急吼吼的，搞得我嫁不出去似的，他爱带不带。"

"对对对，瞧我！"仿佛一切都已经确定下来了似的，夏樱此刻是一百个顺心，一点都不生气，笑道，"我家迟暮是公主，王子应该主动上门求你出去的。"

姑侄俩正说笑着，钱闻道的电话竟正好打过来了："迟暮，是我。"

迟暮看了姑姑一眼："钱教授，我知道是你。"

"现在在干什么呢？我没打搅你吧？"

"没有没有，正和姑姑看电视呢。"

总不能说正在调查人家的家底吧。

"了解，"钱闻道笑道，"是这样的，你明天有空吗？我想着你在英国待了四年，S市一定有些地方不太熟悉了，所以我想带你四处看看。"

这……也太巧了吧？

迟暮迟疑道："好啊……只是会不会占用你时间了？教授一般都是很忙的。"

"不会，最近我手头的一个研究项目刚完成，正好准备休息一下。"

"哦。"

"我明天上午过去接你，你觉得几点出门比较好？"

迟暮随口道："九点吧。"

"听你的，那就九点，"钱闻道轻轻一笑，声音很温和，"对我们俩而言，九点是一个很特殊的时间，你觉得呢？"

这种意有所指令迟暮顿时有些招架不住，忙说道："那就这样，明天见！"

放下手机后她不禁松了口气。

夏樱笑道："他约你出去了？迟暮，看来你跟这人还真是一对，有心电感应似的！你想什么他就做什么。"

迟暮有些不自在，"姑姑，我有些累了，去休息了。"

"去吧，等等，你手机号多少？打到我手机上，我存下来。"

迟暮拨了号码。

夏樱边存边说，仿佛不经意似的："迟暮，你这手机是周臻中送的，你就这么接受下来了，我觉得有点不太合适，多少也得给人家一点回礼吧，是不是？明天你去逛街的时候记得给他选一个礼物，据我所知，周臻中家里并不富裕。"

迟暮心里一沉："知道了，我休息去了。"

进自己卧室后，迟暮关上门，沉思了片刻，试探地拨了周臻中的号码，竟然通了，不过铃声响了很久才有人接："臻中，你手机修好了？"

"没有，"周臻中的语气听上去淡淡的，甚至还有些冷，"我用的是昨天给你的那一个，下午有人专程送到我家里的。"

迟暮倒吸一口气，她自然明白是怎么回事，顿了顿，低声道："真对不起，我没想到那个人会这样无理……"

"你这号码不错啊，刚才我一看来电就知道是你打来的。"

"哦？我倒没注意。"

"尾数是你的生日，我一猜就知道是别人送你的，对不对？"周臻中的声音里充满了难以掩饰的嫉妒。

迟暮不得不承认："是，家茵送过来的，我推不了，反正已经欠他那么多了，再多只手机也无所谓。"

周臻中急急道："迟暮，你欠他的并不多，不就是学费吗？我可以帮你还，真的，这钱我家还出得起！我可以马上跟我爸妈商量这事！"

迟暮狠狠心道："千万别这样！臻中，我已经欠你很多了，不过，不管你替不替我还，我跟你之间，永远都是一个样……"

周臻中终于爆发了："你始终就不肯给我机会！我就知道，你潜意识里还想着要过你以前那种大小姐的生活！也根本不去想从前左家勋是怎么对你的！"

通话断了。

是周臻中主动掐断的。

这又是绝无仅有的第一次。

迟暮将手机扔到床头，扑倒到床上，狠狠地闭上了眼睛。

该来的总会来的，就算没有左家勋，他们之间也还会有这么令人痛楚的一出。在她心中，周臻中是兄弟，是朋友，是亲人，但，绝不是恋人。

周臻中说她潜意识里想过从前那种大小姐的生活，她不否认，和父母一起的那段岁月是她人生中最无忧无虑的一段，如果可以，她真的想回到从前。

但周臻中认为她想从此以后靠着左家勋过这种生活就错了，她夏迟暮，绝不是那种全无血性的人，从前的那些羞辱，她怎么可能忘记？

就算左家勋现在做的这一切仿佛是在弥补什么，但这种功利性目的性太强的弥补……有什么用！最需要他的时候他不在身边，其他的时候也就不必要了，晚了！晚了！

而且，一个在商场上翻手为云覆手为雨的人，就他这个年龄，真真假假的恋爱大概已经谈过十次八次，之所以别人不清楚一定是他掩藏得好，谁会信一个三十多的男人身边会一直没女人！那不是不正常么！瞧他昨天和今天出的这些招数，一旦使出来有几个女人能够动弹？他竟还撒谎说自己对女人没有经验，明明是一个懂女人心理的人，拿捏得这么好，知道对方的尺寸在哪，逸园，不就是她夏迟暮的七寸么？

想到这里，她的心脏不禁揪紧了。

左家勋！你可恶！混蛋！

迟暮对着枕头，打一拳就在心中叫骂一声左家勋，就这么一拳一拳地挥下去，神经病似的发泄着，直到自己精疲力竭。

前面说了，她不是一个能容忍自己的坏情绪恣意横流的人，去了趟洗手间后，她的情绪就开始平定下来了，随手拿起一本书倚在床头看起来。

这是莫言的一本小说，英文版，她在英国时买的。

一般人觉得莫言写的东西乡土味太浓，文笔也土里土气的，但迟暮不认为，她喜欢莫言的字。他的笔下，生活残酷到绝望，也许这才是人生的真面目，很多人都已经和它妥协，因此并不觉得难熬。

希望和期待很多时候是折磨人欺骗人的玩意儿。

妥协……是她从莫言的书里得到的生活经验。

知道得不到，于是不再为难自己，这就是她很长时间不再去想逸园的缘故。

不知过了多久，手机突然发出滴滴的声音，提醒有信息。

她拿起来一看，是周臻中的，只有三个字：对不起。

她将手机扔到一侧，没有回。

冷一冷比较好，否则一旦及时地接上话两人的关系会再次回到原点，然后再次经历撕裂般的拉扯，这样的痛楚，一次就够了。

以前她大概是给过周臻中什么希望的，至少是没给过他什么大的打击。

希望真的不是什么好东西。

03 从好朋友开始做起

心情那般的纷乱，一夜竟是无梦。

起身后迟暮发现姑姑正弯腰低头在细擦客厅的沙发边角，见她出来，夏樱笑道："我马上要去学校，正打算叫你的，时间也不早了，你赶紧洗漱了吃早饭，我想闻道就快要来了。"

"还早呢，约好了九点的，现在不过才七点。"迟暮打了个哈欠，刚伸手捂住嘴巴，就听到楼道有脚步声越来越近，随后有人敲门，她不禁张大了眼睛，夏樱得意地低语，"我的话准吧？你快去洗手间整理整理，别让他看到你这一脸的慵懒样！"

迟暮依言闪进了洗手间，才拿起牙刷便听到姑姑近乎夸张的声音：

"闻道？快进来快进来，啊呀，还带什么礼物呢！"

随即听到钱闻道含笑的声音："并不是多值钱的东西，是我妈让我带给您的，昨晚回去我跟我妈提起姑姑您了，我妈听说我今天要过来，非得让我把这个带给姑姑您……"

姑姑？他倒是叫得挺顺溜的，迟暮口中含的一口水差点没喷出来。

客厅里夏樱笑着打开钱闻道递过的木质小礼盒，一只古雅质朴的紫砂壶露出来，通体透着莹润的幽光，一看就不是凡品。

"我见姑姑喜欢喝茶……以后您可以适当用这个壶代替瓷杯，口感绝对会不一样。"

夏樱有些迟疑："这个……外行也能看出是好东西，太珍贵了，我可不能收。"

"年代并不算久远，但壶确实是好壶，顾锦舟的，咱们可以先去厨房泡一壶试试看。"

"好。"

厨房离洗手间更近了，两人的对话迟暮听得更是清楚。

钱闻道俨然是个多年的茶客："姑姑您看，开水浇在壶身上一下子就干了……再看这出水，相当的圆润有力是不是？断水也是干净利落，还有这个盖和壶之间，密封性也很完美……"

"真是好东西，太神奇了……真是……怎么说呢，对于壶我根本不懂，那个顾什么的，是不是制壶很有名？这么好的东西送给我会不会是暴殄天物？"

"不会不会，这壶送给姑姑正是合适，您就安心收下好了。"

"好，那就听你的，我先收下，走吧闻道，咱们先去客厅坐坐，等迟暮洗漱好了，你们俩出去吃早点，家里有是有，但弄不出什么好的，不怕你笑话，你姑姑我这个人，压根不懂家务，平时都是胡乱凑合……"

客厅里不断传来夏樱类似幸福的絮叨声。

迟暮在洗手间边洗脸边思忖，有空得上网查一下那个顾锦舟到底何许人也，若是见面礼过于沉重，到时候无以回报就麻烦了。

等她从洗手间一出来，本来陪着夏樱说话的钱闻道下意识便站起了身，神情有些激动，还有些紧张似的，他的头发明显打理过，显得整个人很是精神,今天的他穿了件风衣,深藏青的,颜色跟迟暮的那件很类似,倒像是刻意选的……迟暮好笑中夹着隐隐的感动,笑着朝他点点头,"来了?你等等,我换下衣服。"

她很快换了衣服出来,本来她今天是想穿件短外套的,但是为了配合他,她还是穿着前天晚上的那身出来了,只是手上多了只外形简朴的咖啡色拎包。

给人机会就要给得有诚意,是不是?

果然,钱闻道看到她的穿着时眼睛明显地亮了一下。

夏樱看着两人,满意地频频点头,笑道:"好了,我这就要去学校了,你们也出去吧,好好玩,晚点儿回来。"

"姑姑!"迟暮有些不好意思,"人家长辈都说要早点回来,哪有你这样的!"

"是,算我错算我错,"夏樱望向钱闻道,"回来时间早晚没啥关系,不过一定要注意安全。"

钱闻道慎重地点头:"姑姑放心吧,我会照顾好她的。"

夏樱点头笑,拿了自己的背包在手。

三人一起出门下楼。

楼道里正好遇到一个相熟的邻居胖大婶,迟暮礼貌地叫了声阿姨,那大婶一边快活地应声一边拉住她的手寒暄,小眼睛更是不闲着,不住地朝钱闻道扫射,夏樱大方地介绍:"这是我家迟暮的朋友,来接她出去玩呢!"

大婶恍然大悟,一下子松开手,笑得两眼简直没了缝隙,一脸的心领神会:"好事,好事!那我就不耽搁了,好好玩!回见啊!"

"这阿姨真是热情。"钱闻道边走边笑。

迟暮却隐隐有些不自在,如此这番……似乎已经坐实了她和钱闻道之间的关系,她不喜欢这种感觉。

楼下停着一辆铁灰色的沃尔沃,看着有些旧,是钱闻道的车。

夏樱任教的学校距离较近,她平日都是骑车过去的,今天也不例外,钱闻道也就没有坚持送她,等夏樱离开后,他打开副驾驶门,示意迟暮上车，之后他也上了车，冲迟暮一笑，并没有立即将车发动起来。

两个人的封闭空间，气氛很是微妙。

迟暮的心情此刻可以用坐立不安来形容。

一切发展得太快了，快得让人不可思议。

她甚至有些后悔自己昨天的决定了，是不是太草率了点？

如果前天回国时没遇到这个人，那么也就没有现在这个场景了，人生，到底是由多少个偶然组成的？

如果他们的关系还停留在昨天之前那种普通朋友的地步，她此刻定已眉飞色舞侃侃而谈起来，但是经过了昨天的突飞猛进……迟暮有些不知道该怎么导演下去，天知道她根本就没有恋爱的经验！装傻？装无知少女？都不是她的风格，何况也不是这等年纪干的事，想了想，她终于理出了一个思路，一切顺其自然好了，于是开口问道："钱教授，今天我们去哪儿？"

钱闻道凝视着她的脸，含笑道："还叫我钱教授？"

"对不起，"迟暮咬唇，硬着头皮道，"那……叫你钱大哥可以吗？"

闻道两个字，显得太亲切了，她真的不习惯，就算是认识多年的周臻中，她也是常常连名带姓地叫，很少喊臻中的。

"可以啊，钱大哥，钱闻道，闻道，随便你怎么叫。"钱闻道边说边伸手一指，提醒道，"先把安全带系上。"

"是，谢谢钱大哥。"迟暮依言系上安全带。

"迟暮，"钱闻道咳嗽一声，深深地望着她，长长地呼出一口气，声音温和又诚挚，"我知道你现在有些不知所措，你有这种表现很正常，可能是我表达得太急了点，但你不要因此就觉得害怕，没有人可以逼你做你不愿意做的事情，我们，可以先从好朋友做起，彼此慢慢做深入了解，一切等以后再做决定，你说好不好？"他顿了一下，突然伸手将她额前散落的发丝掠到耳后，"知道吗？我最想看到的是神采飞扬的你。"

迟暮怔怔的，神情有些激动："钱大哥……"

"好了，今天的任务是出去游玩，一定要开开心心的，"钱闻道了解地笑笑,"坐稳了,车要发动了。"

迟暮的心情渐渐轻松起来。

钱闻道边开车边说:"夜雨染成天水碧,朝阳借出胭脂色,经过一场雨,这小区比我昨天过来时看着干净多了。"

迟暮笑道:"钱大哥随口就是一句诗词,不像是搞物理的,倒像是中文系毕业的,怪不得你跟我姑姑谈得来,她就是中文系毕业的,姑姑最喜欢的作家是中文底蕴很深的张爱玲,钱大哥也喜欢张爱玲吗?"

钱闻道说:"张爱玲我也喜欢,不过我最喜欢的是莫言。"

迟暮一怔:"莫言?"

他竟也喜欢莫言。

莫言的读者并不多,国内大多数人似乎更青睐苏童毕飞宇之类写女性小说的作家。

"是啊,"钱闻道直视前方道,"最近我在重温莫言的《檀香刑》,里面有一句是这样说的:世界上的事情,最忌讳的就是十全十美,你看那天上的月亮,一旦圆满了,马上就要亏厌;树上的果子,一旦熟透了,马上就要坠落。凡事总要稍留欠缺,才能持恒。这话说得真好。"

"嗯,真的很好。"迟暮随即应和。

她也是莫言的粉丝。

她对钱闻道,本来就有好感,他刚才说的,他们可以从好朋友开始做起……这个,其实一点都不困难。

04 晚秋四人游

在一家饭店吃早点的时候,钱闻道说:"迟暮,今天的行程我是预备这样安排的,咱们先去紫金山脚下的琵琶湖看看,那是个新景区,我还没去过,据朋友说很不错,充满了野趣,尤其是空气好,是个天然大氧吧,然后咱们吃过午饭就去栖霞山看枫叶,你觉得这个安排怎样?"

迟暮点头笑:"很好啊,秋天要是不去栖霞就是辜负了这个季节,不过栖霞山之后还得去趟燕子矶才算是彻底尽了秋兴。"

"是吗？"钱闻道大笑，望着她的眼里充满了欣赏，"看来你比我更熟悉 S 市，那今天你来安排好了。"

"好啊，"迟暮当仁不让，"我爸以前一有空就带我在 S 市四处闲逛，毫不谦虚地说，我对 S 市的大小旮旯都有点了解，只是我不能保证那些人工变化太大的……"她看了一眼钱闻道，突然说道，"钱大哥，我可以打电话让我朋友一起过去吗？她对 S 市也很熟悉的。"

"你朋友？"钱闻道一愣，脸上露出诧异的神色，随即又恢复正常，点头道，"可以啊，不过那人是谁呢？"

迟暮忙说："你认识的，左家茵，就是昨天帮我送口信给你的那个，我让她带她朋友一起过来，四个人一起更热闹些。"

"哦，"钱闻道点头，脸上隐隐露出笑意，"你那个朋友挺有意思的，跟她哥哥完全是两类人。"

迟暮微微讶异："她哥哥？你知道家茵是谁？"

钱闻道哂笑一声："左家茵，左家勋，S 市姓左的并没有几个，何况跟你相熟，而且她还开着几百万的豪车，那股派头倒比她哥哥还神气……"

迟暮一愣，随即摇头："你一定误会了，家茵绝不是那种喜欢摆谱的人，何况她现在还没买新车，那车……对了，我想可能是她朋友孙杨的。"

"就算是这样吧，她也不能……"钱闻道接触到迟暮诧异的目光，顿时住了嘴，"没什么，既然这样，你赶紧打电话给她吧。"

迟暮的一个电话打出去，不久左家茵就和孙杨一起出现在她面前。孙杨开来的，果然是辆几百万的银色保时捷。

见面时迟暮和家茵两人心照不宣地一笑，巧的是，孙杨跟钱闻道原本竟是认识的，根本用不着多做介绍就互拍双肩谈笑起来，也不奇怪，两人都在美国读过书。

方便起见，四个人当下决定共乘一辆车，迟暮建议用钱闻道的车，有了家茵和孙杨两人压阵，她的心情彻底轻松起来，一路上欢声笑语自是不提。

琵琶湖是个开放式的公园，山、水、绿荫、长廊、水鸟、野草、古城墙以及栈道是它的特征，空气很好，也很安静，几乎没有行人，倒是偶尔能见到有新人在拍婚纱照。

四个年轻人边走边聊，湖边清风阵阵，甚是惬意。

迟暮叹道："住在这附近的人真是舒服，肯定能长寿的。"

"是啊，"孙杨说道，"不过曾经有段时间这里也被严重污染过。"

迟暮点头："对，我以前听说过的，有个违规建筑的饭店，由于污水直接向琵琶湖里排放，使得湖水后来富营养化严重，并且开始发臭，还好后来那个山庄被强行拆除了。"

孙杨莫名一笑，脸上的表情甚是怪异，"那个山庄本是林安琪家的产业，后来不但被拆了，林家还因为这个被政府重重地罚了一笔，想起来都觉得高兴，真是活该！"

迟暮忙看了一眼家茵，家茵却像是什么都没听到似的向前紧走了几步。

左家茵跟林安琪的关系一向不错，孙杨，竟然这么一点眉头眼色都看不出来吗？如果刚才那句话他不是有意的，那么这个人的情商……家茵以后跟他还怎么交流？

左家茵已经一个人远远走在前了，这孙杨似乎压根就没意识到，还不知死活，一心一意地在林家身上找话题，说起林家在商界的横行霸道与狠辣手腕来更是滔滔不绝，犹如身临其境，更兼那表情手势，仿佛受虐似的，活灵活现，比起市井大婶有过之而无不及，想必家里曾经一度吃过林家的亏，因此才会如此。

但是，一个男人，就算再是委屈也不应当着还不算熟悉的人絮叨至此吧？迟暮心内不免愕然，她一向是不知者不言，当下也不插话，径自拔足上前去追家茵。

左家茵此刻正手拿一朵不知名的野花边嗅边四顾，俨然沉醉中，见迟暮追上来，扭头笑道："是受不了那张嘴了吧？"

"既然你不喜欢，那又何必委屈自己？"迟暮不满地将她手中的黄色小花抽掉，快速揉碎，然后随手朝身侧草地一抛，"重新考虑一个吧，凭你这种条件，要什么样的男人没有？"

迟暮前天刚认识孙杨，而且那天她根本都没从头到尾好好看过他一眼，因此有些眉目不清，今天才算是借机好好瞧了瞧，就外形而言，孙杨是丢到人堆中根本找不到的那种，本就觉得他不配家茵，还以为他有特别之处，没想到这个性……

"其实也怨不得孙杨，虽然他刚才说得有些偏激，但总体而言都是实话，"左家茵一脸的平和，"林家在S市商界一向爱吃独食，仗着财大气粗从不肯分人一杯羹，林安琪的爸爸向来霸道，她那哥哥生意上更是很有一些歪门邪道，"她看了迟暮一眼，"但她本人是真的好，我很喜欢她。"

迟暮笑："我知道。"

家茵轻挑眉："你又知道什么？"

"你喜欢的人，必定是好人，"迟暮嘻嘻笑，"譬如我。"

此刻斑驳的阳光透过树叶的空隙照射到迟暮的笑脸上，看上去极其娇俏动人，不说男人，就算女人也是心软了几分。

"你现在这脸皮是越发厚了！"家茵扑哧一笑，随即长长地叹了一口气，"去年孙杨家因为林家背后抢单吃了老大的亏，他爸因此气出病来，到现在还不能理事，家族生意都交给了他大哥主持，他那个大哥……你应该懂的，有钱人家就怕弟兄多，怕财产被瓜分呗！他大哥本来就嫉妒一向深受父亲宠爱的孙杨，生怕有朝一日会爬到自己头上，因此他一旦大权在握马上就将孙杨从公司重要的位置上撤换下来，给他安排了一个可有可无的闲职，不过是挂个名给外人看罢了，还美其名曰是照顾自己的亲弟弟，不忍心他太辛苦！孙杨也算是一个有志气有野心的，本来以为可以靠自己的才学来振兴家族，现在却弄到了这个地步，你说他怎不郁闷？因此他恨透了林家。"

原来竟有这么一出。

看来做富家子弟也不容易啊，迟暮不禁同情地看了远处的孙杨一眼，突然担心道："家茵，你想过没有？孙杨的家世本来是他的优点之一，现在看来根本就是有名无实，那你以后嫁过去岂不是……"

"谁说我要嫁给他了？"家茵顿时瞪圆了杏眼，"我不过是让他陪我散散心罢了！我想他对我的想法是心知肚明，因此对我也并不上心，大家目前只是普通朋友般相处罢了，可能你会疑惑我为什么不找别人偏要找他，因为他是个难得的正经人，从来不搞那些花边新闻，"左家茵叹了口气，"我们这个圈子里，多的是像左家瑞那样的公子哥儿，我要是成天和那些家伙扯在了一起，平白坏了自己名声，太不划算！"

迟暮边走边笑道："但我不得不提醒你，正因为他是个正经人，现在这么整天陪着你晃悠，大家反而要生误会呢！"

"误会就误会吧，不是正在练乾坤大挪移吗？若是有一天真练成了也不是没有可能。"家茵皱眉，有些烦躁似的将横在眼前的树枝撩开，同时停住了脚步，"好了，别尽拿我找话题，现在你才是身处旋涡之中的人，身边的男人来来去去的，还都是极品，估计我哥现在已经是方寸大乱不知拿你如何是好呢！"

迟暮一脸的无所谓："随他怎么想。"

从昨晚到现在，他根本就没跟她联系过，仿佛消失了一般，甚至让她现在都觉得前面两天发生的一切是个梦。

可恶的家伙！

左家茵皱眉："迟暮，我决定收回我昨天说的那句支持你报复我哥的话，说老实话我真有些替你担心了，我就算唱戏唱的也是独角戏，但你不同，你有对手，依我哥那个脾气……你这是在玩火，你要真把他给逼急了，以我对他的了解，他可能不会拿你怎样，但他肯定会伤及无辜，到时候你身边的这个男人肯定要遭殃的。"

迟暮一脸的风和日丽："不会吧？我想你哥不是那种人。"

她倒想看看呢，左氏再厉害再有钱，他还能拿钱家怎样呢？她就不信了！

左家茵不明就里，心中暗地诧异，下巴朝远处站在湖边和孙杨聊天的钱闻道一抬，"没想到你对我哥倒比我对他还要信任呢，不过就算我哥真的不会怎样，我看这个人不是个能开玩笑的，你现在把人家弄得魂不附体的，以后想甩都甩不掉，怎么办？"

"什么魂不附体？你说话真是难听！"迟暮红了脸，小声道，"他跟我说了，我们先从朋友做起，就跟现在你和孙杨一样。"

左家茵嗤笑一声，一针见血道："我看他比孙杨老谋深算多了，他这分明是欲擒故纵。"

"就算是吧,"迟暮并不否认,"其实我是真的在试着和他交往的,这个人我在剑桥时就认识了,也算是旧相识,他真的很优秀,事实上我是高攀了。"她敛容正色道:"家茵,我现在已经二十五岁,也该找个男朋友了,不是吗?你有好家世,以后随便什么时候找对象都无所谓,我呢?别的没有,只是空有一副好皮囊,以后还会一年年地残破下去,必须得抓紧时间了,我可不想自己最后变成了傍晚的烂西红柿,就算抛出跳楼价都没人要!"

"别说得这么糟心!我才不信你……算了,我没力气管你们两个了,对于你和我哥,随便你们互相折腾去,我以后就抱着看戏的心情,谁也不帮!"随着一声脆亮的鸟鸣声,家茵的眼光投向湖心,突然惊喜地叫道,"看!一只鸟!一只像鸡一样的鸟!"

迟暮也看到了,湖中那只像鸡一样的鸟在游泳、潜水、不住地翻腾,独自玩得很惬意的样子,远处和孙杨讲话的钱闻道听到她们的声音笑着跑过来,说道:"迟暮,去年我们在英国的时候就看到过这种黑水鸡,你还记得吗?"

迟暮高兴地点头:"对啊对啊,黑水鸡!我记得的!当时我们还看到它用它的潜水技能戏谑攻击它的海鸥,可有意思了,想不到能在琵琶湖再次看到它!"

说话间,一阵湖心风带着浓浓的秋意吹来,迟暮不禁打了个寒战。钱闻道走上前,伸手替她紧了紧风衣领,声音充满关切和怜惜:"冷不冷?你的身体还吃得消吗?"

迟暮下意识看了家茵一眼,有些不自在道:"没事,我不冷的。"

"还说不冷,脸上的毛孔都竖起来了。"钱闻道不由分说脱下自己的风衣披到她身上,还用手在她肩上用力按了按,迟暮推辞不得,低声说了谢谢,抬头时却看到一双似笑非笑的眼睛。

那是孙杨的。

迟暮绝对聪颖,马上就敏锐地觉察到了那种表情的含义,顿时感到有些不适,她突然意识到那晚在凝香居,孙杨当时也是在场的,他一定从头到尾目睹了自己醉后发生的一切,周臻中,左家勋……天!孙杨一定把自己看成了一个游戏人间的女人，致力于把身边的每个男人都弄得五迷三道的。

他刚才和钱闻道一直在聊天，都说了些什么呢？有没有谈到那晚的事情？她目前虽然心内不肯和钱闻道关系过于亲近，但是一想到他可能误会她，还是会觉得不开心。

事实上她猜得没错，刚才孙杨和钱闻道真的聊起她们两个女孩了。

男人在一起，除了事业之外，聊得最多的可不就是女人吗？

就在钱闻道开玩笑式地恭喜孙杨找到S市最大的钱柜时，孙杨向他坦诚了自己和左家茵之间的关系，他说家茵是他见到的最好的女孩子，但他觉得自己配不上她，内心也不敢有那种想法，目前只是一般朋友相处。

"既然喜欢就出手，别犹豫，"钱闻道开导他，"做男人该自信一点，我相信锲而不舍金石可镂。"

"我相信你的自信心，"孙杨笑笑，"遇到夏迟暮这样的女孩子，要是没有强大的自信心是真的不行。"

钱闻道望着远处站着和左家茵说话的那个娇小玲珑的女孩，脸上是不加掩饰的痴迷："迟暮是我这辈子遇见的最美丽的东方女孩，既优雅又明媚，结合了东西方的精华。"

"这个我不否认，我想大多数男人都不会否认，"孙杨顿了一下，意有所指道，"包括家茵的哥哥左氏的老总左家勋，我是生平第一次见到他对女人有所表示，这个女人就是夏迟暮。"

钱闻道微微一愣，马上笑起来："我懂你的意思了，看来这已经是个公开的秘密了。很好，我愿意接受这个挑战，与人斗其乐无穷，不是吗？何况对手不弱，我喜欢这种感觉。"

孙杨不置可否地望着他："我想S市也只有你敢和左家勋叫板了，他那个人，跟家茵的个性完全不同，看不顺眼的，以后统统不会再出现在他的视线内，就算是那霸道欺市的林家也畏惧他三分，你要小心了。"

钱闻道似乎有些意外："是吗？怎么我的感觉跟你完全相反呢？我跟左家勋接触过，我觉得他是挺低调的一个人，这是真话。"

孙杨笑着摇头："这个我就不知道了。"

05 男人的霸气

给迟暮披上风衣后,钱闻道说道:"这里风大,我们到那边去吧,那边树多,没有多少阳光,秋天的太阳其实还是挺伤皮肤的。"

"好啊,"迟暮借机脱下了他的风衣,笑道,"这个还是还给你吧,太长了点,穿着跟阿拉伯袍子似的。"

钱闻道没有坚持,笑笑将风衣搁在手臂上。

四个人很快到了一个至多可以两人并排走着的小径上,小径上落满了树叶,脚踩在上面发出咔嚓咔嚓的声响,迟暮走在最前面,钱闻道紧随其后,后面则是左家茵和孙杨。

树叶不时擦过他们的身子,钱闻道望着迟暮的后背,见她一只手提着包一只手捏着裙摆,动作敏捷地选择在落叶比较少的干燥地面走,时不时低头躲避树枝,那种灵巧与轻盈让他再一次感受到她的美丽,他下意识快步上前一把握住了她的手臂,另一只手则挡住了那只差点要碰到她手臂的枯枝,迟暮扭头冲他一笑,说了句谢谢,一点都没有吃惊的意思,仿佛这是一件自然而然的事情。

后面的左家茵越看越不是一回事,这……是当真了么?不是说好只是做戏的吗?这个迟暮怎么可以不按照剧本走!万……那让哥哥该怎么办?

她再怎么喜欢迟暮,也不想自己的亲哥哥吃了亏!

"孙杨,你觉得前面这两人登对吗?"左家茵问身边的孙杨。

孙杨沉吟了一下,笑道:"做男朋友,钱闻道更合适一点,但是做老公就未必了。"

左家茵疑惑道:"这是什么道理?说来听听。"

孙杨停下来,有意和钱闻道他们拉开了一段距离,这才开口说道:"钱闻道这个人,怎么说好呢?当年我在美国时和他有过交往,觉得这人不但智商高,而且情商也很高。"

左家茵差点失笑:"情商高?何以见得?"

孙杨说:"一般像他这样专攻尖端科学的人在交际场合都显得有

些格格不入，没有什么应变能力，他则不一样，他就像那种天生的社会活动家，到什么场合都能如鱼得水却又不过分招摇。总体而言，他是一个理性与感性融合得比较好的一个人，我甚至觉得他专攻过心理学，因为很多时候别人还没开口，他就知道对方想的是什么……"

"真的假的？"左家茵一脸的不置信，"不是刚刚得了人家什么好处吧？还没听你这么夸赞一个人过。"

"是真的，"孙杨温和朝她笑，"其实刚才我还少说了句，钱闻道这个人信心和恒心都很足，而且他出身于学术世家，他的家族在国内外都很有名望，如果你哥真的非夏迟暮不娶的话，我觉得他是你哥的一个相当强有力的对手。"

家茵奇怪道："那你刚才为什么说他做男朋友合适做老公就未必呢？"

孙杨脸上浮起莫名的苦笑："婚姻这种事，一向是只有强权没有公理，就算夏迟暮真的爱钱闻道，但是遇上你哥那种人……我担保她最后还是会嫁给你哥，不信你等着瞧好了。"

家茵娇嗔地瞪他一眼："把我哥说得跟强盗似的，如果迟暮真的不愿意，难道他还会抢亲不成？"

"不是这个意思……事实上我更敬佩的是你哥，身为男人就应该要有些霸气，我想我缺少的正是这一点，"孙杨快速地看了家茵一眼，脸突然有些红了。

左家茵当然明白是怎么回事，不敢再多话，快步上前追夏迟暮他们去了。

孙杨轻轻地叹了口气，也快步向前走去。

此时钱闻道和迟暮两人并肩而行，不知说笑着什么，他们脚下踩的是枯叶，风吹过头顶又有落叶纷纷落下，身边枫树和柏树相映成趣，左家茵觉得怎么看都是一道风景，不知是出于什么心理，她快速从口袋里掏出手机叫道："迟暮，等等！"

迟暮笑着转过身来，钱闻道也侧过了身子，斑驳的阳光照在两人的脸上身上，有一种温暖和煦的宁静味道，几乎在同时，左家茵举起手机咔嚓咔嚓就来了几张连拍。

不得不说，照片拍得极好，张张如油画一般，两人脸上几乎有那种类似幸福的祥和感觉。

钱闻道说道："我真的非常喜欢这几张照片，左小姐可以帮忙发到我手机里吗？"

左家茵像是没听到似的将手机放进口袋里，然后揽着迟暮的手臂径自就向前走去。

"左小姐……"钱闻道诧异地望着她的背影，朝身旁的孙杨连连摇头，"还真是大小姐脾气……"

"是有些奇怪，"孙杨笑笑，随口道，"不是你什么时候得罪过她吧？"

钱闻道苦笑："我哪里得罪她了？是她得罪我的好不好？昨天迟暮让她送信给我，她一开始不认识我，说是找钱教授，我说我就是，她居然出言不逊说我轻浮，有意上前搭讪她，她把自己也看得太……"

孙杨叹口气："她最近心情不太好，你就多包容一些吧。"

钱闻道笑道："我没跟她计较啊，是她跟我……你看她刚才那个样子，倒好像我得罪她了，女孩子真是奇怪……算了，算我错，她是你的心上人，我背后这么说也确实有些不地道，和一个女孩子计较也不是我的风格，走吧走吧，别破坏了赏景的好兴致。"

在琵琶湖游玩的这一路上，迟暮去洗手间的次数不下四回，钱闻道以为她是被湖风吹坏了，不住体贴地嘘寒问暖，迟暮无法解释，只得含含糊糊将那些关心照单俱收，惹得家茵暗笑不已，后来一次她陪迟暮进洗手间换苏菲，提起这事来简直乐不可支："笑死我了，孙杨还把这人夸得跟 X 光似的能透视别人……"

迟暮红着脸："好了，他又不是女人，哪里会想到这些？这不正说明了他不是那种成天混在女人堆里的人吗？"

家茵横她一眼："是是是，现在他在你眼里什么都是好的！不过我觉得他刚才可能是装的，难道真的一点这方面的经验都没有？都三十出头的人了，肯定是有过女朋友的……"

迟暮面色如常，很仔细地洗着自己白嫩的手，慢悠悠道："有过才是正常，没有是不正常的，不是吗？"

她的心情突然间就有些不好了，家茵的哥哥，左家勋，不是都已经三十好几了吗？依照这个逻辑，他岂不是更……

家茵敏感地觉察到她的情绪，于是不再开玩笑："好了好了，我不过是随口一说，你可别介意，说不定人家是真的从来都没有过女朋友，一辈子就专为等你这个真命天女出现呢，是有这种可能的。"

迟暮不禁失笑："这要求未免也太高了点，我自己都没有做到的，就不要去要求别人了……好了，我们出去吧。"

06 教授与富家千金

离开琵琶湖后，四个人驱车到湖南路的狮子桥美食街吃鸭血粉丝，这是迟暮点名要的，她有好些年没吃到这个了。

这个鸭血粉丝是S市有名的街头小吃，现在被做成了中式快餐，全城连锁，但要数狮子桥的最好吃。雪白的粉丝一烫就熟，加上赭红的猪血、赫色的鸭肝鸭肠、翠绿的香菜，看上去就勾人食欲。

四碗热腾腾的粉丝很快用瓦罐端了上来。

迟暮吃了两口就连赞汤头鲜美，觉得还是过去那个味道，不知怎的，钱闻道看着那些鸭血就有些发憷，提着筷子迟迟不肯落下。

家茵第一个发现了这一情况，几乎是下意识的，她开口笑道："呀！钱教授还是第一次吃这种小吃吧？怕不卫生？也难怪了，你毕竟出身世家，身份高贵，不比我们这些普通人。"

这也算是一个有力的回击了。

第一次在S大门口见面时她就觉得这个人不但高傲，而且对她很有些无理，今天也是，很少和她说话也就罢了，一旦开口，就是左小姐左小姐的，既生硬又陌生的口吻……从来别人都说她左家茵懂事有礼的，偏偏这个人，看她的眼里竟然隐隐有种鄙夷之色。

既然他这么无礼，她为什么要充大方有礼呢？她左家茵是木雕的吗？哼！

左家茵压根没有将心比心，事实上是她先误会人家钱闻道的。

昨天她到了S大门口，门卫室里当时只有一个年轻的男人，她进内问钱闻道教授有没有过来,那男人笑着回说他就是钱闻道,她不信,以为是S大的某个男学生在和她开玩笑。

是有这种男人的,见到女孩子就喜欢乱开玩笑。

于是她沉下脸说:"对不起,我是替夏迟暮来找钱教授的。"

男人笑着说:"我就是钱闻道钱教授。"

左家茵本来心情就不好,不禁烦躁起来:"你过分不过分?钱教授会是你这种轻浮的人?"

这个男人才多大?怎么可能会是什么教授!

"请问你是迟暮的什么人?"钱闻道的面色也不好起来,这辈子还没人骂他轻浮过!

左家茵听到此话正觉得有些不对,门卫处进来一个中年男人,笑道:"钱教授,我回来了,刚才门卫处没什么情况吧?你人等到没有?"

"没有,"钱闻道面无表情,"只是老万……这个人认为我不是钱教授,我想请你帮我证明一下。"

中年男人一脸惊讶:"什么?啊呀呀,你怎么连钱教授都不认识呢?他是我们S大的骄傲!也是S市的骄傲,我们中国的骄傲……"

"好了好了老万,"钱闻道赶紧止住了门卫,扫了左家茵一眼,冷冷道:"我们还是到外面说去吧。"

家茵自知理亏,但是……这个男人也太小心眼了吧?

到了外面,左家茵对钱闻道说了迟暮交代的事情,态度同样是冷冰冰的,当钱闻道问她迟暮的电话时,她终于找到了奚落他的机会,没好气道:"你居然连她电话都不知道?有本事让她自己告诉你好了!"

钱闻道很诧异于她的无理,生硬地问道:"请问你是谁?"

"行不改名坐不改姓,左家茵就是我,你记住了,就算你以后对迟暮告状,我想迟暮也不会拿我怎样!"左家茵说完扭头就走,很快上了一辆宾利车,呼啸着离开。

果真是大小姐作风!

钱闻道望着宾利的屁股啼笑皆非。

听左家茵这么一说,钱闻道干脆地放下了手中的筷子,目光幽深:"左小姐,我承认我确实吃不下这个鸭血,但这跟我的家世又有什么关系?要说家世,其实左小姐更是高人一等,不是吗?"

正在大快朵颐的迟暮不得不顿住:"钱大哥不喜欢吃这个吗?为什么不早说呢?"

"对不起,我还以为我可以承受的……"钱闻道的脸突然涨红了,"我知道鸭血是好东西,有解毒功效,只是我……从小就晕血,就算它煮熟了变成了这样,我还是吃不下。"

迟暮忙说道:"怎么不早说?别管我们了,你赶紧出去吧,先去隔壁随便吃点蛋炒饭什么的填下肚子……"

钱闻道点头,不再说话,当场起身就走出去。

脚底生风似的。

看样子真的憋不住了。

左家茵望着他的背影笑道:"死要面子活受罪的典型,还以为他有多厉害呢!"

"这个跟胆大胆小并没有关系,是一种心理疾病,我以前就听人说过,晕血症要是严重的话,人会当场晕死过去的,"迟暮长长地出了一口气,欣慰道,"家茵,刚才亏得你发现了,依他那个性肯定不会主动开口,到时候出了事都不知道是怎么回事。"

孙杨说道:"我跟他认识也有几年了,都不知道他有这毛病。"

"喜欢硬撑呗,好像这样就显得他有多男人似的,"家茵有点不由自主地不肯放过钱闻道,句句话里面都有弦外之音,迟暮其实一开始就听出来了,只是碍着两人的面不好说什么,现在钱闻道出去了,正好可以问个明白,"家茵,你似乎有些讨厌钱大哥?"

"我讨厌他?"左家茵一脸的意外,然后没好气道,"我当然讨厌他了!就冲着我哥,我也讨厌他了!"

迟暮顿时作声不得,横她一眼,开始闷头吃鸭血粉丝。

下午,四个人又按原计划驱车去了栖霞山。

这个季节正是栖霞山的红叶如火如荼的时候,正所谓万山红遍层林尽染，再加上蓝天白云，构成了一幅醉人的金秋画卷。

左家茵不住地拍照，就连迟暮和钱闻道他们，也各自拿出手机，想把美丽的秋景装进手机里带回家去慢慢欣赏。

不同的是，别人的镜头对着的是风景，而钱闻道的镜头常常驻留在迟暮身上。

他拍下的每个画面中几乎都有迟暮的身影，有正面拍的，更多的则是偷偷拍的。

此时此刻，在他心中，夏迟暮就是尘世间最美丽的一道风景。

由于在栖霞山逗留太久，他们离开时已经是黄昏，而黄昏时分正好是燕子矶最美丽的时刻。

"燕矶夕照"是S市四十八景之一。

晚霞漫天，江流滚滚映照着赤壁，迟暮站在观音阁上，面向浩渺的长江，自觉如入仙境，心中一口气呼出，突然拍着栏杆情不自禁哼唱起一曲"滚滚长江东逝水"来。

她这个人身材娇小，长相也偏柔弱，但声音却不娇媚，属于低沉的女中音，唱起这浑厚的歌曲来居然隐隐有种古雅的开阔气息。

一曲终了，大家鼓掌不已，就连孙杨看着她的目光也有了明显的欣赏之意："这声音听着听着竟觉得有一股侠气，正合此刻的意境。"

钱闻道更是不加掩饰自己的痴迷："歌声让我想起了古代的几位奇女子，红拂女？梁红玉？不，这些都不能表达我的感受……"

"好了好了，我听着都觉得牙酸了，"左家茵笑道，"不管是红拂女还是梁红玉，我想都没有夏迟暮好看，钱教授你说是不是？"

迟暮见她又开始抬杠，忙说道："我看时间不早了，不如回去吧。"

钱闻道说道："也好，这样吧孙杨，我把你们带到你停车的地方，咱们晚饭就免了吧好不好？迟暮的姑姑还在家等我们呢。"

他再也不想听到左大小姐那些莫名其妙夹棒带刺的话了。

孙杨有伺候左大小姐的义务，他可没有。

Chapter 08 第八章 爱的加速度

01 耐心

四个人一起的时候并不觉得有什么，当和钱闻道独处的时候，迟暮就无端有些紧张起来，开始主动找话题："钱大哥，昨天忘记问你了，学校有没有说我什么时候可以去任教？"

钱闻道笑道："一个月之后。"

迟暮有些吃惊："这么晚？"

"是我主动要求的，我觉得你应该先休息一段时间，"钱闻道看了她一眼，"你不会怪我自作主张吧？"

迟暮稍稍一愣，摇头笑："不会，但我想尽快去工作，越快越好。"

钱闻道有些奇怪："为什么你要这么急呢？很多人工作前都想借机好好休息一下，因为一旦工作了，以后能够自由支配的时间就少了。"

迟暮淡淡一笑："成天待在家里也没什么意思，还不如早点过去认识一下新环境新同事。"

"哦，说得也是，"钱闻道抱歉地说道，"对不起，是我鲁莽了，明天我会去跟教务处解释清楚，让他们尽快给你安排课程。"

他其实是求之不得，到时候见面的机会就更多了。

迟暮点头："好的，那谢谢你了。"

她想尽快工作的原因有两点。

第一个是迫在眉睫的，是钱，目前她非常需要钱。到现在总不能还让姑姑养着她吧？这也太不像话了，而且，欠别人的钱总得还吧？积攒一点是一点，最好能尽快地还了，省得以后老在人面前抬不起头来。

第二点就是，如果她一直闲着，那么每天充斥着她生活的肯定是恼人的情感问题，这是她下意识里不想去面对的，她必须要找到出口，而工作，就是她最好的出口。

钱闻道突然想起一个问题："对了迟暮，晚上你想吃什么？"

他想让她做主，他只负责结账就行了。

迟暮说道："我几年没回 S 市，不知道情况，你决定好了，我在吃喝上是比较随便的人，只要有辣就可以了。"

钱闻道有些不好意思："其实我也是不讲究吃喝的人，菜里面只要没有血就好了。"

想到中午的那种场景，迟暮不禁笑起来。

钱闻道绝对没有撒谎，他果真是在吃喝上不讲究的人，不，也并非是不讲究，而是他实在没有这方面的经验，根本就不知道S市有哪些适合情侣吃饭的地方。

他是那种极少在外面吃饭的人，除非有非参加不可的高档应酬场合。

驱车在一些环境看着不错的餐馆门口走了一通，发现几乎家家都是人满为患，根本没有座位了，有家高档餐厅虽然有座，但因他没有提前预定，进门竟然被拒绝了，这下钱闻道有些紧张起来，他没想到吃个晚饭竟会这样复杂。

然而总不能因此让迟暮轻视吧？大男人一点生活技能没有，还像话吗？

最后他将迟暮带到了S大附近的一家环境还算可以的中餐厅，当侍者将两人领到靠落地橱窗的卡座时，他这才暗暗松了口气，下意识用手擦了下额头，心里暗地发誓回家以后一定要认真做一些这方面的功课。

一顿饭竟将一向稳重的大教授逼出了一头汗，迟暮看着想笑却又觉于心不忍，干脆将脸扭向橱窗外，舒适地叹道："钱大哥，你选的这地方真是不错，不管这里的菜肴如何，单看着外面繁华的夜景就够让人陶醉的了。"

"是啊，"钱闻道已经完全镇定了下来，笑道，"因为经常从这里经过，所以知道有家餐厅……"说话时他注意到外面有一个卖花的少女，少女一双灵活的眼睛正看向橱窗里，他心念一动，忙朝她招招手。

少女也注意到他了，先是一愣，马上眼露欣喜，飞奔着从餐厅门口跑了进来，径自到了迟暮面前，递给她一朵玫瑰："漂亮姐姐，给你。"

迟暮笑着接过："谢谢你。"

钱闻道问道："一共多少钱？"

少女显然很聪明，马上就明白了，大喜道："大哥是全要吗？"

钱闻道掏出一张纸币，"一百块够吗？"

"够了够了！谢谢大哥！"少女接过钱，将花篮里面七八枝玫瑰全给了迟暮,"姐姐你真幸福,大哥是个好人!而且很帅!"少女边说边将脸转向钱闻道:"大哥你更幸福了,姐姐长得比明星还要漂亮!"

迟暮笑道:"小嘴还真能说,快回家去吧!"

"姐姐再见!大哥再见!"

望着少女的背影,迟暮笑道:"没想到钱大哥这么善良。"

"能帮人时就多少帮一点吧,女孩子晚上一个人在外面,也不安全……"钱闻道顿了一下,望着迟暮的眼里充满了情意,"何况,就算刚才卖花的是个大男人,我也会照单全部买下来送给你的。"

迟暮有些承受不住他的眼神,忍不住将头低下,幸好这时侍者过来上菜,这才解了围。

菜的卖相和口味都很一般,但是还能忍受,两人正吃着,迟暮突然感觉有什么人的视线一直在盯着自己,在这方面她的第六感一向很敏锐,于是她抬起头来用眼神在餐厅里寻找,果然和一个人的视线对接上了,她先是一顿,随即欣喜地站起身:"秋言姐!"

本来已经吃得差不多的沈秋言笑着主动走过来。

和她一起用餐的男人也跟着过来了,男人相貌魁梧,看上去像是体育运动员。

"这是我老公,姜南,"沈秋言笑着介绍,"这是夏迟暮,刚从英国回来的大美女,怎么样姜南,你见过这么美的女孩吗?"

"秋言姐说笑了,姐夫不要见怪,"迟暮朝姜南点头示意,"这是钱闻道……"

"钱教授,我们见过的。"沈秋言主动伸出手,钱闻道忙礼貌地握过,笑道。"确实见过,沈秘书,国际科技交流大会上我们见过。"

沈秋言忍不住赞叹:"都几年前的事了,钱教授的记忆真是一流。"

钱闻道笑:"沈秘书的记忆不也是很好吗?"

沈秋言眉头一挑,微微摇头:"我记得钱教授是正常,因为当时您是当天的明星,大多数人都能记得您的,而我不过是一名小小的秘书,竟能被您记住,岂不是证明了您的记忆才是真正一流的吗?"

钱闻道笑着做了个抱拳手势:"沈小姐真正好口才,我甘拜下风。"

沈秋言笑笑没有接话,而是不经意似的扫了桌上的那些玫瑰一眼,将目光投向迟暮，面露关切之色："身体好些了吗？"

迟暮微微一怔，随即明白她问的是那晚醉酒的事情，忙说："好多了，还没谢谢秋言姐呢。"

"钱教授，我有几年没见过迟暮了，能否借用她几分钟，让我们姐妹说几句体己话？"她亲昵地揽住迟暮的肩膀，也不等钱闻道应声，就吩咐起自己的老公，"姜南，你陪钱教授先聊着，我跟迟暮那边说话去。"

两人坐下后，迟暮疑惑地问道："不知道秋言姐想问我什么？"

她心中隐隐有些期待，难道是左家勋派她……可是，不可能吧？

沈秋言笑道："还能问什么？就是想随便谈谈，对了，你手机号多少？咱们以后有空多联系联系。"

迟暮掏出手机："秋言姐号码多少？我打给你。"

"我来拨吧，"沈秋言不由分说拿过她的手机，很快拨通，又立即还给她了，笑道，"这手机看着很眼熟。"

迟暮脑筋转得极快，浓眉一扬，"是他让你去买的？"

沈秋言摇头："你错了，是老板自己去买的，里面的那些软件什么的都是他亲手安装的，还专门找了个行家来教他，我第一次见他这么认真地追一个女人，真的很难得……"

迟暮笑："秋言姐，你背后这么替你老板说话，他是不会给你发奖金的。"

沈秋言笑起来："哈哈，你果然长大了，就连说话都变得这么有趣，知道吗？你以前说话很冲的，有时候几乎让人没法忍受。"

"是吗？"迟暮有些不好意思，"那时候不懂事，总觉得全天下的人都亏欠自己似的，还亏得秋言姐不跟我计较。"

"也不怪你，当时老板对你太……"沈秋言看了她一眼，"迟暮，既然你叫我一声姐，我觉得自己就有义务提醒你，现在老板给了你机会和台阶，你就要及时地抓住，否则他一旦改变主意，结局就很难说了。"

迟暮尽量维持平静："什么意思？"

"你和钱教授……我不否认钱教授很优秀，但我记得你以前一心爱的是老板，迟暮，我的话可能不中听，你现在和钱教授出入成双的，看着很正常，但背后不知道有多少人盯着呢，真的，经过前天一整夜的灯箱广告，我想S市大概已经有好几个小报记者了解到了你的身份，你可能会成为娱乐版花边新闻的主角，而且肯定会扯上我们老板……他会很不高兴的。"

迟暮的脸色变了："这不可能吧？"

她担心的是上花边新闻，姑姑知道了肯定会不高兴，而且自己就要去S大了，怎么可以惹这种……至于左家勋高兴不高兴，那是他的事！

沈秋言显然误解了她的意思："我们老板这个人，习惯于一语定乾坤，不喜欢有人明目张胆地跟他唱反调，你要是存心赌气，等结婚了一切尘埃落定了再赌气也不迟，现在，真的不要试。"她边说边看着迟暮的脸，"知道吗？曾经有一度老板也给过林安琪机会。"

正如沈秋言预测的那般，迟暮的身子微微地晃了晃，但她很快就稳住了自己。

沈秋言在心中满意地一笑，满面担忧地接着说道："当时他们差不多要订婚了，林安琪以为老板非她不可，渐渐有些恃宠生娇，以至于做出了一件让老板很不高兴的事情来，到后来，不管她怎样表现，他都不肯原谅她，哎！"沈秋言叹了一口气，"老板就是这样一个被女人宠坏的男人。撇开家世不谈，在我见过的女人中，林安琪的风度、教养甚至心机也都是一等一的，这样的一个女人也不能……迟暮，你要好好考虑你现在做的一切。"

迟暮努力地冲她一笑："我懂，谢谢秋言姐的忠告。"

原来他跟林安琪竟是有过一段的。

沈秋言提醒得对。

他自己也说过的，如果僵持下去，她最终会失去他。

他就是这么一个人。

"那就好，我等你们的好消息。"沈秋言欣慰地拍拍她的肩膀，然后朝钱闻道他们走去，"钱教授，我把迟暮还给你了，"她笑着挽住姜南的手臂，"老公，我们走吧，迟暮，钱教授，再见啦！"

"再见！"钱闻道目送着沈秋言离开，转脸看向迟暮，笑道："这沈秘书的老公居然是全省散打冠军呢。"

"是吗？"迟暮很自然地笑，"真是了不起。"

沈秋言离开餐厅后不久打了个电话，将刚才的事情说了一遍："真想不到今天就能遇到她，刚才我已经按照你昨天说的那样做了，不过这样子真的好吗？会有效果吗？"

"很好，这一招对她最管用了，可能连家勋都不知道她是什么样的人，但我知道。"

"你应该知道，我是因为我老公的冠军才……以后没我什么事儿了。"

"你担心什么？反正你又没说假话。"

"也是，那先再见了，我老公还在车上等我呢！"

"行，再联系吧。"

"以后联系可以，但千万别让我做这种事了，虽然并没说假话，但我刚才总觉得自己是在犯罪。"

"你呀！我知道你，你是感觉自己好像背叛了家勋，是不是？其实根本没有，你只是好心在提醒夏迟暮认清自己的内心，事实上你是在帮家勋，省得他为难，知道吗？"

这个夜晚，迟暮有意要给钱闻道机会似的，一直不提回家的事情。

两人在秦淮河畔走过一遭后又去了新街口，甚至还逛了几家女装店，不过迟暮始终都没有买衣服的意图。

后来走进的一家，营业员是个看着有些腼腆的女孩子，见有顾客进门忙不迭殷勤地迎上前来，嘴巴不停地介绍这些衣服多好穿着多有档次，当知道迟暮只是随便看看后，她的脸色顿时变了，低声哀求迟暮给她一个机会，因为她今天一件衣服都没有卖出去，老板知道了肯定会……

女孩就差哭出眼泪来了。

"这是你们老板教你的营销手段吗？太低级了一些。"迟暮朝她笑笑，转身准备离开。

女孩子当场僵住了，脸上一阵红一阵白，出声不得。

一侧的钱闻道突然开口道："迟暮，不如就买下这件吧，我看这件真的很适合你。"

他手中拿的是一件枫红色的西装小外套。

迟暮似笑非笑地望着他。

钱闻道心下觉得不妙，但依旧维持着笑容，声音温和："很秋天的颜色，我们下次出去的时候你可以穿这件，不是吗？"

迟暮看了女孩一眼，点点头，下巴冲钱闻道微微一抬："行，反正你掏钱。"

钱闻道顿时如释重负。

营业员更是欢天喜地，手脚麻利地将迟暮所需的尺码包装起来递给钱闻道，口中不断地说着谢谢。

迟暮先一步出了店铺。

钱闻道拎着包装袋追出来："我这样自作主张是不是惹你不高兴了？"

迟暮停下脚步，转身朝向他："我是这么容易不高兴的人吗？"

"不是。"钱闻道突然间失了方寸，眼前的迟暮似乎变得有些陌生了，跟白天的她不一样了。

"是不是突然觉得我这个人有些喜怒无常难以伺候？"迟暮朝他一笑，"我一向自诩聪明，总以为自己能一眼就看透别人的心思，说到底还是因为自己待人太刻薄了些，有些事情，知道不知道都是一回事，何必戳破呢，别人吃碗饭也不容易。"

"我绝对没有觉得你刻薄！真的！你不要误会！"钱闻道有些急了，"我并不是那种同情心泛滥的人，对于那个女孩的做法其实我也不赞同，这是她的工作，她有义务用自己的能力把衣服卖出去，而不是单纯地利用别人的同情心，"他顿了一下，望着夜风中迟暮白玉般的脸，声音渐渐溢满柔情，"我是真心觉得你穿这件衣服会好看，其实你穿什么都好看的，但我见你一向都穿得比较黯淡，我在英国跟你相识后见你经常穿的都是些黑白灰的色调，那时候我就想，如果有一天你穿上亮丽一点的颜色，那该有多美！"

温言软语，此情此境，再铁石心肠的人也会动容的，迟暮不禁伸手接过他手中的包装袋，低声道："谢谢你，下次出去时我就穿这件。"

"好啊！"钱闻道的声音充满欣喜，并打蛇随棍上，"那我们得尽快约个时间了，否则秋天很快过去，你穿这衣服要等到明年了！"

"再说吧，"迟暮笑笑，"时间不早了，我们得回去了。"

钱闻道不得不说好。

在他内心中，就算月落星沉，他也不愿送她回家。

但他明白，性急吃不得烫稀饭，今天的这个结果，已经是相当相当的不错了。

02 两位左太太

偌大的左宅大厅此刻灯火通明。

却不见半个人影。

人都在西侧小餐厅内呢。

没有宴请宾客的时候，左宅的大厅一般是用不着的，太辽阔了。

然而左太太一到天黑就务必要将厅内所有的灯都开了，直到儿子回来，她才会吩咐佣人将大厅的灯灭掉一大部分，只余一盏壁灯。

小餐厅内此刻有两个人面对面用着餐。

左太太正襟危坐地用刀叉吃着西式牛排，举止动作优雅至极，仿佛是影视明星在表演，看得对面的人不住地发愣。

按说到了左太太这个年龄，为着肠胃的保养，晚上应该吃点好消化的软食才是正确的选择，然而晚上吃牛排是她几十年的习惯了，改不掉，不吃一块就睡不下似的，家中的佣人常常私下议论说左太太说一不二的犟脾气应该是牛排吃多了。

左太太终于将一块牛排吃光了，拿纸巾擦擦嘴，手一挥，佣人王阿姨赶紧将她面前的盘子刀叉端走了。

对面的人终于有了开口的机会，声带哀求："大嫂，这件事还得靠大嫂来说他了，他天天就带着那小妖女到处招摇，也是在丢左家的脸……我的话，他横竖不肯听，不对，还不是听不听的问题，我最近根本就没有见他的机会了！电话也不肯接，不过大嫂你的电话他是不敢不接的……"

左太太有些嫌恶地望着对面身材臃肿的女人："宝珠，不是我不肯说他，这种事情让我一个做嫂子的怎么跟小叔子说？他做得出我还说不出口呢！一切还是等家勋回来再说吧！"

张宝珠连连点头："好好好！等家勋回来再说，不过家勋他到底什么时候……"

左太太微笑："很快就回来了，我们家勋是孝顺孩子，只要不忙，总是回家吃饭的。"

张宝珠一脸的惭愧："是，大嫂养的好儿子，不像家瑞……"

"你也是的！"提起左家瑞左太太顿时口气有些不善，"老公管不住也就罢了，儿子也不好好管！整天让他混在那大染缸里，没的让外人胡乱猜测咱们左家是不是没落了非要靠他卖脸卖屁股赚钱去！每年发的那些红利还不够他花的么！"

张宝珠讪讪的："大嫂说得对，真的不够他花的……"

"什么？"

"他去年买了辆宾利，今年又买了辆房车，说是看到有的演员有，他不能丢左家的脸，所以……"

"什么？这就叫不丢左家的脸了？真正气死我！他怎么不买个国王当当呢？你是怎么管教的？不晓得开源也得学学节流，别以为姓了左就从此高枕无忧了，我儿子这边赚着，那边你老公儿子花着，这还来得及吗？"

左太太一阵劈头训斥，在外同样被人称作左太太的张宝珠此时脸上是红一阵白一阵，想发作却又不敢，心中的那些委屈尴尬根本无法用言语形容，餐厅伺候的两个佣人对视了一眼，忙悄悄走了出去。

张宝珠有意转移话题："大嫂，怎么不见家茵呢？"

左太太慢条斯理道："和孙铁军家的老二一起出去玩了，就是开电子公司的那个孙家。"

"哦，"张宝珠点头，一脸的恍然大悟样，"就是那个据说现在病得很严重的孙铁军吗？这么说家茵跟孙家……"

"没有的事！你这什么脑子？成天尽喜欢七想八想的！年轻人聚聚怎么了？"左太太锐利的眼神不满地一扫，张宝珠的痴肥身子下意识地畏缩了一下，"是是是，是我误会了，大嫂对家茵是真正的视如己出……"

"越发胡说八道了！怨不得你老公儿子都嫌弃你！你给我听清楚了，要是我以后听到外头有什么不顺耳的风声，头一个拿你是问！"左太太眼里射出凌厉的光，同时右手掌在餐桌上一拍，声音虽不大，却极具震慑力。

张宝珠顿时吓白了脸，连连摆手："是我口误，口误，家茵本来就是大嫂的女儿，是大嫂亲生的女儿……"

左太太更加恼火："你给我闭嘴！亲生不亲生这种话用得着整天挂在嘴上吗？我警告你，以后你少接近我们家茵！"

张宝珠点头如捣蒜："大嫂放心，家茵是咱们左家唯一的女孩子，我喜欢她都来不及……"

突然听到门外佣人王阿姨惊喜的声音："家茵回来啦！太太，是家茵回来了！"

随着佣人的话音，左家茵边大叫着妈边踏进餐厅，见到张宝珠时她愣了一下，随即笑着脆生生地叫了声二婶，张宝珠忙点头应声。

"咋乎乎的，人还没到声音就到了，成什么样子？"左太太口气虽是责备的，脸色却是慈祥的，"吃过饭了吗？"

家茵拉过椅子在母亲身边坐下，"还没呢，我想早点回来陪妈的，没想到还是晚了一步。"

迟暮跟钱闻道离开燕子矶后，她不久也和孙杨离开了，并推说身体不太舒服，连晚饭都没吃，让孙杨白欢喜了一场。

"不晚，不晚，"左太太有意无意地扫了张宝珠一眼，满意地拍拍女儿的手，"你哥还没回来呢，待会儿你陪着他吃。"

家茵点头。

她知道，大哥若是有事不能回来吃饭必定会打电话通知母亲的，今天肯定是没打电话，因此母亲现在才会说得这样笃定，这是多年的老规矩了。

果然，不到两分钟的工夫，院子里就传来一阵汽笛声，随即佣人王阿姨进了餐厅："少爷回来了，太太，是不是准备开饭了？"

"嗯。"左太太点头，"再给他泡壶茶吧，今天那个汤你做得有些腻了，下次要注意。"

"是。"王阿姨说着去了厨房。

听到外面大厅里有疾步声传来，张宝珠下意识站了起来，两手捏着衣襟，有些紧张似的。

左太太朝她冷眼一瞧，"坐下吧你，在小辈面前别做出这副样子，不知道的人还以为我们家勋怎么你了呢！"

左太太话音刚落，左家勋便大阔步进了餐厅，他走得很快，带着一股旋风似的，进门就笑："二婶也在呀？正好一起吃个饭。"

张宝珠一向极少看到这冷面甚至冷心的侄儿笑，又刚被左太太呵斥过，正恍惚间，冷不丁听他一问，不禁有些愣愣的。

左太太看了儿子一眼："她和我一起已经吃过了，我们年纪大了不耐饿，你跟家茵吃吧，吃好了你二婶有事要跟你说。"

"哦？"左家勋坐下说道，"二婶有事现在就说吧，家茵，你去给我倒杯凉白开过来。"

左太太有些不满："这种杂事以后吩咐王阿姨或者孙阿姨做，别叫你妹妹做。"

左家勋笑道："用用自己的妹妹又怎么了？不过是倒杯水，就算是做顿饭给哥哥吃，也是应该的，是不是啊家茵？"

"是是是，我看你现在是幸福得不知道东西南北呢！"家茵娇嗔地横他一眼，起身给他倒了杯凉水，还细心地加了点热的中和了一下。

左家勋将杯中水一口喝干，舒坦地长吐一口气："今天跟美国的客户嘴巴都说干了才最后敲定了合作的事情，幸运的是，本来还以为要有应酬的，没想到对方下午有急事走了。"

左太太微微皱眉："喝水要慢慢喝，哪能这样牛饮一般？对身体很不好，那个沈秋言是怎么照顾你的？连水都不知道递过去？"

"不怪她，最近她在补休婚假呢，"左家勋将脸转向张宝珠，笑笑道，"二婶今天过来，不会是要谈叔叔的事吧？"

"这么说你都知道了？"张宝珠的神情顿时有些激动，"家勋，他都快六十的人了，居然犯恶心跟一个二十出头的妖女出双入对的，成什么体统，也是丢左家的脸……"

左家勋伸手制止住了她："二婶你冷静冷静，事实可能不是你想象的,二叔这个人好玩不假,但他是个精明人,不可能做那种没有分寸的事的,小报上的那些都是片面之词,你别当真了,就算是拍到了一两张他和女孩子站在一起的照片,那也不能说明什么,左氏的有些广告是需要和女明星女模特合作的,二叔在集团正好负责的就是这个方面,所以拍到那些照片根本就是很容易的事情。"

"真的是这样吗?"张宝珠有些不信似的,不过她内心里肯定是宁愿选择相信的,看她渐渐缓和的脸色就知道了。

"差不多是这样的,"左家勋笑,"不也有小报上说我这个那个的吗?结果呢?什么都没有。"

张宝珠突然想起一个重要的问题:"那他怎么总不肯接我电话呢?"

左家勋一愣,想了想说道:"这个我负责跟二叔说,让他至少每天给你打一个电话,二婶你看怎样?但二嫂你也听我一句,你要是没有什么重要的事,以后一天给二叔打电话的次数最好不要超过两次,行不行?"

张宝珠顿时有些讪讪的:"好,这样好,我听你的,"她看着有佣人端了菜进来,忙起身道,"你们吃饭吧,我走了。"

"对了二婶,家瑞主演的那个电影马上要开播,我包了第一天的夜场,到时候你把所有认识的朋友都带过去,给他捧捧场。"

张宝珠猛地回头,喜悦之色溢于言表,"好!好!我一定的!家勋,真的太谢谢你了!我替家瑞谢谢你!"

左太太突然高声道:"王阿姨,你送送他二婶!"

张宝珠怔了怔,忙不迭摆手:"不用了不用了,就几步的距离,我自己走,自己走。"

王阿姨还是坚持将张宝珠一直送到了院门。

一路上张宝珠不住地感慨:"还是家勋好啊,毕竟是嫡亲的侄子,打断手还连着筋呢……外人是不懂得这些的,王阿姨你说是不是?"

王阿姨只是笑,不吭声。

在左家,佣人们的嘴巴都很紧,轻易不肯开口。

这是左太太调教的结果。

左宅的佣人称呼左太太为太太,称左家勋是少爷,至于家茵,她不肯别人喊她小姐，说是感觉到了大观园似的，不适应，因此屋里的人都直呼其名喊她家茵。

张宝珠一走，左太太就对儿子说："你真会给你二叔贴金呢，白养着他不说，还得给他处理这些糟心的事！你那些手下要知道你还兼职做居委会的工作，恐怕要笑掉大牙！"

左家勋笑："家和万事兴，二婶就想听个解释，何必让她失望。"

家茵开口道："二婶那种人，整天就絮絮叨叨的，除了麻将牌她好像什么都不懂，也不注意保养身材，看着比二叔大很多的样子，我要是二叔也看不上她！"

左太太瞪她一眼："别胡说！看不上当初就别娶她！娶了就要负责到底！"

家茵伸伸舌头："妈一向不也是不喜欢二婶的吗？"

"我是讨厌她，除了哭和诉苦就没见她有别的本事，把女人的脸都给丢尽了，但她确实挺可怜的……你现在年轻说这种话容易，等你老了就知道了，男人都是……而且她生个儿子也是不争气……"

左家勋咳嗽一声："妈，家瑞这次主演的电影还可以的，我看了样片。"

"别逗我了儿子！"左太太嗤笑一声，"别以为你老妈不懂，说说看你又暗地里投资了多少来给他买个主演？估计他还以为是他自己本事大人家非得要找他主演呢！就他那德行，你就白做好人吧！"

当场被母亲戳穿，左家勋不免有些尴尬，手一摊笑笑道："就给他个机会吧，有想法总是好的，也不算丢人……总比二叔要好一点，妈你说是不是？"

家茵也昧着良心帮腔道："是，家瑞比二叔是要靠谱一点。"

"好吧好吧，一切依你，反正你是左家大当家的了，你说什么是什么，"左太太笑望着儿子，"快吃饭吧，都快凉了。"

03 她赢了

左家茵三两下就吃完去了自己的房间，左太太坐在餐厅里一直看着儿子吃完，这才开口道："夏家那丫头，你预备什么时候正式带回家见见？我跟她也有几年不见了，总不能就这么稀里糊涂地成了婆媳是不是？"

"妈真是开明。"左家勋的眼里溢出笑意。

"我能不开明吗？敢不开明吗？"左太太瞪他一眼，"儿子都三十五了我还抱不到孙子……你的性子是随了我，一样的犟脾气，没办法，当妈的只有让儿子了，我可不想这辈子都抱不到孙子！"

"孙子会有的，肯定会有的！"左家勋乐哈哈的，"到时候保证您左手一个右手一个，忙不过来的！"

"真的？"

"嗯，我算好了，迟暮是独生子女，我们以后可以有二胎，不犯法。"

"瞧你美的！"左太太笑着打了儿子一下，也被他描述的场景乐坏了。

"至于让她来家里见您……我会安排个好日子，"左家勋像是沉思了一下，"还有半个月是妈的生日了，就让她那一天过来给您拜寿吧。"

左太太似乎有些不满意："要等半个月？"

左家勋说："她有些不好意思见您……以前她不懂事，您都看在眼里，她觉得您可能会不喜欢她。"

"只要她以后好好地做左家的媳妇，我还能吃了她？"左太太哼了一声，"就怕她是矫情，不肯来见我。"

左家勋忙说："不会，她不是那种人。"

左太太望着儿子的眼睛："你今天见过她吗？"

左家勋一怔："没有，今天太忙了，没时间。"

左太太点点头："嗯，你做得对，工作要紧，对女人不能太迁就了，否则以后会越来越嚣张的。"

左家勋颇为自得地笑："妈见过我曾经迁就过哪个女人吗？"

"这倒是，夏家丫头能被你看上也是她的福气，她要知福惜福才是。"

左家茵洗完澡后听到天台上有水声，知道是大哥在游泳，于是披了外套走上去。

天台上只开了一盏小小的壁灯,池里波光粼粼的。

月儿正圆,左家勋的两条长臂哗哗地划动着水,动作矫健像是一条健美的人鱼。

一个来回,两个来回……都二十个来回了还不见他停下来,一直闷着不吭声的左家茵终于沉不住气了:"大哥,你可真是激情澎湃啊,还没游够啊?"

"什么事?"左家勋终于从水里冒出来,站直了身子。

家茵拖长了声调:"哥,我看你好像并不想知道迟暮的事。"

"她能有什么事儿?我想她现在应该在家里拿着手机等着我的电话吧。"左家勋笑着从泳池中出来,浑身湿淋淋的,随意地用一块大毛巾将自己包裹住,朝换衣间走去。

"喂!"左家茵气得跺脚,"就你这无所谓的态度,我要是迟暮也会选别的男人!"

左家勋并没有就此停下脚步,而是直接进了换衣间,像是压根没听到妹妹的话。

左家茵咬咬唇,气呼呼地转身下楼进了自己的房间,嘭的一声将门关上。

两分钟后。

外面突然传来轻轻的敲门声:"家茵,是我。"

果然还是憋不住了。

左家茵暗笑,再次拿起手机:"门没锁,进来吧。"

左家勋穿了一套烟灰的暗花睡袍进来了,关上门,站到衣橱旁,双臂环抱着,一脸的慵懒,像是很不经意似的,问道:"刚才你最后一句说的是什么?我没听清楚。"

"你看看这个就知道了!"左家茵懒得计较他的谎言,直接打开手机相册,递过去。

左家勋的长指滑动着屏幕一页页地翻看,最后将手机扔给妹妹,脸上的表情云淡风轻:"这没什么啊,她跟钱闻道早就认识的,我知道。"

左家茵张大眼睛:"但你知道这个钱闻道现在在追求迟暮吗?凭

良心说，他的条件很不错的！"

左家勋望着妹妹笑："条件确实是很不错，如果他追你，我会觉得更加不错。"

左家茵涨红了脸："哥！我跟你说的是正经的！钱闻道追女孩的手段可比你强多了，迟暮已经试着在接受他了，我看得出来的，真的！你要是再这么端着架子，早晚会失去她！"

"如果别的男人这么一追就把她给追上了，那她也不配做我左家勋的女人。"左家勋的声音冷冷的，"她不过就是赌气罢了，让你拍下这些照片，无非是想让我看到有所反应。"

"既然明白，为什么还要表现得这样冷淡呢？应该趁着这个机会打电话去责问她，满足她的想法，这才是你应该有的反应！"

左家勋冷哼了一声："我不喜欢拿别的男人来向我示威的女人，好像男人们为她争得头破血流才显得她有本事似的。"

左家茵提醒大哥："万一她没这么想呢？千万不要等她真的变了心之后才……"看到他的面色一凝，她忙说道："要不，我明天替你约她出来，你自己跟她好好谈谈？"

左家勋一挥手："不用，随她去吧！"

"哥！你明明是喜欢迟暮的，明明已经到了这一步，为什么非要表现得这么别扭？追女孩子不应该是男人主动吗？主动追女孩不丢人！难道你还要迟暮主动来找你？"

左家勋不言不语，在妹妹的责问声中径自走出房间。

左家茵没奈何地朝他的背影用力挥舞了两下以示不满。

她压根没看到她大哥此刻的脸色——暴怒、焦躁、颓唐……种种情感兼而有之。

那小东西赢了！她的预谋达到了效果！

几张照片就看得左家勋怒气升腾，刚刚他花了好大的力气才勉强将情绪控制住了，他不希望自己被人看穿，哪怕对方是自己的亲妹妹。他从来没发现自己竟是如此的不堪一击，他为这个恼火，对迟暮恼火，更多的是对自己恼火。

刚刚那些照片上有一张是她梨涡浅笑的样子和钱闻道站在一

起——曾经，这个笑容胜过一切事物带给他的欢喜，然而，她不是对着他笑的，也不是因为他而笑的，而是她身边的那个男人！那个不知死活的钱闻道，就那么将手轻轻巧巧地搁在她的手臂上！

你永远不知道自己有多喜欢一个人，直到你眼睁睁地看着她快乐地和别人在一起——嫉妒，该死的嫉妒，真他妈是一件恶心的事情！

这是左家勋毕生从未体验过的一种情感。

回到自己房间后，他用力将自己抛掷到大床上，仰面呆呆地望着天花板。

他是父母唯一的儿子，从小家人就对他寄予了厚望。

父亲在世时一再告诫过他，虽然女人只是男人的附属物，但必须要是资产，而绝对不能是负累。一个男人身边的女人，无论是妻子还是别的什么女人，都要对男人的未来有建设性的贡献，只有这样的女人才值得男人投注：婚姻、感情、或者其他。

他听进去了。

他这样的身份，注定是不能娶平头百姓的女儿，当然他也从没看上过哪个灰姑娘，原以为自己将会为家族也为自己，按部就班地娶一个和自己身份对等的女人做妻子，心中不是不遗憾的……一辈子没遇到过文学作品中描写的那种爱情，肯定是遗憾的！

因此，当他二十八岁遇到夏迟暮时，简直是喜极而泣了！更难得的是，她家虽然不算富豪，但也不是灰姑娘，最低限度地符合了父亲说的那种条件。

然而好梦难圆，之后她父母骤然离世，她几乎在一瞬间变成了灰姑娘！这样一个几乎没有生存能力的灰姑娘，甚至比平头百姓家的女儿还要不如！

然而他不甘心就这么丢开她，于是有意冷淡她，让她自立，乃至狠下心肠送她去国外……是他一手打造了今天这个熠熠生辉的她，只是她不懂……她根本就不懂他的苦心！或者说，他已经有些摸不透她的心了。

怨谁？

难道真的要像家茵所说，自己得主动去求她？

这不太丢脸了吗？

04 期待已久的事

钱闻道在 S 大果然是吃得开的,第二天他就给了迟暮消息,说是她两天后就可以去学院授课。

迟暮开始了积极的授课前的准备工作。

看着她那股积极的劲头,谁都以为她是真的对教书这门职业有着浓厚的兴趣。夏樱甚至感叹说侄女大概是遗传了自己教书育人的基因。

迟暮但笑不语。

这些年来,她学得最熟练的一招就是逼自己,不断地逼自己。硬是逼着自己把没有兴趣的专业学出了令人叹为观止的成绩,这期间她付出的种种辛苦和努力,不说大家也是明白的。

这几天她和钱闻道的联系是越发频繁了,只是,越接触,越熟悉,越是绝望地知道,她根本无法爱上这个人,不管他有多优秀,她和他之间,始终是产生不了火花,这实在是令人绝望的,不,或者是庆幸的,不是吗?她一下子跨越了令人焦虑的恋爱阶段直接进入了平实的婚姻感觉,她和他之间,明明才认识了不久,却好像结婚了几十年的夫妻一般。

是了,这就是钱闻道的好处,他给她一种安全感,别人给不了的安全感。

有了这个安全感做保障,她相信自己将来也可以像学习没兴趣的专业一般,将她和钱闻道的生活经营得很好。

她很会逼自己的。

第一天去经济学院上课是钱闻道开车来接她过去的。

国内大学的不少教室,可以用纷乱零落来形容,迟暮有这个经验。因此,踏进教室时发现学生只来了十之六七她并不觉得惊异。

本来闹哄哄的教室在迟暮进去的一瞬间变得安静了。

她笑笑,走到讲台上对大家进行了自我介绍:"各位同学好,我叫夏迟暮,刚从剑桥贾奇商学院毕业,是你们新来的经济学专业的老师……"

一节课讲得出奇的顺畅,底下的学生跟小学生一般的乖巧,偶尔有同学举手提问,问的问题都在点子上,并没有迟暮事先所预测的那种被学生刁难的场面出现，在家时她甚至还专为可能会遇到的一些场景准备了相应的应急措施，谁知道竟一个没用上，这是……好现象吗？

下课后有不少同学围了上来，大都是女生，男生们则远远地望着被女生围着的她……迟暮很愉快地将自己的手机号写在黑板上，笑着朝大家摆摆手，出了教室。

她一离开，教室里面顿时炸开了锅。

她没有回头。

走在学校的林荫大道上，梧桐叶纷纷落下，她的心境一片平和，想象着此刻万里之外的英国剑桥，不是不怀念的。

突然有车在她身边缓缓停下来，她顿时住了脚。

一辆黑色的轿车。

她的心顿时有些窒息。

车窗缓缓降下，里面露出一张迟暮熟悉到崩溃的脸，那张脸此刻带着难得的笑意："我可以请夏老师赏光吃一顿午饭吗？"

她镇定了一下，笑笑道："谢谢左总，我不认为自己有这么大的魅力值得您亲自过来请我，其实您可以打个电话直接吩咐一下就行了。"

话一出口，连她自己都觉得那声音有些沙哑，陌生得都不像是她的。

"看来第一堂课夏老师就有些用力过猛了，这样吧，咱们先去喝点茶，润润嗓子。"他边说边探身将另一侧的副驾驶车门打开。

她没有动。

风吹过，几片落叶掉到她的长发和风衣领口上，又顺风飘落下。

"看来是我诚意不够。"左家勋笑笑，自己干脆下了车，但并没有朝她走过来，一只手则插在裤袋里，微眯着双眼看着她，一副潇洒不羁的样子。

她笑笑，不再看他，直接向前走去。

他一愣，顿时气不打一处来，咬牙跟上前。

今天她走到哪儿，他就跟到哪儿。

他就不信了！

两个人所到之处宛如一道流动的风景。

很快有过路的同学开始朝两人张望，不住窃窃私语。

迟暮稍一思忖，不得不快步走回去，利索地进了副驾驶位，关上车门。

如此僵持下去恐怕不久会成为网络新闻。他是名人，少不得会有人认识他，现在的大学生人手一只手机，个个都不是省油的灯，她不是不忌惮的。

左家勋也上了车。

迟暮不看他。

尽管两人之间有一定的距离，但是她能清楚地感受到他整个身体姿势传递过来的那种气息。

是一种专注的凝视。

她感觉到了一种灼热，不得不开口说话以试图中和某种紧张的氛围：“左总，不是说请我喝茶吃饭的吗？"

没有回应。

她不得不转过脸。

男人的一只大手突然毫无预警地朝她伸过来，她的身体顿时发僵，浑身不能动弹，那只手的指肚掠过她的面颊到达她的发丝间，白皙的皮肤和他指肚上的干燥皮肤轻轻摩擦了一下，竟有种火烧火燎的感觉，她的脸一下子就红了，眼睛也顺势闭上了。

突然间听到他轻轻一笑：“头发上落了树叶都不知道。"

她慌得赶紧张开眼睛，看到他手中拿的是两片树叶，而他的眼睛正在含笑凝视着她的脸，神情类似某种戏谑。

这下子她彻底涨红了脸，咬着唇正不知说什么才好，幸亏袋中的手机及时地发出救命的铃声，她忙不迭取出来：“喂？"

是钱闻道打过来的，问她现在在哪里。

她还没来得及说话，手机已经被左家勋一把夺去：“钱教授，我是左家勋，以后接我女朋友上下课这事由我亲自来做比较妥当，钱教授你就专心忙你的研究项目好了，若是缺少资金的话可以跟我联系，没别的了，就这事。"

说完，他也不等钱闻道回话，直接就摁了挂断键，关机，然后笑着对目瞪口呆的迟暮说：“好了，要说的话都已经说完了，我想表达的意思都已经非常清楚了，何况钱教授的智商又高人一等，他肯定会明白的，你说是不是？现在我们可以好好去喝茶吃饭了。"

"你……真是过分！"迟暮伸手拉住车门，却发现竟然打不开！于是发狠用力拍，"开门！开门！"

左家勋猛地将车发动起来。

迟暮气得大叫："左家勋！你给我停车！停车！"

身边的人聋了似的专注地直视着车前方。

车速极快，性命要紧，迟暮不敢伸手拉扯他，只得眼睁睁地看着他将车驶离S大。

半个小时后，车在红山公园附近一个僻静的林荫处停下。

左家勋径自下了车，一个人站在一块青石旁，取出一支烟，点燃。

迟暮不禁有些讶然。

以前从未见他抽过烟，他是什么时候开始抽烟的？还是一直都抽着？

此刻他坚硬高大的背影在一片烟雾缭绕中，看上去竟有些落寞似的。

落寞？他这样的人还会落寞吗？迟暮觉得自己刚才的想法有些好笑。

外面的风比较大，左家勋身上的外套在风中微微地一张一合，像是飘逸的舞蹈。

就像男人爱看美女一般，女人看型男，也是一种赏心悦目，更何况是看自己一心爱恋的男人。

迟暮突然听到他剧烈地咳嗽了两声，然后就见他将烟头随手一扔，那大半根烟头带着一丝火星划过一道弧线，落入杂草中。

"喂！"她匆忙下了车，声带责备，"你怎么可以随便扔烟头？这里到处是树你看不到吗？"她边说边搜索他刚刚扔掉的烟头，很快就在一片杂草上找到了，于是小心地取出来，将它在青石上掐灭了，然后扔进了附近的一只垃圾箱。

左家勋望着她含蓄地笑："要是中国人都像你就好了，连环卫都省了。"

说话间他又咳嗽了两声。

迟暮没好气地瞪了他一眼："感冒了就去治病，为什么还要抽烟？"

左家勋走上前去，声音喑哑："我可以将你这话理解为你很关心我，是不是?"

两人之间挨得很近,他的个子高于她不少,气息从上方传过来,带着淡淡的烟草香味,迟暮顿时有些眩晕的感觉,她的头低垂着,什么话都说不出来,她心中着实恼恨自己,太没出息了,她没想到自己还是像从前一样没出息!再多的武装在他面前还是使不出来!

还好左家勋没有继续纠缠那个恼人的话题,而是问道:"这些天过得怎么样?"

他的声音温柔地飘在她的头顶,先到达她的皮肤,然后才是耳朵,她是先感到,后听到,再回答:"嗯。"

声音低不可闻。

"栖霞的枫叶红吗?跟钱闻道相处会有现在这样的感觉吗?"他突然间单刀直入,声气也变得有些粗,她猛地抬起头来,眼眶瞬间就红了,心中百感交集,眼前一片模糊。

他不由分说将她搂进了怀里,吻住了她。

还有种熟悉的感觉。

那是梦中的感觉。

她的眼泪掉了下来。

那是欢喜的泪。

这是一件期待已久的事情。

良久,迟暮才听到头顶左家勋的声音:"这几天你好好想一想,想想准备送我妈一件什么礼物,想好了我去办。"

迟暮嘴唇微张:"什么礼物?"

左家勋伸出一只手,食指轻轻按住了她的唇,细细地欣赏着她两颊上再次飞起的云霞:"过几天我妈生日,到时候你过去给她老人家祝寿,祝寿总得要带点礼物吧,对不对?"

迟暮突然打掉他的手,扭过了身子:"我没说过要去你家见你妈!"

他发现了她情绪的异常,推开她,"你不高兴吗?"

迟暮咬咬唇:"不是的。"

"那还有什么问题?"他的声音有些隐忍的不悦,"周臻中?还是钱闻道？他们是你的问题？要是搞不定让我来。"

迟暮惊讶地看了他一眼，声音有些冷："你什么意思？"

"对不起，算我错，"左家勋忙拉住她的手，神情有些难以掩饰的焦灼和不耐，"一切不是都好好的吗？为什么你还会不高兴呢？我不明白。"

迟暮用力挣脱他的手，牙齿几乎要把唇片给咬破了："我答应过姑姑的……以后绝不会跟你在一起，你应该明白的，姑姑说你曾经去找过她，但她拒绝了你。"

左家勋怔了半晌，缓缓点头："我懂了，是她逼你的，是不是？怪不得你这情绪忽冷忽热的。"

迟暮摇头："不是的，没有人逼我，是我后来自己想通的，我也需要有人爱我。"

左家勋伸手抬起她的下巴，眉头微蹙，声音像是自言自语："我不爱你吗？"

迟暮拿下他的手："我不知道。"

"那你要怎样才算知道？"

"我不知道。"

"好，好，好。"左家勋似乎是极力隐忍着怒气，连说了三声好，转身打开车门进了驾驶室，将车发动起来，在启动之前突然想起什么似的，扭头朝迟暮下巴一抬："你坐前面来。"

迟暮没和他抬杠，乖乖坐到了前面副驾驶座。

"好了,现在我们去吃饭。"左家勋将车启动起来，一手拿着方向盘，另一只手则拉住了她的一只手。他以单手开车，车拐了个弯，然后直直地向前窜去。

马上就是闹市区了，迟暮的手被握着但又不敢胡乱挣扎："喂，你这样不安全的！"

"可是我只有拉着你才觉得安全。"他朝她一笑，却不肯松开手。

迟暮并不领情，没好气道："那你以前都是不安全开车了？"

左家勋笑："是啊，每天都是心惊胆战的，就怕自己哪一天突然挂了，再也见不到你了……"

她急了:"别胡说!"

"看看,你又忍不住关心我了。"他满足似的叹了口气,拉着她的那只手在她的掌心挠了挠。

她望着他雕塑般的侧面,心中突然荡漾着满满的柔情……这个男人,这个她爱了多年的男人,他终于也肯说几句让她心情激荡的话了。

左家勋突然说道:"你不用担心,钱闻道这个人我多少有点了解,君子可欺以其方,我相信他不会给你难堪的。"

迟暮沉吟了一会儿开口道:"你知道顾锦舟的壶吗?就是一种紫砂壶。"

"知道,"左家勋扭头看了她一眼,有些诧异似的,"你喜欢这个?"

"不是的,姑姑喜欢喝茶,其实她一向是喜欢用瓷器的,只是……钱大哥前些日子送了一只顾锦舟的壶给姑姑,她很喜欢……"

"哦,"左家勋点头,"我明白了,明天我选一只送给她,让她把那只壶退还给钱闻道。"

"没有这么简单,我就怕姑姑不肯接受你送的……她好像对你很有成见。"迟暮有些不敢想象晚上回家要面对的现实,就算钱闻道不会给她难堪,又该怎么跟姑姑解释自己的出尔反尔?

"别担心,一切有我呢,只要你肯了,别的都不是问题。"他说着又开始单手开车,另一只握住了她的。

迟暮没有拒绝,柔软的小手如栖息的蝴蝶一般安静地窝在他的掌心,竟也心安理得了。

车在湍急的车流中灵活地穿行着,车窗外真正是车如流水马如龙,所有过去的东西都在向后急速移去,所有的改变都在不知不觉中,望着那只几乎将她整只手完全覆盖的大掌,那种妥帖的温暖感觉让迟暮竟有了种错觉,仿佛他待她历来就是如此。

05 一场必输之役

走到教室门口时,迟暮听不见里面发出任何一点声音,不禁有些疑惑地推开门。

一进门她就被里面黑压压的人头和一片雷动的掌声给怔住了。

原本只应坐三十几个学生的教室里至少挤进了一百来号人！

迟暮不禁有些激动，定定神走到讲台前，做了一个安静的手势："谢谢大家，谢谢大家的欢迎，谢谢同学们。"

根本就不用多做介绍，这些同学都已经知道她是谁了，应该是上午那个班级的学生宣扬的结果。

"夏老师，请问你去剑桥之前是在哪个学校读书的？"

"夏老师，给我们讲讲你的剑桥的求学经历吧。"

"夏老师，可以向我们透露一下你的年龄吗？"

"夏老师，你在伦敦银行实习时做的那个关于银行资产证券化的案例，现在已经成为经济学经典教学案例，我们前一任老师给我们讲过，认为是天才之作。"

"夏老师，我发给你的短信你收到了吗？我叫高昊，是上午你教的那个班的学生，因为还想听到你的课，所以就……"

置身在这群热情洋溢的学生中，迟暮觉得自己仿佛回到了在剑桥的那段求学时光，事实上她也不过比这些学生大个两三岁的样子。

她在回答了学生们提出的问题后开始正式授课，考虑到有学生已经在上午听过她的课，她就没有再沿用早上的那一套备课笔记，而是采用了全新的野渡无人舟自横式自由授课方式，想到哪里讲到哪里。

不说她授课的内容确实是真正的字字珠玑，单看她授课时的那种风采，讲到精彩处时脸上的那种流光四溢顾盼神飞，手指的动作更是自然灵动如蝴蝶在风中舞蹈，一片旖旎风光，在座的学生们无不为之倾倒。

开始有学生拿出手机来偷偷拍照，迟暮发现了这个现象，当场就停止了授课，脸上却是依旧带着笑容："同学们，感谢大家对我的认可，我不反对大家给我拍照，但我有一个请求，如果你们想我能继续留在这个学校，就不要把我的照片传到网上去，请问这一点大家可以做到吗？如果同意，请鼓掌。"

有同学忍不住问："老师，这是为什么？我们大家都很喜欢你，我们希望有更多的人喜欢你。"

迟暮沉吟了一下："因为……我怕男朋友看到会不高兴，我爱他，实在不愿意看到他不高兴，这个解释你们还满意吗？"

教室里先是一阵静默，接着，掌声雷动。

课程结束后迟暮并没有立即回家，而是一个人打的到了新街口的一家咖啡厅坐下，随后给左家茵打了电话，告诉她自己所在的方位。

在等左家茵的期间，有一个中年男人突然走到她面前："小姐，请问有兴趣做演员吗？"

迟暮看了男人一眼，中等身材，看上去还算规矩，像是某家公司做行政的，她笑着摇摇头。

这种半路搭讪的方式，从小到大她经历过无数次。

男人明显不肯放弃："小姐，你这样的容貌不做演员真的太可惜了。"

迟暮再次朝男人一笑，"那就让它可惜好了，对不起，我在等朋友。"

这就等于是下逐客令了。

男人礼貌地交给她一张名片："如果哪天突然起了兴趣的话，请务必跟我联系。"

迟暮点点头，本着伸手不打笑脸人的原则，在男人殷切的注视之下将名片塞进随身包里。

男人似乎这才放了心，他朝迟暮笑笑，转身跟侍者说了句什么，之后便离开了。

半个小时后左家茵才匆匆赶到，今天的她身着一身男式的黑色西装，头发梳了个长马尾，看上去特别的洒脱利落，那修长挺拔的身姿竟比她平日穿裙子时引人注目很多。

"怎么这么晚？电话里不是说很快会到吗？"迟暮边问边示意侍者给家茵上一杯热咖啡。

"堵车啊小姐，"左家茵刚一落座便注意到了迟暮身上黑色外套上的蓝宝石纽扣，望着她的表情突然有些意味深长起来，"哇！你的钱教授好大的手笔呀！眼光也很是不错！"

迟暮双手抱着咖啡杯，将自己脸沉在咖啡的旖旎气息中，不自在地咳嗽了一声："其实，是……家勋哥送我的。"

"家勋哥？天！你这变卦的速度也太……"左家茵有些夸张地捂住嘴巴，一双杏眼瞪得圆圆的，"这么说我哥终于跟你坦白了？"

迟暮涨红了脸作声不得。

左家茵凑身上前，昧昧笑道："看你脸红成这样，脖子上的印痕我也看到了……还不承认，赶紧坦白从宽，是不是我哥……先下手为强了？"

迟暮用力捶了她一下："什么呀，你讨厌啦！"

"啊呀！"左家茵吃痛，边揉手臂边笑，"看样子肯定是有那个意思了……你这歹毒的大嫂，不，应该是小嫂子，你生日比我还小好几个月呢！"

迟暮横她一眼，按住额头发愁道："快别逗了，接下来还不知道怎么办呢，我姑姑，还有钱闻道……瞧我，还给别人做什么经济规划师，我把自己的生活都规划得一团糟，当初我就不应该把钱闻道给牵扯进来的。"

"你不把他牵扯进来我哥会有现在这么急吗？以他那死不开口的德行，你们俩还不知猴年马月才能在一起，你不知道，他是宁可深秋在天台上洗冷水浴灭火也不肯主动找你……说到这个真得要感激钱闻道呢，要是没有他这个强有力的刺激，我看我哥怕真的是要憋出问题来了……不过我提醒你，老房子着火那可不得了，担保以后天天有你受不住的……"

迟暮再次涨红了脸："你哪来这么多乱七八糟的，说得好像很有经验似的。"

"哪里乱七八糟了？我说的是事实……我哥都已经三十五岁了，一个正常的男人……嘿嘿……"左家茵突然伸出手来，"你手机呢？给我。"

迟暮不明所以，将手机掏出来交给她。

左家茵从联系人里面找出钱闻道的号码，拨通："钱教授吗？我是左家茵，是……迟暮约你现在在新街口的一家咖啡厅见面，对……就是那一家。"她将手机扔给迟暮："好了，他说马上过来。"

迟暮顿时紧张起来："你……你怎么可以让他现在过来？"

虽然她和钱闻道并没有真正涉及男女情爱，但现在见了面多少还是有些尴尬的，她觉得这一切的过错都在自己，而她现在还没有准备好说辞。

左家茵喝了一大口咖啡："总要解决的呀，快刀斩乱麻比较好，我一是为你着想，二也是为我哥，我不想我哥以后又要忙着生意又要忙着伺候你还得惦记着钱闻道这么个竞争对手。"

迟暮无力反驳她的调侃："等下他过来我该怎么说？一句对不起似乎太不合适了。"

"只好实话实说了，否则还能怎样？难道还要赔他青春损失费？何况你们在一起也没有几天，"左家茵眉头一挑，"对了，他不是说先跟你朋友一样相处吗？你就跟他说以后你们还可以像朋友一样相处不就得了。"

"这种话我可说不出来，大家都不是傻子，"迟暮有些不安地捏着咖啡杯的把手，"等他来了再说吧，总之要跟他道歉，毕竟是我不对。"

不久，钱闻道便风尘仆仆地到了："对不起，我是直接从实验室过来的。"

钱闻道身上只是很随意地穿了件样式普通的黑色羊绒短外套，看上去很疲惫，但给人的感觉却依旧很儒雅，很多时候一个人的气质不是靠衣着撑起来的。

迟暮无措地看了家茵一眼。

左家茵心情复杂地注视着眼前这个爱上迟暮却注定要失恋的男人，她知道失恋的感觉，知道一个人不被自己所爱的人在乎时的那种感觉，她从内心里为他难过，根本已经将前面和他闹的那些不愉快全然忘记了。

侍者送来了咖啡，左家茵主动将咖啡端送到钱闻道面前："钱教授，先喝点咖啡吧，看你这个样子，我真怀疑你午饭都没吃。"

钱闻道看了她一眼，不好意思地一笑："被你说中了。"

左家茵对侍者做了个手势。

不久，有松饼和芝士上来了。

左家茵说道："钱教授，先多少吃一点填填肚子吧，否则，把你这样的人才饿坏了，绝对是S大的损失，S市的损失，咱们国家的损失。"

这句话是那天S大的门卫和左家茵说的。

钱闻道笑笑，接连吃了三块芝士，又喝下一杯热咖啡，脸色看上去比刚进门时好多了。

左家茵咳嗽一声，故作轻松地笑道："钱教授，事情我想你多少是有些了解的，迟暮十八岁时就爱上我大哥，我哥那个人，别的方面都是雷厉风行，就是感情方面一直都别别扭扭的，以前他们两人之间又有点误会……还好迟暮没有犯下大错，一切还来得及，钱教授你说是不是？"

钱闻道注视着一直闷声不响的迟暮："迟暮，你就没有话要对我说吗？"

"钱大哥，是我不对。"迟暮低下头，那长长的眼睫毛黑羽扇子一样盖下来，越发衬得唇红齿白。

"我想听的不是这一句，"钱闻道的心脏揉成了一团，"左家勋电话里说的那些是真的吗？你跟他之间的关系……我想听你亲口告诉我。"

"对不起，是我朝三暮四……"迟暮抬起头来，不知是那咖啡杯里的热气影响还是她眼中的雾气，一双眼睛此刻迷离若梦，那模样真正我见犹怜，谁要是此刻忍心责备她，谁简直就不是人。

"我懂了，"钱闻道的声音不自觉地轻柔起来，"你不要自责，我不是说过我们可以从朋友做起吗？我们现在已经是朋友了，因此你并没有做错什么。"

迟暮的眼睛一亮："钱大哥……"

钱闻道朝她一笑："什么都不用说了，事实上从你回国那一刻我就明白真相了，左家勋那天亲自去机场接你，他的后备箱里放着你最喜欢的雏菊……这些我都知道，不过我还是决定试一试，毕竟，你跟他并没有确定关系，我以为……"他苦笑了一下，有些说不下去。

左家茵忙说："钱教授，这个结局并不代表你是输给我哥了，因为这根本不是什么公平之战，一开始迟暮就偏心了。"

"谢谢左小姐的安慰，"钱闻道迅速转移话题，"对了迟暮，今天的课上下来你感觉怎样？"

"挺好的，同学们很热情。"

钱闻道点头："可以想象得到的，你这样的老师，不可能不受欢迎，"他叹了口气，起身笑笑道，"好了，我还得回去继续做实验，你们慢慢聊。"

说完他朝吧台那边走去。

左家茵注意到他的身体微微晃荡了一下，忙起身道："我去看看他有没有开车过来。"

迟暮心里正不安着，听到这话忙连连点头："好好好，快去吧。"

左家茵追到吧台，正好听到收银员对钱闻道说："阮先生已经帮那位小姐结过账了。"

"阮？阮先生是谁？没弄错吧？"钱闻道一头雾水。

收营员礼貌地回答："阮先生是我们这里的常客，具体做什么的我也不清楚。"

就算清楚也不会随便透露常客的身份，这是规矩。

"走吧，别纠结了，"左家茵说道，"结就结了，以前我和迟暮在一起时也有过这现象，我打赌连迟暮自己都不知道这个阮先生是谁，迟暮那样的人，走到哪里都是男人们注目的焦点。"

钱闻道似乎才意识到她的存在，声音变得有些冷漠："左小姐是追上来看我笑话的吗？"

左家茵不满地瞪他一眼："我有那么阴暗吗？"

"谁知道呢。"钱闻道说着也不看她，径自朝门外走去。

"钱教授。"左家茵追出门。

"还有什么事？"钱闻道似乎有些不耐，眼中突然又光亮一闪，立即顿住了脚步，"是迟暮有话要对我说吗？"

左家茵有些替他难过："我是想问问钱教授有没有开车过来，如果没有的话，我可以顺路送你回 S 大。"

"哦……"钱闻道的眼神迅速黯淡下来，倒也没推辞，"那要谢谢左小姐了，我刚才确实没有开车过来。"

两人上了左家茵的车。

是一辆银灰的普拉多。

她刚买的，办好一切证照也不到六十万，就她这个家庭而言，这车型算是太大众了一点。

一路默默无话。

左家茵从后视镜里看到钱闻道颓废的脸色，忍不住开口道："钱教授，迟暮她心里从来只有我哥，只要我哥对她稍微好一点，她就会忘了自己前面做的任何保证，你别怪她……"

"你误会了，迟暮并没有对我做任何保证……"钱闻道苦笑，"一切都是我自找的，我明明知道真相，却以为自己至少可以经得住几役，不怕你笑话，我这个人，只要有赢的机会，就不会放弃，没想到一下子就……"正说着话，他的手机响了，他拿起来一看，是迟暮打来的，忙按下通话键搁置到耳边。

此刻他真的希望她是一个朝三暮四的人，真希望听到她说她又后悔了，如果是那样，他会不顾一切立即就奔赴到她身边。

然而迟暮在电话里提的竟是那个茶壶的事，说是刚才忘记说了，关于那个茶壶……

他一听到茶壶两个字就明白了她的意思，分明在划分界限了，是某种关系上的决裂了，他心中一阵刺痛，马上就截断了她的话："茶壶就送给你姑姑好了，做个纪念吧，就这样。"

说完他直接将手机按了，并狠狠闭上了眼睛，黑暗中迟暮那张莹澈的面孔在他眼前不断地晃来荡去，他的头开始有些痛，忍不住伸手按住，并用力敲了两下，似乎这样就能够把他的脑袋给敲正常了。

左家茵从后视镜里注视到了一切，忙问道："钱教授，你还好吧？"

钱闻道意识到自己的失态，忙放下手坐直了身子："没事，我没事，可能是今天做实验有些过于疲劳了。"

左家茵说："钱教授，我有个建议，你听了别不高兴。"

"哦？"钱闻道的声音淡淡的无力的，态度无可无不可，"是什么？你说。"

左家茵轻轻咳嗽了一声，将车拐了个弯："钱教授，以后如果你再遇到喜欢的女孩子，别再跟她说先从做朋友开始一类的话了，一定要直截了当地来，直接要求她做你的女朋友，你这个人平时专注于科研，可能对女孩子的研究方面少一点，我是有经验的，现在的女孩子大都不喜欢太含蓄的方式，那样会被视为一种不勇敢的表现。"

"是吗？这个我倒不清楚。"钱闻道不免觉得前面开车的这个富家小姐有些好笑，忍不住喃喃低语，"这么说我竟有可能是因为这个而失去迟暮的？是因为我还不够勇敢？"

左家茵无声露出笑容:"说不定哦……女孩子的心思有时候连自己都说不清楚的,她可能会因为一个莫名其妙的理由爱上某个人,也会因为同样的理由而不爱某个人。"

"听上去很是复杂,看来还是我的科研简单一点。"钱闻道笑笑,意外发现此刻头竟不疼了,心里的感觉也没刚才那般绞痛了。

但是挫败感还是深深地存在着。

迟暮那样稀罕的女孩子,大概只有强者才配拥有她吧,而他,显然还不够强。

06 仿佛没有明天

回家后,夏樱感慨地告诉迟暮说丁薇哭着打来电话,原来,一个做生意发了财的邻居一年前丧偶,他早就看中了丁薇,知道丁薇未必会肯做他六岁小孩的继母,于是天天喊丁薇的父亲喝酒打牌,渐渐地丁薇的父亲就欠下了一笔为数不小的赌债……姑侄两个为此唏嘘不已。

半夜睡得朦朦胧胧的时候,迟暮的手机铃声突然响了,因为手机一直被她拽在手里,像是心有灵犀似的,就在手机响第一声的时候她就及时地按下了通话键,看也不看是谁就直接放到了耳边,低声道:"喂?"

"打开窗帘看远处的那幢高楼。"

是左家勋的声音!

她也不问缘由就赤脚下床直接奔到窗边,哗啦一声拉开窗帘,朝窗外远远地看去。

半夜时分,城市已经沉睡了一半,然而 S 市那幢最高的建筑上面彩灯依旧流转不休,就算隔得老远,迟暮也能清楚地看到上面的那几个循环往复的字:你会不会也有这样的一瞬间,想不顾一切来到我身边。

她的眼睛开始发潮,声音控制不住的有些发抖:"你还在工作吗?"

"你下来。"

"什么?"

"傻瓜,我现在就在你家楼下。"

迟暮怔了怔,然后突然醒悟过来,将手机朝床上胡乱一抛,打开衣橱就开始翻找合适的衣服，但是不知怎的，她看哪个衣服都觉得不合适，慌乱间她决定还是穿上午的那身衣服，经过客厅时也没多做考虑，拿了钥匙就蹑手蹑脚出门而去。

到了楼下，她左右张望左家勋的车到底停在何处，突然有人从身后将她一把抱住了，隐隐中知道是谁，她连惊呼都忘记了，就返身抱住了那人。

左家勋轻笑："你这丫头真是胆大，也不怕抱错了人？"

迟暮不说话，将头埋在他怀中，紧紧将他抱住，抱得那样紧那样紧，仿佛没有明天似的。

"小东西，你快要勒死我了，"左家勋轻轻将她推开，伸手刮了一下她的鼻尖，"怎么一声不吭的？你对你爱的人就应该这样吗？你应该先问一下我从哪儿来的准备带你到哪儿去，这样才是正确的。"

迟暮乖乖地抬起头来，仰面朝他笑："家勋哥，你从哪儿来的？准备带我去哪儿？"

反正他知道她爱他，反正全世界的人都知道她爱他，何必装呢？

"我刚工作完就过来了，准备带你去一个你想去的地方。"左家勋那只温暖干燥的大手握住她的小手，"走吧，我的车停在北门那边。

迟暮点头，上车后她没有问他到底要去哪儿，花开花落风起云涌月明星暗天涯海角，总之此刻随便去哪儿，只要身边是他，就够了。

偶尔有车从他们身边呼啸而过。

这是只属于他们两个人的寂静之夜。

迟暮怀着新奇的眼光快活地望向外面，突然看到一个广告牌上有个人看着比较熟悉："咦？那不是左家瑞吗？"

左家勋笑："就是他，他马上有部电影要上映了，正在做宣传。"

"那他现在在国内是电影明星了？"

"可以这么说，他前面已经参拍了两部电影，反响还可以。"

Chapter 09 第九章 情有千千劫

01 执念

一辆黑色的轿车悄悄地停在逸园旁边的一棵大树下，那边没有路灯，黑暗中要是不留神，根本没人会发现那里有一辆车。

一个年轻的男人坐在车里，目光灼灼地注视着逸园门口。

大门紧闭着，看样子他要等的人还没有过来。

年轻人将眼神投向远处的另一幢别墅，那是一幢欧式装修的别墅，大门是那种流行的工艺铁门，外人从外面可以清楚地看到里面。

此刻，别墅里面有几个年轻人在嬉笑着打闹，有人拿着酒瓶朝地上摔，有人弯腰不停地呕吐，因为距离远，听不到声音，这些人都已经折腾好几个小时了，有钱人真是昏天黑地的……年轻人嘴里突然出现了一股酸味，他放下车窗，清清喉咙吐出一口唾沫，当他抬头的时候，突然发现前面有一辆轿车向着逸园的方向缓缓驶过来，他忙将车窗升起，下意识屏住呼吸注视着一切。

对了，就是这辆车，车牌号他记得清清楚楚的。

此时的逸园里一反常态的灯火辉煌，还不时听到里面有人说话的声音。

"老李，都准备好了吗？"

"好了好了，左先生是说今晚和迟暮小姐一起过来的吗？"

"说了，啊呀，我都有六七年没看到迟暮了，也不知道长成什么样的大姑娘了。"

"我不也是吗，只是这人怎么还没到呢？都快急死我了。"

"你急什么急呀？咱们几年都等下来了，还在乎这一时三刻？"

"我不是担心迟暮安全吗？这大半夜的。"

"左先生工作忙你又不是不知道。"

"左先生是个好心人，这几年要不是他照顾我们哪还能在 S 市待得下去。"

"是啊，以后我们一定要好好照顾迟暮，左先生不是说了吗，照顾好迟暮就是报答他了。"

门口传来三声汽笛声。

老李惊喜道："来了来了，一定是他们来了！"

年轻人注视着那辆黑色轿车缓缓驶进大门，车开进去，大门又及时地闭合上，这下他什么都看不到了。

年轻人悄悄地下了车，贴着墙角走到大门附近侧耳倾听，却什么都听不到，他犹豫地走回车里，在黑暗中打开一瓶矿泉水饮了一口，然后定定神，从车里拿出条叠得齐整的厚毛毯，绕到逸园的后面，将毛毯扔到长满爬山虎的围墙上，然后一跃而上，又轻轻跃下。

正好落到了鱼池边。

他的记忆一点都没错，那块青石仍在，因此他一点都没受伤。

他悄悄地将毛毯取下来，团到青石后的墙角处，然后绕着金鱼池迅速绕到一棵大树的背后。

秋夜有些冷，他忘记多穿衣服了，风刮得很急，似乎还带着水汽，像小锯齿一样切割着他的脸和手，他突然听到有熟悉的说话声，忙悄悄地从树后伸出头去看，眼前的情境顿时让他浑身的血液变得更冷。

左家勋一手拥着迟暮的腰身，一手指着院里的花花草草说："这个是你最喜欢的雏菊，我已经联系了农学院的人，以后要让它一年四季都盛开，你说好不好？"

"该枯的时候就让它枯萎吧，一切自自然然的好。"

"好，就依你。"

风吹过，有落叶飞到迟暮的长发上，左家勋伸手替她拂去，迟暮朝他一笑，那笑容即便在黑暗中看着也是那么璀璨。

年轻人面如死灰，双手用力撑住树干才没让自己摔倒，他下意识扬起头来，看见自己头上似有一缕薄雾在黑暗中急速飞扬，如同冰冷的手指在寻找温暖一样。

"家勋哥，去鱼池边看看，看看那块青石还在不在……"迟暮拉住左家勋的手快活地跑起来。

"还在呀！那一次周臻中先跳下来还摔进了鱼池里，还好是在夏天……咦，这是什么？"迟暮用脚踢了下那块毛毯。

"别动！"左家勋下意识将她拉开，注视着毛毯的目光变得冷凝，大叫道："老李！老李你过来！"

"来了来了，"老李气喘吁吁地赶过来，"左先生，什么事？"

左家勋指着那团毛毯："这是什么？"

老李走过去将毛毯拿起来，就着灯光看了看："是条毛毯，看着还很新呢！"

左家勋冷冷道："肯定是有不速之客过来了，老李，带我去看看监控。"

一个人影突然出现在他们面前："用不着麻烦了，我就是那个不速之客。"

老李眼明手快，上前就一把将来人抓住，来人并不反抗，只是嘿嘿冷笑几声。

迟暮先是吓了一跳，待看清楚眼前人更是震惊："臻中！你怎么会在这里？老李你快放开他！"

周臻中脱离了束缚并不领情，冷冷道："这句话应该是我问你！你怎么会在这里？你怎么会跟这个男人在一起的？我记得就在这棵树下，我记得你当时哭得我的肩膀都湿了，你跟我说，你永远都不会原谅他！"

迟暮无措地看了左家勋一眼，手下意识地想松开他的，哪知却被他死死握住脱身不得。

左家勋咳嗽一声："周臻中，你私闯民宅，如果我报警的话……"

迟暮马上制止了他，"不要……家勋哥，求你别这样。"

周臻中大叫道："迟暮，你求他干什么？这里本来就是你的家！他有什么权利赶我走？也许就是他当初用不轨的手段夺走了你的家，夺走了原本属于你的一切，然后假充好人……"

迟暮的声音有些颤抖："臻中，别胡说，你快回家去吧！"

周臻中的声音充满悲愤："你这是要赶我走吗？甚至一句也不问我这些天都发生了什么？"

"不是这样的……"迟暮气若游丝，话一出口自己听了都觉得羞愧……不是这样又是哪样？至少今天，从早到晚她的脑子里都没有出现过周臻中一次，直到现在他突然出现！

"迟暮，你还记得那晚吗？我们翻墙过来的那晚？"周臻中的话让尘封的时光又被撕开了一道口子，那晚为了进逸园，她先踩着周臻中的肩膀爬上围墙，然后周臻中上了围墙后从围墙跳下，却不小心掉进水池中，半身湿透的他不顾疼痛马上从水池里爬出来，又开始充当起她的梯子……

风带着寒意和湿意吹到脸上，迟暮不得不再次直面过往的画面，那段痛苦到令人痉挛的日子，若没有周臻中的陪伴，她根本就撑不下去。

"那晚的逸园里面黑乎乎的，不要说人，连盏灯都没有，那晚你告诉我说你一定会好好努力，将来有一天要凭自己的实力将逸园夺回来。"见心爱的女孩依旧被左家勋搂在怀中，周臻中心头邪火陡起，指着左家勋脱口道，"这个男人就是你说的实力吗？一个三十多岁的老男人了，你以为他会真的爱你？他要爱你早就爱了，你忘了他当初是怎么对你的？不要告诉我他用金钱堆起来的那些虚假的浪漫已经蒙蔽了你的眼，不要告诉我一个逸园就能将你夏迟暮给买下来！"

"老李，拖他出去！"左家勋紧紧搂住迟暮发抖的身子，柔声道："风大，我们进屋去喝点热汤暖暖身子。"

迟暮僵直着身子摇头。

老李是把擒拿好手，双手如钳一般很轻易地就将周臻中的手臂捉住了并用力朝外拖去。

"老家伙你放开我！我自己会走的！"周臻中极力挣扎着，灯光下可以看到他脸上惨白的笑意，"迟暮，你不准备对我说点什么吗？你情愿看着我像条狗似的被人赶走？"

迟暮勉力定定心神："臻中，你是怎么过来的？"

周臻中的眼里散发出狂热的光："你还关心我是不是？我就知道你不是那种人，放心，我今天跟朋友借了车，就停在门外，你不要担心，我不会有事，我一定会好好的，我知道你总有一天还会需要我，就像以前你需要我一样……"

左家勋突然一把松开了迟暮，声音冷如寒冰："周臻中！我的忍耐力是有限的！"

周臻中冷笑："又是你的忍耐力？老套路了，吓谁呢？你姓左的不就是仗着有钱吗？你以为谁都怕你？你不就是想让我滚出 S 市吗？我倒要看看你是不是真有这个能力在 S 市只手遮天！"

"臻中！你别再说了！快走！"脱离了左家勋的怀抱，迟暮立即奔到周臻中身边，直接用力拖着他的手臂就朝院门方向快步走去。

她深知周臻中这会儿全凭意气口不择言，要真惹恼了左家勋他的前途堪忧！

被迟暮扯着手臂的周臻中乖多了。

左家勋不带感情的声音突然在他们身后响起："迟暮，他走是他的事，你这是要去哪里？"

迟暮不说话，埋头径自向前快走，心中只想着早点把周臻中给送出门去，送到安全地带去。

"夏迟暮！"左家勋陡然抬高了声音，声音犹如寒风吹过，"我今天专程接你过来，就是为了让你和这小子一起走的吗？"

迟暮下意识顿住脚，转过身子，拉着周臻中手臂的那只手却没有松开。

左家勋抬起一只手腕，另一只手仿佛整了整衣袖，又仿佛是在看手表上的时间，态度显得很是漫不经心，声音却是又冷又硬："迟暮，如果你再向门前走一步，那么以后就不必回头了。"

迟暮顿时一阵窒息，张大眼睛不可思议地望着不远处的那个男人，那个就在十分钟之前还将她搂在怀中恣意疼惜的男人。

"我说话算话，你最好认真考虑一下，别说我没给过你机会。"左家勋一步步地走过来，在距离她一米处停下来，视线从她拉着周臻中的那只手缓缓移到她的脸，扫描一般，脸上带着冷意和决然。

那种眼神和表情让迟暮恍惚中突然电光石火一般，她的心脏瞬时被揉成了一团，喉头也像被堵住了，对了，对了，这样的左家勋才是真实的熟悉的，这才是印象中的真实的左家勋，这才是他的常态。他身边的人，谁要是不照着他的剧本来，他就会无情地将谁扫除出他的眼界，当然也包括她。

他一贯就是如此的，他习惯于按照自己的意愿来掌控所有的事情。

他说话算话？他给她机会？老天！他到底把她当什么了？！

一高一矮两个人就这样僵直地对视着，仿佛敌我对阵，听得见彼此的呼吸声，一侧的周臻中屏住了呼吸般竟意外地没有出声。

老李倒是急了，上前道："迟暮小姐，外面冷，你李婶已经做好了热汤，你先进屋去暖和暖和，这个年轻人由我来送，我保证他毫发无损地到家。"

"不用了，谢谢你老李，跟我向李婶说声谢谢，就说我喝不成她煮的汤了，真的很抱歉，"迟暮终于将眼神从左家勋脸上移开，她的声音很平静，平静中带着微微的嘲讽，"走吧，臻中，我们别站在别人的院子里了，免得到时候真的被人给抓起来。"

老李叫道："迟暮小姐……"

"让她走！走了就不要再回来了！"左家勋的声音充满了焦躁和隐忍的暴怒，"老李，你去关了门，另外把那个鱼池给好好整整，以后别又让不三不四的东西进来！"

风将他的话吹送进迟暮的耳里，不三不四……哈！自己半夜三更莫名其妙跟一个男人跑出家门，可不就是不三不四？

两人出了逸园大门，迟暮松开周臻中的手臂，连头都没有回，很急似的四处张望："你的车呢？"

周臻中手一指："在那边！"

迟暮飞快地奔过去上了车，然后啪的一声将车门快速关上，那速度，就跟逃离火灾现场似的。上车后她小小的身子缩成了一团，双臂环抱着，牙齿开始不停地打战。

周臻中快速将外套脱下来，不由分说就裹住了她，她也不谦让，用那外套将自己团团包住了，终于，那颤抖渐渐地止住了，她看上去似乎正常多了，还朝他笑了笑："开车吧。"

周臻中望着她一脸的若无其事，突然间没了底气："是不是我刚才太过分了？你不会怪我吧？"

"不会，"迟暮的眼神掠过逸园已经紧紧关闭的大门，声音充满疲倦甚至还有些沙哑，"快送我回家。"

周臻中不敢多话，将车发动起来。

迟暮大睁着眼睛望着窗外。

她什么都看不到。

此刻她眼里有东西，不敢眨，怕一眨，就再也忍不住了。

02 魂飞魄散的真正意义

迟暮轻轻打开门，侧耳倾听了一下，发现姑姑的房间里没有任何动静，这才蹑手蹑脚回到了自己的卧室，关上门，脱下外套将自己包裹到被子里，到这时候，她积蓄已久的泪水才开始簌簌地朝下掉，怎么也止不住似的，以至于后来她不得不拿过一块抱枕，用力按住了自己的脸。

一夜无眠。

天蒙蒙亮的时候她听到姑姑开门出去的声音，于是起身开始收拾东西，手机、那条白裙子、白皮鞋、黑风衣，几样东西都收拾齐整了放进一只大的手提袋里，然后她将母亲以前的那些首饰取了出来，仔细地看了看，挑出几样票据齐全的小心地将它们用首饰盒装了放到手提包里，准备中午带到珠宝行去给人看看，估个价。

总是这么牵牵扯扯的总不是个事，一切该有个最后的了结了。

上午的课结束后，迟暮一个人长久地坐在学院后树林旁的一张长椅上，那只手提袋安静地搁置在她身边，她那孤单沉静的样子很是惹人遐思。

"一个人在想什么呢？"钱闻道在迟暮身旁坐下来。

"钱大哥？"迟暮有些迷惘似的，"你怎么会在这里？"

须知经济系跟物理系的两幢楼距离相隔还是蛮远的，要不是刻意，钱闻道绝不会跑这里来。

"路过这里，就想来看看你，有人说在这里见到你。"钱闻道说道，"为什么要一个人坐这里？是不是有学生惹你不高兴了？"

迟暮笑："没有，我又不是小孩子，还能被一个学生惹不高兴了？"

钱闻道注意到那笑容里面难以掩饰的忧郁，心中突然有什么被扯动了："迟暮，如果有什么心事，你可以跟我说。"

迟暮摇摇头："我挺好的，谢谢钱大哥。"

"你既然还愿意叫我一声大哥，我以后……就是你的哥哥了，"钱闻道缓缓捡起脚边的一片落叶，"昨天我在实验室待了一夜……左小姐送我的时候跟我说，一个男人如果喜欢一个女孩就不要跟她做朋友，而是直接做恋人，她笑我不够勇敢。但我始终觉得，如果你不愿意，我就算再勇敢那也是强求，是不是？我这个人做事从来就不愿意勉强人，尤其是对你。"

迟暮低下头："对不起。"

钱闻道的声音很温和："不要这样说，你并没有对不起我，迟暮，本来我们就说好做朋友的，我们现在还是朋友，不是吗？"

做回朋友总胜过求而不得之后的形如陌路，至少，作为朋友现在还可以坐在她身边，能凝视着她，能闻着她的气息，现在，他也只能退而求其次了。

迟暮莫名松了口气，抬头道："你还愿意接受我这个朋友？"

"当然，"钱问道注意到她眼里的波光粼粼，笑道，"中午我请你吃饭？我们学校食堂的饭菜你还没吃过吧？要不要体验一下？"

"好啊。"迟暮站起身，拍拍衣袖上的落叶。

钱闻道也站起身，似是有意无意的："不会因此打搅了你和左总之间的什么约定吧？"

"不会，"迟暮拎着手提袋，若无其事地笑，"我们走吧。"

钱闻道望着她的眼睛，没再说什么。

午饭后，迟暮从学校出来，到 S 市一家著名的珠宝行，将从家里带出来的母亲的七样首饰一股脑儿掏出来，陈列在柜台上。

老板伙计几乎挤了整个柜。

经过几个小时的鉴定，结果是：票据上的七十八万元换来了实打实的五十二万，迟暮也没做过多纠缠，就签字拿了四十八万元的支票和四万元现金直接走人。

四十八万元，她在英国留学四年的费用。

出了珠宝行，她直接打的到了左氏集团原楼附近，进了一家咖啡厅。

咖啡厅里一名长发男子正在弹奏着一曲《悲伤的天使》，叮叮咚咚的琴声让听的人心都碎了，迟暮找了个靠窗的位置坐下来，要了一杯蓝山，托着腮呆呆地盯着玻璃窗外不远处巨兽样的左氏大楼，良久才掏出手机，拨通了沈秋言的电话。

沈秋言在电话里稍微迟疑了一下，说马上就出来见她。

等沈秋言的时候迟暮还在想着自己这么做是不是正确，本来她可以将支票和衣服这些一并直接交给家茵的，但是……她实在不想让家茵为难，她甚至考虑以后是不是要渐渐疏远家茵了，毕竟那个人是她的亲哥哥。以后要是她还和家茵像从前一般亲密，难保不被人怀疑为她还在继续痴心妄想。她甚至感觉她之所以会和家茵这么要好，潜意识就是因为家茵是那个人的妹妹，她从前，真的一直在痴心妄想！

十分钟后，沈秋言着一身干练的藏蓝色套装过来了："迟暮，找我有什么事？"

迟暮给她叫了杯咖啡，亲自递到她手上。"有些东西想托你帮我交给你们左总，"她边说边将手提袋，支票，还有刚才打电话的那只手机都推送到沈秋言面前，"这是我欠左总的，麻烦秋言姐帮我还给他。"

"你这是做什么？"沈秋言扫了一眼支票就受到惊骇似的望着她，难道是那次自己和她的聊天竟有了效果？她突然有些害怕起来，一把将咖啡杯搁下，"迟暮，真的很抱歉，这种事我实在做不了，我还有别的事，先走了！"

"秋言姐！"

沈秋言逃跑一样的走了。

迟暮按着额头，轻轻呼出一口气。

看样子，还得最后再利用人家的手机一次。

迟暮拿起手机，拨了左家勋的号码，很快就通了，她定定神，尽量用一种平和的口气："是左总吗？我是夏迟暮，请问您现在有空吗？"

"没有。"左家勋回答得干脆之极，似乎一直在等着她这句话似的。

"那……请问您什么时候可以有空？"

左家勋的声音似乎隔着千山万水传过来："迟暮，我记得我说过，走了就别再回来……"

昨夜的情形再次穿心刮骨而过，迟暮顿觉鼻子酸酸咸咸的，勉力定定神道："我记得的，只是有些东西想要交给您，放心，不会耽搁您太多时间的。"

左家勋淡淡道："那你直接跟沈秋言联系就可以了……需要我提供她的号码吗？"

迟暮听见自己居然笑了笑："我刚才已经请秋言姐过来一趟了，她不同意，人走了。"

"哦？竟有这种事？你要交给我的不会是什么炸弹吧？"左家勋的声音竟然也是带着笑意的，然后突然是一片寂静，迟暮隐隐听到似乎是有人在跟他说着什么，良久她才听到话筒里面传来他的声音，"你在哪里？"

她说了咖啡馆的名字。

左家勋说他会过来。

迟暮将手机塞进口袋，双手紧紧抱着那杯热咖啡，仿佛可以借此让身子多一点暖意。

钢琴声依旧在叮叮咚咚地响着，只是已经换了曲子，是一首优柔缠绵的《风吹过的街道》。

有两位相当时髦的女人自门口联袂走进了咖啡馆，两人形神俱佳，所到之处更是香风阵阵，格外惹人注目，迟暮不禁也抬头扫了一眼，当与其中一位四目相对的时候，彼此都下意识地一愣。

还是迟暮起身先开了口："林小姐好。"

林安琪停住了脚步，似乎是恍惚了一下才想起眼前人是谁，一只手指着她，扬扬眉："迟暮？家茵和你在一起吗？"

迟暮摇头："没有，我是一个人。"

林安琪哦了一声，声线柔美，"这样啊，这位是我朋友，你要不要一起过去坐坐？"

"谢谢您，我刚准备要走。"迟暮边说边快速拎起手提包，一副很赶时间的样子。

林安琪身边的时髦女郎一把按住她的胳膊，笑道："啊呀急什么呢？这么漂亮的妹妹我还是头一次见到，安琪你怎么也不给介绍介绍？"

"好啦！"林安琪突然一掌打落女友的手，"没看到人家急着要走吗？你以为谁都跟你似的成天无所事事？"

女友被她冷不丁的动作吓了一跳，有些恼火却又不敢发作，轻哼了一声扭过身子径自走到一张桌前坐下来。

"林小姐再见！"迟暮匆匆向林安琪道别，大步朝咖啡馆门口走去。

她敏感地觉得，若是再不走的话，接下来的场面恐怕会难以收拾了，也是她十分不愿意去面对的。

出了咖啡馆后她疾步向附近的公交站牌处走去，过马路的时候，一辆车倏的一下从她旁边贴身窜过，惊得她几乎出一身冷汗，顿时定住脚步无措地望向四周。

不过才下午，天色似乎比早上出门的时候还要昏暗，街上各种汽车你来我往，快镜头一般从她身边闪过，一夜未眠的她突然一阵头昏眼花，有种天下大乱的感觉，她不禁一只手捏紧了手提包，另一只手则插进外套口袋里，死死地攥着那张支票。

"你活得不耐烦了？"有人突然攥住她的手臂一把将她拉到路边。

那恶声恶气冷眉冷眼的样子，不是左家勋是谁？

迟暮惊魂甫定，脑细胞顿时有些不够用了："家……左总……你怎么会在这里？"

"不是说好在咖啡馆等我的吗？为什么现在你会一个人站在马路中间？！"他几乎要捏碎了她的肩膀，"就算是后悔得要死也不必用这种方式来告诉我！"

刚刚他开车过来，正好看到她惨白着脸失魂落魄地站在马路中央，那么多的车在她身边一窜而过，老天，他终于领会到了魂飞魄散的真正意义！

"还好，我还以为今天会见不到你……"她咧开嘴笑了笑，突然想起什么似的将手中的包塞给他，"你的东西。"

"什么？"左家勋伸手接过，随手一翻，直接将那包摔回她身上，"你什么意思？！"

迟暮被他的力道弄得一个踉跄，左家勋不得不伸过手臂及时地捞住她，气恨恨道："你就这么蠢？都不知道躲避一下？"

迟暮不答他，推开他站直了身子，低头从口袋中掏出珠宝行开出的那张支票，絮絮叨叨："这里是四十八万，您查看一下数额对不对，哦，差点忘了，我还有四万块搁在这包里了，我得拿出来……"她边说边伸手准备从包里掏那四扎人民币，没想到此时口袋中的手机突然响了，她愣了一下，差点忘记这手机也是他的了。

手机持续不停地响着,她不得已停止了手中的动作,从口袋中掏出手机:"喂?"

是一个陌生男人的声音:"请问是夏迟暮小姐吗?"

"我就是。"

"这里是S市中医院,请问你是不是有位朋友叫周臻中?"

迟暮顿时紧张起来,"他怎么了?"

陌生人说:"他上午出了车祸,现在人刚醒过来,坚持说要见你。"

03 无端祸事

急救室里。

迟暮看着病床上的周臻中:"医生,不是说他醒了吗?"

"这是药性上来了,"中年医生说,"算是幸运的了,别看流血多,基本都是外伤,心电图正常,脑部片子暂时也看不出什么毛病,应该问题不大,只是脏器受到了撞击,主要是脾脏……"

迟暮问:"请问您知道他是怎么出车祸的吗?"

旁边的年轻医生插嘴说:"哦,这个我倒是知道一点,人是警察送过来的,说是撞上了一辆车。"

迟暮哦了一声,望着病床上的人皱眉道:"他开车很慢的,平时也挺谨慎的一个人,怎么会这样呢?"

年轻医生说:"出事的时候他并没有开车。"

迟暮一愣,"没开车?"

"他是被撞的,事后那肇事车逃走了。"年轻医生说,"警察说,是现场目击者说,那辆肇事车是绕过了人群撞上他的,不像是意外,不过只是据说,真相还得等事故调查结果出来后才知道。"

中年医生说:"要是有意的话,那可就是犯罪了,哎,真不知道这个年轻人得罪了谁会遭到这种报应……我听他妈妈说好像他是刚从美国回来不久,大好的前程啊,不过他看着也不像是有仇家的人,说不定最后查下来还是意外,但不管怎么说,肇事逃逸肯定是犯罪了……"

仇家?不会吧?简直是电影里的情节了,据她所知,周臻中一向是个循规蹈矩的人，没有得罪过谁……迟暮下意识朝左家勋看了一眼，正好左家勋那双幽深的细长眼睛也看向她。

四目相对间，迟暮的心突然抖了抖，声线都有些破碎了："左总，可以出去一下吗？"

安静的走廊尽头。

左家勋先开了口："夏迟暮，别用这种眼神看着我，你以为是我让你的青梅竹马受伤了？"

迟暮盯着他的眼睛足有十秒，最后颓然地低头，喃喃道："臻中并不是那种惹是生非的人。"

"臻中臻中！"左家勋恨恨道，"他还不够惹是生非的？像他这种人，才拿了张文凭就自命不凡，上无祖荫下缺经验，做事不到家做人半桶水，以后出事的机会有的是！"

迟暮怔了半晌，低声道："对不起，是我想岔了，我知道肯定不是你，你要真想对付他会有更好的法子，或许真的是意外。"

"是吗？看样子你倒是很了解我啊。"左家勋哼哼冷笑。

迟暮正不知如何应答时，是那位年轻的医生从急救室里走出来解救了她："很抱歉，麻烦你们两位过来一下。"

迟暮忙不迭走过去："是不是他醒了？"

医生摇头，有些尴尬似的，小声道："我不得不提的是钱的问题，没办法，现实问题，患者手术的押金要四万块，他父母总共才交了一万，你们能不能再去提醒一下他们……"

迟暮不假思索道："知道了，你们放心，只管给他治，钱我这里有，我先去替他交了。"

她知道为了周臻中的留美费用，他的父母早已经用尽了积蓄，此时再去提钱，简直就是不人道。

医生松了口气，朝一侧一直黑着脸的左家勋不自在地笑笑，又进了急救室。

"左总，我的钱在包里，那包还在你车里，麻烦你……"迟暮话还没说完，左家勋就从身上掏出一张卡来塞给她，声音硬邦邦的，"你那点钱哪够？先给他存个十万吧，到时候多退少补。"

迟暮愕然："这……这怎么好用你的？"

左家勋从口袋里掏出那张她塞给他的支票，在掌心上利落地一甩，突然笑笑："只不过是暂时借用，明天你再卖出两只戒指还我就是了。"

迟暮咬咬唇，拿着银行卡一声不吭地向前走去，突然想到什么又转过身来："密码多少？"

左家勋凝视着她，声音很轻："你生日，本来昨晚想给你的。"

迟暮深深地看了他一眼，一言不发离去。

左家勋望着她的背影消失在走廊尽头，低头认真地看了看那张支票，然后打了个电话。

就在此时，一个衣着颇干练的五十多岁的老年女人红肿着眼睛低头匆匆忙忙进了急救室，不久里面传来一阵低低的呜咽声。

迟暮很快就回来了，手中拿了一叠单据，她正想跨进急救室，却被左家勋一把给拉住了，她愣了一下，想起什么似的忙不迭要将银行卡递给他，他没有接，反而劈手夺过她手中的单据，并发狠似的顺势在她头顶上一敲，另一只手则紧握住了她的手，几乎是拖着她进了急救室，"医生，钱已经交了，我们还打了预付款，尽量给他用好药吧，可以恢复得快点。"

老年女人有些惊讶地抬起头来。

中年医生笑道："好了好了，这下不用再担心你儿子了，有好朋友帮助，他会没事的。"

老年女人站起身来，上下打量着迟暮和左家勋，不知怎的，迟暮觉得她的眼神犀利得像利剑一般簌簌地朝自己射过来，她浑身不自在，一只手下意识将银行卡塞进口袋，另一只想挣脱左家勋的手，可是哪里挣脱得了？只得强自镇定开口："伯母，我是臻中的朋友，叫夏迟暮。"

"夏迟暮？你就是夏迟暮？哦，我想也是的，怪不得我们臻中天天念叨着……他昨天还说……"女人像是在自言自语，眼泪突然开始控制不住往下流淌。

"伯母，迟暮是我的未婚妻，她的朋友就是我的朋友，"左家勋边说边从身上掏出一张名片来，"这个是我的名片，要是周臻中在治疗方面有什么需求你可以直接联系我。"

迟暮张口结舌地瞪着他，见他并无反应，便报复似的狠狠地掐了他一下，他微微抽了一口冷气，依旧没有松手。

周母像是有些迟钝似的缓缓接过名片，目无表情说了声谢谢，并无正常人想象中的那种感激涕零，两位医生对视了一眼，中年医生开口道："我有个建议，为了防止家人忙不过来，患者最好要请个护工照应着。"

"行，这个钱我负责，"左家勋点头，将手中的单据交给周母，很抱歉地说道，"对不起，迟暮下午还有课，我们晚上再过来看周臻中，希望到时候他已经醒了。"

周母已经恢复了正常，克制而礼貌地点点头："你们忙去吧，真的太感谢你们了。"

迟暮不得不跟周母道别："伯母再见。"

两人离开后，周母看着手中的名片，再看看病床上的儿子，突然捂住了脸，低声呜呜着，说着只有自己才听得懂的话：儿子，别怪妈没出息收人家的钱，你的命要紧……咱们普通人，就别跟人家争了，好不好？如果不是意外，这次人家算是手下留情了，下次，说不定会要了你的命啊……

04 未婚妻

迟暮一出急救室就想甩脱左家勋的手，脸涨红了，几乎是低吼道："谁是你未婚妻？！麻烦以后别信口开河！"

左家勋紧紧攥着她的手，脸上带着笑意，也不在意身边行人对他们两个愕然行注目礼："不是你自己说的吗？你在逸园埋下的石头上都写着夏迟暮要嫁给左家勋，老李修整院子时翻出来好几块呢……"

"那是小孩子做的蠢事！"迟暮又羞又恼，"你放手！"

左家勋不为所动按下电梯。

被拽着进电梯的瞬间迟暮的眼泪毫无征兆地流了下来，一半是为病床上的周臻中，一半是为此刻的自己，这算是什么？这到底算是什么呢？昨天……甚至是今天下午他还提醒她说别回头，她是准备不回头的，他现在偏又来惹她!

左家勋被她的泪怔住了,手不自觉松开了:"是不是刚才弄疼你了?"

她捂着脸不住地摇头,这些年她已经养成了习惯,就算流泪也是一声不吭的,听不见声音,连抽泣声都没有,只看见泪水顺着指缝恣意横流。

左家勋只觉得内心一阵阵闷痛,不由分说就将她拥进怀中,下巴抵着她的头顶不住地磨蹭:"对不起,对不起,是我不好,我不对……"

他不知道自己为什么要说对不起,只是觉得对不起三个字说了以后她可能会好受些。

迟暮拼命推他,几乎是厉声的:"别碰我!"

他真的没有再碰她,因为电梯门开了。

迟暮冲出电梯,径自出了医院大厅,路过停车场的时候她并没有停下来,左家勋再也忍不住了,上前一把拉住她的手臂:"你去哪里?"

迟暮头也不回用力甩开他:"关你什么事?要是你觉得自己掏了钱就可以随便指使我那我现在就把钱还给你!"

见她像只暴怒的小狮子朝前走去,左家勋忙提醒道:"喂!你的包还在我车里,要不要拿?"

迟暮顿住了脚步。

当然要拿!

车门开了。

左家勋几乎是低三下四地说:"上车吧,看你的脸一点血色都没有,我送你回家去。"

迟暮看着他,小脸很严肃:"那你答应我两件事,一、别胡言乱语;二、别动手动脚。"

哦天!这丫头把自己当什么了?说得就好像他没见过女人似的,S市社交界的人听到这话怕要笑掉大牙,不过她提醒得似乎也对哦,最近每次看到她都会控制不住……见他没有回应,迟暮沉着脸拿起包就想离开,左家勋忙拉住她,非常一本正经地:"我保证。"

至于他保证什么,只有天知道。

迟暮警惕似的看了看他，终于还是上了车。

左家勋几乎是怀着一种隐秘的喜悦上了车，正当他刚想发动车的时候，突然听到身边迟暮说道："晚上你就不必过来了，臻中要是醒来了看到你，估计情绪不会好。"

"臻中臻中！"左家勋突然就有些怒了，"到底应该谁情绪不会好？夏迟暮你讲点良心行不行？"

"我压根就不知道什么叫良心，"迟暮脸上带着讥讽的笑意，"还得麻烦左总您告诉我到底什么叫良心。"

"别人胡说的几句你也信？我们之间就这点信任都没有吗？"左家勋的眼里冒着火，"你宁可信他也不信我……当着我的面你和他拉拉扯扯地说着只有你们两个人才懂的鬼话，你到底有没有考虑过我的感受！"他边说边逼上来，伸出双手摇晃着她的肩膀，"你以为就你一个人难过吗？"

迟暮咬牙用力掰他的手："放手！"

然而左家勋非但没有放开她，反而猛地低下头去吻了她一下。

迟暮双拳挥过去，在他的胸口不住地捶打，泪水倾泻而下："不是让我别回头的吗？为什么你还要来惹我？为什么？"

"算我错，我错！"左家勋捉住她的一只小手贴在自己脸颊边，"但你心里肯定是明白的，要不是你刺激我，我绝对不会说出那种混账话……"

"那今天下午我打电话给你，你第一句竟然又是……"迟暮想到当时他的语气就恨得无法自持，不禁用力推开他，挺直了身子，一脸的决绝，"我已经决定了，以后你是你，我是我，我们之间什么关系都没有！"

左家勋一愣，笑着再次拉住了她的手："别这样好不好？我知道你现在说的都不是真话，我保证以后不会再说那种混账话，就算哪天不小心又说了，你也千万别信……"

"你的话我怎么敢不信？我的话也是真的，如果你觉得这样的结局不太容易接受，那么……今晚我可以陪你，以报答你当初栽培我的恩情。"迟暮咬咬唇，声音像是在叙述别人的事情，听起来极不真实。

左家勋像被火炙似的收回手，不可思议似的望着她，低吼道："你从哪儿学来的这种怪腔怪调？我是那种人吗？你的身体不是我唯一需求的！"

"不管你是哪种人，给你需要的就对了，是不是？这可是你教我的，"迟暮顿了一下，手指将额前的秀发轻轻朝脑后一勾，竟然笑了笑，这个小小的动作简直是尽显妩媚，"我想我的长相应该还过得去，否则也不会得到你的青睐了，对吧？"

左家勋怔怔地望着她那秀美莹润的脖颈上贴着的濡湿的发丝，他的小女孩长大了，更吸引人了，但脾气也更倔了，他心中真是说不出的又爱又恨，细长眼睛眯起来，牙疼似的哼哼道："你说你今天晚上陪我？当真？"

"是，"迟暮面无表情地看向车窗外，"但我说好了，过了今夜，咱们桥归桥路归路，以后我跟谁在一起就再也跟你无关了，咱们今后是互不干涉再无往来。"

互不干涉再无往来……她说的每一个字都像针一样刺在他心上，他频频点头，望着她，几乎是狞笑道："好，好，那要看你今夜伺候得我是不是满意了！"

她几乎是惊悚地回过头望向他："喂！我只是说陪你，没说伺候你！我不是谁的奴隶！"

"这就怕了？"他凑上前去，恶狠狠地盯着她的脖颈，吸血鬼一般地用力嗅了嗅她的芳香，低笑道："我厉害的招数你还没见识过呢，今夜只要不弄死你就行了，是不是？"

"你……"迟暮像是看到怪物似的惨白了脸，双手乱摇，"我收回我的话！我收回！我又不欠你的！我就是不欠你的！你让我下车！我要下车！"

左家勋叹口气，不顾她的挣扎用力将她拥进怀中，"好了好了，逗你玩的，你个没出息的，还以为你胆子有多大呢……你当然不欠我的，是我欠你的，我上辈子欠你的……"

"讨厌讨厌！你还胡说！"迟暮涨红了脸将脑袋钻进他怀中，却听到他心脏咚咚咚的声音，她又控制不住贪恋地贴上去，甚至还张开双臂抱住了他的腰身……刚发过的誓言已经开始纷纷瓦解崩塌，说离开，真的可以离得开吗？离开这个男人之后她还能正常地恋爱结婚吗？她没有这样的信心，一点都没有。

05 他懂她

两人就这么静静地相拥着，不知过了多久，左家勋先开了口："你下午有课吗？"

迟暮摇摇头。

"我找了两只顾锦舟的壶，没带过来，放在公司里，要不要去看看？"

迟暮愣了下，再次摇头："我又不懂什么壶。"

"去看看吧，好不好？也让我的员工见识一下他们期待已久的老板娘。"

迟暮在他怀中扭了下身子，耳根都红了："什么老板娘？我不要！难听！"

左家勋亲了一下她的秀发，笑笑："那你要什么？左太太？"

"那是你妈！"迟暮捂住了耳朵，心脏咚咚咚剧烈地跳着。

左家勋将她的一只手拉下来，唇贴上她发烫的小巧耳垂，声音里是说不尽的宠溺："那……左家勋太太？"

他呼出的热气惹得她耳垂痒痒的，她心神摇曳间突然想起了什么，不解风情地一把将他推开，动作近乎野蛮："让开，我要打个电话！"

左家勋不满足地叹了口气，望着她掏出手机。

"完了，我不知道丁薇号码是多少，"迟暮遗憾地放下手机，又拿起来，"我打个电话问下姑姑，她应该知道。"

"不用了，丁薇的号码我有，"左家勋掏出自己的手机，查到了号码。

迟暮奇怪地问道："你是怎么有丁薇的号码的？她并不是你们公司高层。"

"好厉害，现在就开始查岗了。"左家勋笑。

"我才不要管你呢！"迟暮红着脸瞪他一眼，拨通了丁薇的号码，将周臻中受伤住院的事情告诉了丁薇，丁薇一听顿时就急了，说马上就请假过来，迟暮将周臻中所在的楼层告诉她，然后放下了手机，轻轻叹了口气。

左家勋笑道："为什么要叹气呢？刚才你做得很好啊，红娘，而且周臻中有了丁薇的照顾，肯定会恢复得更快了。"

迟暮皱眉道："但是……臻中不喜欢我把他和别人凑在一起，我希望他不会因此恨我。"

左家勋说道："他是不会恨你的，他要恨的人是我。"

迟暮想了想，主动将手覆盖上左家勋的："你能答应我一件事吗？"

左家勋望着她，突然一笑："是不是要我答应放你的青梅竹马一马？事实上我从来就没当他是回事。"

迟暮有些恼火地瞪了他一眼。

他忙将另一只手覆盖住她的手，这样她的整只手就在他双掌中了："好了，我答应你，只要他做得不过分，我看在他以前照顾过你的面上，可以对他的无理取闹视而不见。"

迟暮低头一笑。

她话没出口他就懂了。

原来他懂她，他是懂她的。

左家勋轻轻刮了下她的鼻尖："满意了？说实话我现在真的有点讨厌这个周臻中了，你是宁愿我受气也不肯他吃亏。"

迟暮咬唇笑，含娇带俏地望着他："我还不满意。"

那副灵动活泼的明艳样让左家勋止不住伸出手去抚住了她的半侧脸，那种滑腻的感觉让他爱不释手，声音浓得几乎化不开了："那你要我怎么做？"

"你为什么会有丁薇的号码？"迟暮问完又立即止住了他，"你先别回答，我来说说，你看我说的是不是对的。"

左家勋点头："行啊，只要别冤枉我看中了丁薇就好。"

迟暮将左家勋的手拿下来放到自己的掌中，只是，她的手太小了根本罩不住他的手，只得用手磨蹭着他的右手食指，望着他笑道："是你安排丁薇去照顾我姑姑的，是不是？"

"这你都能猜到？真是聪明，看来剑桥没白教你。"左家勋叹口气道，"你姑姑不喜欢我，没办法，只好这样安排了。"

"不是我聪明，而是丁薇……算了，其实她也挺可怜的。"

"她怎么了？"

"说是她爸赌博输掉了二十多万，被逼着要她嫁给什么男人还债，这世上竟还有这种事！"

左家勋反手将迟暮的手覆盖住，脸色很慎重："世上千奇百怪的人很多，有些人我们可以帮，但有些没必要。"

迟暮不禁有些心虚："我又没要你帮她。"

"以后你就知道了，丁薇那种人……算了，她是你和家茵的同学，我也不想对她多做评论。"

左家勋这欲言又止的一番话却勾起迟暮的好奇心："丁薇到底怎么了？"

"具体我也不知道她是个什么人，我只知道半年前我让她负责替你姑姑把房子整修一下，她突然跟我说她妈妈炒股炒疯了，甚至把家里的房子都偷偷地押出去了，一家人快要住到大街上了，当时她哭得很伤心，说是不到万难绝不会求我，我后来安排人帮她把房子的事情临时解决了，那人回来却告诉我说，丁薇的爸妈都是很老实的人，她妈妈根本就不懂炒股，也从没炒过股。"

迟暮不禁张大眼睛："她说谎？"

左家勋说道："那是肯定的，最有可能是她自己炒股或做什么投资失败了。迟暮，我想说的是，这世上真正需要帮助的人有很多。"

迟暮轻轻叹了口气："丁薇那个人，一向给我的印象是有些急功近利，以前我真的很不喜欢她，不过现在想想也挺能理解的，二十万块就把一个人给逼得团团转，真是让人难过，现在想来，我真该感谢我爸妈，不管怎样他们至少还给我留了点家私，危难之中可以不必让自己过于为难。"

左家勋笑道："我真宁愿你爸妈什么都没给你留下。"

迟暮没好气地甩开他的手："这样你就可以随心所欲地要挟我了，是不是？"

"我有吗？还不都是你逼我的？"左家勋重新捉住她的手，"我有个建议，以后我们俩谁要是先说了什么或者做了什么得罪了对方，事后都得满足对方提出的一个要求，当然这个要求必须是可行性的，你觉得怎么样？"

迟暮嗤笑一声："这句话根本等于白说，因为你每次都会觉得是你自己有理，就跟昨晚一样，你刚才还说是我逼你的。"

"真是牙尖嘴利，"左家勋捏捏她的脸颊，"好吧，我败给你了，昨晚算我错，你有什么要求尽管提。"

迟暮望着他，下意识地舔舔唇，一脸的期盼："什么要求都可以吗？"

"只要是我能做到的。"左家勋自信地笑，"机会难得，你要好好把握哦。"

迟暮的两只眼珠灵动地转了一下，这个下意识的动作让左家勋突然想起她十八岁时的种种刁蛮活泼来，他几乎是失声叫起来："等等！千万别是让我当众做小狗爬一类的！"

迟暮忍不住捂着嘴巴笑起来："太好了！你不提醒我还真忘了！"

左家勋黑了脸："不许胡闹，这种我坚决不同意。"

"放心，哪能让堂堂左总做那种事呢，"迟暮好不容易才憋住笑，正色道，"可以帮帮丁薇吗？就这一次，我保证不再有下次，以后就算她求我也不会有。"

左家勋愣了下，"你不是不喜欢她的吗？"

他还以为这丫头会借机开口要回逸园的，那是她这些年来一直心心念念的，他知道的。

迟暮说："就算她是投资或者做什么失败了，我觉得也并不是不可以原谅，毕竟谁都想过好日子，我想给她一个机会。"

左家勋望着她笑："你真比以前懂事多了。"

迟暮扬眉，一脸的不服气："你这句话的意思其实就是我从前很不懂事，是不是？"

左家勋顾左右而言他："好吧，你是第一次跟我开口，我自然会答应你，我会找人联系丁薇核实这件事。"

迟暮脱口道："家勋哥你忘了吗？我可不是第一次跟你开口，我以前曾经跟你开口过若干次的,但你一次都没有同意,难道你都忘记了吗?"

没有忘记过去,他当然不会忘记……左家勋屏住气息轻声道:"迟暮,我们可以不谈从前吗?我们有的是将来。"

"但我就是一直不明白家勋哥当初为什么要那么对我,竟比一个陌生人都不如?你送我去英国读书,这个我懂,读书明理嘛,可是……如果你真的喜欢我,你怎么可以四年都不去看我?"迟暮的眼圈红了,声音也有些哽咽,这么多年来,这个疑问一直在她心中盘旋,当初她一直觉得她的家勋哥不会丢下她不管,因此她才会觉得有所依仗才会放肆,谁知……那种心情那种境况,现在回想起来心上还是血淋淋的痛。

左家勋显然不想继续这个话题:"迟暮,我有我的苦衷,我们今天不谈过去,好不好?"

但迟暮已经有些不依不饶了:"你会有什么苦衷?说出来我听听!我到底哪儿做错了值得你当初那么待我?"

"瞧瞧,你的倔脾气又上来了,看来剑桥也没能力改变一个人的脾气。"左家勋叹口气,"我以后会解释的,我保证,迟暮,我以后会好好补偿你,从前……是我不对,我不该那么对你,"他边说边转移话题掏出手机,"我打个电话给李婶,让她给我们准备晚饭。"

"别打了,我不会去的,至少今天我不想。"迟暮知道他暂时是不会再开口的了,不禁有些伤神,"就在外面吃饭吧,随便吃一点,吃好了再回来看看臻中怎么样。"

"好吧,就依你,"他注意到她情绪的低落,柔声说道,"是不是累了?我开车,你正好躺会儿休息下。"

迟暮不看他,掏出手机打了个电话给夏樱,说自己晚饭和朋友在一起吃。

等她打完电话,左家勋说道:"你也没说和哪个朋友一起,你姑姑竟然不问?"

迟暮嘿嘿一笑:"其实问了也是白问,我可以说是和新同事聚餐。"

不问的原因其实是以为她还跟钱闻道在一起。

左家勋有意做出震惊的表情:"你这谎话连篇的毛病还没改?那我以后可要注意了,别到时候被你卖了还不知道。"

迟暮突然有些气馁,"那怎么办?要是说和你在一起估计她会当场发作的。"

"你准备什么时候告诉她真相?"

"再等等吧,说不定不用我开口就有人替我说了,我实在张不了口。"

"我就这么见不得人?"

迟暮没好气:"谁让你当初那么对我的?姑姑是心疼我才讨厌你的。"

左家勋有意让气氛正常,笑道:"你姑姑难道不知道 S 市有一句俗语吗?S 市女人的最爱,第一是路易威登的包,第二是卡地亚的手表,第三就是左家勋了。"

迟暮憋不住笑了:"脸皮真厚。"

看她笑脸如春花般绽开,左家勋心中松了口气:"把安全带系好了,晚饭前我们先去一个地方。"

06 世上竟有这种事

去的这个地方下午迟暮刚来过——S 市珠宝行。

"我下午刚送过来的货现在就来取回……这样不太好吧?"迟暮踯躅着不肯下车。

左家勋干脆走到副驾驶位将她拉下来:"世上没有白做的生意,你就放心吧,我保证他们见到你一定会眉开眼笑的。"

珠宝行此刻静悄悄的,一进去就如同进了广寒宫,只有一个客户在看货,一名店员在柔声解释,声音放得很低,似在私语。

一名店员见到迟暮和左家勋进店,马上拿起电话拨了个号码轻声说了句什么,十秒不到,珠宝行的老板亲自从里面迎接出来,一脸的诚惶诚恐:"左总,您竟然还亲自来了,其实您只要交代一句,我们可以直接派人送到小姐府上去。"

"不急,那些首饰该整的整一整,该清洗的清洗一下,过两天我派人来取,今天……"左家勋将迟暮拉到一个柜台前,"过来看看自己有没有什么喜欢的。"

老板赶紧朝一个店员做了个眼色。

店员拿出一只耀目的鸽子蛋出来:"左总,这个是南非天然钻,8.8克拉,小姐这么漂亮有气质,最适合戴这只了。"

左家勋摇头:"她手小,戴这个不太适合。"

"这边还有只五克拉的……"店员还没说完,突然听到迟暮说:"呀,这个不错!拿出来看看!"

女店员一见不禁笑了:"小姐,那是珍珠镶白金的,依我说,珍珠跟小姐的好样貌不太配,珠子这东西最不经摆,它和黄金钻石不同,是有机体,会腐化的,过个百十年就会化为粉末了。"说完她顿了一下,又加了一句,"首饰最好是买钻石,不会变质的。"

迟暮忍不住轻轻说道:"其实又有几个人能活到一百岁呢?珍珠总比人要活得长久些的。"

营业员一愣,求救似的看向左家勋,见他笑着微微颔首,于是不得不硬着头皮附和:"小姐说得也有道理,我这就拿出来给您试戴一下。"

迟暮十指如葱,指间微微还有美人靥,戴上珍珠戒指后,她笑着用手灵活地在左家勋面前做了一个开合的折扇动作,"家勋哥,你看怎么样?"

正所谓:晚妆初了明肌雪,春殿嫔娥鱼贯列。

左家勋只觉得眼前一花,一只白蝴蝶飞呀飞的,不觉就伸手捉住了,附耳低声道:"你喜欢就好,只是,第一次送你首饰就是这种出手,传出去S市人会笑话我的,说不定还会无端揣度我们左氏财务有了问题,你说怎么办?"

迟暮不好意思地抽出手指,扭头问营业员:"请问有没有翡翠一类的?吊坠什么的。"

营业员忙点头:"有的,那边请。"

这一次迟暮没有犹豫,毫不客气地挑了一只标价48万元的冰种绿翡翠吊坠,图案是寓意祥和的山水松树:"这个要了。"

左家勋若有所思地看了看她,朝营业员点点头:"行,那就包起来吧。"

老板忙走上前来："小姐的眼光真是不错，左总您更是明白人，咱们明人就不说暗话，三十万以上的翡翠才有收藏价值，那些几万十几万的，水分多，利润大，买了那种顾客最为吃亏。"

离开珠宝行上车后，迟暮将装有吊坠的首饰盒以及在医院时左家勋给的那张银行卡一并交给他。

左家勋一愣："什么意思？"

迟暮笑道："你妈不是快过生日了吗？吊坠是我给她的生日礼物，反正她也知道我没钱，到时候送什么都是借花献佛，索性就借得多一点儿，这笔钱算我借的，至于银行卡，周臻中都已经用了你十多万了，何况我也不需要什么钱，而且你还答应了要帮丁薇……"

左家勋微微皱眉："我怎么觉得你好像是有意在跟我划清界限？送你礼物就挑个便宜货，银行卡也不要。"

"戒指我挺喜欢的，真的，"迟暮主动覆上他的手，"至于银行卡，当初你送我出国留学，不就是想我以后能够自强自立吗？如果我现在事事都依赖你，那不是辜负了你当初的一番苦心吗？是不是？"

左家勋愣愣地望着她，半晌道："好吧，吊坠我先替你收着，银行卡你拿着，就算你不用，至少也可以应急。"

迟暮摇头，态度不容置疑："我不需要。"

左家勋真有些不快了："我就有些不懂了，为什么你要这么固执呢？我的钱你用着觉得烫手吗？还是这样做就可以在我面前彰显你做人的尊严？"

迟暮松开了他的手，望着窗外低声道："我跟钱又没仇，其实我是特别喜欢钱的一个人，有钱多好啊，只是，这些年我已经习惯了自己照顾自己，我不想自己欠别人太多，欠下的东西总要还的，钱也好，情也罢……"

其实她想说的是：当初你要有现在这么慷慨，我何至于此！

他们之间，有一道深深的鸿沟，她爱他，但并不信任他，她怕自己一旦习惯了被他照顾，万一哪天他突然要离开了，她能承受吗？一个人一旦习惯了奢华生活还能重新做回普通人吗？太难了，她经历过的，她再也不想经历一次了，她必须要保护好自己，包括自己的尊严。

左家勋的声音突然大了起来："我是别人吗？"

本以为经过这些年她的性子被磨得差不多了，没想到这丫头潜藏的气性还在，她并不知道当初发生了什么事情他才会那般待她，那样任性刁蛮的她犯下的可怕错误——要是她知道了真相，她肯定会难以承受的。

迟暮被他的声音吓了一跳，想了想伸手将银行卡拿过来，无声放进口袋里，"既然这样这卡就先放我身上吧。"

反正她也不准备用。

左家勋满意地将车开起来，淡淡道："以后你一个月必须要至少用掉三万块，我会按时查账的。"

"啊？"迟暮怀疑自己的耳朵出了问题，世上竟然有这种事？早知道这样她干吗还要辛苦四年读什么劳什子书呢！

左家勋自得地一笑："别以为我不知道你在想什么，既然做了我的女人，以后就要用我的钱，否则我赚钱还有什么意义，你懂不懂？"

"可是……"

左家勋及时止住了她："没什么可是了，你马上负责买单好好请我吃顿饭，昨晚因为你气我，我今天午饭都没吃得下去，现在都快饿死了。"

Chapter 10

第十章 倾我所有去爱你

01 大新闻

很对左家勋口味的淮阳菜馆。

饭吃到一半的时候迟暮接到了丁薇的电话，说是周臻中醒过来了。

迟暮忙问道："他脑子清楚吗？没什么问题吧？"

丁薇："挺清楚的，他说想要见你。"

迟暮："你告诉他我吃过了饭马上就过去。"

丁薇顿了一下，声音突然低了："迟暮，真对不起。"

"怎么了？"

"我现在是在医院走廊里，"丁薇说道，"我刚才跟周臻中说你晚上跟左总在一起，有重要的聚会，因此没时间过来看他。"

迟暮轻轻地哦了一声。

不难理解，丁薇内心一定不希望周臻中见到自己。只是，不能用别的理由吗？因为聚会就没时间看一个曾经几近垂危的朋友……周臻中会因此恨死自己的。

丁薇说："我听周阿姨说下午左总跟你一块来过，臻中他肯定是不想见到左总的，所以我就自作主张了，你不会怪我吧？"

迟暮说："不会，现在臻中正是需要人照顾的时候，你多担待一点儿。"

"这我知道，周阿姨把事情都跟我说了，她让我跟你说谢谢。"

"谢什么，臻中没事就好。"

"迟暮，"丁薇的声音突然变了调，"周阿姨……好像挺喜欢我的。"

迟暮愣了一下，马上说："好事啊，那你还不抓紧机会？"

"我会努力的，谢谢你。"丁薇停顿了一下，语气像是有些为难似的，"对了，住院这段期间你能不能尽量别跟臻中接触？医生说别让他情绪有大波动。"

啊，还没真的恋爱就开始操控起对方的生活了。

电话通完后，迟暮的心情有些郁郁的，饭也有些吃不下去了，她的脸因为气血不足而显得更白，在灯光下更多了一份飘忽的美，左家勋此时已经吃好了，对刚才的电话交流也有大半听在耳内，因此笑道："怎么?把青梅竹马推销之后又突然觉得舍不得了?"

青梅竹马青梅竹马,说得倒挺顺溜的,简直幸灾乐祸似的,迟暮心中莫名有些气他,低头一声不响。

左家勋意识到氛围不对,忙说:"吃完后我们去看场电影,好不好?"

迟暮抬头看他一眼:"你是在和我说话吗?"

左家勋不禁好笑道:"不是和你那会和谁?我身边又没有别人。"

迟暮皱眉道:"我今天不想看电影,你直接送我回家吧。"

左家勋此刻真恨不得在这小东西的脑门上狠狠来个栗凿!

别人恋爱时都是巴不得彼此双方二十四小时能黏在一起,她倒好,昨夜让他精心准备的节目泡汤,这会儿又莫名的和自己闹情绪,再这样下去,他真担心自己的耐心会用完,然后……直接用强!

左家勋胡思乱想着。

他身后站着两个女人。

一个是中年胖子,完全陌生,一个是方脸薄唇加上标志性的毛燥中长发,他看着熟悉,却记不得此人是谁。

方脸朝他点点头,笑着对迟暮伸出手:"你好,夏迟暮,咱们还真是有缘,又见面了。"

"你好,叶作家。"迟暮有些不情愿地站起身伸出手去握了下,这么一家小店,竟然也能遇到叶微凉这号煞星,可以想象,明天或者后天,报纸上又有得编排了。

叶微凉是何等精明的人物,自然马上就觉察到了她的情绪,自来熟坐到她身边,看看迟暮,又看看左家勋,笑道:"左总,果然我当初的直觉是对的,我第一次在飞机上见到夏小姐时就觉得她跟您有缘,当时我并不知道你们的关系,您说奇怪不奇怪?"

左家勋明白眼前人是谁了,食指在桌上轻敲了一下,笑道:"叶作家似乎以前可没少编排我,怎么,又突然想到什么新鲜话题了?"

叶微凉第一次看到此人的笑意这么温暖,不觉有些怔怔的,一向口齿伶俐的她说话突然就有些结巴起来:"左总,我有个请求,我……我可以给您拍张照片吗?"

左家勋看着迟暮，不出声。

叶微凉忙不迭保证："我……我只拍您个人的，绝对不拍夏小姐，可以吗？"

"叶作家，我看这样吧，既然你跟迟暮有缘，那就给我和她来张合影吧。"左家勋拍了拍身边，温声道："迟暮，你过来这边坐。"

"太好了！"叶微凉兴奋地站起身，手忙脚乱地从包里掏出微型相机，然后将包匆匆朝身边的中年女人身上一扔，开始调整焦距。

她知道左家勋卖了一个多大的情面给自己，这已经不是八卦了，这是真正的新闻！

店里有顾客诧异地朝他们张望，不明白这几个人到底在搞什么名堂，迟暮皱眉朝左家勋无声摇头，左家勋笑着起身拖过她的手强行将她拉到他身边坐下，并贴心地替她整了整衣领，这个动作被叶微凉眼明手快地来了个四连拍，然后是左家勋按住迟暮的肩膀将她揽在怀中，两人并肩来了一张大特写。

左家勋放开迟暮笑道："叶作家，这样应该可以了吧？"

叶微凉忙不迭点头："可以了可以了。"

左家勋说道："知道怎么写吧？"

叶微凉一愣："左总您有什么要求尽管说。"

左家勋缓缓望向迟暮，一字一顿道："我们元旦结婚，你看怎样？"

旁边的几个食客突然一齐鼓起掌来，这些市井小民并不熟悉左家勋，但是这么温馨动人的场面确实是颇能感染人的。

迟暮的脸顿时热辣辣的，连耳朵都烧红了。

结婚。

S市钻石王老五左家勋亲口承诺的婚讯。

绝对的重磅炸弹！

叶微凉激动得什么似的："我懂您的意思了，左总，夏小姐，你们慢慢吃，我还有事，先再见了！"

就这样，叶微凉饭也不吃直接走了，明天要发的特稿，她得回去赶工呢！咸鱼翻身在此一举了，看以后谁还敢说她是过气八卦作家！

叶微凉离开后，迟暮不满地嘀咕："我们安安静静的不好吗？我不喜欢以后走在大街上也被人指指点点的。"

左家勋正色道："做左家勋太太就必须要学着适应这个。"

迟暮还想说什么，左家勋的手机突然响了，她只得闭嘴看向他。

左家勋掏出手机一看，笑笑："是家茵这丫头，也不知什么事。"他边说边将手机放到耳边，"喂？"

左家茵在电话里几乎是叫道："哥，我车突然抛锚了！"

左家勋闲闲淡淡道："抛锚找我有什么用？直接打电话给保险公司啊。"

"喂！"左家茵发作起来，"哥你以前可不是这样的！老实告诉我你现在是不是跟迟暮在一起？"

"你这丫头还真神了。"左家勋笑起来。

"你还笑！"左家茵没好气道，"就顾着自己恋爱不顾自己亲妹妹的死活，嫌我打扰你们了是不是？你叫迟暮接电话！"

"这丫头就跟炸锅了似的，"左家勋笑着将手机交给迟暮，"叫你接呢。"

迟暮拿过手机，有些不好意思地低声道："家茵，你在哪里？"

"郊外啊！靠近六合这边呢！"

"你跑那么远干吗去了？一个人吗？"

"当然是一个人了，我以为我像你一样，天天身边围绕着要为你效忠的死士？"

不知怎的家茵的口气很冲，迟暮也不跟她计较："别急，把你的具体方位说一下，你先打电话给保险公司让他们处理你的车，我们这就过去接你。"

迟暮说完后将手机递给左家勋，谁知他非但没接过，还变戏法似的从口袋里掏出另外一只手机，一串钥匙，一只卡包，纸巾，一股脑儿全放到迟暮手中，只余一把车钥匙在手，一身轻松的样子："好了，先都放你包里吧，以后我的口袋里就轻松多了。"

如今的手机代表着一个人的隐私，钱包车钥匙什么的，对男人的重要性就更不必说了，不得不说，他这个掏心掏肺的动作，让迟暮有些触动，低声道："我又不会天天跟着你。"

左家勋说:"我在公司给你预留了个位置,过几天让秋言先带着你熟悉一下各项流程。"

迟暮不觉一愣:"但我已经被S大聘用了,你是知道的。"

"这很简单,可以辞职的嘛,做教师有什么意思?根本就发挥不了你的特长,"左家勋不等迟暮表态,按住她的肩膀笑笑道,"我们先不谈这个话题好不好?赶紧去接家茵吧。"

迟暮咬咬唇,将要说的话用力压了下去。

接家茵要紧,她更不想因此就破坏了今晚的氛围。

02 嫉妒

半个小时后他们终于到达左家茵所在的地点,家茵此时正在路边的一家超市门口站着,车,已经被保险公司拖走了。

左家勋责备道:"你怎么搞的,不会直接搭保险公司的顺风车吗?或者提早打电话给家里的司机,这点变通你都不会吗?"

左家茵抱紧双臂,眼圈有些红了:"可是以前我有事都是直接打电话给哥你的,你以前并没有嫌我麻烦嫌我笨。"

"别这样,晚上一个人站在这人生地不熟的地方,出事了怎么办?家勋哥是担心你。"迟暮边说边拉着家茵的手上了车。

"什么关心,"家茵没好气道,"有了他他眼里哪里还会有我。"

迟暮笑道:"家茵,我发现你突然变成了一个小孩,一个正在闹脾气的可爱小孩。"

家茵啪的一声打了她一下:"你还笑,我就是嫉妒你气不过你嘛!不费吹灰之力就把我哥给抢走了!"

那一声似乎是打在了左家勋心上,他转身皱眉道:"不可理喻。迟暮你坐前面来,别理这丫头。"

迟暮笑道:"我就坐后面吧,我跟家茵谁跟谁呀。"

原本家茵还是故作姿态,但听到自己哥哥那句她是真的有点生气了,直接将迟暮朝车下推:"你还是坐前面去吧,别被我欺负得瘦了让人心疼。"

"家茵……"迟暮有些讪讪的,并没有下车。

"去呀!"左家茵直接替她打开了门,脸上带着真实的恼意。

迟暮彻底有些愣了,这已经不是她熟悉的家茵了。她不得不下了车,风吹过,她觉得一阵凉,一种锥心透骨的凉意,跟着就打了一声喷嚏。

"快上车!"左家勋俯身将副驾驶位打开,迟暮无声上了车。

左家茵也有些懊恼自己刚才的行径,自己确实是过分了,下午从钱闻道那个怪物那儿受的气怎么能撒到迟暮身上呢?她内心真的感觉挺后悔的,但是一看到自己的哥哥正握着迟暮的手问冷不冷要不要开暖气的时候她顿时又不舒服了,明明是她刚才在风里站了好一阵,怎么就没人关心她了?

左家勋将车启动起来,单手拿着方向盘,另一手则拖住迟暮的手不放,当着家茵的面如此亲热,迟暮自然是觉得很不好意思,下意识想挣扎却被他牢牢扣住,她又怕影响他开车,因此索性就由他去了。

后面的家茵实在看不下去了:"哥,能不能等会儿再秀恩爱啊,一旦出了事,你们两个反正是对双宿双飞的蝴蝶,我却成了孤魂野鬼……"

生意人一向就忌讳不吉利的言辞,左家勋也不例外,变色道:"你现在说话越来越放肆了!"

嘴上责备着,他的手却已经放开了迟暮,正襟危坐着,双手握着方向盘,专注地望着前方的路。

家茵也知道刚才口无遮拦得过分了,顿时闭口不言。

迟暮顿了一下,不得不开始打圆场,有意问道:"家茵,你今天怎么跑六合这边来了?"

左家茵说道:"我是来考察这里的一家针织厂的。"

"你一个人?"

"是啊,我想证明自己不需要人陪着也能单独做成一件事,"左家茵说道,"别看这乡镇小厂规模不大,却有几台世界上最先进的针织机。"

"哦?"

"是你那位钱大哥帮他们改造的,这里是他外公的老家,"左家茵突然愤愤道,"我下午打电话给他想向他请教这机器的原理,你猜他怎么说?无可奉告!还说叫我别打穷人的主意,别试图抢去穷人的最后一碗饭，你说气人不气人？难道我左家茵脸上写着为富不仁几个字？"

迟暮觉得难以置信："钱教授不像是说得出这种话的人。"

左家茵说："那是对你而已！分明就是个尖酸刻薄的家伙！对你求而不得，就把怨气撒到我身上来，我也真是倒霉透了！"

"你是不是跟他说过想把这厂子给买下来一类的话？"迟暮多少知道左氏蚕食中小企业的那一套，明白左家茵出生在这样的家庭，耳濡目染，肯定也学会了这一套手段。

"是啊，左氏的资金、钱闻道的技术、这里的人力，三而合一，不是挺好的吗？又不是不给人饭吃了，那个混蛋怎么就不明白呢？"左家茵理所当然，说完还加了一句，"哥，你说我说得对不对？"

"思路挺正确的，"左家勋说道，"只是没考虑到对手的个性，对手不正常，所以不应该用正常的方式去对待。"

"那应该怎么解决？"左家茵有意笑道，"不如就交给迟暮好了。"

左家勋轻声呵斥道："闭嘴，这件事就交给你负责解决，我要看看你这些年到底学了些什么本事。"

家茵不满地哼了一声。

迟暮心中莫名一动，下意识看了左家勋一眼，不想左家勋的眼光恰好也向她扫过来，四目相对间两人会心一笑，迟暮马上就懂了他的意思。

看样子，那两只顾锦舟的茶壶倒是为左家茵准备的。

03 望夏楼

到市区突然开始下起细雨，车经过左氏新楼的时候，左家勋停了下来。

除了第一层有星星点点的灯火，大楼此刻幽暗一片，在夜色中像是一个黑巨人，隔着雨看车窗外的世界，更是一片扑朔迷离。

这楼是四年前迟暮和家茵去留学时开始动工的，在奠基的时候，左家勋特意请了风水学家来看，并且按照风水学家的建议，在大楼的东西两侧各自建了一座喷泉，两座喷泉是按照他和夏迟暮的五行来定位的，象征他的喷泉在东，象征迟暮的那一座在西，一东一西坐镇着大楼。

他是颇为相信这个的，觉得这是一种建筑风水学，是古老中国的神秘所在。

当然了，个中缘由他并没有告诉任何人。

左家勋仰面望着大楼，神态自若地向迟暮介绍道："这幢楼是Kohn Pedersen Fox Associates建筑事务所设计的，采用的是世界上少有的双层电梯，共有电梯62部，乘电梯到顶层只需要两分钟，共有2500级楼梯，地面以上占地200万平方尺，公共休息的地方有11万平方尺，有近一千个停车位，以后里面的所有职员都会发一张进出卡，以便保安检查之用。"

"这些数字真的好吓人，"迟暮不禁唏嘘，"想不到你们左氏这么厉害。"

"什么你们左氏，应该是我们左氏，"左家勋转过身子笑望着她的眼睛，"公司总部这个月底会搬到这里，目前这楼还没有名字，你觉得叫什么比较好？"

迟暮想了想说道："不是有现成的吗？左氏集团啊，就像香港那些商用楼一样，有的叫中环大厦，有的叫环球贸易、国际金融等等，简洁又好记。"

后座的左家茵望着哥哥凝视着迟暮的那种不加掩饰的沉醉眼神，不禁开玩笑道："干脆就叫望夏楼好了。"

"望夏楼？"左家勋竟似当了真，沉吟道，"望夏……夏天是繁盛的季节，望夏，说明还没到繁盛的顶峰，好名字。"

迟暮忙说道："别开玩笑，大楼的名字哪能随便取？望夏楼听起来根本不像是商业中心，更像是景观住宅楼。"

左家勋摇头道："这也不一定的，香港著名的晓庐、朗豪坊、海名轩、乐悠居、宇晴轩等等，其中也有商用楼的。我们左氏集团作为上市公司肯定不能随意换招牌，但大楼可以叫别的名字。"

迟暮笑道："好吧，你们两兄妹就继续开玩笑吧。"

"这绝对不是玩笑，"左家勋正色道，"迟暮，望夏楼的另一层意思想必你也能明白，我希望你能尽快和我一起搬进这幢大楼，你千万不要辜负了自己的天赋。"

迟暮顿时张口结舌："我？我就是一个纸上谈兵的家伙……并没有什么实际的才能。"

"不要妄自菲薄，我的眼光是绝对不会错的，退一步说，一个人的才能大小，不试试怎么知道呢？这里有你发展试验的最好机会，难道你不想看看自己身上到底有多少潜能吗？难道你不想自己的名字成为响当当的金字招牌吗？"左家勋按住了她的肩膀，目光热烈，"我希望将来人们介绍你的时候不只是左家勋太太，还是夏迟暮女士，我希望，我们两个，可以并肩站在世人面前，你明白吗？"

这一番声情并茂的话不禁令迟暮身心激荡，内心似乎有什么沉睡的东西被悄悄唤醒了，几乎把后座的家茵都给忘记了。

谁会没有梦想呢？夏迟暮的梦想并不比任何人小！她知道，眼前的这个男人要给她提供的，是一个普通人根本无法想象的大舞台！

毫不夸张地说，她现在已经直接站在了世界的舞台上！

并肩站在世人面前，她与他……天知道她有多喜欢这句！

不合时宜的手机铃声却在此刻突然响了，迟暮顿时醒过神来，忙不迭将手机掏出来接："姑姑？哦，我在外面……和家茵一起呢，要不要家茵接电话？嗯……没什么事吧？好，我会早点回去的。"

迟暮放下手机，看了左家勋一眼，显得有些心神不定，低声道："现在就送我回去吧，姑姑让我早点回家，说是有事要和我谈……口气听着好像有些不对劲，我想她可能是意识到了什么。"

左家勋说道："你别担心，我会陪你一起回家去。"

迟暮马上摇头："不可以，暂时不行。"

左家茵说道："你姑姑居然还不知道啊？她总要面对现实的，何况……我哥这种人，又不会辱没了你。"

迟暮扭头，几近恳求："家茵，还是你陪我一起回家吧。"

左家茵说："可以啊，不过我打掩护一次可以，总不能以后次次都要我打掩护吧？我觉得最好还是尽早告诉你姑姑事实。"

迟暮咬咬唇不吭声。

左家勋将车开动起来。

迟暮突然想起了什么："对了家茵，有件事忘记说了，周臻中今天车祸受伤了，人现在在医院里。"

家茵愣了一下，反应并不激烈："应该不要紧吧？"

迟暮说："还好，已经醒过来了，丁薇目前在那照看他。"

家茵低低地哦了一声："既然她在我就不去凑热闹了，明天我派人送个花篮过去……他在哪个病房？"

迟暮告诉了她。

家茵用手机记了下来。

车在夏樱的楼下停住。

下车前左家勋替迟暮拉了拉领口："真的不要我陪你上去？"

迟暮迟疑了一下，还是摇摇头。

那天她决定让姑姑收下钱闻道送的茶壶时，姑姑喜极而泣的哽咽声犹在耳边……她真的不忍心这么快就让姑姑失望。

04 坦白

怀着忐忑不安的心情打开门，迟暮发现客厅里的灯亮着，卧室的灯也是亮着的，人应该在里面，她边换鞋边有意用一种轻松的语调笑道："姑姑！你看谁来了？"

随着一阵窸窸窣窣的声音，夏樱披着件外套从卧室里面走出来，面色有些疲惫，看样子是刚从床上起来的，不过看到家茵时她的两眼明显地掠过一阵喜悦，立即上前拉住了家茵的双手："有几天不见你了，最近都忙什么呢？"

"我哥让我学着打理生意呢，"家茵感受到夏樱的手心有些不正常的热度，不禁低呼，"夏老师您是不是在发烧？"

迟暮吃了一惊，伸手过来探姑姑的额头，感觉确实有些烫人，忙说道："怎么会这样？要不要去医院？"

"大惊小怪，只是小感冒，我已经吃过药了，没事的，"夏樱坐到沙发上，拍拍左右，笑道，"你们两个坐到我身边来。"

"真的不要紧吗？"迟暮给她倒了一杯水递过去，担心道，"不如现在去医院看看吧。"

"哪有感冒就去医院的？也太矫情了。"夏樱接过水杯，放到面前的茶几上。

迟暮坐下时一眼就看到了茶几下方放着的那只紫砂壶的包装盒，她的右眼皮下意识跳了一下，正疑惑姑姑怎么没把这贵重的东西收起来，果然夏樱的问题就来了，"迟暮，下午我打电话约闻道礼拜天到家里来吃饭，他对我说要问问你的意见，说是如果你同意他就过来，这是什么意思？你们两个是不是闹什么不愉快了？"

迟暮摸了下眉头，强笑道："你没问他吗？"

"他不肯说，让我问你呢！"夏樱没好气地瞪了她一眼，对另一侧的家茵说："一定是这丫头欺负人家了，闻道多忠厚的一个人，家茵你说是不是？"

家茵讪讪笑，一半是替迟暮着急，一半是不同意夏樱对于钱闻道的判断，忠厚？他要是忠厚那世界早就大和平了！

夏樱继续说道："家茵啊，你和迟暮一向就谈得来，我想你一定知道他们之间到底是怎么回事的，是不是？"

左家茵一愣，笑道："夏老师，最近我忙了一点，迟暮的具体情况真的不太清楚……不过，我想感情这种事情，外人谁也过问不了，一切顺其自然比较好，您说是不是？"

门外突然传来一阵敲门声。

这么晚了，会是谁呢？

迟暮急促地跟家茵对视了一眼，起身走过去开门。

正如她所担忧的，门口站着的正是左家勋。

左家勋宽慰地朝她笑笑，一手轻轻关上门，一手则准确地握住了她的手，用足了力气，几乎是令她动弹不得的那种力气，然后拖着她走到神情震惊的夏樱面前，微微鞠了个躬："夏老师，对不起，我是不请自到了。"

夏樱唰地站起身，沉着脸冷冷道："你这是什么意思？放开她！"

左家勋没有松开手："夏老师您别激动，其实我的意思您是知道的，我想不用我再多说。"

夏樱冷哼一声，不客气道："我的意思左总你也是一早就知道的，难道还要我撕破脸皮再重复一次吗？"

迟暮顿时泪盈于睫："姑姑！"

"你给我闭嘴！我才说了一句你就不忍心了？你当初是怎么答应我的？你是怎么说的？啊？你全忘了？"夏樱一脸的痛心疾首，"迟暮，你就是这么一个朝三暮四的人吗？这才几天的工夫啊！怪不得闻道在电话里会支支吾吾的，一个女孩子，不能仗着自己长得好就这样让别人背后说三道四！"

这些话未免说得有些重了，左家茵忙拉住夏樱的手臂："夏老师您消消气，迟暮是什么人其实我们大家都知道的，她一直爱的都是我哥，不是别人……"

也就奇了，家茵一开口，夏樱的态度顿时就缓和了不少："家茵，不是我胡搅蛮缠非要干扰她的生活，但你觉得她跟你哥两个合适吗？不说这年纪相差有十岁……单说你们左家，你妈会从心里接受一个没有根基的媳妇吗？她这脾气你妈能接受吗？"

"只要哥哥同意，别的一切都好说，我妈再是厉害，最后什么事还不都是依着哥哥的？何况，还有我呢，我会永远站在迟暮这一边的，"家茵顿了一下，顺势将夏樱轻轻拉坐下来，声音温柔，"夏老师，哥哥对迟暮的感情，别人不知道，我多少还是知道一点的，这些年他身边一直都没有女人，我虽然不敢肯定他这样做就是因为迟暮，但他今天当着我的面对迟暮说的一句话令我非常感动，他说会让迟暮和他一起并肩站在世人的面前，他说不但要人们知道左家勋太太，还要人们知道夏迟暮女士，迟暮跟了我哥，不会是那种永远只能站在男人身后的可怜的豪门太太，她会是独立自主的夏迟暮，哥哥会给她一个广阔的舞台，让她做自己想做的能做的一切事情，夏老师，这份感情……说真的，我非常嫉妒，今天我还因为这个无故对迟暮发了火，因为我从来没见哥哥对一个人这么好过，包括我，如果将来能有一个男人也对我这样好，那么我真的死也无憾了……"左家茵说着说着不知因何触动了愁肠，眼圈发红，声音都有些哽咽了。

"家茵……"迟暮的鼻子也有些发酸，左家勋轻轻地按住了她的肩。

"好了好了，你这孩子，什么死不死的，你这样的好孩子要是都没人疼，那老天不是瞎眼了吗？"夏樱爱怜地拍拍家茵的手，长长地叹了口气，两只眼睛古井般幽深地望向迟暮，"迟暮，这么说你是一门心思地决定了？"

这是松口的意思了？

左家勋心中顿时一喜："您放心，我一定会把她照顾得很好。"

"我没有问你！"夏樱的口气恶劣似慈禧，"迟暮，现在当着家茵的面，你老实告诉我，是不是下定决心了？再也不会反悔了？"

迟暮沉默。

左家勋放在她肩上的手微微用了力。

左家茵催促道："迟暮你说话呀！"

像是得到某种力量似的，迟暮终于点点头："是，我决定了。"

"好，好……"夏樱盯着她半晌，然后整个人像是突然被抽去了力气似的，颓然倚靠到沙发上，喃喃道，"你已经长大了，有自己的主张了，反正我也不是你的父母，管不了你，一切就随你的便吧……"

迟暮猛地抬眼，夏樱鬓角的几丝白发刺痛了她的眼，刚才的那些话更刺痛了她的心，她猛地挣脱了左家勋，奔上前半跪着扑到夏樱腿上："姑姑！为什么你要这样说话？我知道你很生气，如果你实在不同意，我就不跟家勋哥在一起，真的，我答应你，我答应你！"

"别胡说，哪有你这样的人？今天是这个主意，明天是那个主意，把人弄得团团转，别说人家左总不答应，我也是不会答应的，"夏樱一只手撑着额头，一只手象征性地摸了下她的秀发，然后意图将她推开，"好了，我累了，要去休息……"

迟暮意识到她动作和话语中的冷意，心中顿时凉了半截，不得不起身让开。

夏樱站起身，还没移开脚步，那身子突然摇晃了一下，然后就软软地向一侧倒去。

"姑姑！"

"夏老师！"

夏樱张开眼后发现自己已经躺在医院的病床上。

"姑姑你醒了？"迟暮惊喜地握住她的手。

夏樱敏锐地注意到了侄女发红的眼角，心中不禁一沉，难道说自己……她下意识想坐起身，"我这是怎么了？"

"慢点，慢点，"迟暮一手按住她的身子一手给她拿靠垫，"姑姑，以后你起身的时候动作不能太快了，医生说你有高血压。"

夏樱觉得意外："不会吧？几个月前我检查时医生说一切还挺正常的。"

迟暮一把抱住她："都是因为我，都是我不好……"

夏樱环顾四周，病室里只有一张床，看样子是高级病房，看着这冷冰冰白花花的一切，她突然有些恐惧，伸手轻推迟暮："迟暮，你老实告诉我，我是不是得了什么不治之症？"

迟暮不禁笑道："什么不治之症，我保证你至少能活到八十岁！"

"真的没问题？"夏樱还不放心，自己摸摸额头，似乎不发烧了，她有些不解地望着侄女，"我到底睡了多久？"

"两个小时吧，放心，你真的没有大问题，不信叫医生过来你自己问。"

"不用了，"夏樱想起什么来，"家茵……他们都回去了？"

"家茵回家了，"迟暮面色微红，"家勋哥……人在隔壁的房间。"

"隔壁的房间？难道他也病了？"夏樱的声音里隐隐地透出丝讥讽。

"他非要在这里陪着，所以就多开了一间病房……"迟暮望着夏樱，"医院最近空病房很多的,他绝对不会占用病人的房间,姑姑放心好了！"

"我懂了，"夏樱伸手轻轻按住侄女的手臂，"迟暮，人家算是第一次正式上门来，应该正是我们夏家表现涵养修为的时候，今天真是对不起，姑姑说了那些让你难堪的话，我也不知道为什么一定要说出那种不中听的话来，明明知道已经是不可挽回的事实了，你不会怪我吧？"

迟暮摇头："我知道你是担心我……但我真的不想错过，不管将来怎样，我都想试试，因为……如果没有家勋哥，我想我将来一定会跟姑姑一样，不，我肯定还不如姑姑。"

夏樱叹口气："傻孩子，凭你这容貌和才能，在中上的人家，必定是要风得风要雨得雨，哪个不宠着你以你为荣？怕连我都要跟着你沾光，但是左家……一入侯门深似海啊，虽然左家不是什么侯门，但里头的规矩怕比侯门还要大，他那个妈，一向就喜欢自比上流贵妇，把别人都不当回事，以后你就知道了……"

迟暮不禁有些奇怪："姑姑认识左伯母吗？"

"我怎么会认识人家那种上流社会的贵妇人？"夏樱淡淡道，"我是看报纸上说的，以前你爸也提到过她。"

"小道消息不足信。"迟暮笑，"何况，将来她住她的侯门，我住我的逸园，井水不犯河水。"

"逸园？以后你跟家勋住逸园？他说的？"

见姑姑这会儿已经下意识地换了称呼了，迟暮顿时心口一松，笑着点头："我说的，这样还可以跟姑姑在一起，你还住以前爸妈专门给你留的那个房间。"

夏樱摇头："迟暮，你一定要跟左家勋在一起，我想我反对也是没用，但是我以后是不会跟你住在一起的。"

"为什么？"

夏樱说："没有为什么，我就喜欢住我自己那房子，你要是想我了，就经常回来看看。"

迟暮知道现在多说无益，并不纠缠这个问题，说道："以后再说吧。"

夏樱突然叹了口气："对了，闻道的那个茶壶……明天你给我退回去吧。"

迟暮笑道："放心，他说送给你了。"

夏樱摇头："这成什么了？名不正言不顺的，我不要。"

"收着吧，家勋哥的意思……钱大哥给了一只茶壶，他会还两只回去，为了家茵。"

"真的？"夏樱的眼睛一亮，"他真有这个意思？那还像一个会替妹妹考虑的哥哥，闻道那孩子，真是不可多得的好孩子啊，你不说我想不到，这一说，发现他跟家茵其实更是合适呢！"

"是啊，一对好孩子，可不正是合适之极。"迟暮笑道，"那茶壶，你就先替家茵收着吧，也不枉你一直喜欢她。"

姑侄两个正絮絮说着话，病房外传来轻轻的敲门声，迟暮走过去将门打开。

左家勋手中提着一只扁扁的保温盒走进来，迟暮忙接过去端到姑姑的床头，打开，里面冒出热腾腾的雾气。

是熬得稠薄适中的红豆粥。

左家勋咳嗽了一声："夏老师，您突然昏倒的原因，一方面是因为情绪波动大，血压突然升高了，还有一方面是您血糖比较低，医生说，晚上虽然讲究少吃，但多少还是要吃一点的，对身体有好处。"

夏樱缓缓点头，指着保温盒："这是你刚出去买的？"

"我让家里的陈嫂送过来的，"左家勋顿了一下，"我实在不知道别处哪里卖这个。"

气氛顿时有些微妙。

夏樱突然一笑："瞧我问的都什么话，是我的不是，本来你左总也不是做这种事情的人。"

左家勋忙说："夏老师要是喜欢吃外面卖的，您告诉我哪里有得卖，我现在就给您买去。"

迟暮有些急了："姑姑，您说啊！"

夏樱坐直了身子，拿过保温盒，用调羹在里面轻轻搅动了一下："这个就挺好的。"

迟暮和左家勋相视一笑。

夏樱突然放下调羹："迟暮，你们两个先出去吧，有人看着我会咽不下去。"

左家勋一愣，迟暮却是明白的，姑姑说的其实是真话，老姑婆的怪癖可不是一样两样的，以后一样样的拿出来，估计家勋哥要傻眼的。

05 等你这么久

两人走进隔壁房间关上门，迟暮带着一种劫后余生的喜悦长叹一口气道："还好姑姑没什么事，否则我真的是罪不可赦了！"

"你罪不可赦的时候，头一个要牺牲掉的就是我，是不是？"左家勋伸手揽住她的腰身，声音在她的脑袋上方飘荡，"你这丫头，是不是只要你姑姑说不同意,你就预备丢下我了?"

"哪有?那是哄她的。"迟暮抬起头来,眼含笑意心满意足地仰望着他,然后突然伸出手来轻轻地触了触他的下巴,他的下巴上有短短的胡须冒出来,糙糙的有些刺人。

左家勋伸手捉住她冰凉的小手,低头笑道:"别乱动,我今天早上没刮胡子。"

迟暮笑着将他拉到窗口。

这是医院的高级病区,窗后是一条河,此时雨已停了,深秋河水的寒气静静地浮动在夜色里,带着些清旷的冷冽,病房的灯光照得河水一闪一闪的,四周则寂静得如同河底的卵石,就像所有的声音都被这夜色给吸走了。

迟暮主动将头埋进了左家勋的胸口,贪婪地听他的心脏坚实有力的咚咚声。

此刻她的心里是一片祥和宁静,一种尘埃落定的妥帖感。

良久,迟暮才想起什么,将头抬起来:"时间已经不早了,你还是回去吧。"

左家勋有些意外:"不是说好我在这里陪你的吗?怎么突然又变卦了?"

迟暮说道:"反正姑姑也不要紧,有我在就可以了,明天你还要工作呢,公司那么多人和事都等着你,大家都靠你吃饭呢,马虎不得。"

事实上她是担心左太太……一旦左太太知道姑姑身体并无大碍,而她心爱的儿子竟然还殷勤地在医院做陪护,她一定会觉得这姑侄俩是有意在小题大做。

"不错啊,已经知道为我着想了。"左家勋笑着刮了一下她的鼻尖,"放心,我已经计划好了,明天我准备彻底休息一天,全程陪你。"

"可我明天上午还有课呢。"

"不要紧,我送你过去,然后在那里等你下课,正好跟你们学校好好谈一下,把你的教职给辞掉。"

"这样不好吧,我才工作了几天?"

"快刀斩乱麻,本来就是份鸡肋工作,而且我身边真的很需要人,"

左家勋口气倒很委屈似的，"你总不会忍心让我一个人辛苦地管理这么大的公司吧？"

迟暮不禁失笑："不是还有董事会吗？而且以前你不是管得很好吗？"

"以前那都是因为你没长大嘛，我是勉为其难，看看，你看看，"左家勋身子微屈侧过脑袋，指着一侧鬓角道，"看到没有？等你这么久，我白头发都出来了。"

迟暮当真翻看了一下，却什么都没看到，"哪有？"

"是真的，今天早上我确实发现了一根白头发，真的吓死我了，赶紧就把它拔掉了，我可不想我的迟暮要嫁的是一个糟老头子，所以我决定了，从现在开始，我要锻炼，我要保养，以后我还要把至少一大半的工作交给你去做……"

"喂！那你自己做什么？"

"干脆我什么都不做，以后就靠你养，"左家勋笑着揉揉她的头发，"你说好不好？"

"我可养不起你！"

两人正说笑着，左家勋的手机响了，他拿起来看了下，将手机搁置到耳边，一只手依旧揽着迟暮的腰身："喂？"

"家勋，赵总想约你见一面。"

"哦，知道，谢谢你，安琪。"

"你约个地点。"

"老地方可以吗？"

身边的迟暮将通话内容一字不落听在耳里。

林安琪这么晚了还可以这么随心所欲地打电话给他，老地方……可见两人的关系一向是比较亲密的，应该不比她和周臻中关系差吧？

左家勋放下手机，见迟暮眼皮下垂一声不吭，他突然很开心似的："你似乎有些不高兴？"

迟暮白他一眼："我为什么要不高兴？"

"嘿嘿，"左家勋笑着，也不戳穿她，"本来计划好明天一天陪你的，这样的话……明天晚上你陪我一起过去吧。"

迟暮一愣："我什么都不懂的。"

左家勋说道："你去了什么都不用做的，陪着我就好。"

"到时候再说吧。"

"不行，就这么定了。"

迟暮对他的霸道有些不快："你还是早点回家吧，刚才在电话里不是说要考虑什么新方案吗？回去才能好好考虑，在医院里会影响思维的。"

"天气凉，你的大衣我刚才给你拿来了，"左家勋转身从床头的包里掏出那件有着宝石纽扣的黑色外套，给迟暮披上，然后从里面掏出两只保鲜膜包着的苹果，拿了一只到洗手间洗了，递给迟暮。

迟暮接过，坐到床头随意地咬了一大口。

左家勋望着她，用纸巾擦擦手，笑眯眯地扫了那只放衣服的包一眼，口气很不经意似的："我怀疑你是成心要向我示爱的。"

迟暮瞪大眼睛，"什么？"

左家勋的脸凑过来，笑得异样："包里放的这白裙子，还有皮鞋，其实……你就是想告诉我，但凡我送你的东西，你一直都保存着，是不是？"

"美得你！"迟暮红了脸，起身将咬了两口的苹果用力塞进他手中，"我看姑姑去了！"

匆匆走进夏樱的病房，迟暮发现她已经吃好了，忙收拾餐具。

夏樱问道："家勋还在隔壁吧？"

迟暮嗯了一声。

夏樱说："让他回去吧，别因为这个给人落下话柄。"

"是，我这就跟他说去。"

果然是嫡亲的姑侄，想法一致。

迟暮拿着餐盒重新回到隔壁的房间。

进门时发现左家勋边翻看报纸边啃着苹果，那只苹果……明明是她刚刚啃过的，因为另一只，还在床头搁着。

苹果这东西，不比别的水果，最易氧化，一旦接触了空气就十分难看，但他似乎一点也不介意，一口一口地吃着，很香甜似的。

迟暮心里有些异样。

见她又来了，左家勋站起身，看着手中的果核笑道："刚刚不小心把你的苹果给吃掉了，怎么办？要不要重新再给你洗只？"

迟暮摇头，低声道："姑姑让你回家去呢，你在这里，她会觉得压力大，真的。"

"哦，我懂了，"左家勋将啃剩的果核扔进垃圾桶，从床头又拿过一只纸袋递给迟暮，她疑惑地打开，发现里面是一套肉色的丝质内衣裤，一件白色的衬衣，衣领用银线绣的祥云花纹，甚至还有一双肉色的丝袜。

呵，他什么都想到了。

此时此刻，说不感动是假的。

"先把东西放下，"左家勋从她手里将包抽走，顺势轻轻将她揽进怀中，他的头低俯下来，迟暮一个躲闪不及，他的吻就落了下来，刚要挣扎，发现他吻的是自己的脸颊和额头，还有眼皮，很轻……这不是亲热的前奏，而是父性的吻，有种掏心掏肺的体贴和温柔，迟暮自然感应到了，她的眼角有些潮，主动伸手抱住他的腰身："家勋哥，明天……你早上过来接我。"

送走左家勋后，迟暮还独自去了前排的病房一趟，周臻中已经从急救室搬到了普通病房，隔窗可以看到丁薇和周臻中的母亲两人在聊着什么，周母脸上带着笑意，周臻中的面朝里，看不见表情。

能笑，说明已经问题不大了，迟暮放了心，一声不响离开了。

这个晚上，迟暮躺在陪护床上和姑姑谈笑着，姑侄两个好久没有这样共睡一室了。迟暮有意避开左家勋，缠着姑姑讲自己小时候的事情。

夏樱说她小时候胆小，半夜或者早上醒过来，总要爬到大人的床上继续睡觉，非要挤在人身边，越挤越紧，曾经两次把一贯爱独睡的夏樱挤到床下去。

迟暮根本想不起自己小时候了。

那小小的人儿，一定是渴望安全感才如此的吧？

Chapter 11 第十一章 你存在我所有的角落

01 原来如此

夏樱很快便出院了。

左家勋跟学校交涉了一番，约定迟暮在经济学院再上两周课后便离开。

他对迟暮说："正好你抓紧这两周的时间替我们左氏做一下宣传，挖掘出一些优秀的学生，就当为你自己将来管理公司选精兵良将，人才不一定非得从国外回来的才是优秀的，那种滥竽充数的其实不少。"

迟暮笑道："S市谁不知道左氏，哪里还要我多做宣传？就算是周臻中那样的人才，原本也是想到你麾下服务的。"

左家勋笑笑，没有吭声。

两人此时坐在校园内的长椅上。

远处偶尔有同学经过。

"那不是你们系新来的美女老师吗？身边那位又是谁啊？"

"是她，身边那个男人不认识，个子好高，看着挺有气势的。"

"笑了！她笑了！完了完了，我看钱教授要悲剧了！"

"还用说吗！"

"我看未必吧？钱教授实力也不差的。"

……

大学校园，亦是盛产流言之地。

左家勋敏锐地注意到了周围投射过来的各种异样眼光，他看了下时间，站起身，一手替迟暮拿过书，一手牵住她，"我们走吧，反正下午你没课，中午就到逸园吃饭吧，李婶一直都在等你过去。"

众目睽睽之下，迟暮没有甩开他的手，而是拉过他那宽大干燥的手掌，神态自若地与他并肩而行，也不刻意避开人群。

说是并肩，其实也不对，根本就并不到一起，因为他身高在1米85左右，而她，才1米62。

像是约好了，两人所到之处，人群纷纷散到两侧，自然而然形成一条道，倒像是夹道欢迎似的。

"不觉得紧张害怕？"左家勋边走边垂下眼眸含笑望向她。

"为什么要紧张害怕?"迟暮笑着反问,两眼射出自信而调皮的光芒。

左家勋笑道:"人前大大方方的女孩子,我喜欢,可见我的眼光不错。"

如果,两人单独相处的时候她也有这么大方主动就好了,咳咳咳……

迟暮横他一眼:"夸我就夸我,没见过你这种还捎带夸自己的,自恋。"

"那我不自恋,让你恋我就好了。"

"继续自恋……"

"不怕被人议论?"

"怕什么?至多说我是傍大款。"

"这好啊,你贪财我好色,咱们两个还真是天生的一对。"

要是从前,谁敢相信冷面冷心的左家勋竟也能说出这种话来?十足的厚脸皮兼耍赖皮。

迟暮仰面含笑看身边的男人,他此刻脸上的表情是随性的慵懒的,却又带着一种掩饰不住的威武和贵气。

之所以敢牵着他的手在校园里走一趟,其实不为别人,为的是要明白地告诉自己:这个男人现在是自己的了,真真实实的。别再轻易放开了。

上车后,左家勋的车径自朝逸园方向而去。

左家勋现在就跟武林高手似的,练就了单手开车的绝技,另一手自然是握住了迟暮的手。

迟暮劝他开车时要专注点,他却说只有这样他的心才可以平定下来。

正是热恋阶段,反正甜言蜜语不嫌多,迟暮也就不想再去点他。

车到了逸园,老李和李婶早就笑呵呵地站在院门口迎接他们了。

这两人是夫妻,女人是当初夏家的佣人,迟暮习惯叫她李婶,而男人则是以前夏家公司的门卫,迟暮跟着别人后面,也喊他老李。

前天迟暮是夜里过来的,根本没来得及细看逸园就被周臻中给搅了,现在她才算是真正看到了逸园的花园,看到了里面两大丛的花,一丛是红玫瑰,一丛是雏菊,玫瑰已是尾声,而雏菊正盛开着,她顿时欣喜地奔下车去。

红玫瑰是她母亲当年最爱的,当然了,她也是很喜欢的,雏菊,则是她的最爱。

事实上她喜欢的花草有很多,但当年父母问她园子里喜欢种些什么花时,她回答说是雏菊,只是因为怕母亲过于操劳,雏菊好养的缘故。

不过渐渐地就真的喜欢上了,丢不掉的感觉。

习惯了。

习惯是一种可怕的力量,就像她爱上左家勋一样。

李婶接过左家勋从车后备箱里拎出的各种包装袋,"左先生,十一点半开饭好吗?"

左家勋笑望着在园子里四处闲逛的迟暮:"等她饿了再说吧。"

李婶点头笑:"那我先把这些放进更衣室去。"

左家勋应了声。

迟暮走到园子后面,发现这里还是像从前一样是大片竹林,四周被细致地用比较大的鹅卵石围住了,一是为了遏制竹林过度扩张,二是为了健身。当年她父亲吃过晚饭后总爱在这里走几圈,脱下鞋袜,赤足走,说是可以舒筋活血。

鱼池靠墙的那块石头已经被处理掉了,取而代之的是几根竖起的尖利的钢针状的东西,在阳光下寒光闪闪的,也就是说,以后谁要是再不小心从那墙上掉进来,不死也得挂个彩。

迟暮站在池边,那些金鱼锦鲤等似有感应,都纷纷朝她游过来。

她随手摘了两片树叶扔到池中,然后坐到两棵树之间的秋千上,自顾自地轻轻晃荡起来,脚旁,是一丛丛盛开的雏菊。

大概是秋老虎的余威尚在,阳光照下来,她脸上身上竟有些汗津津的。

左家勋站到她背后,悄悄地按住了秋千的绳子,低头笑道:"怎么还不进家门呢?"此时她身上有股明显的少女的汗息味,比什么香水都好闻,他只觉得诱惑无比,不觉悄悄地几乎是贪婪地嗅着。

迟暮笑着扭过身子,仰面看他,左家勋看到了她额角上那细细的茸毛以及上面晶莹的汗珠，他就再也忍不住了，低下身子捧住她的小脸。

在烂漫的雏菊丛中，他吻住了她的唇。

进入逸园大厅后迟暮才发现，所有的家具以及摆布，跟她从前的家几乎一模一样，就连花架上的植物也是一样的，绿萝和兰草，都是母亲当年经常侍弄的好养的植物。

推开父母的房门，里面的东西一如从前，甚至还有一件父亲的旧外套挂在衣架上，床上的被褥是干净整洁的，就好像父母刚刚出门了一样。

迟暮伸手在父亲的那件旧外套上轻轻抚摸了一下，然后一声不吭出了房间。

走进楼上她自己原先的卧室，布置自然也跟记忆中是一样的，只是那张青色的床单看着有些古怪，她走过去，伸手一摸，有些糙。

呵，原来床单是用牛仔布料做的。

身后的左家勋悄无声息地走过来揽住了她的腰身，"你在剑桥几年一直用的都是这种料子的床单，我以为你特别喜欢，所以就让人做了一床。"

迟暮忍不住轻轻啊了一声，脸色开始发烫。

她在剑桥确实用的是这个……牛仔料子。

寂寞悠长的求学生涯。

别人都在恋爱的好时光。

她一共拒绝了多少个男孩子？

记不得了。

午夜梦回的时候，她的身体在被窝里感受着这种质地有些粗的布料，就仿佛是在感受她的家勋哥的肌肤一般，那是一种不为人知的别样的安慰。

迟暮气息不匀："你……你是怎么知道这床单的？"

难道她想他的时候，他的灵魂就在她身边窥视着她？

他不知道她的心思，如今她有了真人，哪里还需要这个？

左家勋说道："记得有一次你连续发烧三天的事吗？那次我去看过你，其实在你上学的时候，我每年去英国总有六七次吧。"

迟暮很是意外，"你去过？英国？"

"每次都只是远远地瞧着你，或者等你离开之后进入你房间，"左家勋笑，"你的房东，在你求学期间一直是左氏的聘用员工，她的工作就是照顾你，并随时向我汇报你的行动。"

记忆开始复活，那个英国华侨，那个温和客气的中年妇人，教她做饭，陪她聊天，照顾她的起居……原来如此。

02 无情亦是深情

房间唯一的改动是麻将室。

迟暮的父母都比较好客，他们在世时家中往来的太太小姐们有不少，因此特别开辟出了一间麻将室以供来客打牌娱乐。

现在，当初的麻将室已经被改造成了一间具有国际水准的画室，一张异常阔大的平台上放满了纸张和各款颜料。

迟暮伸手用两指在平台上敲了敲："这台子好像很不错，敲击声坚实悠远。"

"好眼光，金丝楠木的。"

迟暮没吭声。

她早知道他已经有钱到了一种令人无法想象的地步，因此无论有什么事在他身上出现，都是一件很普通的事情，不必表示惊讶。

她又随手翻了翻那些纸张："哇，这是荣宝斋绝品呢，给你这种附庸风雅的老板乱涂乱画会不会是牛嚼牡丹太浪费了？"

"什么叫乱涂乱画？我好歹也在法国专门学过油画的，"左家勋哗啦一声将放在墙角画架上的那块布掀开，"看看怎样？"

画架上的一组人像快速弹入迟暮眼帘。

她的心中顿时一阵颤动。

那些人像是她，全是她。

一共是二十四张。

有的着长白裙，有的着牛仔长裤，有的着短红裙，还有一个竟然着那种绝无品味的超短裤，上身是小背心，竟然还叉着腰，看上去颇有女阿飞气息，所有的这些人像无一例外是脸上笑意盈盈，长发纷飞有如大风吹过。

左家勋站到她身边:"怎么样?"

迟暮屏住呼吸盯着那些人像:"什么时候画的?看上去不像是近期的。"

左家勋说:"去一趟英国,回来后就画一张,还可以吧?"

迟暮小声道:"可以不可以我说了不算,我又不懂。"

"你只说你喜欢不喜欢。"

此刻的左家勋有如一个急需家长鼓励的小男孩,那种殷切期盼的神情迟暮怎能忽视?她点点头,柔声道:"喜欢,我很喜欢。"

这份心意谁不动容?

左家勋满意地拉住她的手,另一只手则将靠窗台面上的一大块布掀开。

迟暮惊喜道:"我的琴?怪不得刚才我在客厅没看到,原来是搬到这里来了。"

左家勋说:"以后有空了,你弹琴我作画,我专门画你,你说好不好?"

迟暮笑笑:"几年不碰这个,我的琴技早就生疏了,不如这样,琴你弹,画你作,我就负责在一边欣赏好了。"

"太懒的丫头可不好,"左家勋将琴凳拉出来,硬是将她按坐下,"上次我弹了首 The Crave 给你听,你今天至少也得弹一曲我听一下,这样才公平。"

迟暮没有再推辞,按了几个键试音,问道:"你想听什么?"

"你想弹什么就是什么。"

迟暮迟疑了一下,随即流水般的钢琴声开始从她纤细的手指间倾泻而出,旋律飘忽低迷,充满了一种幻觉般的意境。

左家勋闭上眼睛侧耳聆听。

他的眼前似乎看到一个懵懂无知的女孩,独自一人行走在铺着鹅卵石的狭窄、清冷的小巷里,喧嚣的人群在她身后渐渐远去,前面是没有尽头的黑夜……

一曲终了,迟暮长长地呼出一口气,眼角竟有些潮。

左家勋更是久久不能回过神来。

他从未听她弹奏过这首《寂静之声》，而她竟能弹奏得如此娴熟流畅！

都说琴为心声，她这是——

左家勋蹲下身子，轻轻将迟暮的身子扳向他，当看到她的脸时他不禁一怔，哑声道："为什么要哭？"

迟暮摇头，努力想对他做出一个笑的姿势，无奈，太不自然了。

"你内心还在恨我是不是？恨我当初把你一个人扔在荒野中？"

迟暮摇头。

"不要骗我了，如果我不懂你，这世上还有谁能懂你？"

既然懂我，为何当初还要那样对我？

迟暮在心中大声责问。

这个问题萦绕在她心中已经不是一天两天了……为什么当初他要那样对她？在她失去了父母最需要关爱的时候，他却那样毫不留情地将她远远地推开。

左家勋站起身，将她拉进他怀中，紧紧地拥抱着："对不起，我以为那样做是在为你好。"

为她好？他当初的无情竟然是对她好？

迟暮突然用力将他推开，气道："我倒想知道你到底是怎么个对我好法？"

左家勋似乎有些尴尬，讪讪道："迟暮，难道你不觉得自己跟以前比有很大的变化吗？相比从前，现在的你要可爱得多。"

迟暮哼了一声，眼睛看向窗外。

左家勋伸手揽住她的腰身，不容她抗拒将她紧紧箍住，叹了口气道："迟暮，第一次在逸园见到你的时候，你穿了一件白裙子，长头发一直到腰身，在花园里追着蝴蝶跑，那模样实在可爱得不行，只是……当时你任性调皮得实在让人吃不消，心血来潮随手拿起剪刀就剪掉你妈的名牌衣服，说是自己要重新设计，吃完蛋糕身边没纸巾，你直接走到你爸面前用他的领带擦，你爸竟然还乐得哈哈大笑，家中佣人一听到你的声音就躲得远远的……"

迟暮讶异地扭头看他："你都记得？"

"怎么不记得？"左家勋伸指在她额上一点，笑道，"第一次见到你时我就想，哇，这无法无天的丫头，将来谁娶回家谁要倒霉的，不如我就替天行道勉为其难收了她吧。"

迟暮没理他的调侃，幽幽道："一个被爸妈宠坏的孩子，你喜欢她，但却不能容忍她的个性，所以你要改造她……这就是你当初的理由，是不是？"

左家勋正色道："我承认自己自私了一点，其实你在煎熬的时候我也不好过，好几次我都忍不住要停下这个计划，直接把你拉到我身边来……不过现在看来，所有的忍耐都是值得的，甚至我妈，我还以为她多难缠的一个人，现在竟然没有多费口舌她就同意了我们。"

迟暮望着他："家勋哥，如果我没有按照你的意愿进化成大家喜欢的样子，你是不是就不准备要我了？"

左家勋面色一变："怎么会？我一直都很看好你。"

迟暮淡淡一笑："算了，不纠结这个问题了，知道你是为我好就行，不过，据说一个人骨子里的个性是很难改的，我真担心自己哪一天原形毕露惹恼了谁，到时候该怎么办呢？"

左家勋握住她的一只手放到自己面颊上："无论你变成什么样，我不会再推开你。"

迟暮呆了呆，轻轻抽出手："我累了，想去休息一下。"

"好，"左家勋问，"要不要……我陪你？"

迟暮横他一眼，自己扭身去了卧室。

左家勋望着她的背影，笑笑摇头，下了楼。

楼下，李婶正在擦地板，听到楼梯有脚步声忙站起身："左先生。"

左家勋四顾着光洁的地板道："李婶你中午怎么不休息一下？地板不用天天擦的。"

李婶笑道："迟暮那孩子很爱干净，稍微有点脏她就会不高兴的。"

"不会，她现在懂事多了，李婶要是对她有什么不满意的，可以直接说出来，不要担心她的脾气。"

李婶嘿嘿赔笑。

谁敢呢？

左家勋继续问道："老李呢？"

"在花园里除草呢，"李婶看了左家勋一眼，"左先生，其实这里只要我一个人做做家务就行了，老李他总觉得自己是个闲人，拿这么多的工资他觉得实在过意不去，真的，这些年我们一直被你照顾着……"

左家勋止住了她的话，"不要有什么心理负担，对了，老李不是会开车吗？以后他还可以做迟暮的司机，再说这里没个男人也不行。"

"哦，那左先生你不准备住这里吗？"

左家勋朝楼上看了一眼，笑道："要等她同意呢，她现在心里还有些别扭，觉得我太自私，不够爱她。"

李婶急道："你没跟她解释吗？"

"我解释了一部分，我一直都没有把莉莉的事情告诉她，李婶，你不会怪我太顾着迟暮而不顾你们的感受吧？"

李婶摇头，"不会，我和老李早就已经想通了，其实也不怪迟暮，她当初不过是因为心情不好，说了些重话罢了，是我家莉莉命不好遇到那些坏人，还好坏人已经得到了惩罚，我想莉莉在天上也不会怪迟暮的。"

左家勋点头："谢谢你们的理解，我替迟暮谢谢你们了。"

"这些年你一直照顾着我跟老李，应该是我们谢谢你才对，你放心，我会像疼莉莉一样疼迟暮的。"

左家勋微微颔首："这就好，这就好。"

03 弱肉强食的世界

S市私家菜馆"晓庐"包间内。

大概是为了衬托古典的效果，包间内用了仿古烛台，因此里面的光线不甚亮堂，整个房间似乎蒙上了一层淡淡的光晕，配着精雕细琢的中式家具，看上去有些迷离而清冷。

林安琪红唇白面，盘了发，着一身烟紫色夹棉旗袍，越发衬托出她的玲珑身姿，此刻她凭窗而立，神情悠远，看上去宛如民国名伶。

她身边站着的男人身着藏青蓝唐装，眯着眼睛欣赏地望向她，"安琪,今天你这一身实在是难得一见,端的是古典美人风韵。"

林安琪笑得有些凄迷:"赵大哥说笑了,我哪里算得上什么美人。"

"报纸上的消息当不得真的,"赵总轻轻按住林安琪的肩膀,"别担心,我自有办法,今天我会当面替你问问左家勋,总不能让你白等他这么多年。"

林安琪摇头苦笑:"算了吧,你要是问了,他可能会直接回我一句,谁让你等的。"

赵总微微皱眉,眼里闪着阴鸷森然的光:"他竟是这样冷情的人?"

"原先我也以为他是冷情,待我总算比一般人要客气些特别些,现在我算知道了,他待我,只是和对待商业大客户差不多,你看看,除非你出马,否则我哪里能够请得动他?"

"别这么说自己,那女孩到底有什么特别的?难道会妖法?既没有根基,长相也一般,我也看了今天的报纸,照片上的人无非就是比平常人清秀点罢了,比起你可差远了。"

"一般?"林安琪突然笑了,"赵大哥,不管是讨厌不讨厌那个夏迟暮,我都不得不承认,她的长相真的不差。"

"哦?"赵总语气颇为怜惜,"安琪,平日里你一向都是很自信的,看来左家勋此番对你的打击实在不轻。"

两人正说着话,听到门口有汽车声,林安琪道:"他们来了。"她边说边抬脚准备朝外走,赵总一把拉住她的手,"让他自己进来就是了,你何必要亲自出去迎接?他这傲气就是你惯坏的,也不想想他何曾将你放在心上。"

林安琪无声地挣脱他的手,低声道:"听你的,我不出去就是了。"

从窗口可以隐隐看到,进来的是两个人,一高一矮。

林安琪急促地看了赵总一眼,赵总安慰地在她肩上一按。

很快,左家勋和夏迟暮两人并肩踏入包间。

左家勋朝林安琪一点头,主动对赵总伸出手去:"赵总,咱们又见面了。"

赵总点点头,并不伸手,而是注视着左家勋身边的女孩,刚刚在眼中刻意凝起的冷酷冰霜在一瞬间似乎有了一丝细缝皲裂。

现在他知道了，林安琪刚才说的话是对的。

不管你喜欢不喜欢眼前这个人，你都得承认，她的长相真的不差。

似乎是刻意要和左家勋凑成一对似的，这女孩从头到脚也是黑色的，除却领口是真丝白衬衫，如此简单装扮却越发衬托得她肤光胜雪，他更没想到的是，清纯和妩媚两种对立的气质竟可以同时显现在一个人身上，更兼一股浓郁的书卷气……难得的极品。

左家勋伸出的手一时没有着落只得无声放下，迟暮忙含笑伸出手去："您好，我叫夏迟暮，目前在S大教书。"

"哦，是夏小姐。"赵总伸出手轻轻握住了她的小手，那种温香滑腻的感觉顿时令他身心一荡，一时竟忘了松手。

迟暮神态自若作势四顾："这里还真是别有洞天，林小姐安排的好地方。"

赵总心中暗叫一声惭愧，忙松开手："是啊，安琪做事一向很妥当。"

"谢谢夸奖。"林安琪淡淡一笑，她的目光落在迟暮脸上，轻飘飘的，却让迟暮在瞬间有种如寒芒在刺的感觉，她忙点点头对林安琪报以笑容。

左家勋拉住迟暮的手臂将她按坐下来："先喝点茶吧，这家的雀舌还可以。"

"是啊，夏小姐尝尝看。"赵总也跟着附和，并在迟暮对面坐下来。

哈哈！

林安琪面色无波，心中却发出阵阵苦笑，瞧瞧，这就是男人，刚刚还在替自己打抱不平，现在呢？美色当前，什么都忘了。

赵总饮了口茶，望着对面人儿那如蝶翼般的卷翘浓睫："夏小姐是剑桥毕业的吗？"

"是啊，"左家勋坐下接口道，"她在剑桥学的是管理学，当初之所以让她学这个，我就是想她回来之后好助我一臂之力。"

"哦？"赵总下意识扫了林安琪一眼，"这么说左总对自己的人生一早就规划好了？"

"可以这么说，"左家勋突然拿起迟暮搁在桌上的一只手，"我们准备在元旦结婚。"

"这么说报纸上的八卦新闻竟是真的了？"赵总说着话，却望着迟暮的眼睛，"恭喜了。"

林安琪似乎有些沉不住气了："家勋，我以前好像从没听你提过夏小姐。"

左家勋望着她淡淡道："个人私事我一向不习惯跟外人谈，而且迟暮那时候还小，我怕影响了她的学业，就连家母和家茵，也是最近才知道的。"

林安琪面色微微泛白，正好此时服务员进门了，她忙开口道："开始上菜吧。"

迟暮的一只手一直被左家勋握着，她几次示意他都不肯松手，直到她借机要去洗手间才摆脱了他的控制。

进洗手间后她对着镜子长长地叹了口气，不可否认，她的家勋哥用这个近乎碍眼的动作表明了他的主权和态度，这无疑是令她喜悦的，可是，他这样做其实也是在替她树敌，难道他没意识到刚才林安琪的情绪变化吗？

至少也要顾及一点吧。

做人要留余地。

迟暮决定接下来要对林安琪特别客气一点，喜欢一个人不是错，林安琪没有错。

或许这就是胜利者的怜悯吧。

迟暮用手捧了些凉水在有些泛红的脸上浇了浇，又对着镜子理了下头发，转身正准备离开，突然被一个人影挡住了。

"赵总，"迟暮有些不自在地招呼了一声，拔脚要走，毕竟在洗手间门口，男女对话的感觉实在有些怪异。

"夏小姐，我有句话想说。"

迟暮不得不停步，挑眉望着他。

赵总凝望着她那道令人心跳加速的眉，低声道："如果你愿意，我可以提供更大的舞台给你。"

迟暮愣了一下，像听到一个很好笑的笑话似的突然笑了笑。

赵总蹙眉："我说的是真话，夏小姐不妨考虑一下。"

"谢谢赵总高看，不过我想我不需要。"迟暮边说边拔脚欲走。

"夏小姐不要激动，"赵总轻轻一笑，"你的自信心真让我不知道该说什么才好，我是该为你的勇气鼓掌呢，还是要嘲笑你的愚蠢？你知道吗？左家勋的事业，我可以让他起就起，让他倒就倒，你信不信？"

迟暮转身，一脸愕然地望着他。

赵总似乎明白了她还未出口的话："觉得我很可恨很无耻是不是？这本来就是一个弱肉强食的世界，你必须要学会习惯，我想左家勋应该告诉过你，有些人是生来就拥有特权的，譬如我。"

迟暮面色苍白，咬唇作声不得。

赵总望着她那张小脸，笑笑道："是不是想要真实感受一下我的话的分量？"

"到底要怎样才能让你不去对付家勋哥？"

"接受我提供的更大的舞台。"

迟暮断然摇头，急急道："我离开他，我离开他总可以吧？我看得出来你很在乎林安琪，我会给她让道的！"

赵总牢牢地锁定她的眼，"其实我更在乎的是你。"

"赵总您过分了，我们才认识不过几分钟！"迟暮快步踏出洗手间，又扭过头，"我原以为家勋哥看重的人不是英雄也是豪杰，看来我错了。"

赵总玩味地望着她的背影，笑了笑。

04 陶庵梦忆

迟暮匆匆回到座位。

左家勋见她面色颇不寻常，忙问道："怎么回事？"

迟暮强笑，"刚才脚下一滑，差点摔一跤。"

"还是小时候的脾性，做事毛毛躁躁的，下次小心点，听到没有？"左家勋的口吻自然得很，但听在林安琪耳里简直就是一种示威或者是一种受刑，正咬唇不知所措时看到赵总过来了，忙说道："赵大哥，菜都齐了，就等你了。"

赵总坐下，看桌上菜的时候用余光看了迟暮一眼，笑道："安琪今天点的菜不错啊，看上去挺有名堂的。"

林安琪笑道:"我让他们家厨子拿的最新菜式,至于到底怎么个新法,还得喊人过来问问。"
　　站在一侧的服务员刚想开口,却被赵总给制止住了:"等一下。"
　　左家勋笑道:"看样子赵总对这桌菜有一定的见解。"
　　赵总扫了眼众人,一脸的气定神闲,"不如我们在开吃之前做个小游戏,我提示一下,这是一个仿古菜谱,谁要是猜出了这桌菜的出处,就算谁赢,你们说好不好?"
　　林安琪有些意外:"这桌?赵大哥你是说这桌吗?不是一样一样地叫出菜名来?"
　　"是这桌,只要说出处就算赢了。"赵总嘴角眼神都带着笑意,显然是成竹在胸的。
　　左家勋笑着摇头:"我对这些一向就没研究,认输、主动认输。"
　　"友情提醒,输的人可是要被罚的哦。"赵总望向对面的迟暮,她正好也望着他,莹澈的眼神带着没有温度的犀利,仿佛洞悉一切一般,他不禁一愣:"夏小姐是不认可这个游戏吗?"
　　"怎么会呢?我接受,"迟暮微微一笑,"不过,赢的人可以向赵总您要个奖励吗?"
　　那灿若春花的笑容让赵总觉得包间里突然亮了许多,不禁点头道:"可以,只要我给得出。"
　　"放心,您一定给得出的,"迟暮顿了下说道,"看情形赵总您是知道这道菜的,家勋哥已经弃权认输,现在就剩下我跟林小姐了,林小姐,您先请吧。"
　　林安琪含笑,缓缓道:"这样似乎不太公平吧?万一我说对了,你跟着我说,那岂不是……"
　　迟暮马上道:"如果林小姐说对了,我不会再开口,算我输。"
　　左家勋面带笑容,若有所思地望着迟暮。
　　"哦?那我倒要好好琢磨一下了。"林安琪面色平静,心里却是极恼火的,这个丫头说话未免也太嚣张了吧?她就笃定她懂?仗着有张漂亮脸蛋,也不看看自己什么身份出入过几次大场合。
　　当下林安琪定定神,认真地看向桌上的菜肴:螃蟹、腊鸭、各式瓜果、乳酪……

林安琪想了会儿，最后期盼地望着赵总："难道……出自《随园食单》？"

这是一个相对安全的答案，就算不是出自袁才子的食单中也不算丢人，至少，她还知道有《随园食单》这本书。

赵总不置可否地笑笑，看向迟暮："夏小姐的答案呢？"

"应该是出自张岱的《陶庵梦忆》中的菜谱，"注意到了赵总神色一顿，迟暮心中突然一阵激动，离开剑桥后她已经好久都没有这样热血沸腾的感觉了，还说什么以后安静地教书育人，骗人的，她现在发现自己其实骨子里更喜欢的还是这种危机重重让人心跳加速的场面，好有挑战性！自然她更喜欢的是最后挑战成功的那种快感！

迟暮像是回到了中学的课堂上，索性起身朗读起来："河蟹至十月与稻粱俱肥，掀其壳，膏腻堆积，如玉脂珀屑，团结不散，甘腴虽八珍不及。"她用手指了指桌上的菜品，继续朗诵道："从以肥腊鸭、牛乳酪，醉蚶如琥珀，以鸭汁煮白菜如玉版，果以谢橘、以风栗、以风菱。饮以玉壶冰，蔬以兵坑笋，饭以新余杭白，漱以兰雪茶……"

左家勋笑看着她，眼底是不加掩饰的爱意和欣赏。

他的迟暮一定不知道，她侃侃而谈的样子是怎样的光彩照人。

迟暮的声音本就温润动听，这些文言念起来更兼一股文采风流，赵总不禁轻击其掌，连声道："好！好！"

林安琪突然轻笑道："这都什么呀，之乎者也一大堆的，听得我头昏脑涨，赵大哥，我简直怀疑刚才你们两个先后进洗手间事先沟通好了的。"

迟暮坐下，笑笑道："林小姐要是不信，不妨自己再背诵一遍就是了，看看是不是刚才那会儿工夫就能沟通出什么来。"

林安琪顿时有些讪讪的："我可没妹妹你的好记忆。"

左家勋似笑非笑："迟暮，什么时候学了这一套套的？听得人一愣一愣的，我都不知道你有这能耐。"

"因为你的房东密探没有跟我一起去读书啊，所以你不会知道，"迟暮笑，"我的导师虽然没来过中国，却是个东方迷，经常让我给他讲中国古代的一些吃喝玩乐什么的给他听，他尤其喜欢吃，经常去唐人街找吃的，一般的菜式忽悠不了他，然后我就在网上找了些仿古的菜谱……没办法，要讨好导师呗，否则他怎么会愿意给我开小灶呢？"

林安琪继续表示不信："就算你导师会说中文，你念的这些之乎者也他能听得懂？"

迟暮淡淡道："当然听不懂了，我是用英文翻译给他听的，至于我为什么会背下这些，很简单，因为无聊呗，还因为想到将来可能会刻意地露一手给大家看，显摆显摆，这不，今天还真的露了一手。其实我还会背很多古文的，不信大家可以……"

"好了，"左家勋笑道，"这丫头的记忆力特别好，智商测试几次都在 160 以上，只是她从前太贪玩不爱学习。"

赵总像是明白了什么似的缓缓点头："左总你好眼光啊，没白等这么多年。"

左家勋一笑，突然伸手在迟暮头发上揉了揉，这个动作充满了钟爱和宠溺。

迟暮似乎没有顾及到他，眼睛里星光闪闪："赵总您刚才的话还算吗？"

"一言九鼎，"赵总点头，仿佛心底最深处的黑暗也给她眼里的星光照亮了照清了，笑道，"放心，只要我能给的，都会给你。"

"好，我先记得就是了。"迟暮心中松了口气。

事实上她一开始就不信这个赵总真会拿自己怎样，但她不敢说自己的第六感就一定准确，直到此时，她才放了心。

放心的同时她笑着看向左家勋，突然发现他盯着自己的目光异常的幽暗深沉，她心中顿时有些不太妙的感觉，忙敛神笑道："输的人受罚，这个也还算话吗？"

"算话，算话，"赵总笑道，"安琪负责请客，至于左总嘛，以后负责伺候好夏小姐就是了。"

"谢谢赵总，"迟暮这下算是彻底放了心，说道，"可以吃了吧？我都有些饿了。"

"让你在家里先喝点银耳羹过来，你偏不听。"左家勋边抱怨边起身给她舀了半碗汤,动作很是娴熟自然,当真是履行职责开始伺候起小姐来了。

林安琪的嘴角不自禁地抽了抽。

她还是第一次看到左家勋对一个人这么殷勤。

"谢谢家勋哥。"迟暮乖巧得近乎讨好地冲左家勋一笑,这在左家勋看来无疑是可爱的,在赵总看来又是另一个精灵形象,和刚才侃侃而谈的样子完全不同,在林安琪看来则觉得夏迟暮这丫头望着男人的眼神都带着钩子,这些男人都被她哄得团团转。

林安琪今天之所以把赵总约过来,目的就是想让他见见夏迟暮,赵总的脾性她是知道的,左家勋的脾气她也清楚,到时候……嘿嘿!有得好戏瞧了!

谁知道莫名其妙的竟是这结果!

奇哉怪哉,吃人的狼今天竟然不吃人了,不但不吃人,还藏起尾巴充起了君子!

林安琪感觉自己从未这么讨厌一个人过,心中的厌恶是一层接着一层,但是她极力保持着平静,甚至赵总复杂的眼神投向她的时候,她也只是冲他笑笑,表情倒很淡定,她知道,千万不能露出丝毫的破绽来,就像一件看上去完好无损的毛线衣,一旦抽出一根小小的线头扯开来,整件毛衣就会稀里哗啦地在瞬间完蛋。

深秋天凉,包间里空调开得足足的,吃饭时大家都将外套脱了下来。

迟暮的黑色外套脱下后,露出的是一件V领的淡粉色毛衫,搭配着领口的真丝衬衫领和泼墨的青丝,越发衬托得唇红齿白。

林安琪的劣势一下子就表现出来了。

她今天穿错衣服了。

她原本是想哄得赵总欢喜才刻意穿了这身夹棉旗袍来的,本想用古典风韵来击倒夏迟暮的青春气息,没想到却被她击倒在简单轻巧之下。

暖烘烘的包间,她没法脱下她的旗袍,吃得浑身不自在,实在是懊恼透了。

又不好将空调关了,两位男士都只穿了一件衬衫呢。

离开"晓庐"时已近十点。

自然还是兵分两路。

林安琪负责送醉意微醺的赵总去他下榻的酒店。

一路上她都是沉默无语，全然不似来时的款款温言样。

赵总望着身边似乎正一心专注于开车的古典女郎。

一个开车的穿旗袍的女郎，古典与现代的糅合中有种怪异的美丽——不得不说，她的侧脸很美，比正面更美，是一种精雕细琢的美，尤其是鼻梁，是那种东方人少见的挺拔，或许是整过，或许没有，这些当然并不重要，重要的是，她现在不开心，眼神飘忽没有温度。

赵总叹息一声："安琪，你是不是对我今天晚上的表现很失望？"

"怎么会呢？赵大哥你想哪儿去了？"林安琪的眼睛直视着前方，"我谁都不怨，是我自己从前太愚笨了，非要撞上南墙才知道痛。"

"你还年轻，左家勋这个人是不错，但你要知道，其实这个世界没有最好的男人，只有更适合你的男人。"

林安琪笑了笑，突然扭头看了他一眼："赵大哥，你会是那个适合的男人吗？"

赵总一愣，苦笑摇头道："安琪，你知道我一直都很欣赏你的，但是……你也知道我身份的，我绝对不会离开你嫂子。"

林安琪转动手中的方向盘，口气很轻："我并没有要求你离开谁，只是想问你是不是那个合适的男人。"

赵总望着她的侧脸，长长地呼出一口气："安琪，你一向都不是那种做事冲动的小女孩，也不缺什么，实在没有必要和一个不关心你的人赌气，我是真心地希望你好。"

"呵！"林安琪嗤笑一声，"要是我一个月前这样问你，你肯定不会是这个答案，是不是？"

赵总大方地点头承认："是，一个月前你要是这么跟我说，我会欣喜若狂，我会以为你是真的想通了……但是现在，我知道你在气头上，但我劝你最好还是打消这个念头，你们彼此又没有什么深仇大恨，杀敌一千自损八百的事情还是别干了，时间会改变一切的。"

林安琪隐隐冷笑："赵大哥，你可从来没有像今天这么菩萨心肠过，就因为一个仅有一面之缘的女人吗？"

"怎么可能？你也太小看我了，"赵总叹了一口气，"你应该知道左家勋并不是好惹的，而且我们之间合作得一向都很愉快，我也不愿意为了一个女人而影响了大局，实话实说，我家老爷子现在有更上一层楼的意愿，这个时候我要是做下点什么，老爷子知道了会震怒的，后果不堪设想。"

"当初你就应该选择跟我们林氏合作。"

"可当初是你建议我和左氏合作的。"

"哦，对，我差点忘了，哈哈！为他人作嫁衣裳，我可真是大方！"

赵总咳嗽一声："安琪，其实就算你不建议，在S市要选合作对象，左氏也是首选。"

"知道了，谢谢你的提醒。"

"生气了？"

"没有，你不是说时间会改变一切的吗？"林安琪顿了一下，"时间真的已经改变了一切。"

赵总似乎没有听清楚她话音里的讥意："其实时间并不会帮人解决什么问题，它只是把原来怎么也想不通的问题变得不重要了。"

林安琪沉默了一会儿，在车距离下榻酒店还有一站路的时候，她开口道："赵大哥，刚才我太失礼了，其实你今天为了我还是费了心力的，我明白的，当我看到夏迟暮从洗手间出来时的脸色就知道了，尽管她极力表现得很自然，我还是看出了破绽，我知道一定是你跟她说了些什么。"

"哦？"

"我要是知道了，左家勋一定也知道了，而且你在酒桌上和她说话的那种语气和态度，以左家勋的个性……这一招好！我想他们此刻大概在严刑逼供中吧，哈哈！有趣有趣！"林安琪几乎要笑出泪来。

"聪明的女人，能够逗你一笑也算值了，"赵总笑道，"不能替你做点实事，但给他们的生活撒点胡椒粉还是可以的。"

05 姑姑的故事

林安琪料得不错。

她绝对是个聪明人。

确实有小小的涟漪在左家勋心中散开了,然而他没有追问。迟暮这样的女孩子,走到哪里都是注目的焦点,被人觊觎,那是再正常不过。

他信她。

迟暮到家时夏樱已经睡下了,她在卧室门口叫了声姑姑,轻轻推开门。

"回来了?"夏樱坐起身,面色看着还行,迟暮放下心来,坐到床头随口道:"姑姑气色看着不错,晚上吃的什么?"

夏樱笑笑:"还能是什么?逸园那个李婶送来了一大罐的汤,还没喝得下呢!"

迟暮一愣:"李婶来过?"

夏樱有些惊讶:"是啊,你不知道?"

迟暮有些汗颜,不得不说,在这方面,左家勋比她考虑得细致多了。

夏樱说:"以后让她别送了,麻烦,我又不是什么病人,自己行的。"

迟暮笑着接口:"好啊,明天你跟我一起搬进逸园住,这不就省下了李婶跑来跑去的工夫了吗?"

夏樱皱眉:"你这孩子,不是跟你说我不过去的吗。"

迟暮一脸的开心:"家勋哥说逸园的户主一直都是我,逸园是姓夏的,所以姑姑根本不必顾忌什么。"

谁知夏樱并没有想象中的开心,挥手道:"迟暮,我说了不去就不去,逸园就算一直在你名下,也是姓左的赠送给你的,和我没什么关系。"

"姑姑!"迟暮都快要哭了,"为什么要这么坚持呢?你就这么讨厌家勋哥吗?"

夏樱拉住侄女的手:"迟暮,人各有志,姑姑不逼你和左家勋分手,你也别逼姑姑住进逸园。"

迟暮望着变得固执无比的姑姑,突然有些烦躁,倔脾气也上来了:

"总得有个原因吧？你要告诉我到底怎么回事，如果你没有必要的理由，那就必须跟我一起住进逸园，你的身体需要人照顾，以后我总不能两头跑来跑去……"

"谁让你跑来跑去了？"夏樱突然甩开迟暮的手，声带哽咽，"我住在我自己的房子里，难道还惹你了？"

迟暮吓了一跳，怔怔地站起身："姑姑，你怎么了？"

夏樱望着侄女变色的脸，顿时意识到了什么，突然捂住脸，低声哭起来。

"姑姑！"迟暮忙坐到她身边去，急急问道，"到底怎么了？你说啊！如果你真的这么讨厌家勋哥，那就不去逸园……"

夏樱不住地摇头，突然一把抱住侄女的身子，像个孩子似的低声号哭："迟暮，我的命好苦啊！"

"姑姑，对不起对不起，我不该逼你，都是我不好，你不住逸园就不住逸园，没事的。"迟暮边安慰边摸额头的汗，实在想不通一向还算稳重的姑姑为什么会这么激动。

夏樱好不容易才将情绪稳定下来，擦擦眼角的泪，定定神，望着迟暮正色道："迟暮，既然你执意要嫁到左家去，有件事我必须要告诉你，免得你到时候吃惊。"

迟暮坐直了身子，心中隐隐有不好的感觉："什么事？"

夏樱突然问道："今天你见过家茵吗？"

迟暮摇头："她最近在考察一个项目，很忙。"

夏樱点点头，低低地叹息了一声，"知道我为什么一直都很喜欢家茵吗……家茵是我辛辛苦苦怀胎十月生下的孩子。"

迟暮只觉得耳畔有雷声轰轰而过，沉寂半晌强笑道："你说家茵……姑姑不是睡糊涂了在说梦话吧？"

"你觉得我是那种爱说梦话的人吗？"夏樱也笑，灯光下她的脸色似乎要融合到身后的墙壁里，一般的苍白。

说出来不过是个烂俗的故事。

上世纪八十年代后期，还在读大学的夏樱遇上风流倜傥的左锦城，两人一见钟情，她明知道他已婚，却在他的强烈攻势下无可救药地落进了爱河。

他说他会为她离婚。

她信了他。

一段不能见光的风花雪月。

然而等她怀孕了，他却消失了。

她被学校开除，却又不敢回家，一个人躲在一家小宾馆里，靠着他临走前扔下的一笔钱，惶惶度日。

她想打落孩子，却又痴心妄想，总觉得他还会回头找他。

日复一日。

他并没有来。

倒是他的妻子沈其芳找上门来了，很明白地跟她谈了一笔交易。

沈其芳说等孩子出生后要把孩子接回去亲自抚养，说他们会给孩子最好的生活和教育，他们还负责送她去另一间重点大学重新读书，交易条件很简单，只要她闭嘴，就当一切都没发生过……

那时候她年轻，到底没有经验，脸皮也薄，她太想重新回到大学了，而且当时肚子已经有五个月了，她害怕打胎，关于这方面的恐怖传说太多了，但一个未婚姑娘养下孩子无疑会招人诟病，因此……一切就成这样了。

所有的锦绣缠绵，抵不住一切现实。

左锦城。

左家勋的父亲。

以后的几十年，夏樱孑然一身。

迟暮浑身冰冷。

家茵……那个与她同岁的家茵，她最好的闺密，她竟是姑姑的女儿？

迟暮上前握住姑姑更加冰冷的手："我爸妈知道这事吗？"

夏樱缓缓摇头："当时你爸妈才结婚不久，你爸的事业刚起步，你姥爷当时还在世……他是个非常古板顽固的人，我实在没有胆量向家里人透露这事，而且一切都是我自己的错，是我太相信男人了，我不愿意家人跟我一起承受这种难堪。"

迟暮实在忍不住了："但你至少也应该告诉爸妈的，他们是你的哥嫂啊！为什么要让自己一个人承受这么大的委屈？"

夏樱长长地呼出一口气，眼神坚定，"这一点我一直觉得我没有做错，我种下的苦果我自己承受……幸好他们真的对家茵很好……"她突然想起什么似的，抓紧了迟暮的手，神色几近狂乱，"迟暮，你可千万别告诉家茵这事！她会恨死我的！有我这样的妈是她的耻辱！你答应我！"

"我答应我答应！"迟暮忙按住她的手承诺，"姑姑放心，我是绝对不会说出去的。"

"那就好，那就好。"夏樱的神色渐渐恢复正常，靠在床头微微喘息，说出这个秘密后她整个人似乎轻松多了，但看上去似乎也萎顿了许多。

迟暮望着她那下垂的面皮和厚重的眼睑，她第一次发现才不过四十多岁的姑姑竟是如此的老态，她沉默了一会儿，轻声道："姑姑，这件事，还有别的什么人知道吗？家勋哥他是不是知道？"

夏樱微微点头："他是知道的，当时他已经十岁了。"

迟暮哦了一声："他对家茵一直都很疼爱的。"

夏樱苦笑一声："这我知道，毕竟是亲哥哥嘛，我只是……看到他那张脸就想到他爸爸，实在热情不起来，"她伸手摸了摸侄女光滑的头发，"迟暮，你比我幸运多了，据我的观察，家勋对你是真心的好，这大概就是命吧，今天跟你说出这个主要是想让你……以后麻烦你替我多照顾照顾家茵，那孩子，尽管她日子过得不错，性格也还开朗，但不知怎么的我总觉得她可怜。"

迟暮柔声道："以后我会经常喊家茵过来陪你，好不好？"

夏樱放下手连连摇头："不要，绝对不要！"

"为什么？你不想她吗？"

"一年见个几次就够了，次数太多我怕我会控制不住自己……我跟沈其芳有协议的，家茵要是知道了真相，以后得到的财产屈指可数，当然这不是最重要的，重要的是她从此都不会快乐了，你想想，一个负心的爸，一个抛弃她的妈，你说，她要是知道了真相还会开心吗？我有什么资格和她相认？当年我原本可以留下她的，哪怕日子再苦再累，但我自己选择了抛下她逃避……"

夏樱的泪一滴滴落到棉被上,很快就形成了一大块印迹,迟暮赶紧起身取了湿毛巾过来,夏樱擦拭了脸,一脸的疲惫:"好了迟暮,时间不早了,你休息去吧,我也要休息了。"

迟暮轻轻道:"我帮你把这靠垫拿下来。"

夏樱点头,无声地缩进被子里,身体蜷缩着。

迟暮擦了擦眼角不知何时溢出的泪滴,熄了灯,关上门,走进自己的卧室后才长长地呼出了一口气。

没想到姑姑会有这样一段令人压抑的往事。

怪不得她每次看到家茵都是那么开心,怪不得她不想跟左氏有牵连。

怪不得左家勋要特别强调逸园姓夏,因为他明白一切。

怪不得以前左太太每次看到她就眼神冰冷,尽管她跟姑姑长得不像,但是她姓夏,这个姓应该是时时提醒着左太太丈夫的背叛,她怎么可能会喜欢她!

这是一段怎样的纠葛啊。

最难过的应该是姑姑,女儿在眼前却不能相认。

一个人在床头靠了一会儿,迟暮拨通了左家勋的电话。

左家勋的轻笑声从另一头清晰地传过来:"怎么?是不是想我了?"

迟暮鼻头一酸,轻轻嗯了一声。

索性承认好了。

有什么呢。

左家勋敏锐地捕捉到了她的情绪:"怎么了?是不是你姑姑说你什么了?"

"不是,刚刚听姑姑讲了个故事,"迟暮顿了一下,"家勋哥,那个故事你是知道的。"

左家勋沉默了一会儿:"是,我知道。"

迟暮顿时有些激动:"你们左家,尤其是你妈,也太精明太残忍了,怎么可以那样对待我姑姑?她当时还是个学生!怪不得姑姑一直替我担心,因为她知道你妈是个什么样的人!"

左家勋的声音很轻:"那你觉得我妈当时应该怎么做呢?"

迟暮顿住了，心陡然有些凉。

他是站在他妈妈一边的。

他当然毫无原则地站在自己的妈妈一边。

就像自己选择站在姑姑这边一样。

"迟暮，你听我说，事实不是你想的那样，我想你姑姑可能没有说全真相。"

迟暮声带讥讽："那真相到底是什么呢？"

"不是我一定要替我妈说话，你是真的冤枉我妈了，当时我妈知道你姑姑和我爸的事情后就主动提出了离婚，但我爸跪着求她，他说他错了，他说他最爱的人一直是我妈，求我妈不要离开他，这是真的，我亲眼经历的……我爸那种人，就跟我叔叔一样，他们兄弟差不多的。

"把家茵抱回家也是我爸的主张，是他求我妈的，甚至他还想让你姑姑去北方的城市读书，再让她在那立地生根，这样以后两人就可以彻底没有交集了，但不知为什么我妈并没有那么做。

"事实上在我掌控左氏之前，公司的管理权一直都在我妈的手中，我爸要是离开了我妈，他根本什么都做不了。"

迟暮听着听着渐渐有些汗津津的了。

姑姑真的所托非人了。

原来，真相的后面还有真相。

不得不说，在这个诡异的故事里面，其实姑姑也有错。

明知道那个人有家庭，还要去插上一脚。

年轻？

爱情？

都不是一个人可以任性的理由。

Chapter 12 第十二章 最初的爱最后的爱

01　惊天霹雳

左太太五十七岁的生日。

小生日，无非是至亲好友相聚的理由。

这年又比往年不同，因为准媳妇要登门了。

也许是幼承庭训，左太太纵使在非常年代也对各式传统礼仪心心念念，自国家安定左氏靠着海外关系重新发迹之后，左太太更是看重过去的诸多繁文缛节，以示怀旧。

因为要敬香礼佛，左太太比往常起得还要早。

着装也比往日隆重些。今天她穿了件绛紫色金线绣菊花图案的夹棉旗袍，披了一件黑色貂皮披肩，头发低低绾着，低低地插了只玉蝴蝶簪子，那簪子通体透明，蝴蝶薄如蝉翼，手工精细之极，似乎风一吹，那蝴蝶就要飞起来似的。

除此，通身再没有别的装饰了，但那股气势确实是相当慑人的。

礼佛后照例是先到花园散步，偶尔看到一两朵中意的花，就伸手掐下来，边走边放在鼻头闻，偶尔也顺手浇浇花。

半个钟头后，她走进餐厅吃早饭，这个时候，她的一双儿女已经在餐厅候着了。餐桌上是女佣早就准备好的早点。

"妈妈生日快乐！"

"妈妈生日快乐！"

家勋和家茵几乎齐声发话。

左太太笑着点头坐下："谢谢你们，你们也快乐！"

家茵凝视着左太太，大赞道："妈今天好漂亮！看上去就像是大明星。"

左太太叹口气："什么大明星，我老了，都快六十的人了。"

左家茵说道："就算六十也不算老，是不是啊哥哥？"

左家勋点头："是啊妈，何况你气色好极了，看上去至多就四十出头的样子。"

左太太似笑非笑，"我儿子什么时候也变得这么油腔滑调了？"

家茵边咬面包边咕咕笑："肯定是最近忙着讨好迟暮那难缠的姑

姑因此顺口就溜出来了。"

左家勋瞪妹妹一眼。

左太太望着女儿笑:"今天还出门吗?"

家茵摇头:"不出去,最近都累死了,正好趁着妈妈生日好好休息休息。"

"你哥交代给你的工作完成了?"

家茵点头,憋不住满眼的欢欣:"到昨天为止终于签下了合约,妈,我还行吧?"

左太太宠溺地朝女儿笑:"不错,你晚上有没有约朋友过来?"

家茵:"有两个吧。"

事实上她想请那个姓钱的,但是他……不说也罢!

左太太道:"家勋,你那位夏小姐什么时候过来?"

左家勋回道:"她今天还要上课,下了课就会直接过来。"

左太太嘴角微微一扯:"可真是敬业了,不是说不再去学校的吗?"

"今天是最后一天,明天开始就不去了,妈要是愿意,我让她以后天天陪着你。"

"别,我可受不起。"

左家勋脸上的不快一逝而过,他轻轻咳嗽了一声,突然从身边的椅子上拿起一只首饰盒递给母亲:"妈,这是迟暮送你的生日礼物。"

左太太眉头微耸:"是什么?"

"看看就知道了,"左家勋笑道,"她让我跟你道歉,说纯粹是借花献佛,你知道她目前的经济状况的。"

左太太嗯了一声打开首饰盒,拿起那块玉佩,对着窗玻璃的光亮处高高扬起,眯起眼睛看了一会儿,又将玉佩轻轻搁进首饰盒里:"水头还可以,怕要好几十万的吧?她可真舍得,反正也不是自己的钱。"

"妈这话说哪儿去了?"左家勋赔笑,"就快是一家人了,我的钱还不就是她的钱?"

左太太敛容正色道:"家勋,你这话可不对。"

左家勋的脸色微沉。

一侧的家茵见气氛不对忙打圆场:"妈,这也是哥哥借着迟暮的手孝敬你的，何况这点钱对哥哥来说根本不算什么。"

"小孩子插什么嘴！"左太太朝女儿一瞪眼，继续对儿子说，"家勋，我确实是同意了你和夏家那丫头在一起的事，但这不代表她就是你，对一个男人来说，娶妻子是一个很大的投资，不仅仅是感情上的投资，也是资产的投资，妻子如果选错了，感情可以转换，但是一定会损失金钱……"

左家勋忍不住了："妈！你到底想说什么？"

左太太不为所动："夏迟暮如果跟你结婚了，以后就有权利分你的财产，我的原则是，我绝对不会允许左家的财产落到外姓人手中，我这丑话可说在前头，因此我建议你们在结婚前签个婚前协议。"

左家勋愣了半晌，突然微微一笑："妈，这话你说得晚了点儿，其实我在一年前就已经将公司我占六成股的一半转给了迟暮，事实上她早就是个亿万富翁了。"

左太太顿时面色大变："你！"

她剧烈地咳嗽起来。

"妈，你别激动，"家茵过去给母亲抚背，安慰道，"反正迟暮也跑不出哥哥的五指山，何况以后她的钱还不就是你孙儿的钱，你想想，是不是？"

左太太的咳嗽好不容易停歇下来，轻轻推开女儿："家勋，你是我儿子，以我的经验，你是不可能做出这么糊涂的事情的。"

左家勋望着母亲，一字一顿道："我答应过迟暮要给她最大的舞台。"

左太太不禁提高声音道："你答应过！当初你答应过我什么？还答应过你爸什么？我们是怎么教育你的？你都忘了？"

左家勋声音平静："我没忘记，只要我们结婚了，迟暮手中的股份不还是我们左家的吗？妈就别担心了。"

左太太的耳中似陡然听到了瓷器撞击的声音，那声音凛冽而清晰，不禁冷笑道："这么说你这百分之三十倒是专门用来对付你妈我的了？我可生的好儿子啊！"

看到母亲如此，左家勋也觉得不好受，看了眼家茵，轻声道："妈，我只是想让你以后能对迟暮好点儿，迟暮现在很懂事的，只要你对她好，她以后会当你是亲妈一样的，她跟我说过，以后会好好孝敬你的，真的。"

左太太冷笑连连："她当然懂事了，你这大笔一划就划出个亿万富翁来，她能不懂事吗？"

"这事迟暮暂时还不知道，"左家勋走过去伸手轻轻按住母亲的肩膀，"结婚后再告诉她吧，我也不想她因此在你面前放肆。"

左太太面色稍霁。

家茵轻唤一声："妈。"

"我没事，"左太太长叹一声，扭头看了眼儿子，"家勋，反正家业早就交给你了，随便你怎么折腾吧，不过我也有个小小的要求。"

左家勋停下手中的动作："是什么？"

左太太说："我知道你想让夏家丫头以后帮你管理公司，这思路是没错，我也不是怀疑她的能力，不过在生出孩子之前我希望她先不要进公司，也学着管理管理家务事，至少也花点时间跟我这个婆婆联络联络感情吧，这要求不算过分吧，你说是不是？"

左家勋有些迟疑："这……"

"怎么？我们左家多少亿都撒下去了，这点都不能通融？"左太太顿了一下，继续说，"只要她孩子生下来，以后我就负责照顾我的孙儿，你们想做什么就做什么，我绝不拦着。"

左家勋想了想，点头道："好，反正迟暮还年轻，过两年再工作也不迟，我想她会同意的。"

"那就这样说定了，"左太太站起身，"我去书房了。"

左家茵忙说："妈你还没吃呢。"

左太太头也不回："吃什么吃？气都气饱了。"

左家茵凝望着母亲的背影，伸伸舌头，对左家勋说道："哥，你做事也太……惊世骇俗了吧？亏得妈还没惊得晕过去呢！你真的一年前就划了股份给迟暮？你就不担心她万一不肯嫁给你，到时候你岂不是人财两空？"

左家勋喝了一口牛奶，轻笑道："这一点从不在我考虑范围内。"

家茵一愣："算了，不管你了，我去看看妈去，老人家今天生日，你一早就给她这么一惊天霹雳，真亏得她还能受得住。"

书房里，左太太正在泼墨挥毫。

女佣很体贴地端来一杯清茶，墨香和茶香混合在一起，房间里有一种异样好闻的清气。

家茵走过去，看到母亲正在写的是：花繁柳密处，拨得开，才是手段。

左家茵心念一动，笑道："妈，这是《小窗幽记》里的一句吧？下面一句好像是：风狂雨急时，立得定，方见脚根。"

左太太看了女儿一眼，也不出声，继续敛容提笔写下去，果然是那句：风狂雨急时，立得定，方见脚根。

但是，这几个字笔力跟刚才比起来，明显有些不足，左太太有些烦躁地放下笔。

自小受到母亲的熏染，左家茵对书法多少有些鉴赏力，忙安慰道："怎么了，我看挺好的呀。"

"好什么好。"左太太干脆将方才写的那张纸团起来，直接扔进垃圾桶。

家茵扶着左太太坐下："妈的度量真是大，要换作我，乍然听到哥哥那话肯定要晕过去。"

左太太拉着女儿的手，笑笑道："遇事就晕过去有什么用，徒然出丑罢了，你哥哥做事，一向都有分寸的，这些年左氏在他的管理下，资产比从前增加了几倍，他愿意把自己的股份给谁就给谁，谁也没法子。"

左家茵点头："那是。"

左太太道："你的嫁妆不用担心，我自有主张，再怎么说我在公司还占一成的股，还有你姥爷留下的那些古董，够你吃穿一辈子了。"

"妈！"左家茵心里发虚，隐隐红了脸，"人家什么时候担心过嫁妆了？"

"你真的一点都不担心？"左太太笑道，"我看你不但担心，还有些嫉妒呢，"左太太叹口气，"你哥哥对夏家那丫头也实在是太死心塌地了，不声不响背着她就划了股份给她，这份情意，换哪个女人不嫉妒？连我这老太婆听了都眼热。"

左家茵忙笑道："爸爸当初对你不也是挺好的吗？我对小时候还有

些印象，爸爸好像什么都听妈妈的，别人都说你们是一对神仙眷侣呢！"

"你爸？他是不错，"左太太站起身，"我要去卧室躺会儿，刚才忘记吩咐你哥了，反正你跟夏家丫头关系不错，由你告诉也一样的，我的几个牌友晚上会过来，你让她穿得正式点。"

左家茵笑："这点你根本不用担心，哥哥会安排得妥妥的，你还不知道吧？哥哥亲自给迟暮设计了好几套衣服，从内到外都有，我还是最近听设计部的人说才知道的。"

"但愿他这激情能长久点，别像……"左太太说道，"对了，你自己也好好打扮打扮，万一机缘巧合就遇到了意想不到的人。"

左家茵一愣，马上拉住左太太的手臂撒娇："妈不是要让你的牌友给我介绍对象吧？求求你饶了我吧，至少等哥哥结婚了再说，好不好？"

左太太笑："倒是越来越聪明了，不过你也不小了……"

02 最佳不等于最爱

下午的城南瑜伽馆。

老师正在上课。

场内原本雪亮的灯光被调得很低，一炷檀香袅袅升起，香味似有若无。音乐是空谷独箫，伴有潺潺溪水和鸟的啼鸣，一个稚气的女声偶尔诵经，由远至近，甚是静心。年轻的老师一袭白衣人淡如菊，动作很到位，但很少讲解，常常是从头到尾不发一言。

林安琪同样是一身白衣，蓬松的长卷发被一绛色的丝带随意地束起，肤光胜雪，她光着脚丫，双手合十坐着，双目微闭，像是进入了空灵之境。她旁边坐着的是一位胖胖的老年妇女，她的母亲林太太。

好不容易熬到课程结束，林太太浑身似散架，边喝水边低声抱怨："我说不来你非要我过来。"

林安琪笑："慢慢就习惯了，对你身体有好处的。"

林太太眼睛一亮："看看我最近是不是瘦了些？"

林安琪点点头："是瘦了。"

"又敷衍我，你压根就没注意看我，"林太太说道，"还不如做个面膜，晚上去左家也精神点。"

　　林安琪从包里掏出东西来递给母亲："我让人给你买的。"

　　林太太举起来一看，是一个腰封，尼龙面料，不锈钢的龙骨，密密麻麻的金属搭扣，有点像中世纪欧洲妇女的束腰。

　　她套在两只手上绷了绷，竟像拉力器一般结实，试着在自己腰间围了一圈，别说，那腰围立马就缩小了至少三成，只是人也受罪多了，别说赘肉，连肠胃都被挤得吱吱叫，呼吸更是觉得艰难，她勉强撑了几秒就取下来了："算了，还是别折腾了，要不晚上我就不去左家了吧，反正你跟姓左的也没戏了，我也不必去讨好那沈其芳了，也免得听一些难听的话。"

　　"这怎么行呢？人家请了你，你要是不去就太小家子气了，反而背后惹不少闲话，以为我们真的因此跟左家结下了多大的矛盾，对林氏以后的发展不好，难道你女儿我还没人追了？总之别人的话你不要理，见到那个夏迟暮，你什么都不要说，别让人笑话我们林家没教养，还有，"林安琪看了母亲一眼，"你劝劝哥，以后别再自作主张了，上次还好没撞出人命来，不敢动左家勋就拿无辜人做箭靶子，这算什么？他以为这样人家就会因此散了？"

　　"怎么这么说话？"林太太皱眉，"你哥还不是为你出气？"

　　林安琪突然有些激动："谁要他为我出气的？就是你们这些人多事才会搞成今天这样！把别人都当傻子？"

　　三天前左家勋找过她了。

　　左家勋开门见山就提到了周臻中的车祸事故。

　　他说："迟暮并没有因此就误会我，林家若再这样做会没有好下场的。"

　　林安琪当时倒是镇定，只是定定地望着他："看来你什么都知道了，你是来找我算账的？"

　　没想到左家勋竟叹了口气，开口道："我为什么要找你算账？我知道那不是你的错。"

　　林安琪当场愣住了："谁告诉你的？"

　　左家勋说："不用任何人告诉我，我知道你并不是那种人，那样的事情你林安琪做不出。"

林安琪的喉头像被什么堵住了一般，什么话都说不出来。

他竟这么信她？真的么？原来她在他心上还不是那么差。

左家勋叹了口气："转告你哥哥，要想人不知除非己莫为，我希望以后不要再有这样的意外发生。至于周臻中那边，我去处理就行了。"

林安琪心念急转，开口道："我哥说他会高薪请周臻中去我们林氏，你……如果需要的话，我会亲自去跟周臻中解释一下真相，依我的经验，我哥，是绝对会黑白颠倒的。"

左家勋愣了愣，定定地看着眼前的女人，声音诚挚："安琪，真的很谢谢你。"

林安琪被他看得面色热热的，心里却更是苦涩："家勋，我可以问你一个问题吗？"

"你说。"

"如果这世上没有夏迟暮，你会不会选我？"

左家勋面色一凝，眼眸转为幽深。

林安琪忙说："你别误会，我只是打个比方。"

"安琪，你漂亮、成熟、善解人意、家世又好，就算有迟暮，你依旧是做一个男人妻子的最佳人选，我相信你一定会有一个更好更合适的未来的。"

意思很清楚了，最佳的你，并不代表就是他人的最爱。

苹果好吃，但有些人就偏偏不爱吃，爱情就是这样，没道理可讲。

03 再次出场

天色还未曾完全暗下来，左家已经是里里外外灯火通明，花园里的路灯下还应景地挂上了红灯笼。

大门一侧停了几辆高档车，可见已经有客人来了，迟暮的心顿时有些紧张，也难怪，距离她上一次进左家，已经超过四年。

那一次的情景至今历历在目。

她记得自己离开时还发狠说以后绝对不会再来这里……想到这里，

她不禁微微笑了。

这世间，口中发狠或是心中发誓，大都是算不得数的。

左家别墅内。

几位太太正围坐在大厅的沙发上闲聊。

"没想到家茵竟也这么能干，这才几天的工夫，竟谈成了一个大项目，我真是羡慕左太太，儿女一个个的这么争气，人比人真要气死人，我家两儿子就没一个成器的。"

"和我家的一个样，个个心知肚明反正将来遗嘱上少不了他们的名字，再怎么样，他们还是父母的子女，哎！他们就是吃透了我们做父母的心思！"

"以后还是要学学人家外国人，把财产全部捐给慈善机构。"

"拉倒吧，中国人的传统个性决定了这种做法不太可能。"

"咦？左太太今天戴的这块玉佩水头不错呢，我们的珠宝大王夫人，这是你家店里的产品吧？"

那位王太太早就憋不住了："不是的，我刚才就想问了，没好意思。"

左太太开口道："晚辈们送的，这个我也不好做主啊。"

王太太笑道："左太太，我说认真的，我看报纸说你儿子元旦就要结婚了，要是真的，作为聘礼的首饰可不可以给我一点面子？我想为老公接下这单生意。"

左太太但笑不语。

另一个太太识得时务，忙说道："啊呀王太太，哪有你这样的强迫推销，左太太以后见着你怕是要避之不及了。"

"是啊王太太，你也太贤内助了，走到哪里都不忘记替老公推销产品。"

"没办法，不像你林太太儿女争气，我只好自己亲自出马了。"

正说笑着，大门口传来左锦琦中气十足的声音："大嫂，你们快看看谁来了。"

几位太太下意识都站起身，眼光齐刷刷地看向大厅门口。

左家勋拖着迟暮走进大厅。

像是看到了一朵云飘了进来，几位太太的眼睛立即被牢牢地吸住了。

都是见过世面的人，但还是或多或少被震到了。

近在咫尺的这个美女，装扮自是不消说，外貌用肌肤胜雪明眸皓齿来描写都太平凡了，或者，唯有一个词可以形容她的外貌和打扮：无懈可击。

迟暮不用人介绍，主动走到左太太面前从容地一笑，微微一躬身，低声道："伯母生日快乐！"

左太太微眯着眼睛上下打量着她，几近挑剔，迟暮微微站直了身子，不声不响，依旧含笑着。

四目相对时似乎有金属撞击的声音。

终于左太太的目光变得渐渐柔和："来了？还得谢谢你送的礼物，挺好的。"

"应该的，借花献佛罢了，伯母喜欢就好，"迟暮笑着对另外几位太太微微颔首，"各位伯母好。"

几位太太像是才醒过来，几乎是不约而同地点头："你好。""你好。"

左太太笑笑："家勋，楼下有些凉，先带她去楼上家茵房间吧，家茵已经有两个朋友在了。"

左家勋几乎是感激地朝母亲点点头："我们这就上去，各位伯母先聊着，待会儿见！"

身后是一连串真真假假的赞叹声。

"哎呀，真是好看。"

"人家不只是好看，脑子更不一般，听说是剑桥优等毕业生呢。"

"说是什么案例还进了教科书……"

"你还真是了解得清楚。"

一个个都跟从未见过夏迟暮从未在背后议论过她一般，赞叹不已。

这是个踩低就高的社会。

迟暮提着裙摆上了楼梯，听得楼下声音渐渐久远，这才吐吐舌头道："好累的感觉，刚才差点就绷不住了，上去我能不能把这身道具给换了？"

左家勋笑着摇头，"那怎么行？人还没到齐呢，我妈也还没隆重向大家推出你，今天你无论如何都必须要撑到最后。"

迟暮做出一个无奈的姿势："好吧，其实我也就是说说而已。"

左家茵的房间里暖洋洋热闹闹的。

身穿黑色晚礼服的左家茵正对着镜子梳理她的头发，另外两个女孩，一个穿蓝色衣裙的在快速给自己添妆，另一个穿果绿色衣裙的作势在翻看一本杂志。

左家勋伸手敲门："家茵，迟暮来了！"

左家茵站起身："来了！"

穿黄衣服的女孩赶紧将化妆品收起来，和另一个女孩对视一眼，两人不约而同地站起身。

左家茵打开门，看到迟暮一把将她拉进门："哇！好看到爆了！幸亏我没穿白色！否则就成你最好的化妆品了！"

迟暮面色微红："哪有这么夸张？都是你哥弄的，胡乱把我当试验品。"

家茵将她按坐到床头："咦？你这头发怎么弄的？正好帮我也弄一下，我横竖就盘不起来，为这点事喊化妆师过来又感觉有些过分了。"

"这个……"迟暮迟疑地望向左家勋，左家勋朝她摇摇头，却被左家茵发现了，"哦……不会是你的家勋哥专门给你弄的吧？好啊好啊！哥你也太偏心了，你从来都没给我梳过头发，今天无论如何必须也给我梳个发型！"

两个女孩相视一笑，不约而同地捂住了嘴巴。

左家勋俊脸微红，不容置疑地摇头："我哪会这个？不如请你这两位朋友帮你吧。"

两个女孩下意识都摇摇头，平日里都是动口不动手的人，此时更是无能为力了。

左家茵不满地嘟起嘴巴。

左家勋说道："其实你身材本来就比较高挑，盘发会显得更高，还是披着比较合适。"

左家茵一向同意哥哥的审美，口中却说："借口！"

一个女孩望向窗外，突然发出咦的一声："刚下车的不是左家瑞吗？

和他一起的女孩是谁？好像没见过。"

左家茵下意识看过去，面色微变："迟暮！你快来看看！"

迟暮站起身朝窗外看，当看清楚楼下穿着鹅黄外套的人时，心里着实怔了一怔。

楼下。

丁薇得体地傍着左家瑞的手臂迈进左家大厅。

"家瑞，你怎么到现在才来？跑哪儿去了？手机也不接！"花花老爷左锦琦对着一帮中老年女，正闲得无聊间，陡然看见儿子带着年轻女郎进门，不禁笑容满面主动迎上去。

左家瑞介绍道："这位是家父，这位是丁薇。"

丁薇忙将手从左家瑞的臂弯里抽出来，礼貌地躬身叫了声伯父。

左锦琦点点头，上下打量着丁薇，直至看清楚她的样貌后，心中颇有些诧异，依他的经验，儿子喜欢的应该是美艳时尚的那类女人，这个……完全是天壤之别了，至多算是个眉目清淡的小家碧玉型。

丁薇面色平静地接受着这种检阅，用眼睛的余光扫视着周围的一切，见那边的几个太太对她的到来根本视而不见时，心中隐隐有些奇怪，正想开口让左家瑞带自己过去做一下自我介绍，突然听到身畔传来一阵阵脚步声，显然是有几个人过来了，她不觉转过头去。

恍惚间有暗香浮动。

她第一眼就看到了夏迟暮。

丁薇朝迟暮她们几个走去。

左家勋此时已经离开，迟暮和左家茵正说着什么，看到丁薇，她对家茵一笑，上前拉住了丁薇的手，将她拉坐到一侧，悄声问道："刚才我和家茵还疑惑着呢，你怎么回事？周臻中呢？"

丁薇苦笑："他不愿意看见我，我也不想继续碍人家的眼了，人总是有自尊心的。"

迟暮在心中叹了口气："你怎么跟左家瑞在一起了？我在英国读书时认识他的，多少知道他一点，根本就是个花花公子。"

"可是他对我好，你不知道，其实自从你回国那次我认识左家瑞后，我就天天收到他送的花，送花的人说都是他亲自去店里挑选的，而不是他随手打一个电话……我以前也不是没被人追过，但我只收到了普通的红玫瑰粉玫瑰，因为我说过喜欢蓝色，现在我收到了蓝玫瑰，蓝色的矢车菊，甚至是蓝色的铃兰……我好像看到了蓝色的天空，蓝色的大海……"

说起这些时，丁薇脸上的神情如梦似幻，不是不动人的。

迟暮急道："这些都是他的惯用伎俩，你不要上当了！丁薇，你看影视周刊就知道了，那些名模或演员，孙玲、周美丽、谭雅琴，哪一个没有享受过这种待遇？你觉得你比这些人如何？你以为你会成为他的例外？"

丁薇突然笑了："你不就成为左家勋的例外了吗？凭什么我不能成为左家瑞的例外？"

迟暮怔了怔，不可思议地望着她，沉默半晌，开口道："你才认识左家瑞几天？他会害死你的。"

丁薇顿时红了眼："我早就死了！周臻中早就杀死我了！事实上是你杀死了我！"

迟暮咬唇作声不得，她隐隐知道是怎么回事，必定是周臻中说了些狠话，他对于不能接受的人一向是不假辞色的。

"我本来也想做普通人的，和周臻中白头偕老是我这辈子最大的希望，可是，他不肯，我能怎么办？左家瑞再不好，至少他什么都不问就替我还了欠债，别的任何人并没有这样过。"丁薇有意识地扫了迟暮一眼。

迟暮明白她的意思，声音有些冷："别的任何人也并不欠你什么。"

丁薇也冷笑："夏迟暮，你以为你比我高贵，所以觉得我压根就配不上左家瑞，是不是？别杞人忧天了，我倒要看看，我到底比你差几个台阶！"

迟暮当场转身离开。

左家茵一直注视着这边的风向，见迟暮面色不对，忙走上前拉住她的手臂："怎么了？"

迟暮苦笑着摆手："怪我今天太多嘴了，反倒显得像看不惯人家的好际遇似的。"

都是聪明人,左家茵一点即透:"算了,你也是看在曾是同学的面子上才点拨她的,算是仁至义尽了,以后就看她自己的造化。"

"家茵,"迟暮的声音微微有些发抖,"你会不会觉得现在的我很让人讨厌?才攀上了左家,就换了个身份似的给别人说教起来,事实上我跟丁薇哪里有多少不同呢?"

左家茵不禁皱眉:"别瞎说,你跟她能一样么?我哥跟左家瑞能一样么?"

"你呢?"迟暮突然紧紧捉住了家茵的手,"你是怎么看我的?"

左家茵笑:"我?我对你不是一直都如此吗?不管你是不是我大嫂,你一直都是我的好朋友。"

迟暮的神情有些焦灼:"好朋友?不是最好的吗?"

左家茵一脸的哭笑不得:"夏迟暮,你也太贪心了吧?现在你已经得偿所愿,我哥心心念念全是你,你总不能什么好都要落。"

迟暮坚持凝视着她的眼睛:"我真的很在乎你的看法。"

"什么时候变得这么肉麻起来了?"左家茵被她的一双美目看得眼热,不觉转开脸去,喃喃道,"真是受不了,幸亏我不是男的。"

迟暮突然有些不依不饶:"家茵,最近你是不是在生我的气?"

这个结必须要及时解开,家茵,不但是她的好友,家勋的妹妹,还是她的至亲,姑姑的女儿。

"什么生气?说出来不过就是嫉妒羡慕罢了,"左家茵苦笑,"我重视的人,最爱的却是你,你说说我该有什么心理?我又不是圣人。"

"可是家勋哥是你亲……"

左家茵突然有些烦躁:"别成天家勋哥家勋哥的,他是我哥不是你哥!"

迟暮低声道:"对不起,我叫惯了。"

"好了,"左家茵有些懊恼,拉着她的手走到落地玻璃窗口,拉开一侧窗帘,看向华灯初上的花园,"该说对不起的是我,其实我并不是嫉妒我哥对你好,我哥娶谁不是娶,反正又不会娶我,娶你岂不是更好?我并不是指他,我指的是别人好不好!"

说来也巧了，此时左宅大门口并肩走进来两个人，迟暮一愣，嘴角不禁微微上扬，眼里有了笑意："家茵，你说的那个别人已经来了。"

"什么？"左家茵急促地看向她，迟暮有些得意地将下巴一抬："看我干吗？看大门口。"

左家茵隔窗朝大门口看去，只见哥哥左家勋正陪着一个身穿咖色风衣的男人说笑着从门口走过来，她的心剧烈地一跳，一把就利落地将窗帘拉上了，紧紧扯住迟暮的胳膊："怎么他也来了？"

迟暮眨眨眼笑："难道不是他吗？这下别再怪你哥不关心你了，他为了你，顾锦舟的紫砂壶都送出去两只了。"

"什么？"左家茵顿时又羞又恼，"那家伙居然还敢收礼？怪不得后来签合约顺利得莫名其妙！"

"那也得愿打愿挨啊，你以为人家什么都收啊？有人送礼给他他还不要呢，你说是不是？何况也不是送给他的，是送给他妈妈的，"迟暮揽住她的手臂，笑得贼兮兮的附耳低语，"以你的名义。"

左太太看到儿子领着一个年轻人朝自己这边走过来，忙放下茶杯坐直了身子。

左家勋介绍道："妈，这位就是钱闻道，我朋友，S大最年轻的物理学教授，闻道，这是我妈，这是我二婶，这位林太太，张太太……"

"快坐下说话。"左太太难得一脸的慈祥亲切，几位太太立即都感受到了，不觉对视了一眼。

"谢谢左太太。"钱闻道的声音低沉清朗，像是来自远方。

他虽然不及左家勋英气挺拔器宇轩昂，但身上那浓厚的儒雅气质却是左家勋所不具备的。

"叫我伯母吧，闻道是吧？我们家茵经常提起你的，家勋也提过几次，所以我对你多少已经有点了解，不过，"左太太满意地看了儿子一眼，笑道，"有句话叫闻名不如见面，这句用在你身上是最为合适了。"

悠扬柔和的音乐声响起，左家瑞头一个拉着丁薇的手舞动了起来，两人都是舞林高手，那一个配合实在叫流光溢彩相得益彰，看得人眼花缭乱兼心痒痒的。

钱闻道望着站立在他对面的左家茵，咳嗽一声："你看上去似乎有些不高兴，是因为我的到来吗？"

左家茵轻哼一声："谁在乎你来不来。"

"是吗？反正我是你哥请来的，他总不能怠慢我，我这就去请迟暮跳第一曲舞。"钱闻道说着转身欲走。

"喂！"左家茵下意识上前一把扯住他的手臂，"你不要太过分！她现在已经是我嫂子了！"

钱闻道脸上是憋不住的笑意，"他们不是还没结婚吗？"

"钱闻道！"左家茵直接将他的手臂拿放到自己腰间，"你今天哪儿都不许去，陪我跳舞！"

此时拒绝肯定不算男人了。

钱闻道拥起左家茵翩翩起舞，却忍不住用眼睛的余光瞥着夏迟暮跟左家勋那一对。

此时左家勋已经将娇小的迟暮拥在怀里，两人走着根本不算舞蹈的慢步，迟暮稍稍歪着头，望着左家勋笑，那笑容是那么的悦目璀璨，钱闻道几乎有些移不开眼睛，随着舞步，她那白色曳地裙摆微微飘动，看不见她的鞋，感觉她整个人轻盈得像是踩着一朵云……

左家茵突然发出"啊呀"的一声，顿住了身形。

钱闻道一下回过神来，该死，他的皮鞋踩中她的脚尖了！他暗叫一声惭愧，忙不迭蹲下身，一只手按住她的脚踝："要不要紧？脱下鞋看看。"

家茵见他如此紧张，又见众人都盯着他们看，顿时红了脸，用力将他拉起身，低声道："好了，没事的。"

"真的没事吗？"钱闻道关切地望着她那双好看的杏眼，心里突然涌起一股深切的内疚，自己这是怎么了？明明已经打算重新开始的，为什么还要左顾右盼？愧对这么好的女孩子，实在是该死。

左家茵笑："是真的，我块头大，并没有某人那么娇弱，很能挨的。"

某人……彼此都懂说的是谁。

钱闻道发自真心的："家茵，对不起。"

左家茵面色红红的："不要这样说，一切都交给时间来解决，现在我们什么都不要想,先过一个愉快的夜晚,好不好?"

"好。"

左家茵拉着钱闻道的手,两人一起走到餐台旁,迎面正好碰到了丁薇,只见她手中捧着三个碟子,步履匆匆,一个趔趄,几乎把手中的食物全倒到左家茵的身上来。

亏得钱闻道快速地将她向后拉了一拉才免受劫难。

左家茵忍不住开口道:"丁薇,你怎么一个人拿这么多碟子?"

真正是说者无心听者有意,丁薇的一张脸陡然涨得通红,连声说对不起,然后端着手中的托盘径自走到正坐在沙发上聊天的左氏父子那里,两人朝她点点头,不知说了些什么,丁薇点点头,又过去拿了两只酒杯,斟满红酒端过去,然后又向左家瑞询问了一句什么,人再次走到餐台边,端了些水果过去。

丁薇的这一做派无疑落进了众人的眼里。

蓝衣女孩和绿衣女孩窃窃私语:"她不会是左家瑞的助理吧?"

"知道咱们败在哪里了吗?身段这么柔软,你做得来吗?"

"哎,我不知道呢,不过……要是换成左家勋我就做得来了,嘿嘿。"

"想得美,你做得来人家未必肯要呢,你看看……哎,人比人,气死人的。"

04 一年中的某一天

晚宴之后,左家勋和迟暮两人一起回到了逸园。

车一到逸园,迟暮便不声不响一个人径自直奔大厅,然后提起裙摆急急地朝楼梯上奔去,像是身后有人追她似的,那急促的脚步声惹得正在擦地板的李婶心里直嘀咕,以为是出了什么事,及至看到左家勋含笑从外面进门时,她这才放下心来,笑着起身迎上前:"左先生回来了?"

"李婶你怎么又擦地板了?不用太累了,早点休息吧,"左家勋说道,"对了,明天早上熬点燕窝羹,再准备点稀饭和荞麦饼就可以了。"

这意思就是他今晚不走了。李婶一下子明白过来,欢喜道:"好好好,我知道了,恭喜你们了,左先生。"

楼上传来咚的一声，左家勋讪讪地朝楼上看了一眼，轻咳一声："那丫头似乎把门给关上了，我上去看看。"

李婶点头，望着左家勋匆匆奔上楼时的背影，眼角是憋不住的笑意。

一夜缠绵自不需细说。

醒来的时候窗外早已大白，左家勋并不在身边，楼下隐隐有人说话，迟暮耳边听得真切，身子却不愿动弹。

是李婶的声音："左先生，迟暮小姐不要紧吧？这都已经快中午了。"

"让她多睡一会儿吧，是我太……真是不好意思，李婶，让你见笑了。"

"这有什么，正常正常，左先生是等太久了才……"李婶似乎在笑，"不过迟暮的身子确实有些娇弱，要好好补补才是。"

"以后就麻烦李婶了。"

"应该的，迟暮是我从小带到大的，除了老李，她就是我最亲的人了，放心，不用你交代，我也会好好照顾她的。"

"这几天我们都会住在这里，要辛苦你了。"

"辛苦什么？简直就是太好了！"李婶的声音透着喜气，"这房子有了人气才好，否则就我和老李两个住这里，心里都慌慌的。"

迟暮心念一动，起身叫道："李婶！"

"来了来了，"李婶忙从门外踏进来，"醒了？是不是肚子饿了？我这就给你弄去。"

"不是，"迟暮说道，"那个，我们以后可能不会天天回这里，你要是觉得空得慌，就把你家莉莉也叫过来一起住吧。"

"莉莉？"李婶面色一顿，笑得很不自然，"谢谢，不过莉莉是不会来的。"

迟暮疑惑道："怎么了？"

"没什么，我先下去准备吃的。"李婶看了刚进门的左家勋一眼，急急忙忙离开了。

迟暮看向左家勋。

左家勋坐到床头，望着她的脸点头："你气色看起来好多了。"

迟暮皱眉："你们是不是有什么事情瞒着我？李婶为什么要说莉

莉不会来？她怎么了？"

左家勋紧紧握住迟暮的手："或许现在是你应该知道真相的时候了，迟暮，其实莉莉早已经不在了。"

"不在了？"迟暮头皮有些发紧，"什么时候的事？到底怎么回事？"

"就是你父母去世的那段时间，"左家勋注视着她的表情，"这并不怪你，李婶也说了，不能怪你。"

"不怪我？"迟暮有些惶恐，"为什么要这么说？我做了什么？"

"你父母去世的那段时间，莉莉有一天晚上一个人出去，被坏人……"左家勋有些说不下去。

"一个人出去？她一个人出去……我想起来了，我记得有一次嫌她烦，骂了她，让她滚出去……"迟暮的身体微微发抖，面色发白，"是不是这样的？是不是？"

左家勋轻轻将她拥进怀中："不怪你，要怪只能怪那些坏人，如果要怪你，最后要怪的其实应该是我，要是我当时能照顾好你，你就不会对莉莉说那种气话，莉莉也不会一个人跑出去……"

迟暮泪如雨下："你为什么不早说？怪不得李婶后来就不见了，我一直还以为，我还以为她是嫌我家穷了就直接跑了……"

"你是无心之过，李婶他们并没有怪你，要是怪你，他们也不会回到逸园来了。"

"这些年是你一直在照顾他们是不是？"

"不算照顾，我也是塔罗牌的一个点，我也有错，算是一点弥补吧。"左家勋替她拭泪，"以后，你只要对李婶多笑笑就可以了，你不知道她有多喜欢你笑。"

迟暮缓缓点头："以后我会好好对她，做她的莉莉……"

"这就对了，"左家勋掀开被子，"现在下去吃饭吧，你一定饿了。"

两人在逸园里足不出户一连逗留三天，直到第四天，左家勋不得不外出处理公事，迟暮才从他连日的痴缠中暂时摆脱出来，坐着由老李驾驶的新车在S市四处闲逛。

她先过去看了姑姑，夏樱上午没课正好在家，看上去精神还不错，迟暮放下心,和她闲聊了一会儿,然后就去了 S 市博物馆,进门时和开车的老李定好了回去的时间,以便彼此可以自由活动。

还是上午,博物馆的人并不多,迟暮细细地观看馆里的那些西周时代的器皿,想象着古代人用着这样的器皿,生活中可能遇到的各种趣事,她的嘴角不禁微微上扬,露出笑容来。

隔着玻璃橱窗,她突然发现对面有一双眼睛正紧紧地注视着她,她下意识抬起头来,顿时呆了呆。

周臻中。

好像有几个世纪没有见到他了,他穿了一身休闲装,看上去整个人的精神有些落拓的颓废,头发长了,竟意外有种和博物馆相匹配的艺术家气质。

他怎么会在这里?

他站在她的对面,凝视着她的目光里有种难以掩饰的热烈。

迟暮轻轻呼出一口气,微笑着走过去:"臻中,你身体好了吗?"

周臻中笑笑,声音喑哑:"我以为你会不认识我。"

"怎么可能?"迟暮有些狼狈,下意识低下了头,这些日子……不管是有心还是无意,她确实没有顾及到周臻中。

"你看上去气色不错,比从前……更好看了。"周臻中望着她下垂的长睫毛,"他对你好不好?"

迟暮一愣,忙抬头:"啊……挺好的。"

周臻中苦笑一声:"我想也是,他什么都有,确实比我好。"

迟暮心里一阵酸痛:"臻中……你振作起来好不好?我希望可以看到当初的你,精神焕发有着阳光般笑容的你。"

"我的精神我的笑容都是因为你,我没有了你,迟暮,你说我怎么还能找到那样的我……"周臻中的声音低沉哀伤,宛如夜色中的大提琴音。

迟暮的眼角有了泪:"臻中,你别这样好不好,你这样会让我觉得自己是个罪人……"

周臻中的眼中闪过一丝光亮:"你还在乎我吗?"

迟暮望着他,半晌点点头:"是,我一直都在乎你的,你是我的亲人,我希望你好好的。"

周臻中突然上前一步捉住了迟暮的一只手放置到胸前:"可以答应我一件事吗?"

迟暮不敢出声。

"你别担心,我是不会让你为难的……"他松开她的手,喃喃道,"我就要去美国了,导师极力邀请我过去,我也觉得,或许美国才是最适合我的地方,只是……那里完完全全没有你,我很担心自己会不会受得了。"

美国……一个自由的国度,时间肯定会改变一切的。

"你说,要我答应什么?"

周臻中双手覆盖住她的小手,注视着她那张皓白夺目的面孔,这张脸在他心上晃荡了很多年,一旦换成别的任何一张,他都不能适应:"迟暮,一年有三百六十五天,你可以给我一天吗?我什么都不会做,就想牵着你的手,像今天这样就好,逛逛博物馆、展览馆,或者别的任何一个地方,我只要牵着你的手,像从前一样,就一天,好不好?"

此时说一点不感动是不可能的,迟暮不禁伸出另一只手,像从前一样捶打了他两下,声音哽咽:"你为什么要这么死心眼!"

一切又好像回到了从前的青葱岁月,周臻中对她的拳头向来都是甘之如饴的,竟然笑了起来:"这么说你是答应我了?"

迟暮点点头,认真地望着他的眼睛:"你先答应我你会在美国好好地工作和生活,我就答应你。"

周臻中眼里露出欣喜的光,连连点头:"我答应!我答应!我一定会以最好的成绩向你汇报!"

"那好,"迟暮抽出手,伸出小手指,"拉钩……"

周臻中忙接口道:"拉钩上吊,一百年不许变!"

一百年……臻中,毕竟还是个男孩子呢。

迟暮在心中笑。

时间会改变一切的。

"走吧,我们继续看看。"迟暮向前走了几步,周臻中忙跟上前去,拉住了她的一只手,迟暮有些不适应,想甩开,但想到刚才的承诺,想到周臻中的将来,终于还是忍住了。

到了和老李约定离开的时间，迟暮对周臻中说："我得走了，你哪天去美国？"

　　"后天，"周臻中拉着她的手不放，一脸的执着，"迟暮，你还欠我半天，你可不能说话不算话。"

　　迟暮不觉扶额。"哦，对，"她想了想，"那好吧，我让老李先回去，待会儿我请你吃午饭，下午咱们去海洋馆，就当先为你送行了，好不好？"

　　周臻中满意地点头笑："这还差不多。"

　　下午五点多迟暮回到逸园，左家勋已经回来了，一见她便笑问："和你的青梅竹马聊得怎样？"

　　迟暮面色一变，看了身后的老李一眼，老李则是一脸的茫然。

　　"别看老李了，"左家勋拉过她的手臂，将她按坐到花园的秋千上，"周臻中决定去美国了？"

　　迟暮不禁讶然："你怎么知道的？"

　　"是我联络美国那边的人，让他们主动联系周臻中的，"左家勋边说边在迟暮面前蹲下来，将她的手放置在自己的脸颊上，"我不想你有遗憾，何况周臻中也算个人才，废了会很可惜。"

　　迟暮心中顿时了然，笑道："你根本就是为你自己着想，生怕周臻中又闹腾出什么事来，因此干脆把他远远地弄到美国去，眼不见为净，是不是？"

　　左家勋突然将她的手拿下来，面色凝重："对了，你回来时有没有洗手？"

　　"怎么了？"

　　"我可不想让周臻中的气息留在你手上。"

　　"你——"迟暮涨红了脸，用力一甩手，"你跟踪我！"

　　左家勋起身，重重地呼出一口气，眼眸幽暗："要不是看在你面上，我会让人剁了他的手！"

　　迟暮忙站起身，有些心虚地小声嘀咕："他都已经要走了的人了。"

　　左家勋凝望着她的脸："说话声音这么小，这么没有底气，你一定是有什么事情瞒着我，是不是？"

"没有,真的没有,"迟暮主动挽着左家勋的手臂,笑道,"不如我们去厨房看看李婶,看看她在做什么好吃的,好不好?"

左家勋轻刮了一下她的鼻子,哼哼道:"试图转移话题。"

正说笑着,他的手机突然响了,他不得不将它掏出来,一看,是家中的号码,母亲打过来的无疑,于是按下通话键将手机搁置到耳边。

"家勋,你是怎么管夏家那丫头的?"

"她怎么了?"

"刚才有人打电话告诉我,下午在海洋馆看到她和一个男人明目张胆手拉手地四处闲逛,你告诉她,既然已经决定要嫁入左家了,就要守点本分!别四处纠缠不清!"

"妈,一定是误会,迟暮今天下午一直和我在一起呢,现在就在我旁边。"

"哦,最好是误会,"左太太道,"还有你,一连几天都不回家是什么意思?有了女人就不要自己老妈了?"

"怎么会呢?我和迟暮现在正准备回去陪您吃饭呢!"

"真的?那我让人准备些你爱吃的。"

左家勋放下手机望着迟暮:"我妈想我们过去吃饭。"

迟暮点头,脸上并无一丝勉强:"那我上楼去换身衣服。"

左家勋拉住她的手笑道:"别换了,这身就挺好的了。"

"刚才你妈的话我听到了,万一那个多嘴的人说出我下午穿的衣服……"迟暮笑笑,"我觉得,多一事不如少一事,最好还是别惹老人家误会了。"

"真的是误会吗?"左家勋的眼眸亮亮的,"迟暮,我很好奇你跟周臻中之间到底谈了些什么,据说他的精神状态跟上午的时候判若两人。"

迟暮白他一眼:"还说没跟踪我……"

"因为他最近的状态不稳,所以我才让人跟着你,我是担心你。"

"那是你不了解他,他不会对我怎样的。"

"这一点我相信,也许他在别的所有事情上都可以稀里糊涂,但在爱你这件事上,他半点都不含糊,就算你不爱他,他仍旧把你放在生命中的第一位……因此，"左家勋注视着迟暮的眼睛，"我不是不相信你，但我真的很想知道你到底答应他什么了？"

迟暮被他看得有些不自在："我说了你不许生气，只是权宜之计。"

"到底是什么？"

迟暮扫视了一眼满园的花草，轻轻叹了口气："臻中说，一年有三百六十五天，我给你三百六十四天，还有一天，留给他，他没别的什么过分的要求，就是让我到时候能陪他走走。"

"想得美，"左家勋的鼻子哼哼，"这家伙倒是变得比以前精明了，你觉得我会同意别的男人一整天拉着你的手吗？"

迟暮双手拉住他的手轻轻摇晃，声音近乎撒娇："我说了只是权宜之计嘛，他到美国就会渐渐忘记我的。"

"你确定？"左家勋盯着她的脸，"你今天有没有用这样的口气和他说话？"

"喂！"迟暮放开他的手，扭过身去，"你有些过分了，我都已经解释过了。"

左家勋从身后抱住她，喃喃低语："你又不是不懂一个人爱另一个人的心意，他怎么可能轻易忘掉你？以后恐怕一年中都有一天是我的煎熬了，迟暮，用你的良心好好想想，若是以后一年中我也给别的女人一天的时间，你会是什么感觉？你觉得我能好受吗？"

迟暮咬唇："我也没别的办法，看到他那个样子，我心里很不好受，家勋哥，如果你以后也有那么个女人存在，我想我会同意……我有这个信心。"

"你在笑我没信心？"左家勋环抱着她的手臂渐渐收紧，重重地呼出一口气，"好了，你这得逞的丫头，看来我以后不得不对你更好了，否则一对比下来，床前明月光变成胸前白米粒就不妙了。"

迟暮不禁笑了。

左家勋松开她："快去换衣服，我等你。"

05 收服

车驶出逸园后，左家勋突然想起一件事来："迟暮，如果我妈问起结婚后你有什么打算,你预备怎么说?譬如以后住在哪里,还有是不是结婚后你就立即工作这些问题。"

迟暮看了他一眼,笑笑道:"果然来了,我一直觉得你妈是不可能无条件地答应我们结婚的,你把你答应你妈的条件说一说吧,我到时候照着回答就是了。"

"聪明,"左家勋笑道,"这只是我的权宜之计,你不一定需要都答应的。"

"你说吧,我听着呢。"

"我妈说结婚后要你跟她相处一段时间,也就是我们会和她住在一起,这个要求并不过分,我想你是同意的,不过还有一点是有些过分了……"左家勋看了迟暮一眼,"她说要等你把孩子生下后才能去左氏工作,我想了想,想工作未必就是一定得去公司,到时候我可以在家里给你布置一个工作间,反正网络时代……"

迟暮轻轻哦了一声。

"其实也不用等多久,"左家勋突然轻笑,"说不定小迟暮已经在萌芽了。"

迟暮先是一愣,随后红了脸:"好啊,怪不得你这三天都……"

左家勋忙解释:"我可不是那意思,我的目的很单纯,你懂的……小迟暮来不来我并不关心,我只关心我的迟暮。"

迟暮的手下意识按住平坦的腹部:"什么小迟暮,最好是小家勋。"

左家勋噗的一声笑了:"看来我是白担心了,你的自我要求比我妈的要求还要高。"

迟暮娇嗔地给了他一下:"讨厌!"

左家勋顺势捉住了她的小手,正色道:"那你是同意生孩子前不上班了?这可能意味着……家务,老太太的麻将桌,各种絮叨……"

"你放心,这些我完全能够应付,有得必有失,我现在已经得到了我世上最想要的你,凭什么不能失去一段时间的自由呢?我相信以后只要我用心对你妈,她老家人也不会过分为难我的,对了,从今天开始,在你妈面前你不可以对我太好了。"

左家勋笑:"已经准备好了收服老太太的法子了?看样子我的担

心全是多余。"

"走一步算一步吧，"迟暮说道，"既然至少有一年的时间我不能工作，我以后就把和你妈沟通这件事作为我的第一工作，这其实也是考验我处理人际关系的一个试金石，更何况……"她突然轻轻叹了口气，"尽管我很爱姑姑，但是我绝不同情她，就算你妈……以后她要是把对姑姑的气出在我身上，我想我会接受。"

左家勋摇头，"这怎么可以？别太懂事了，我听着都心疼。"

"只是最坏的打算，你妈未必会那么做的。"迟暮笑着望向窗外。

一辆跑车迎面而来，发出两声招呼的汽笛声，然后从他们身边一窜而过，车窗开着，车里人的模样看得很清楚。

左家勋显然也注意到了："是家瑞和丁薇。"

"你觉得他们俩可能吗？"

"这说不好，丁薇虽说没什么根基，但她很有心机，家瑞本质上就是个孩子，到底谁依赖谁还说不定……"说着话，左家勋的手机突然响了，拿起来一看，竟是左家瑞，"大哥，刚才我看到你了。"

左家勋嗯了一声："你有事？"

"我知道大哥说话一向喜欢开门见山，有件事我想跟大哥商量一下。"

"你说。"

"大哥，可以把左氏旗下的服装公司给我经营吗？"左家瑞的语音很急，似乎怕这一时而起的勇气马上消失了。

"哦？演员做够了要转行？"

"让大哥说笑了，这些年我稀里糊涂的浪费了很多时间，不但置左氏的名声于不顾，还让大哥一个人劳心劳力地操持着左氏，现在想来我真是惭愧，也于心不忍。"

左家勋笑道："看来你的女军师给你谋划得不错，作为左家的一员，或者你真的需要一点磨砺。"

左家瑞的声音透着狂喜："大哥这是答应了？"

"嗯，本来左氏也不是我一个人的，明天上午开董事会再详谈，听听董事们的意见再说。"

"这……万一那些老家伙不同意呢？"左家瑞自说自话，"不过其实也不要紧，大哥一个人就占股百分之六十，只要大哥同意就行了。"

"不，我现在只占百分之三十了。"

"什么？"

"先这样，到时候再说吧。"左家勋搁下手机，对迟暮笑笑，"你的这位同学还真的有本事呢，家瑞对她是言听计从。"

"她能力还是有的，只是心里有些过度失衡，我刚才听左家瑞的电话……会不会闹出什么事来？对公司的格局有没有什么影响？"

"大影响没有，小影响还是有的，无所谓了，左家瑞也只能要求经营权，高级打工仔罢了，而且，左氏一切的大主张，以后还得经过你的同意。"

"我的同意？"

"我已经将自己一半的股份过户到你的名下，就在一年前，迟暮，其实你早就是亿万富婆了。"

迟暮头皮一紧，顿时浑身血液乱窜："什么？你不是已经送我逸园了么？"

左家勋笑道："逸园本就是你的，怎能算礼物？这才是我的求婚聘礼，夫人还算满意吗？"

迟暮的心境一时难以复原："你怎么可以这样……"

"我答应过你要给你一个大舞台，答应的事情就必须做到，迟暮，以后咱们是真正的平起平坐了。"

"我……家勋哥，你是不是对我太好了？你可以收回的，我保证会立即签字。"

"别说胡话，对了，在我妈面前，你要做出一副你还是原来的那个一无所有的你样子，满足满足老人家的恩赐心理，我相信你会做得很好。"

迟暮笑："我明白，我的适应力很强的，难道你忘了我是在英国读过书的？英国有莎士比亚，戏剧造诣一流，我算是近朱者赤，蓬门碧玉或者豪门巧妇，我想自己都应付得来。"

左家勋轻轻摇头："不用那么累，做你自己就好了，只要别任性和老人家对着干。"

迟暮扬眉，想说什么发现车已经到左宅大门口了，于是定定神，将自己那本就很整齐的衣领再次整了整。

左太太本在花园里散步，听到汽车声就站到了小径上，身边是一丛开得粉白的秋菊，搭着左太太那雍容的气度，看上去犹如一幅浓墨渲染的深秋仕女图。

迟暮下了车，先左家勋一步走到左太太面前："伯母好。"

"你来了？"左太太紧了紧身上的披肩，上下打量她，寒暄道，"女孩子还是穿得亮一点更好看。"

迟暮忙点头说了声是。

现在她身上穿的是小香风的黑色套裙。

左太太微微一笑，扫了眼迟暮身后的儿子："也不必急着说是，我说的话未必就是对的，其实最要紧的是家勋喜欢。"

左家勋上前揽住母亲的肩膀："妈现在是越发的开明了。"

左太太横了儿子一眼，拉住他的手："什么开明不开明的？做人最要紧是有自知之明，我要是太唠叨，以后你们十天半月都不回来看我，我想看儿子还得电话提前预约，那岂不是得不偿失？"

迟暮忙说道："不会的，家勋哥已经说了，我们以后会和伯母您住一起。"

左太太拉长声调哦了一声，眼睛微微眯起："那你的意思呢？"

"其实我也想和您住一起，"迟暮顿了一下，"我已经有很多年没有和妈妈一起住的感觉了，还希望伯母以后在我不懂事的时候能够多多提点我。"

左太太拍着儿子的手笑："这些中听的话都是你来时叮嘱她说的吧？"

"百分百是她的心里话，"左家勋笑，"这种小事还需要教的话，那还做得了我左家勋的女人吗？"

"瞧你得意的！"左太太轻轻将儿子一推，"你先回屋去，我跟她说些女人间的体己话。"

左家勋迟疑了一下。

左太太轻哼一声："放心吧，少不了她一根毛发的。"

迟暮做好被甩开的准备主动上前揽住了左太太的手臂，笑容满面："伯母，我们就别管他了，您带我去看那边的菊花去，我听家茵说那些都是您亲手栽种的珍品。"

左太太看了她一眼，昂首向前走去，她那只被迟暮挽住的手臂有些僵直，不过倒也没有推开她。

迟暮紧跟着她上前，空出的另一只手臂转到身后，调皮地对左家勋做了一个胜利的手势。

左家勋望着一老一少的背影，笑笑，转身回屋去了。

左太太在一丛墨菊前停下，眼睛望着那已开到荼蘼的花，伸手轻轻一抚，花瓣散了一地，她叹了口气："你是真心愿意和我一起住？我是知道有代沟这个词的。"

迟暮轻轻松开她的手臂："我愿意。"

左太太一笑，也不看她："这里就我们两个人，不用顾忌着家勋了，迟暮，说老实话其实我并不喜欢你，但是没办法，家勋喜欢，那孩子的脾气跟我一样，决定了的事情就是一辈子的事情，一个做母亲的要是跟儿子唱反调，最后的结果肯定是输，所以我劝自己试着接受你。我是这样想的，与其我跟儿子闹翻，倒不如与你和平共处，为了我儿子，便宜了你也无妨。"

迟暮咬咬唇："其实我也没有奢求过您的喜欢，不过以后我一定会尊重您孝敬您，因为您是家勋哥的妈妈。"

左太太转过身看她："我也并非是讨厌你，其实你这孩子放到哪儿都是引人注目的，家勋喜欢你也不算辱没了他……你先别高兴，听我把话说完，我知道你这些年在学业上很是下了一番苦功，对于努力向上的女孩子我一向都是持肯定的态度，我也知道并相信你的能力，但我先把丑话说在前头，结婚后你不可以立即就去左氏工作，我希望你先好好学着如何做一个妻子和媳妇，这一点你同意吗？"

"我同意，我觉得这样安排没什么不妥当，我本来就希望可以有段纯粹的日子和您好好相处，我知道您是一个外冷内热的人，我希望以后您能从内心接受我，就像您当初肯接受家茵那样。"

左太太面色一凝："你都知道了？"

迟暮点头："姑姑都跟我说了，她对您始终是有些误会，她是个可怜人，我很心疼她，但是我觉得当时最受伤害的其实应该是您，坚强能干的女人不应该就是被伤害的那一个，这不公平。"

左太太的眼睛亮晶晶的："说下去。"

"在姑姑的想象中，您是拆散她和伯父的人，不过我想她错了。爱有很多种，我想伯父最爱的应该还是您，您不但是糟糠之妻，更是帮助夫家发迹的贤内助，当时一定是伯父不肯离开您身边，而不是像姑姑说的那样，是您不让他离开，以您的个性而言，我觉得姑姑设想错了，其实真相应该是伯父离不开您。姑姑当初的魅力再大，也不过是使得他一时的意乱情迷而已，但要想感动得他非卿不娶，我估计是不可能的。"

"你……你真是这样想的？你不觉得是我对不起你姑姑？甚至让她一辈子不能和女儿相认？"左太太一脸的难以置信。

迟暮正色道："我不觉得，要是换作我，我想我绝没有您这样的气度，到时候……我会有本事让他一辈子生不如死，"她笑了笑，"不过我相信家勋哥绝没有机会让我实践这个过程。"

左太太似乎抖了一下，望着迟暮那张纯真无瑕的精致小脸，像是重新认识了眼前人，良久才点头："好，好！有气魄！我想左家需要的正是你这样的女主人，我们家勋的眼光实在是没错。"

迟暮不好意思地一笑："伯母不会觉得我这个人过于心狠手辣吧？"

左太太摇头："就算心狠手辣也是为了捍卫自己的主权，要没有点杀罚心以后怎么可以和家勋一起管理好左氏？愚昧的善良满大街都是，更多的时候是被人践踏在脚底。"

迟暮眼神一亮，一把捉住了左太太的手臂："伯母这是准备接受我了？"

"瞧你这孩子，才夸你一句就现出原形了？"左太太瞪她一眼，"还叫我伯母？"

迟暮一愣，压抑住内心的狂喜小心翼翼地望着她的眼睛："妈？"

左太太扭过脸去："我没听清楚。"

迟暮不管不顾，双手从侧面一把抱住她腰身："妈妈！"

很多年没这样叫妈了，她的身体微微有些颤抖，为了掩饰这种颤抖，她将左太太抱得紧紧的，几乎用足了浑身的力气。

这发自内心的叫声顿时让左太太也有些激动，她伸出一只手轻拍迟暮的后背："好孩子……这些年让你受委屈了。"

"呀！你们俩这是干什么呢？上演苦情戏？"左家茵的声音从身后传过来，"迟暮你真是好本事啊，抢了我哥又来抢我妈！"

迟暮不好意思地松开左太太，讪讪道："我哪有？"

"我都看到了还说没有？我妈眼圈都红了……"左家茵撒娇地扑到左太太怀中，"妈，不管迟暮说了什么你都别信，我怀疑这女人是妖精变的，谁见了谁就要被她蛊惑了……"

左太太宠溺地拍拍女儿的脸："别瞎说，她不是你最好的朋友吗？何况现在又是你嫂子了，你要是不尊重她，当心你哥连嫁妆都不给你，我看以后你哭的日子长着呢。"

左家茵一抬下巴："我才不怕，他不给妈也会给的。"

左太太轻轻推开她，笑道："万一我改变主意了呢？"

"不会吧？"左家茵假意哀号一声，上前扯住迟暮的手臂，"好你个夏迟暮，老实交代刚才给我妈灌什么迷魂汤了！把个一向英明睿智的太太弄得昏头转向的。"

"我可没有，"迟暮上前附耳低笑道，"不过我瞧你现在这面如桃花的样子，一定是今天钱教授给你发福利了，你别死不承认。"

她说完敏捷地从左家茵身边跳开了。

"你……讨厌讨厌！"左家茵追上去作势要打。

花园里两个女孩子一前一后疯跑着，左太太笑笑，喊道："好了好了，都进屋吧，天黑了，当心着凉！"

06 直到世界的尽头

晚餐像往常一般，左太太面前照例有一块牛排，她用刀娴熟地切下一小块放在口中，动作优雅地闭嘴嚼着，等到一口完全下肚，她说道："家勋，有件奇事儿要跟你说一下，你二婶今天上午过来找我，竟让我劝你将服装公司交给家瑞打理，说是家瑞如今懂事开窍了想做一番事业，这是太阳从西边出来了么？我记得以前家瑞刚从国外回来时，你要他留在左氏帮忙他也不肯的。"

左家勋笑笑："妈是怎么回二婶的？"

左太太说："我当场就拒绝了，家瑞跟你叔叔就是一个模子里刻出来的，典型的败家子花钱的祖宗。"

左家勋说："妈这话实在有些绝对了，人是会变的。"

左太太眉头一挑："怎么？难道你真的想把服装公司交给他？"

左家勋喝了一口汤，清了清嗓子："我们左家本就人丁单薄，说老实话，我一直有心想让家瑞进入公司学习管理，以前是他不肯，现在他主动要求，这不是挺好的吗？"

左太太放下手中的刀叉，凝眉道："家勋，家瑞突然转性了，你也不想想原因？你不知道，你二婶今天是一口一个丁薇，听话音对那个姓丁的女孩子很满意呢，我记得前些日子她是连正眼都不瞧人家的。"

左家茵奇道："丁薇居然有这样的本事？看样子当初我们都小看她了。"

左太太说道："算来也不是什么稀奇的事情，无非是男人的所谓自尊心作怪。那天晚上我就注意观察了，那个丁薇伺候人确实挺有一手的。从小到大，家瑞在家勋跟前就抬不起头来，左氏员工向来只知道左家勋谁知道还有个左家瑞？他心里头肯定早就积蓄了不少反叛力，现在这个丁薇稍一挑事，家瑞就觉得理所当然理直气壮，他也姓左，凭什么左氏就非给家勋掌管呢？再想下去简直就是家勋欠他的了！谁不想掌权呢？！"

左家茵听母亲这么一说不禁叫道："也不想想当初我爸去世后叔叔将左氏搞得有多狼狈！后来还不是哥哥在舅舅和外公的协助下收拾的烂摊子？跟他左家瑞有什么关系！有口现成饭吃已经不错了！"

左太太叹了口气："事实是这样，但有多少人知道事实？别人巴不得咱们左家多出些八卦新闻才好呢！这次事情过后，少不得又有人在背后议论我这个六亲不认的老太婆明着欺负他们二房，就连区区的边缘产业也不肯给老二家经营。"

左家勋迟疑了一下："妈，我已经答应了家瑞，明天开董事会考虑他的提议。"

左太太没有吭声，却将眼光投向进屋后一直没说话的迟暮："这事你是怎么看的？"

迟暮看了左家勋一眼："我想，如果我是董事，我会投反对票。"

左太太点头，一脸的认真："说说你的理由。"

迟暮坐直了身子："在剑桥时我和左家瑞曾经有过一段时间的接触，对他的个性和能力多少有些了解，他给我的印象，是一个散漫自由、爱玩乐、有依赖心没责任心的大男孩，兴趣会随着心情的转移而转移，我记得他在剑桥学的是艺术，可能跟服装设计会有瓜葛，但与管理一家公司完全是两回事，如果非要给他的管理前景打分，我至多只给50分。"

左家勋说："万一他的商业潜能没被你发现……"

迟暮笑笑，"家勋哥我明白你的意思，但我觉得，商场如战场，不应该存在侥幸心理，行就是行，不行就是不行，万一这个词实在不应该在一个领导者口中出现。左氏作为一家上市公司，每一个决定都应该要为信任它的股民负责。如果你实在要表达亲情的话，我提议你给左家瑞一笔资金，让他自己去创业，那样其实更能很好地锻炼他的能力。现成饭谁不会吃？"

"说得好！"左家茵对迟暮竖起大拇指，"没想到你这么厉害！真有大嫂风范！"

迟暮笑道："你是在笑我老而世故吧？"

"才不是！我是真心佩服你！"左家茵忙说道，"以前可能还觉得你空有其表，现在我是完全相信了我哥的眼光！"

左家勋眼睛微微眯起："以前你是怎么想我的？你倒是说说看。"

"还能怎么想？"左家茵眼珠一转，摇头晃脑道，"寡人有疾，寡人好色……"

左太太瞪她一眼："越发没大没小了！这不让迟暮难堪吗。"

"没事的，家茵和我之间一向说笑惯了，"迟暮将脸转向左家勋，"家勋哥，对于左家瑞我还有个提议。"

左家勋的眼睛亮亮的："你说。"

"我知道你对兄弟很友爱，就这么公事公办的，肯定会冷了左家瑞的心，你心里一定也不会好受。读书时我曾经写过一个案例，受到导师的表扬，是一份关于发展中国家的娱乐业的前景问题的案例，我觉得在现在的大环境下，国内的娱乐业大有可为，左氏在影剧院方面不知道有没有涉猎，如果没有，可以考虑在 S 市以及周边地区逐步收购一些剧院，交给左家瑞去打理，我相信他会有兴趣，剧院在管理上并不复杂，比起服装公司简便多了。"

左家勋缓缓点头："也算是投其所好了，是个好点子。"

"还有……"迟暮迟疑了一下，"一个对生意根本没有兴趣的人突然改了性，肯定是有外力的推动，我觉得凭丁薇一个人似乎搞不出这样大的动静来，以我的观察，左家瑞对家勋哥一向是颇为忌惮的，这次他竟然有胆子主动提出要求来，说明是有人背后给了他底气，或者是左氏的对手也未可知，"迟暮看了一眼怔怔地望着她的三个人，不好意思地笑，"算我没说，也可能是我豪门恩怨的故事看多了，想多了。"

"不，"左太太止住她，"你提醒得很对，我差点就疏忽了，家勋，你要让人查一查家瑞最近都跟些什么人接触过。"

"我明白。"左家勋点头。

"没想到迟暮小小年纪就能如此思虑周详，"左太太赞赏道，"家勋，等你们结了婚就可以让她进公司跟着你历练历练了。"

左家勋笑："不是说……"

左太太也笑："你是指家务？那不过是我随口一说，堂堂剑桥商学院毕业生给我做家务，那不会暴殄天物吗？我答应老天也不答应。"

迟暮说道："如果进左氏，我希望可以从底层做起，然后一步一步慢慢来，这样比较适合，我毕竟还年轻，也没什么经验。"

"这怎么行？"左家勋头一个表示不同意，"只要我们一结婚，左氏上下以后谁不认识你？你在底层怎么做？也失去了锻炼的意义，是不是？"

"我们可以悄悄地结婚，"迟暮主动将手伸进左家勋的大掌中，"家勋哥，真的没有必要闹得满城皆知，盛大的婚礼对我而言从来就不重要，重要的是……你爱我，妈妈肯接受我，家茵和我情同姐妹。"

左家勋微微皱眉："你确定？婚礼的程序我都设置好了。"

"我确定，我们可以把为办这场婚礼而准备的钱捐出去，或者给左家瑞投资，或者干别的什么，都可以……我真的不想太铺张了，而且你对我太好，本来就已经有很多人眼红，觉得凭我根本不配拥有这些，就好比丁薇……可以说，如果没有我，左家瑞现在还好好地过自己的日子，根本就闹不来这一出，完全是丁薇看不惯我才无端生出事来。"

"你怎么可以尽往自己身上揽事呢？"左家勋脸上有隐隐的怒气，"如果是这个丁薇让你生气，我会选择让她消失的。"

迟暮摇头："不，我没有生气，事实上我自己也是这样想的，我真的不应该这么幸运，"迟暮看向左太太，声音有些沙哑，"今天来之前我还惴惴不安地想，我抢走了妈妈您的儿子，您心里一定是恨我的，谁知道……您就这么轻易地接受了我，家勋哥爱我，我的将来，没有恶婆婆，没有难缠的小姑……一个人怎么可以这么幸运？我有些担心……妈妈，您帮我劝劝家勋哥，我们只举办一个只有家里亲友参加的简单婚礼，好不好？"

"你这孩子，让我说什么好呢？别人只看到你的幸运，他们没看到你的努力，"左太太揉揉眼睛，长叹一口气，"好了家勋，既然这是她的愿望，你就答应了吧，你要是实在觉得欠她什么，可以带她出去走走，两个人好好地玩上一年半载的，至于公司的事情，相信短时期内我还镇得住，毕竟还有一帮老臣子在。"

"一年半载也太长了，十天半月就可以了，"迟暮笑道，"这期间还得麻烦妈妈了。"

左家勋凝望着她："这么说你已经有了目标了？你要去哪里？"

左家茵咳嗽一声，轻声道："对了，我上午接到周臻中的电话，说是明天他要去美国了。"

左家勋瞪她一眼。

左太太似有所悟，但笑不语。

迟暮脸上是憋不住的笑意："我想先回英国一趟，看看我的导师，还有从前的房东，"她望着左家勋，"然后再去非洲，看看那里的大草原，骑一骑非洲大象，可以吗？"

"自然可以，一切都依你。"

左家勋点点头。

他知道，从此他与他的迟暮再也难分你我，他们两个，会并肩一起走下去，直到世界的尽头。